Captifs du silence

Retrouvailles à Whiskey Gulch

TARA TAYLOR QUINN

Captifs du silence

Traduction française de
FLORENCE BERTRAND

BLACK ROSE

HARLEQUIN

Collection : BLACK ROSE

Titre original :
DETECTIVE'S SECRET INTENT

HARPERCOLLINS FRANCE
83-85, boulevard Vincent-Auriol, 75646 PARIS CEDEX 13
Service Lectrices — Tél. : 01 45 82 47 47 - www.harlequin.fr
ISBN 978-2-2804-6131-3 — ISSN 1950-2753

Composé et édité par HarperCollins France. Achevé d'imprimer en août 2021.
par CPI Black Print - Barcelone - Espagne
Dépôt légal : septembre 2021.

MIXTE
Papier issu de sources responsables
FSC® C159065
FSC www.fsc.org

Pour limiter l'empreinte environnementale de ses livres, HarperCollins France s'engage à n'utiliser que du papier fabriqué à partir de bois provenant de forêts gérées durablement et de manière responsable.

1

Plaquant un sourire sur ses lèvres, le lieutenant Tad Newberry - actuellement en congé sabbatique de son poste à Charlotte, en Caroline du Nord - poussa la porte du cabinet de pédiatrie et jeta un coup d'œil autour de lui. Une table d'auscultation, quelques chaises en plastique, un meuble à tiroirs sur lequel étaient posées diverses fournitures, des posters d'animaux sur les murs. La pièce était éclairée par des néons fixés au plafond, le sol recouvert d'un carrelage gris pastel.

Ayant examiné le décor par habitude, il focalisa son regard sur le petit garçon en jean et T-shirt jaune qui était assis près de la table. Il balançait une jambe d'avant en arrière, un signe non pas de joie ou d'excitation, mais de nervosité, devina Tad.

La mère de l'enfant, vêtue d'un jean et d'un sweat-shirt à capuche bleu marine sur un chemisier vert, se tenait tout près de lui, comme prête à l'attraper à tout moment. À la vue de sa joue tuméfiée, Tad sentit la bile lui monter à la gorge, bien qu'il ait été averti au préalable.

Marie Williams voulait être protégée de son mari violent, mais avait refusé de porter plainte contre lui. Elle était sincèrement convaincue que, une fois leur divorce officialisé, il cesserait d'être un risque pour elle.

Tad avait lu le rapport. Il ne comprenait pas qu'elle puisse voir les choses ainsi, mais ce n'était pas à lui de juger.

— Danny, voici Tad, le monsieur dont je t'ai parlé.

Ces paroles avaient été prononcées par la troisième occupante de la pièce : Miranda Blake était l'assistante personnelle du pédiatre et c'était elle qui avait invité Tad à venir. La ravissante brunette aurait aisément pu monopoliser toute son attention s'il s'était autorisé à baisser sa garde, ce qui était hors de question.

— Salut, Danny, lança-t-il en s'approchant du garçon. On m'a dit que tu avais été blessé.

Il tira une chaise et s'assit à quelques pas de lui. Tête baissée, Danny acquiesça sans rencontrer son regard.

Tad n'avait jamais été marié et n'avait pas d'enfants, mais il comprenait la nature humaine. Il se pencha et tenta de croiser le regard du garçonnet, qui se détourna et enfouit le visage dans la poitrine de sa mère.

— Tad ne va pas te faire de mal, Danny.

La voix de Miranda, à la fois ferme et empreinte de douceur, avait captivé Tad dès la première fois qu'il l'avait entendue.

Il se força à reporter son attention sur l'enfant.

— Je ne suis pas fâché, fiston. Tu n'as rien à craindre. Et je ne suis pas médecin non plus. Je ne suis pas venu pour t'examiner, juste pour te parler.

Sa visite faisait partie d'un plan individuel conçu par l'équipe Haut Risque de Santa Raquel – un groupe constitué de membres de divers corps professionnels qui partageaient des informations sur les cas de violence domestique dans le but d'empêcher des tragédies. Le plan en question avait été élaboré pour protéger Danny et sa mère. Le rôle de Tad, tout à fait bénévole, consistait à veiller discrètement sur Danny lorsque ce dernier n'était pas avec celle-ci ou à l'école. Histoire de vérifier que tout allait bien. C'était

Miranda, membre actif de l'équipe, qui avait suggéré une rencontre entre eux deux. Son raisonnement était logique : si Danny le connaissait et savait qu'il était dans le voisinage, il serait plus enclin à faire appel à lui en cas d'ennuis.

Mais bien sûr, cela ne fonctionnerait que s'il pouvait persuader Danny de lui faire confiance.

Ce n'était pas une évidence pour un homme qui, jusqu'à récemment, avait rarement été au contact d'enfants, ni pour un petit garçon qui avait été brutalisé par l'homme sur qui il aurait dû pouvoir compter : son propre père.

Danny ne s'était pas tourné vers lui pendant qu'il parlait. Sa jambe valide ne se balançait plus. Elle pendait immobile à côté de celle qu'il pouvait à peine bouger.

Tad songea brusquement qu'il pouvait peut-être aider l'enfant autrement qu'en le protégeant d'éventuelles menaces physiques. Pour quelqu'un comme lui, qui cherchait aussi à guérir, cette idée était séduisante.

— Mesdames, si vous permettez, je voudrais montrer ma jambe à Danny.

Il quêta du regard l'accord des deux femmes, qui acquiescèrent. Non sans une certaine gêne, Tad déboutonna son jean et le laissa glisser sur ses jambes. Son caleçon dissimulait sa masculinité, mais pas la cicatrice boursouflée, irrégulière, qui s'étendait sur plus de quinze centimètres en travers de sa cuisse.

— C'est moins laid maintenant qu'au début. Et la tienne sera nettement moins visible, parce que l'entaille est bien droite. Ça fait une grande différence.

Debout au milieu de la pièce, son jean autour des chevilles, Tad aurait pu se sentir mal à l'aise. Au contraire, il n'avait qu'une pensée en tête : établir un lien avec ce petit garçon.

Et cela parut fonctionner. Danny s'était redressé et fixait la cicatrice, comme fasciné.

— Moi aussi, je suis tombé, reprit Tad, sans donner de détails sur l'explosion qui l'avait projeté dans les airs.

Sans mentionner non plus qu'il savait que Danny fuyait la rage de son père lorsqu'il avait trébuché et s'était empalé sur un pieu dans le jardin.

— J'ai eu très mal pendant quelque temps. C'était douloureux de bouger ma jambe, continua-t-il, sachant que Danny avait des mois de rééducation devant lui. Je vais toujours au gymnase au moins deux fois par jour et trois fois par semaine pour renforcer les muscles. Maintenant je peux marcher sans boiter.

Sauf quand il était très fatigué. Là, une légère claudication revenait, lui rappelant ce qu'il avait fait.

Il se rhabilla et, agissant d'instinct, remonta légèrement sa chemise pour montrer son dos à Danny.

— J'ai été brûlé aussi, dit-il à l'enfant. Tu vois, je suis seulement ici parce que j'ai été blessé, et que je veux aider un autre gars qui a été blessé.

Danny garda le silence, mais ne se détourna pas. Il observait Tad. Et peut-être était-ce suffisant.

— Qu'est-ce qui vous est arrivé ? demanda la mère de Danny.

Tad leva les yeux. La compassion se lisait sur ses traits.

Il avait pris une décision stupide.

Cependant, elle avait abouti au meilleur résultat possible : il avait sauvé la vie d'une petite fille. Ce qui aurait pu être accompli avec moins de dégâts - pour lui et pour d'autres - s'il avait suivi la procédure prévue et attendu un négociateur et une équipe des forces spéciales d'intervention.

D'un autre côté, la petite Lola aurait pu souffrir de blessures bien plus graves que les quelques bleus dont elle avait écopés lorsque Tad avait plongé sur elle pour lui faire un bouclier de son corps.

— Quelqu'un était en colère contre moi, expliqua-t-il,

choisissant ses mots avec soin pour épargner Danny. Il avait quelque chose qui ne lui appartenait pas et, quand je suis allé le chercher, il… m'a fait du mal.

Le père de Lola avait fabriqué une bombe artisanale qu'il avait reliée à la porte de la réserve du magasin d'antiquités où il détenait sa fille captive. Ignorant que l'enfant se trouvait là, Tad s'était rendu sur les lieux pour questionner l'homme sur des objets volés en vente dans son magasin.

— Il a été arrêté ?

La voix de Danny était étonnamment ferme. Il regardait Tad droit dans les yeux.

— Oui.

L'homme avait été prêt à se faire exploser avec sa fille plutôt que d'être interpellé. L'enfant n'était pas censée être là. Sa mère, qui n'avait aucune idée des activités illicites de son ex-mari, l'avait déposée chez lui après avoir été appelée à se rendre à son travail à l'improviste.

Il avait entraîné la fillette dans la réserve, menaçant de s'en prendre à elle si Tad et son équipier refusaient de s'en aller…

— Bon, eh bien, si ça te dit de venir au gymnase avec moi un de ces jours, demande à ta maman de m'appeler.

Marie Williams avait déjà son numéro de téléphone.

— Tu vas sûrement me voir dans les parages, ajouta-t-il. Tu peux me parler ou non, c'est comme tu voudras. Je voulais seulement que tu saches qui je suis.

Danny ne répondit pas. Tad prit congé et quitta la pièce.

Son rendez-vous avec Danny et Marie Williams terminé, Miranda s'acquitta de quelques tâches administratives. Cela fait, elle sortit du cabinet et monta dans sa voiture, une Chevy Equinox blanche que rien ne distinguait d'une foule d'autres véhicules similaires et qui, pour cette raison, lui convenait parfaitement. Elle avait une heure de liberté avant d'aller chercher Ethan à l'école, et Tad Newberry l'attendait dans un coffee-shop à mi-chemin.

On était en avril, le soleil brillait et il faisait doux. Le cœur battant à tout rompre, elle roula à vive allure, dépassant la limite de vitesse et changeant de voie pour doubler d'autres voitures. Elle songeait à ces quelques minutes passées dans le cabinet avec le policier qu'elle avait rencontré à une réunion de l'équipe Haut Risque six semaines plus tôt.

Il s'était déshabillé. Ça avait été un geste calculé, qui sortait de l'ordinaire et que certains auraient pu trouver choquant, pour attirer l'attention de Danny et éveiller sa confiance. Elle le comprenait. Et l'admirait, à vrai dire. Il avait senti que Danny était particulièrement vulnérable, et s'était montré sous un jour vulnérable aussi.

Indépendamment de tout cela, elle avait regardé. Elle n'aurait pas dû. C'était plus qu'indiscret. Et cela ne lui ressemblait pas. Pourtant, elle l'avait fait. Et elle avait remarqué… une foule de choses.

Un caleçon bleu marine. Des jambes musclées. Encore maintenant, alors qu'elle s'apprêtait à discuter avec lui des événements de la journée et des mesures conçues par l'équipe Haut Risque pour empêcher Devon Williams de maltraiter Marie et leur fils, elle renâclait à affronter les laideurs de la vie et laissait son esprit s'attarder sur la vision du jean autour des chevilles de Tad.

Une vision plus qu'agréable.

Elle se réprimanda intérieurement. Ce genre de réaction était déplacé. À tous les égards.

S'exhortant à se ressaisir, Miranda se gara sur le parking et aperçut Tad déjà assis à une table, deux tasses fumantes devant lui. Avoir des fantasmes était une chose ; leur permettre d'envahir l'espace qu'elle partageait avec autrui en était une autre.

Point à la ligne.

— Ça a été un vrai succès.

Miranda ignora le sarcasme qui perçait dans la voix de Tad et prit place en face de lui.

— Ça s'est très bien passé, assura-t-elle. Je ne peux pas vous répéter ce qui a été dit après votre départ parce que c'est confidentiel, mais Marie m'a priée de vous remercier. Elle se sent rassurée de savoir que vous allez patrouiller le quartier en plus de la police.

— Devon Williams devrait être derrière les barreaux, grommela-t-il.

— Je suis d'accord. Mais tant que Marie continue à affirmer que ses bleus sont le résultat d'une chute, le procureur ne peut pas grand-chose.

Tad le savait, bien sûr. L'assistant du procureur de Santa Raquel était un membre récent de l'équipe Haut Risque.

— Au moins, le juge lui a accordé une injonction d'éloignement.

— Vous savez aussi bien que moi que ces injonctions sont enfreintes dans plus de quarante pour cent des cas, rétorqua Tad.

Souvent, c'étaient les victimes elles-mêmes qui invitaient l'auteur des maltraitances à rentrer dans leur vie. Ce qui rendait la situation d'autant plus frustrante.

Tad ne pouvait pas savoir à quel point elle en était consciente. Personnellement.

— Je ne comprends pas, soupira-t-il. Comment une femme peut-elle épouser un homme qui l'a déjà maltraitée ? Ça n'a aucun sens pour moi.

Il faisait allusion à Marie, que son petit ami avait frappée à plusieurs reprises à l'époque où ils étaient encore au lycée. Une fois, il l'avait poussée contre un mur et il lui avait serré le cou entre ses mains.

Cependant, il l'avait aussi aimée et choyée quand personne d'autre ne lui témoignait d'affection. Il l'avait amenée à croire que l'épouser était le seul moyen d'être en sécurité. Et heureuse.

Les coups avaient été des incidents isolés. Elle avait compris qu'il n'était pas lui-même pour diverses raisons - en général parce qu'il avait trop bu. Elle avait cru à sa promesse de ne plus jamais lever la main sur elle lorsque, l'année précédente, elle avait retiré la plainte qu'elle avait déposée contre lui.

Elle avait espéré.

Jusqu'au moment où il s'était mis en rage contre leur fils, et avait voulu lui administrer une fessée parce qu'il n'avait pas rempli une valise conformément à ses instructions. Affolé, Danny s'était rué hors de la maison si précipitamment qu'il avait trébuché et était tombé sur un pieu qu'elle venait de planter dans le jardin.

— Notre mission consiste à mettre le plan en œuvre et à faire de notre mieux pour que Devon n'ait pas d'autre possibilité de leur faire du mal, lui rappela-t-elle. Vous avez entendu Chantel. S'il enfreint l'injonction, il ira droit en prison.

Chantel Harris Fairbanks avait beau être mariée à un banquier millionnaire et vivre dans la villa la plus luxueuse de la ville, elle n'en était pas moins une policière hors pair, également membre de l'équipe. Elle avait même tenu à conserver son petit appartement en ville pour ne jamais perdre de vue qui elle était et d'où elle venait.

Miranda l'enviait - de pouvoir garder son passé vivant. Rien de son propre passé n'avait survécu. Pas même son nom.

— Et si c'est le cas, le procureur pourra demander une audience pour mise en danger d'autrui.

Selon la loi californienne, cela signifiait que Devon pourrait alors être détenu sans possibilité de libération sous caution.

Par deux fois au cours des huit semaines qui venaient de s'écouler, depuis qu'elle lui avait annoncé qu'elle voulait divorcer, cet homme avait menacé de tuer sa femme. Il lui avait expliqué comment il comptait se débarrasser de son corps. Il s'était remis à boire. Avait quitté son emploi. Une semaine plus tôt, il avait débarqué à l'improviste, exigeant que Danny aille passer le week-end chez lui. C'était alors que le garçon avait fait sa chute. Furieux, Devon Williams avait passé sa colère sur Marie. Sur une échelle de risque de dix-neuf points, son score était estimé à treize. Il n'en fallait que huit pour qu'un dossier soit transféré à l'équipe Haut Risque.

Marie allait changer sa routine et ses horaires de travail. Sa sœur et son beau-frère, mariés depuis peu, étaient venus s'installer chez elle pour quelque temps. Danny et elle allaient veiller à rester dans des endroits fréquentés lorsqu'ils sortaient. Elle n'allait pas se rendre chez son coiffeur ni dans son supermarché habituel. Pas avant que Devon ne soit revenu à la raison.

Ce n'était pas seulement pour sa propre sécurité et celle de Danny, mais parce qu'elle voulait sincèrement que son mari aille de l'avant. Qu'il reconstruise sa vie. Qu'il soit heureux.

Elle l'aimait.

C'était cela que Miranda comprenait, tandis que d'autres en étaient incapables. Elle comprenait qu'un cœur puisse continuer à aimer un être qui le maltraitait.

Les secrets qu'elle gardait au fond d'elle l'obligeaient à maîtriser ses émotions. Et pourtant, durant cet après-midi-là avec Tad Newberry, elle eut désespérément envie de se confier.

Elle ne pouvait pas. Elle ne le ferait pas.

Si douloureux que cela fût.

La vie d'Ethan dépendait de son silence.

Et à la seconde où elle lui avait donné naissance, la vie de son fils était devenue plus importante que la sienne à ses yeux.

2

Miranda tint bon jusqu'au moment où Tad la raccompagna à sa voiture. Son propre 4x4 noir, un ancien modèle, était garé plus bas dans la rue. Il l'avait acheté d'occasion, lui avait-il expliqué lors d'une des conversations qu'ils avaient souvent autour d'un café, après les réunions. Il ne devait rester en ville qu'un an, le temps de son congé sabbatique, après quoi il retournerait dans l'Est. Le Michigan, sans doute. Il avait grandi là-bas. Dans une banlieue de Detroit.

Il mettait à profit son congé, avait-il dit, pour se renseigner sur le groupe Haut Risque en vue d'en établir un dans la ville où il habitait.

Ces détails mis à part, elle ne savait presque rien de lui.

Et elle mourait d'envie d'en apprendre beaucoup plus.

Alors qu'ils rejoignaient sa voiture, la vision du jean en vrac autour des chevilles de Tad s'imposa de nouveau à elle, comme inséparable de son véhicule. Peut-être devrait-elle en changer, songea-t-elle absurdement, avant d'être envahie par une sensation de panique. Tad était différent de tous les hommes qu'elle avait connus. Jamais aucun ne l'avait troublée ainsi.

Cependant, il était impensable d'envisager une relation entre eux.

Quand elle avait pris la fuite, l'idée d'avoir un ami, ou un amant, un compagnon, quel qu'il fût, ne lui était même pas venue à l'esprit. Elle avait passé deux mois dans un refuge pour femmes près de Santa Raquel avant de s'installer en ville, quatre ans plus tôt, et la solitude ne lui avait jamais posé de problème.

Jusqu'à maintenant.

Miranda ne voulait pas passer seule le reste de sa vie.

Avait-elle le choix ?

La voix de Tad l'arracha à ses rêveries.

— Ethan a quel âge ? Six ans ?

— Oui.

Elle devait être un peu surmenée. Elle travaillait trop dur. S'identifiait trop avec Marie. La situation de celle-ci l'affectait plus que la plupart. Sans doute à cause de Danny.

— Il vient d'entrer à l'école primaire, ajouta-t-elle, s'obligeant à revenir au présent.

Tad avait rencontré Ethan deux fois. Brièvement.

Après leur seconde rencontre, un soir qu'ils étaient allés faire quelques courses au supermarché, son fils l'avait taquinée, disant qu'elle devrait sortir avec lui. Sa réaction l'avait surprise. Elle n'avait jamais songé qu'il puisse s'interroger sur sa vie. Était-ce justement cela qui l'inquiétait ? Son fils regrettait-il de ne pas avoir de modèle masculin autour de lui ? Était-ce ce désir qui avait suscité ses taquineries ?

Et la fascination qu'elle éprouvait pour Tad n'était-elle qu'une conséquence de cet incident ?

Hum. Si seulement la vie était aussi simple !

— Pourrais-je vous inviter à dîner tous les deux ? demanda Tad, pendant que ses pensées continuaient à vagabonder.

Le cœur de Miranda manqua un battement. Elle faillit laisser échapper ses clés. Déchirée entre l'envie de refuser et celle de lui demander à quel jour il pensait, elle garda le silence tandis qu'il poursuivait :

— J'aimerais passer un peu de temps avec Ethan. Il a plus ou moins le même âge que Danny et ça m'aiderait de l'observer, au cas où j'aurais d'autres contacts avec Danny. Je ne pense pas que baisser mon pantalon marche une deuxième fois.

Elle hocha la tête, s'efforçant de maîtriser son expression et le sourire qui lui montait aux lèvres.

Il avait seulement proposé de dîner ensemble. Pour observer son fils. Il n'y avait pas de quoi en faire toute une histoire.

Mais c'était quand même compliqué.

— Désolé pour tout ça, d'ailleurs, reprit-il alors qu'elle continuait à se débattre avec ses émotions. D'avoir baissé mon jean, je veux dire. Et merci de ne pas en avoir parlé.

— C'était inattendu, je l'avoue, mais j'ai trouvé que l'idée était brillante, répondit Miranda en toute honnêteté. Et… le bleu vous va bien.

Quoi ? Avait-elle perdu l'esprit ? D'où venaient ces paroles ?

Était-elle en train de flirter avec lui ?

Hors de question d'aller dîner.

— Je garderai ça à l'esprit, répondit-il sur un ton tranquille, qui apaisa un peu l'émoi de Miranda.

Qui l'apaisa beaucoup, à vrai dire. Elle se sentit remise à sa place.

Ce qui signifiait que…

— C'est entendu pour dîner, déclara-t-elle, de nouveau maîtresse d'elle-même.

Il avait besoin de son aide avec Danny. Et Ethan l'accompagnerait. En présence de son fils, elle était toujours calme et lucide. Elle n'avait que lui au monde, et ne perdait jamais ce fait de vue un seul instant.

— Ce soir ? À moins que vous n'ayez d'autres projets ?

J'ai hâte d'être complètement opérationnel au cas où Danny aurait besoin d'aide.

En réalité, son rôle se limiterait à surveiller Danny de loin lorsque Marie n'en avait pas la possibilité. Celle-ci le contacterait par texto en cas de besoin. Miranda le savait parce qu'elle avait participé à l'élaboration du plan de soutien. Tous les membres du groupe étaient alertés, y compris ceux du service médical.

Cette pensée la ramena à la scène qui avait eu lieu dans la salle d'auscultation.

Elle mourait d'envie de savoir ce qui était arrivé à Tad. De connaître les détails.

Cependant, elle ne lui posa pas la question. Elle se contenta d'accepter de le retrouver chez Uncle Bob, un restaurant de hamburgers situé sur la plage et doté d'une aire de jeux pour enfants.

Elle n'avait pas le temps de bavarder. Ethan allait sortir de l'école dans dix minutes, et contrairement à Marie, elle ne disposait pas d'une équipe de soutien pour veiller sur son fils. Parce que, contrairement à Marie, elle avait échappé à son passé. Elle était en sécurité.

Tant qu'elle se taisait.

De retour dans son appartement de location avec vue sur l'océan, Tad prit une longue douche mais celle-ci ne l'aida pas à se détendre.

Il était censé se rétablir de ses blessures et, en même temps, rendre un service à un homme qu'il respectait en guise de pénitence pour l'erreur de jugement qu'il avait commise. Il était censé se reprendre en main, pas tomber amoureux de la femme qu'il avait été chargé de rechercher.

Il enfila un jean et attrapa un T-shirt dans la commode, puis une chemise blanche dans la penderie. Enfin, il sortit une paire de chaussettes d'un petit tiroir et plongea la main dans l'une d'elles pour en sortir le téléphone portable prépayé qui avait traversé le pays avec lui six semaines plus tôt. Le vendredi était le jour d'appel.

Le commandant en chef des pompiers de Caroline du Nord décrocha à la première sonnerie.

— Commandant O'Connor.

— Je viens juste vous faire mon rapport, monsieur. J'ai eu l'occasion de la voir en action aujourd'hui. Comme vous, elle n'a pas peur d'avoir des idées originales. Je pense que vous seriez fier d'elle.

Il cherchait toujours un moyen de réconforter le vieil homme lors de ces conversations, pour que ce dernier se sente moins seul.

— Et le garçon ?

— En dehors des brèves rencontres dont je vous ai parlé, je ne l'ai pas vu.

Il avait eu l'intention de révéler au commandant qu'il allait dîner avec eux. Pourtant, il se tut.

Et se demanda pourquoi.

— Hum. Oui, mieux vaut procéder par étapes, déclara son interlocuteur d'une voix ferme. Je ne veux surtout pas qu'elle ait des soupçons…

— J'allais justement vous interroger à ce sujet. Maintenant que son ex est mort, est-il vraiment indispensable de maintenir le secret ?

Cette question le taraudait depuis un certain temps, en particulier depuis que l'affaire Marie Williams s'était présentée. Miranda Blake, dont le véritable nom était Dana O'Connor, n'avait aucun moyen de savoir qu'elle était hors de danger. Elle serait sûrement ravie de l'apprendre - de pouvoir renouer avec la famille et les amis qu'elle avait laissés derrière elle lorsqu'elle avait changé d'identité pour échapper à un dément.

— Je connais ma fille, jeune homme. Ceci est mon

opération. C'est moi qui décide. Dana n'aime pas le changement. Elle n'aime pas que son univers soit bousculé. Il faut que je trouve la meilleure manière de l'aborder. De lui faciliter la transition.

Certes. Bien sûr. Mais…

— Son ex…, reprit le commandant. Il a peut-être de la famille. Des gens qui voudraient avoir des contacts avec l'enfant. J'ai un homme qui se renseigne là-dessus. Un bon enquêteur. Avant de faire quoi que ce soit, il faut que je sois absolument sûr de ne pas la mettre en danger ou lui rendre la vie plus difficile qu'elle ne l'a été. Je ne vais pas faire passer mes besoins avant les siens. Ce serait de l'égoïsme de ma part.

Tad acquiesça, plein de respect pour lui. Le téléphone à l'oreille, il s'avança dans le salon, vers la fenêtre qui donnait sur l'océan à deux rues de là.

— Je ne demande pas mieux que de me renseigner sur d'éventuels liens de parenté de son ex.

Ses compétences en tant que détective lui avaient valu de jouir d'une grande indépendance dans ses décisions. Enfin, jusqu'au jour où il en avait pris une qui reposait sur l'émotion plus que sur la raison, et qui était si éloignée de la procédure qu'elle avait failli aboutir à sa mort et à celle de ses collègues.

Cela dit, il avait sauvé la fillette.

Ce fait-là demeurait. Il se le rappelait chaque fois qu'il revivait l'horreur de ce matin-là, trois mois plus tôt.

— Excusez-moi d'être fidèle à mes habitudes, mais j'ai appris il y a bien longtemps à ne pas mettre tous mes œufs dans le même panier, répondit le commandant. Quelqu'un d'autre suit cette piste. Quelqu'un qui ignore tout de la mission que je vous ai confiée. Je vous ai engagé pour retrouver ma fille et mon petit-fils, ce que vous avez fait, et pour garder l'œil sur eux et me tenir informé. Il y a des années que je n'avais pas eu de nouvelles d'eux, et ces appels hebdomadaires de votre part… Eh bien, disons qu'ils constituent les meilleurs moments que j'ai connus depuis tout ce temps. Je ne vais pas prendre le risque d'éveiller sa méfiance.

Tad hocha la tête de nouveau. Il comprenait. S'il avait pu retrouver la trace de Dana, c'était en partie grâce aux bases de données des forces de l'ordre. Il avait appris une foule de choses à son sujet.

Malgré tout, il n'était pas satisfait. Il ne savait même pas le nom de l'ex de la jeune femme. Et le policier en lui voulait avoir des certitudes. Tout au long de sa carrière, il avait vérifié les informations qu'on lui donnait. Il n'était pas du genre à se fier aux autres.

— Vous êtes sûr à cent pour cent que son ex est mort ? insista-t-il.

— Oui. J'ai des preuves irréfutables. Je vous en donne ma parole.

Dans ce cas, il n'y avait rien à ajouter. Il avait accepté la mission. Il respectait son donneur d'ordres. Toute la Caroline du Nord le considérait comme un héros. Au fil de sa carrière, il avait maintes fois risqué sa vie pour en sauver d'autres.

S'il était devenu un peu excentrique avec le temps, c'était bien son droit.

Il méritait de savoir que Tad allait dîner avec son petit-fils dans quelques minutes, et qu'il pourrait le rappeler plus tard pour lui faire un rapport.

Oui, Tad lui devait bien cela.

Pourtant, il ne dit rien.

Il s'interrogerait sur ses raisons plus tard, songea-t-il. Dans l'immédiat, il avait un rendez-vous.

En quelque sorte.

3

— Alors, vous êtes… ensemble ?

Le regard d'Ethan alla de Miranda à Tad, interrogateur derrière les lunettes à monture noire qu'il avait choisies parce qu'elles ressemblaient à celles de Clark Kent, l'alter ego de Superman.

Si son fils avait eu l'air de plaisanter, Miranda aurait pu ne pas prêter attention à la question. Cependant, il paraissait tout à fait sérieux.

— Non, dit-elle fermement. Tad et moi sommes des collègues de travail, je te l'ai dit.

Ils venaient de commander leurs burgers, et sirotaient chacun un verre de soda. Soudain, l'attente parut interminable à Miranda.

Ethan se tourna vers Tad.

— Vous aimez bien ma maman ?

— Bien sûr que oui. Pourquoi est-ce que je dînerais avec quelqu'un que je n'aime pas ?

— Exactement.

Ethan remonta ses lunettes sur son nez.

— Vous connaissez le jeu vidéo qui s'appelle *Attaque au zoo* ?

Miranda poussa un soupir de soulagement, but une gorgée de soda et laissa son fils cuisiner Tad. Après tout, le policier avait tenu à cette rencontre pour bavarder avec lui.

— Non, je ne le connais pas.

— C'est trop cool. On est au zoo, on s'occupe des animaux et puis le danger arrive et il faut résoudre des énigmes pour les sauver…

Miranda écouta la description minutieuse et enthousiaste de son fils, s'efforçant de se détendre. De savourer le moment.

En dépit des circonstances, elle avait élevé un enfant qui était assez sûr de lui, assez confiant et ouvert pour faire la conversation avec un quasi-inconnu. Un homme.

Un homme que, dans une autre vie, elle aurait peut-être pu aimer passionnément. Il semblait consacrer toute son attention à Ethan, participer à la conversation comme si elle avait vraiment de l'intérêt pour lui, et elle en éprouva un pincement de bonheur, le sentiment d'être en compagnie d'un être… spécial.

— Ça me ferait très plaisir.

Les paroles de Tad ramenèrent brusquement Miranda au présent, et elle prit conscience, trop tard, qu'Ethan l'avait invité chez eux le week-end suivant pour jouer à *Attaque au zoo* à deux.

Tad ne devait pas venir chez eux. Ethan voudrait savoir pourquoi, naturellement. Elle entendait déjà la question dans sa tête. Aucune réponse simple ou crédible ne se présenta à elle mais le fait demeurait.

Il ne devait pas venir.

Son foyer était son refuge. Le seul endroit où elle pouvait se libérer de sa peur.

— Il y a mon copain Jimmy là-bas, maman. Je peux aller jouer avec lui ?

Elle dut acquiescer. Le laisser partir. Elle voulait qu'il soit indépendant. Même si, à cet instant, elle aurait tout donné pour ne pas rester seule avec un homme qui prenait beaucoup trop d'importance pour elle.

— Ce n'est pas un rendez-vous, dit-elle dès que son fils fut hors de portée de voix.

Tad acquiesça.

— Je sais.

— Ça ne peut pas…

Elle se tut, embarrassée. Il fallait qu'elle se reprenne.

— Vous fréquentez quelqu'un ? demanda Tad tranquillement.

Son attention était entièrement focalisée sur elle maintenant, ce qui la troublait. Il la regardait comme s'il la comprenait. Et cela déclencha une vague de chaleur en elle. Elle avait déjà bien assez chaud.

Tentée de lui mentir, elle hésita. Santa Raquel n'était pas une grande ville. Et son fils cracherait le morceau tôt ou tard.

— Non.

— Vous avez eu une rupture difficile ?

Peut-être pourrait-elle invoquer cette excuse, sauf qu'Ethan semblait vraiment focalisé sur sa situation sentimentale. Avait-il besoin d'un homme dans sa vie ? Il y avait quantité d'enfants à l'école qui n'avaient pas de père, et certains qui n'avaient pas de mère. Beaucoup d'autres, en revanche, étaient entourés d'une nombreuse famille : ils avaient des oncles, tantes, cousins, grands-parents…

Elle avait su que ce moment viendrait. S'en était inquiétée sans pouvoir trouver de solution. Elle avait fini par se dire que les choses se régleraient d'elles-mêmes.

— Non, ce n'est pas ça.

Pourvu qu'il n'insiste pas ! Ou que leurs plats soient servis et qu'Ethan revienne !

Tad jeta un coup d'œil vers les garçons qui jouaient avec des petites voitures dans le sable. Sans doute était-il aussi gêné qu'elle par le tour qu'avait pris la conversation.

Il était si séduisant, avec ses cheveux bruns, la barbe

naissante sur son menton, ses yeux noisette. Elle revit ses jambes minces et musclées… Portait-il toujours son caleçon bleu marine ? Ou avait-il pris une douche et s'était-il changé à son retour du bureau ?

— Vous ne sortez pas avec les hommes ou c'est juste que je ne vous plais pas ?

Oh ! Dire qu'elle avait cru qu'il cherchait une issue ! Et voilà qu'il venait de les replonger pile au cœur d'une discussion trop compliquée.

— Vous n'êtes ici que pour quelques mois, balbutia-t-elle, comme si cela expliquait tout.

Il ne protesta pas et, une fois de plus, elle espéra être tirée d'affaire. Du moins avec lui.

Encore lui restait-il à gérer ses propres sentiments envers cet homme. Elle le ferait, bien sûr. Elle ne le connaissait que depuis six semaines. Ce n'était pas comme s'il allait falloir une éternité pour l'oublier.

À moins que… pour la première fois de sa vie, elle ne soit vraiment tombée amoureuse ? Pour de bon ?

De toute façon, peu importait. Son but était de donner à Ethan la possibilité d'être heureux et de vivre la vie qu'il choisirait. Il n'aurait pas à mentir à quiconque. L'existence qu'il menait actuellement était la seule qu'il ait connue.

— Vous ne parlez jamais du père d'Ethan.

— Nous n'avons pas eu beaucoup d'occasions d'avoir ce genre de conversation.

Ce n'était pas tout à fait vrai. Ils avaient pris l'habitude de boire un café après chaque réunion du groupe Haut Risque, une fois par semaine. Elle s'était portée volontaire pour y assister à la place de son employeur, Max.

En partie à cause de Tad, dut-elle s'avouer.

— Le père d'Ethan est mort.

Certaines vérités pouvaient être dites, après tout, au moins en partie.

— C'était avant la naissance d'Ethan.

Sans nom, il était impossible de trouver un acte de décès. D'établir un lien entre elle et un jeune homme mort durant leur dernière année de lycée. Impossible de déterminer quel lycée elle avait fréquenté. Qui elle était réellement.

— Je suis désolé.

Elle aussi. Jeff avait été quelqu'un d'exceptionnel, qui n'avait pas mérité les coups que la vie lui avait infligés.

— Il me manque chaque jour, admit-elle, révélant une autre bribe de vérité.

Jeff avait été le seul à savoir. Le seul à qui elle avait pu parler.

— Ça a dû être terrible de le perdre et d'être enceinte en même temps.

Elle haussa les épaules.

— On pourrait le penser, mais être enceinte, savoir qu'Ethan était une partie de lui et une partie de moi, une nouvelle vie… je suis sûre que c'est ce qui m'a sauvée.

À plus d'égards que Tad ne pouvait l'imaginer. Sans Ethan, elle n'aurait peut-être jamais eu la force ni la lucidité nécessaires pour s'enfuir.

Jeff, lui-même un enfant adopté, avait cru en elle, et lui avait fait confiance pour élever son enfant.

Tad fronçait les sourcils, et Miranda songea subitement que la conversation était devenue trop grave, trop intense. Ils n'étaient pas dans un petit cocon, loin du monde. Ils se trouvaient dans un restaurant bruyant, animé, plein de familles venues profiter du vendredi soir.

Elle cherchait une manière de changer de sujet quand Tad reprit la parole.

— Vous l'avez connu longtemps ? Le père d'Ethan ?

— Quatre ans.

— Vous étiez très proches…

Évidemment. Elle avait eu son fils. Mais ils n'avaient pas été proches au sens où Tad l'entendait.

— C'était mon meilleur ami.

Et c'était tout. Ils avaient été amis. Rien de plus. Avec Ethan, elle avait exaucé l'ultime vœu de son meilleur ami : avoir un enfant qui serait une partie de lui, la continuation d'une vie interrompue trop tôt.

— Combien de temps avez-vous été mariés ?

Le vide se fit dans l'esprit de Miranda. Qu'avait-elle dit ? La vérité la trahirait-elle d'une manière ou d'une autre ? Elle tenta de se remémorer les conseils des avocats qui l'avaient aidée à changer d'identité. Ceux de Lila et de Sara, au foyer. À tout ce qu'elle avait entendu dire sur la manière dont les informations pouvaient remonter à des gens à qui on voulait les cacher.

Un mariage signifiait une trace.

La bouffée de panique reflua.

— Nous n'étions pas mariés.

C'était la vérité. Personne ne pouvait trouver quelque chose qui n'existait pas. Elle était en sécurité.

Personne ne savait que Jeff était le père d'Ethan. Elle n'avait pas cité son nom sur l'acte de naissance établi en Caroline du Nord, et leurs nouvelles identités ne faisaient aucune référence à lui. Au début, elle avait gardé le secret pour protéger Jeff de la fureur de son père : il avait si peu de temps à vivre, et elle ne pouvait supporter d'introduire plus de stress dans ses derniers mois. Et puis il était mort avant la naissance d'Ethan… et elle avait continué à garder le secret.

Tad se cala sur sa chaise, déplaça son couteau sur la table. But une gorgée de soda. À quoi pensait-il ?

À l'époque actuelle, il ne pouvait tout de même pas être choqué qu'elle ait eu un bébé sans être mariée.

Elle brûlait de lui dire qu'ils savaient que Jeff était

condamné. Qu'ils avaient décidé de ne pas se marier pour qu'elle ne puisse pas être redevable du paiement de ses frais médicaux.

Leur commande semblait mettre une éternité à arriver. Cela n'avait rien d'étonnant, après tout : on était vendredi soir et la salle était bondée. Ethan jetait des coups d'œil dans leur direction de temps à autre, mais continuait à s'amuser avec Jimmy.

Moins de dix minutes avaient dû s'écouler.

— Je ne suis pas sortie avec un homme depuis, murmura-t-elle, voulant dissiper le malaise qui semblait s'être installé. C'est un choix délibéré de ma part.

Pour des raisons qu'elle ne lui révélerait jamais, même si elle le désirait profondément.

Tad ne lui avait pas fait d'avances, et elle devait faire en sorte qu'il ne soit pas tenté, même si elle mourait d'envie d'avoir un aperçu d'une vie à deux avec lui.

Ne fût-ce que le temps de son séjour à Santa Raquel. Car il n'allait rester que quelques mois. Il n'y avait aucun risque de devoir lui mentir des années durant... Il s'agirait seulement de vivre au jour le jour pendant une brève période.

Ce qui serait mieux que rien, lui soufflait son cœur.

À vrai dire, ce serait merveilleux d'avoir de tels souvenirs à emporter dans l'avenir. À garder tout au fond d'elle. Un bon secret pour combattre tous les mauvais...

— Par respect pour la mémoire de son père ?

— Non. Mais...

Elle cherchait une explication qui puisse mettre fin à ses questions, et pourtant, ne laissait rien de crédible monter à la surface. Cela serait-il si mal d'apprendre à le connaître ? Il ne resterait pas. Il avait une vie qui l'attendait ailleurs, une carrière.

— Je n'ai pas eu le temps, dit-elle enfin.

Laisser une porte ouverte relevait-il du suicide émotionnel ?

Ou serait-ce l'unique moment de bonheur sentimental de son existence ?

— J'élève Ethan seule, et jusqu'à l'année dernière, je suivais des études à temps plein en plus de mon travail.

Il lui avait fallu deux ans pour obtenir son diplôme, car elle n'avait pu se prévaloir de la licence obtenue avant sa disparition. Par chance, elle avait pu passer des tests d'équivalence pour les premières années d'études, et n'avait donc pas été contrainte de repartir de zéro.

— Et maintenant que vous êtes qualifiée et que vous avez plus de temps libre…

Oh ! mon Dieu ! Allait-il l'inviter à sortir avec lui ? Une vague de chaleur la submergea, mêlée à un désir intense d'être plus proche de lui.

Il n'acheva pas sa phrase et elle haussa les épaules.

Il hocha la tête, comme si l'absence de refus catégorique était intéressante.

Elle sourit.

Il hocha la tête de nouveau.

Et le dîner fut servi.

Qu'est-ce qui lui était passé par la tête ?

Marchant dans les rues obscures de Santa Raquel à minuit passé, Tad remonta le col de sa veste pour se protéger du vent froid qui soufflait de l'océan. Il avait eu l'intention de se promener sur la plage, mais avait finalement opté pour les trottoirs.

Il avait été à deux doigts d'inviter la fille de son employeur à sortir avec lui. L'objet de son enquête actuelle.

S'il voulait avoir une chance de continuer à travailler dans les forces de l'ordre en Caroline du Nord, il ne pouvait se permettre de contrarier le commandant en chef des pompiers, un homme qui avait plus de relations dans

Carrefour

MEILLEURE
CHAÎNE
DE MAGASINS
DE L'ANNÉE
2021

CHALON NORD BIENVENUE
3235 : 0.18€/min + prix appel

CARTE BANCAIRE
BANQUE POPULAIRE
A0000000421010
CB
le 10/11/21 a 09:33:06
CARREFOUR
71 CHALON SUR S
5885536
85053941200021
10807
************6028
26DEDB7CFFB76A00
006 001 177238
C @
No AUTO : 316583
MONTANT= 105,81 EUR
DEBIT
TICKET CLIENT
A CONSERVER
MERCI ET A BIENTOT

(*plus d'info sur www.carrefour.fr)

FSC
www.fsc.org
MIXTE
Papier issu de sources responsables
FSC® C017061

Fabriqué sans phénol ajouté*

PHENOL FREE
Logo déposé

(*plus d'info sur www.carrefour.fr)

FSC
www.fsc.org
MIXTE
Papier issu de sources responsables
FSC® C017061

la police et dans le monde politique que Tad ne pouvait jamais espérer en avoir.

Espérait-il reprendre le fil de sa carrière dans la police ? Il avait quitté son poste.

Le service avait refusé d'accepter sa démission, de sorte que, officiellement, il était en congé sabbatique pour un an.

Cela donnerait le temps aux instances officielles de mener une enquête approfondie sur sa dernière affaire ou, plus précisément, sur la seule vraiment mauvaise décision qu'il avait prise au cours d'une carrière plutôt caractérisée par de très bonnes. Son taux d'élucidation des crimes était le meilleur du service.

Ses supérieurs voulaient le garder. Ils voulaient aussi qu'il prenne le temps de réfléchir à ses actes. Qu'il se prouve capable de recouvrer la confiance de ses collègues.

La question était de savoir… s'il voulait reprendre son travail.

Un policier commettait forcément une erreur tôt ou tard dans sa carrière.

Mais s'il en commettait deux ?

S'il proposait à la fille de son client de sortir avec lui ? Une femme qu'il avait recherchée ? Et qu'il était censé surveiller ?

Souvent, dans l'exercice de ses fonctions, la fin avait justifié les moyens.

Serait-ce le cas dans cette affaire ? Pourrait-il persuader le commandant qu'une relation avec sa fille, sans conséquences, bien sûr, serait la meilleure manière de rester proche d'elle ? De fréquenter son fils ?

Et Miranda ? De quel droit pouvait-il s'immiscer dans sa vie ? Comme si elle n'avait pas déjà assez souffert ?

Elle savait qu'il n'était en ville que pour quelques mois. Leur conversation ce soir avait pris un tour inattendu - et nettement plus personnel. Grâce à Ethan, dont les propos avaient exposé au grand jour l'attraction qui existait entre eux.

Donc… Si elle était potentiellement encline à le voir plus souvent, en tête à tête, peut-être, tout en sachant que leur relation ne pouvait pas durer, quel mal y avait-il à le lui permettre ?

Il marchait sur une corde raide, et il allait finir par tomber.

Il le savait.

Tout comme il avait su, lorsqu'il avait pris la décision de se ruer dans la réserve du magasin sans attendre les renforts, qu'il franchissait une limite.

Il avait bien failli se faire tuer. Avait mis en danger tous les policiers sur les lieux.

Mais il avait sauvé la fillette.

Il en revenait toujours là.

Il avait sauvé la fillette.

Pouvait-il aider à sauver Miranda et Ethan aussi ?

4

Le problème, quand on avait un enfant, c'était qu'on ne pouvait pas tout simplement décréter quelque chose et être sûr que tout se passe comme prévu. Quand Ethan était bébé, Miranda pouvait décider de tout. Maintenant qu'il grandissait et qu'il commençait à avoir des opinions sur tout et n'importe quoi, elle était contrainte de nuancer son approche. Quotidiennement. Elle tenait à l'encourager à être indépendant. Et cela signifiait qu'elle devait tenir compte de ses désirs.

Le lendemain de leur dîner avec Tad, les premières paroles d'Ethan au réveil furent au sujet d'*Attaque au zoo.* Il informa Miranda qu'il allait créer un nouveau royaume d'animaux qu'il montrerait à Tad, puisque ce dernier avait promis de venir jouer avec lui.

Il incomba donc à Miranda de lui expliquer que, parfois, les adultes disaient des choses qu'ils ne pensaient pas vraiment.

Un concept qu'Ethan se refusa à accepter.

— Appelle-le, maman ! Tu vas voir, il viendra, répéta-t-il pour la énième fois.

Debout à côté d'une pile de linge dans la buanderie, il donna un coup de pied dans une chaussette pour accentuer ses paroles.

Miranda mit le sèche-linge en route et se pencha pour

ramasser les vêtements avant que son fils les éparpille sur le sol.

— C'est un adulte, Ethan. Je suis sûre qu'il a des choses plus importantes à faire que de jouer à des jeux vidéo le week-end.

Elle regretta aussitôt son choix de mots. Elle n'avait pas voulu laisser entendre qu'une promesse faite à son fils n'avait pas d'importance.

— Il a dit qu'il aimerait beaucoup venir !

Miranda, en revanche, ne voulait pas de lui chez eux. Elle n'avait jamais invité aucun homme dans le foyer qu'elle avait créé pour son fils et pour elle.

Leur petite maison était son sanctuaire. Elle ne voulait pas devoir y être sur ses gardes pour cacher ses secrets. Ni s'inquiéter que quelqu'un puisse la surveiller. La chercher. Ou chercher Ethan. Garder leur refuge sûr était essentiel pour sa tranquillité d'esprit.

Autant d'arguments que, naturellement, elle ne pouvait révéler à son fils.

— Appelle-le, maman, s'il te plaît ? Tu verras, il viendra.

Elle prit son temps pour remplir le lave-linge. Mettre de la lessive dans le compartiment prévu. Ajouter l'adoucissant. Que devait-elle dire à Ethan ?

Elle s'était promis de ne pas élever son enfant dans la peur. Jeff lui avait confié son fils.

— D'accord, s'entendit-elle répondre. Tu vas mettre le drap propre sur ton lit, comme je te l'ai montré, et je l'appelle.

— Ouiiii !

Ethan fit un bond de joie et disparut aussitôt.

L'estomac noué, Miranda tira son téléphone portable de sa poche. Tad figurait parmi ses contacts, comme tous les membres de l'équipe.

Il prit l'appel à la première sonnerie.

— Miranda ? Tout va bien ?

— Oui, bien sûr, murmura-t-elle en écoutant l'eau monter dans le lave-linge, le cliquetis d'un bouton en métal dans le tambour. Pourquoi est-ce que ça n'irait pas ?

— Simple question.

Aucune inquiétude ne perçait dans sa voix. Il se montrait poli, voilà tout. Il n'avait pas lu dans ses pensées.

— Je suis désolée de vous déranger, mais j'ai dit à Ethan que j'allais vous téléphoner. Il m'a harcelée toute la matinée à propos de ce jeu vidéo.

— Il va me donner une clé des animaux.

— Vous avez été très gentil avec lui, et j'apprécie, mais je vais vous tirer d'affaire.

— Je ne veux pas être tiré d'affaire, répondit-il sans hésiter. J'allais fixer une heure hier soir avant qu'on se sépare, mais j'ai oublié.

Le cœur de Miranda battait à tout rompre.

— Je ne veux pas que vous vous sentiez obligé de venir jouer à un jeu vidéo avec mon fils, lâcha-t-elle avec un petit rire qu'elle espérait désinvolte.

Et qui ne l'était pas.

— J'en ai envie… À moins que cela vous ennuie que je vienne ?

C'était à croire que ces deux-là complotaient contre elle. Miranda soupira. Elle était intriguée. Curieuse. Elle mourait d'envie d'en savoir davantage sur Tad.

Sa situation ne lui autorisait pas ce choix.

Du moins, pas à long terme.

— Je veux dire, je sais que vous êtes occupé…

— Je suis en congé, lui rappela-t-il sur un ton laconique. Dans une ville où je connais très peu de gens. En dehors de mes séances d'exercice et des réunions du groupe Haut Risque, je suis libre.

Elle promena un regard autour d'elle - la cuisine était

ouverte sur le séjour de sorte qu'elle n'ait pas à redouter que quiconque se soit dissimulé dans un coin - cherchant à décider quoi faire. Voilà pourquoi elle veillait à garder ses distances avec les gens, pourquoi ses seules « amies » étaient des collègues ou des femmes qu'elle avait connues au foyer.

Non seulement cela évitait les complications, mais si elle devait prendre la fuite de nouveau, ne pas avoir de véritables proches serait plus facile.

— Ou bien, je peux venir une autre fois, proposa Tad, toujours aussi tranquillement.

Elle avait parfois du mal à croire qu'il soit policier. À en juger par sa propre expérience des représentants de l'ordre - et elle en avait connu un certain nombre puisque son père était chef des pompiers - ceux-ci étaient souvent tendus.

— Eh bien, je fais le ménage ce matin, mais la maison n'est pas grande. Si… Que diriez-vous de venir vers 13 heures ?

Il offrit d'apporter à déjeuner. Elle tenta de refuser, mais finit par céder. Il avait suggéré des plats à emporter mexicains, et Ethan adorait la cuisine mexicaine.

Elle raccrocha, et sentit la nausée l'envahir.

Elle avait invité Tad Newberry à entrer dans leur vie.

Tad ne passa que quelques secondes à l'intérieur du charmant petit cottage situé non loin de la plage. La porte s'ouvrit, et on lui fit traverser le séjour pour gagner la terrasse arrière avant même qu'il ait eu le temps de dire bonjour.

Il avait tout juste eu le temps de jeter un coup d'œil autour de lui. Un canapé en cuir usagé flanqué d'un fauteuil inclinable, de petites tables disparates. Des tableaux anodins. Des tapis tissés sur le carrelage. Une cuisine incorporée standard. Le tout d'une propreté immaculée. Une odeur de lavande flottait dans la pièce.

— Bonjour, monsieur Newberry ! Maman veut bien qu'on joue sur ma tablette, ce qui est cool parce qu'on pourra se la passer. C'est mieux que l'ordinateur que j'utilise d'habitude.

Assis dans un fauteuil de jardin trop grand pour lui, le garçonnet dardait ses yeux bleus sur lui. Comme la veille, il était vêtu d'un jean et d'un T-shirt.

— Que puis-je vous offrir à boire ? intervint Miranda derrière lui. J'ai du thé, de l'eau minérale, ou du punch.

Il opta pour le thé.

— Parfait. Je vous l'apporte tout de suite.

Elle rentra dans la cuisine pendant qu'il s'asseyait à table, et il déballa les plats qu'il avait apportés : un burrito sans sauce pour Ethan, une salade taco accompagnée de crème fraîche pour sa mère. Et pour lui, sa spécialité préférée : des tacos.

— C'est la place de maman, dit Ethan doucement, en déballant son burrito.

Les doigts de Tad s'immobilisèrent sur l'emballage de son plat.

— Comment ?

— Vous êtes à la place de maman. Elle se met toujours là, et si je m'y assois, elle me fait bouger.

Tad avait pris la chaise adossée au mur de la maison. De là où il se trouvait, il voyait la porte du séjour, et la jolie petite cour bien entretenue.

Voilà sans doute pourquoi Miranda s'était approprié cette place. Il était compréhensible qu'une femme qui avait été assez terrifiée pour changer d'identité veuille se poster dos au mur.

Il se hâta de changer de chaise avant son retour.

Peut-être était-ce de la fourberie que de s'immiscer ainsi dans leur existence. Peut-être était-ce un abus de confiance.

Il aimait bien Miranda. Il l'aimait beaucoup. Plus qu'il

ne se rappelait avoir aimé une femme. Cependant, il ne pouvait pas lui révéler la vérité sur sa mission. Pas encore, de toute façon. Pas avant d'être certain que cette nouvelle n'allait pas gâcher sa vie de nouveau, la forcer à fuir en laissant tout derrière elle. À repartir de zéro. Avec un enfant de six ans.

Au contraire, son unique objectif était de la rendre plus heureuse. De la délivrer de la peur. De lui apprendre qu'elle était libre du passé, qu'elle pouvait se sentir en toute sécurité.

Seulement, il n'était pas encore en mesure de lui garantir cela.

Il n'était même pas encore tout à fait certain que son ex était mort. À en croire Miranda, il était décédé des années plus tôt, mais il était évident qu'elle n'allait pas lui dire la vérité. Elle lui avait raconté l'histoire qu'elle s'était inventée en même temps que sa nouvelle identité.

L'expérience lui avait appris à se montrer méfiant.

— Regardez-moi, monsieur Newberry.

La voix d'Ethan l'arracha à ses réflexions au moment où Miranda revenait avec leurs boissons.

— Comme ça, vous apprendrez à faire pareil avec vos animaux.

— Désolée d'avoir été si longue, s'excusa Miranda. J'ai dû refaire du thé et ajouter des glaçons. Au fait, Ethan, tu devrais dire *lieutenant* Newberry.

— Je préférerais que vous m'appeliez Tad tous les deux.

Qui savait s'il allait rester dans la police une fois son congé terminé ?

Même s'il se voyait mal exercer un autre métier.

— Je peux, maman ? Je peux l'appeler Tad ?

Tad sourit à Miranda par-dessus la tête de l'enfant.

Elle lui rendit son sourire.

Et le déjeuner fut délicieux.

5

Ce n'était manifestement pas la première fois que Tad Newberry jouait à un jeu vidéo.

Et il n'avait pas paru du tout s'ennuyer en disputant une partie d'*Attaque au zoo* avec Ethan. Miranda avait débarrassé, vidé le lave-vaisselle et confectionné des brownies avant que l'un ou l'autre des joueurs s'aperçoive qu'elle avait quitté la terrasse.

Elle n'avait qu'un samedi libre par mois et devait en profiter pour vaquer à des tâches ménagères, mais elle se surprit à sourire plus d'une fois en entendant la voix grave qui se mêlait à celle d'Ethan, flûtée et enthousiaste. Elle suivit le conflit amical qui les opposait, et souriait jusqu'aux oreilles lorsque son fils, sur un ton empreint de compassion, proclama sa victoire.

Elle souriait moins ce soir-là, cependant, quand Ethan lui demanda de retirer les roulettes fixées à son vélo.

— Je ne suis plus un bébé, maman, déclara-t-il en fronçant les sourcils, ses grands yeux bleus fixés sur elle.

Les yeux de Jeff. Jamais elle n'avait pu lui résister. Il continuait à vivre à travers son fils.

— Je suis le seul dans ma classe à avoir encore des roulettes !

Elle savait qu'il avait raison, mais répugnait tout de

même à accepter. Les roulettes étaient un filet de sécurité. Elle vivait déjà assez dangereusement à son goût. Prendre des risques supplémentaires n'était pas à son ordre du jour.

On ne choisissait pas les moments où la vie vous lançait des défis. Jeff en était la preuve incarnée. Il avait été son meilleur ami. Le seul au monde à être au courant des coups qu'elle subissait. Il avait été son roc. Et quand le sort s'était retourné contre lui, Miranda lui avait rendu la pareille.

Voilà pourquoi, à 9 heures du matin, après avoir fait tout son possible pour retarder l'inévitable, elle se retrouva dans l'allée de la maison, un tournevis à la main, prête à accéder au désir du fils de Jeff.

Plus facile à dire qu'à faire. Elle avait fait mettre les roulettes au magasin, deux ans plus tôt, lorsqu'elle avait offert le vélo à Ethan pour Noël. Ils avaient dû utiliser une fichue machine.

— Tu n'y arrives pas, maman ?

Accroupi à côté d'elle, Ethan remonta ses lunettes sur son nez, comme si ce geste allait d'une manière ou d'une autre avoir raison de son incompétence.

— Si, je vais y arriver, bien sûr. Il me faut juste un peu d'huile…

Enfin, d'un produit qui l'aide à desserrer les boulons. Elle avait lu quelque chose à ce sujet…

— Tu pourrais appeler Tad, suggéra-t-il. Ou bien moi, je pourrais l'appeler si tu me donnes ton téléphone.

Miranda avait dû entendre le nom du policier une bonne vingtaine de fois depuis qu'il était parti la veille. Ethan avait parlé de lui tout l'après-midi, toute la soirée, et encore ce matin.

Une sonnette d'alarme ne cessait de résonner dans sa tête. C'était un miracle qu'elle ait réussi à se concentrer suffisamment pour faire les courses et emmener Ethan au cinéma, puis lui confectionner le poulet frit dont il raffolait.

Tout cela sans pouvoir chasser Tad Newberry de ses pensées.

Miranda s'assit dans l'allée, et, calant la roue arrière du vélo entre ses pieds, tira de toutes ses forces sur la clé, qui glissa et la heurta violemment au genou.

Elle ne jura pas. Ne renonça pas davantage. Au lieu de quoi elle se releva.

— Viens.

Ses clés en main, elle se dirigea vers la voiture. Sa carte de crédit et son permis de conduire étaient déjà dans sa poche. Elle ne sortait jamais sans emporter le minimum nécessaire pour s'enfuir et disparaître avec Ethan. Au cas où.

— Qu'est-ce qu'on fait ?

— On va au magasin trouver un outil qui nous aidera à desserrer les boulons.

— On pourrait juste appeler Tad, marmonna Ethan avec une pointe de belligérance.

Elle feignit de ne pas l'avoir remarquée.

— Tad ne va pas rester très longtemps en ville, Ethan. Je te l'ai déjà dit. On peut être amis avec lui, mais on ne peut pas lui demander son aide constamment.

Comment expliquer les complexités de la vie à un enfant de six ans ?

— Tu pourrais sortir avec lui et peut-être qu'il resterait.

— Non. Il a un travail important qu'il va reprendre dès qu'il sera suffisamment rétabli. Tu te souviens ?

Ethan se tourna vers la vitre et croisa les bras.

— Il n'a pas l'air tellement blessé.

— Il l'est.

— Comment le sais-tu ?

— Je suis l'assistante d'un médecin. J'ai été formée pour savoir ce genre de choses.

Elle était sur le point d'ajouter qu'elle avait vu les cicatrices de Tad, mais décida de s'abstenir. Mieux valait éviter le risque qu'Ethan demande à les voir aussi.

— On peut quand même être amis, insista-t-il.

— Oui.

— Mais on ne peut pas avoir besoin de lui pour réparer mon vélo, c'est ça ?

— C'est ça.

— Bon. C'est cool.

Tad regarda Miranda et Ethan s'éloigner, bouillant de colère contre l'homme qui l'avait maltraitée au point qu'elle avait dû fuir les êtres qu'elle aimait pour se tenir à l'abri avec son enfant.

Elle avait dû laisser derrière eux tous ceux qu'elle aurait pu appeler à l'aide parce qu'elle n'arrivait pas à retirer les roulettes du vélo de son fils.

Il espéra avec ferveur que son mari était bel et bien mort, ainsi que le commandant l'avait affirmé. Pour la sécurité de Miranda et de son fils avant tout. Et aussi, il devait se l'avouer, pour ne pas être tenté de tuer ce misérable de ses propres mains.

Il descendit de voiture et était déjà à mi-chemin de l'allée et du vélo appuyé au mur de la maison de Miranda, prêt à retirer ces roulettes et à disparaître avant son retour, quand il se ravisa.

Il était encore un novice dans le monde de la violence conjugale, mais après avoir passé six semaines au sein du groupe Haut Risque et lu une foule de documents sur le sujet, il savait qu'il ne devait pas réparer ce vélo. Il était probable qu'une femme dans la situation de Miranda, une femme qui vivait dans la peur, serait prise de panique en comprenant que quelqu'un était venu chez elle, avait touché à ses affaires. Loin de voir là l'acte d'un bon Samaritain, elle en conclurait qu'on l'avait espionnée et qu'on voulait reprendre le contrôle sur elle. Lui prouver qu'elle était incapable de se débrouiller seule.

Et si sa panique était trop forte, elle irait peut-être jusqu'à s'enfuir de nouveau.

Il avait été engagé pour garder l'œil sur Miranda et Ethan. Pour veiller sur eux. Pas pour bricoler des vélos.

Il remonta dans sa voiture et s'éloigna avant d'avoir eu d'autres idées idiotes.

Le lundi suivant, Miranda revit Danny. Elle lui avait retiré ses points de suture le vendredi précédent, et Marie s'inquiétait qu'un côté de l'incision soit encore un peu rouge et boursouflé.

Miranda comprit aussitôt où était le problème. C'était la peur. La peur de Marie.

Il n'y avait pas d'infection. La cicatrice était rose, et non rouge. La plaie était saine.

Miranda pria une infirmière de rester avec Danny un instant et invita Marie à l'accompagner dans son bureau.

— Qu'y a-t-il ? La blessure est infectée ? Faut-il que je demande au Dr Bennett de l'examiner ?

— Tout va bien, Marie. La cicatrice est tout à fait normale.

— Mais est-ce que le docteur ne devrait pas vérifier quand même ?

Miranda prit son téléphone et expédia un texto rapide à Max Bennett, qui répondit sur-le-champ.

— Il va voir Danny tout de suite, si vous voulez le rejoindre dans la salle d'auscultation.

Marie se détendit et secoua la tête.

— Si quelque chose ne va pas, il va vous le dire, n'est-ce pas ?

— Bien sûr.

— Vous vouliez me parler… sans que Danny soit présent… et puisque la cicatrice est normale…

Elle n'acheva pas sa phrase, mais la question était claire.

— Oui. La jambe de Danny lui fait mal, et nous savons que c'est inévitable, commença-t-elle lentement. L'opération est un point de départ, mais naturellement, les muscles ont été endommagés et l'inflammation va perdurer un certain temps.

Marie hocha brièvement la tête.

— Il ne manquera aucune séance de rééducation, je vous le promets.

— Bien.

— C'est juste que… j'ai peur, vous comprenez ? Danny… je n'ai que lui. J'aurais dû partir avant, et maintenant il est blessé, et Devon va peut-être essayer de me l'enlever… Je suis désolée. Je vous ai fait perdre votre temps aujourd'hui.

Le groupe avait mis en place des séances de soutien psychologique pour Marie. Elle n'avait pas besoin que Miranda intervienne. Et cette dernière n'était pas qualifiée pour le faire.

— Ne vous faites pas de reproches, dit-elle, priant pour ne pas regretter les paroles qu'elle s'apprêtait à prononcer.

Après tout, que valait sa vie si elle ne pouvait utiliser son expérience pour aider autrui ? Elle avait éprouvé le besoin de parler à Marie dès qu'elle avait entendu son histoire.

— La peur est insidieuse. Elle déclenche des pensées qui peuvent affecter votre capacité à gérer la vie quotidienne…

Danny n'avait qu'un an de plus qu'Ethan.

Si Miranda n'était pas partie avant qu'il ne soit trop tard, son petit garçon aurait aisément pu être à la place de l'enfant blessé dans son cabinet.

— Je sais que je suis paranoïaque. Excusez-moi…

— Non, non, ne vous excusez pas.

Miranda se pencha en avant sur son bureau et regarda la jeune femme assise en face d'elle.

— Ce que je voulais vous dire, c'est que je comprends. Et si vous avez la moindre inquiétude, même si vous soupçonnez que c'est seulement un effet de la peur, n'hésitez pas à m'appeler chez moi.

Elle sortit une carte de visite du présentoir placé devant elle et griffonna son numéro de téléphone portable au dos.

— N'importe quand, insista-t-elle en la tendant à Marie. Parfois, on a besoin d'un avis médical pour apaiser ses craintes. On n'ose pas se fier à soi-même parce qu'on sait qu'on a été manipulé par le passé. Je ne veux pas que vous remettiez le moment de téléphoner au médecin ou que vous soyez obligée d'attendre que le cabinet soit ouvert. Si vous avez des doutes, même en pleine nuit, appelez-moi.

Marie fixa la carte sans la prendre, les larmes aux yeux.

— Je ne peux pas faire ça. Je ne peux pas vous importuner comme ça.

— Je voudrais que si.

Miranda retourna doucement la main de Marie et y plaça la carte, refermant ses doigts autour.

— Il faut que je me débrouille toute seule, murmura la jeune femme d'une voix tremblante.

— C'est vrai, acquiesça Miranda. Mais il faut aussi savoir quand accepter l'aide qu'on vous propose.

Tout en parlant, elle songea que ce conseil s'appliquait à elle aussi.

— Pourquoi faites-vous ça ? Vous avez votre vie. Vous n'avez pas besoin d'être réveillée en pleine nuit par la mère d'un patient…

Miranda chercha frénétiquement une platitude à invoquer. Vite. Elle ne pouvait pas parler du passé qu'elle avait laissé derrière elle. Jamais. Cela l'exposerait au danger.

— Peu importe. Pensez à moi comme à une arme

dans votre combat, répondit-elle fermement. La peur peut paraître invincible, mais elle cède quand on lui tient tête. Appelez-moi en cas de besoin.

Marie avait besoin d'un arsenal. Pour affronter ses peurs une par une.

Exactement comme Miranda l'avait fait.

Et elle en aurait besoin jusqu'à la fin de ses jours. Parce que, même si la peur s'éloignait, elle rôdait toujours, hors de vue, prête à frapper de nouveau.

6

Le groupe Haut Risque se réunissait chaque mardi dans une salle de conférences du commissariat de police, et permettait à tous ceux qui pouvaient y assister d'échanger des nouvelles des dossiers en cours.

Vêtu d'un jean et d'une chemise à carreaux, les manches roulées jusqu'aux coudes, Tad écoutait les uns et les autres. Il n'était pas un membre officiel de l'équipe, mais il prit la parole brièvement pour rapporter ses observations après ses premières rondes autour du domicile de Danny. Jusqu'à maintenant, il n'y avait rien à signaler.

Sara Havens Edwin, la psychologue, parut soulagée. Lors d'une conversation antérieure, elle avait expliqué à Tad que, dans une situation comme celle des Williams, Marie elle-même représentait un risque. Non seulement elle aimait son mari, mais ce dernier la manipulait depuis le lycée. Elle avait été conditionnée à satisfaire ses désirs.

S'ensuivirent quelques minutes de discussion administrative. Un groupe mail fut établi, le financement de l'opération fut évoqué, des fonds furent alloués ici et là. Tad continuait à écouter, mais se surprit à consacrer plus d'attention aux petits motifs couleur arc-en-ciel de la tunique de Miranda. Ils semblaient suivre les courbes de ses seins.

Il s'efforça de détourner les yeux. Au bout de quelques secondes, il ne put s'empêcher de regarder de nouveau, et s'imagina en train d'étaler de la lotion sur le dos de Miranda, sur ses épaules et dans le creux de sa poitrine. Comme il se redressait pour chasser cette image déplacée, le regard de Miranda croisa le sien, y resta soudé un instant.

Elle l'avait surpris en flagrant délit.

Une demi-heure plus tard, assis en face d'elle dans le coffee-shop habituel, Tad se sentait un rien mal à l'aise. À son grand soulagement, elle n'avait pas fait mine de se lever quand leurs collègues étaient partis, mais l'expression de son visage n'augurait rien de bon. Elle était contrariée, et il soupçonnait pourquoi.

Il s'était mal conduit. Lui, qui avait toujours veillé à séparer le professionnel du personnel, justement parce qu'il était conscient des complications que causerait une liaison sur son lieu de travail.

Et cela alors qu'il était censé gagner la confiance de Miranda. Pour sa sécurité. Et parce qu'il avait donné sa parole à un homme qu'il respectait.

Il devait réparer le mal qu'il avait fait.

— Je suis désolé. C'était inexcusable de ma part, mais ça ne se reproduira pas.

Miranda fronça les sourcils et fixa sur lui un regard perçant.

— Pardon, mais quelque chose m'a échappé ? De quoi parlez-vous ?

Elle sirotait encore son latte, qui devait avoir refroidi maintenant. Pour sa part, il avait terminé son café noir depuis un bon moment. Il songea à reprendre un expresso. Il n'avait pas l'habitude de passer ses journées assis dans une voiture comme il l'avait fait ces dernières semaines. Et cette expérience lui avait appris qu'il n'avait pas l'étoffe d'un détective privé. Il était plutôt un homme d'action. Il aimait suivre des pistes, traquer les méchants.

Ne pas être un d'entre eux.

— Vous et moi… J'apprécie d'avoir la possibilité de me rendre utile au sein de l'équipe pendant mon séjour ici. J'ai peut-être franchi une ligne et…

Il marqua une pause.

— Je voulais vous dire que…

Il s'interrompit de nouveau en la voyant secouer la tête. Elle planta son regard dans le sien.

— Si quelqu'un a franchi une ligne, c'est moi, Tad. En laissant mon fils vous persuader de jouer à des jeux vidéo avec lui.

— Je me suis beaucoup amusé, affirma-t-il. J'espérais prendre ma revanche.

— Ethan aussi voudrait rejouer avec vous.

Cependant, elle ne souriait pas.

Il devait parler franchement à son père. Lui avouer qu'il était peut-être en train de nouer des liens avec Miranda, lui donner la possibilité de le remplacer avant qu'il ne se passe quelque chose entre eux.

Alors, c'en serait fait de sa réputation. Il pourrait dire adieu à sa carrière en Caroline du Nord, et peut-être ailleurs, si l'enquête interne en cours sur sa conduite concluait à une faute professionnelle.

— J'ai dit à Ethan que je vous en parlerais, reprit-elle, mais c'est gênant. Vous ne m'avez pas invitée à sortir avec vous, ni suggéré que vous en aviez envie, et pourtant, j'ai l'impression que nous sommes en train de discuter comme si c'était le cas.

— Peut-être parce que j'ai parlé d'avoir franchi une ligne.

— C'est compliqué, non ?

— Peut-être.

Il aurait dû prendre ses distances. Au lieu de quoi il se pencha vers elle et lui sourit.

— Vous me plaisez.

Il n'allait pas mentir à Miranda plus qu'il n'y était contraint. Elle avait connu assez de déboires dans sa vie. Un homme l'avait trahie de la pire manière possible.

— Hum.

Elle détourna les yeux et s'humecta les lèvres, tout à fait naturellement, sans se rendre compte de l'effet qu'elle produisait sur lui. Puis elle le regarda de nouveau.

— Je vous ai dit que je n'étais sortie avec aucun homme depuis la mort du père d'Ethan. Mais je ne vous ai pas dit que…

Il attendit, osant à peine respirer. Allait-elle lui confier que cet homme l'avait rouée de coups, terrorisée au point qu'elle avait dû changer d'identité ?

Allait-elle lui révéler le vrai nom de ce misérable pour que Tad puisse s'assurer qu'il était vraiment mort et qu'elle était en sécurité ?

Il ne pouvait lui dire qui il était vraiment sans l'accord de son père, pas encore. Mais s'il pouvait au moins avoir la certitude que Miranda ne courait plus de danger, il serait infiniment plus tranquille.

— Eh bien, la vérité, c'est que je n'ai été attirée par personne…

Parce que…

— Et c'est sans doute pour ça que je me conduis comme une parfaite idiote en ce moment, acheva-t-elle en promenant le doigt sur le bord de sa tasse.

Venait-elle de lui dire qu'il l'attirait ? Tad repassa la dernière minute de conversation dans sa tête et conclut que oui.

Et s'il était déçu qu'elle ne se soit pas confiée à lui concernant son passé, il était aussi soulagé. Chaque fois qu'elle évoquait son histoire avec quelqu'un, elle s'exposait à la possibilité d'être découverte.

Il était heureux qu'elle soit si avisée.

— Bref, nous sommes attirés l'un par l'autre, résuma-t-il sur un ton léger qui ne reflétait rien de ses préoccupations. Nous devrions boire quelque chose pour fêter ça. Qu'est-ce que je vous offre ?

Il se leva, songeant qu'il avait vraiment besoin d'un café.

— Un autre latte ?

Elle leva les yeux vers lui, comme si elle venait de lui demander quelque chose de beaucoup plus important et qu'elle le croyait capable de le lui apporter.

Il voulait le faire.

Mais il était assez sûr qu'il ne pouvait pas. Pas encore.

Une chose était sûre. Son appel à l'homme qui l'avait engagé devenait urgent. Peut-être allait-il désobéir aux instructions et lui téléphoner avec quelques jours d'avance.

Peut-être.

Debout au comptoir, Tad avait surtout hâte de rejoindre la ravissante femme qui l'attendait à la table du coin.

Miranda avait l'estomac noué. Ses mains tremblaient. Peu importait, apparemment, qu'elle ait pris une décision deux jours plus tôt au sujet de Tad Newberry, ou qu'elle ait répété cette conversation dans sa tête.

Il l'avait regardée dans les yeux et lui avait dit qu'elle l'attirait. Pour elle, c'était une première. Une attraction réciproque.

Dans sa vie d'avant, ce n'était jamais arrivé. Après la thérapie qu'elle avait suivie, Miranda avait compris que toute une partie d'elle-même avait été étouffée par la maltraitance de son père. Elle avait développé un mécanisme de défense contre les hommes qui n'avait jamais faibli depuis.

Et maintenant ?

Maintenant, elle allait devoir prononcer les paroles qu'elle avait prévues. En dépit de son cœur qui battait la chamade, et de la chaleur qu'elle sentait monter en elle sous le regard de Tad.

Elle le remercia pour le café. En but une gorgée pour se donner une contenance pendant qu'il s'asseyait.

— Je ne suis pas à la recherche d'une relation, commença-t-elle. Quoi que j'éprouve envers quiconque. Je ne vais pas m'engager, point. Du moins, pas avant qu'Ethan soit plus grand.

Là. C'était fait. Et si cela signifiait qu'il allait sortir du café et l'ignorer pendant le reste de son séjour en ville, tant pis.

Tant mieux, au fond. Cela voudrait dire qu'elle n'avait pas besoin d'être sur ses gardes avec lui. De lutter contre le désir insensé de sentir ses lèvres sur les siennes.

Quand Jeff et elle avaient conçu Ethan, ils avaient tenté de s'embrasser d'abord, et avaient fini par éclater de rire à la place.

Tad n'avait pas bougé. Il la dévisageait.

— C'est bon à savoir, dit-il, éveillant en elle l'envie profonde de déchiffrer chacune de ses pensées.

— Vous n'êtes là que pour neuf mois, au plus, c'est ça ?

Flûte. Sa question avait été maladroite. Elle suggérait que, s'il était prêt à rester, elle changerait peut-être d'avis.

Il ne pouvait y avoir de brèche dans son armure. Pas la moindre faille où il pourrait se faufiler.

— Au plus, répondit-il.

Il s'était calé sur sa chaise, assis légèrement de côté de sorte qu'il avait un bras sur la table et l'autre qui pendait à côté de sa chaise. Comme s'il n'avait pas un seul souci au monde.

Pourtant, il l'observait avec tant d'attention… comme s'il la jaugeait… qu'elle se sentit nerveuse, inquiète qu'il ne voie plus de choses en elle qu'elle ne pouvait révéler.

Cette conversation était une mauvaise idée. Pire encore qu'elle l'avait craint.

Et si elle laissait échapper un détail ? Une pépite d'information qui suscitait sa curiosité…

Non. Elle coupa court à cette pensée. Elle n'allait pas retomber dans la paranoïa. Elle avait gagné cette bataille. Elle n'allait pas permettre à la peur et au soupçon de s'immiscer en elle, de la forcer à reprendre la lutte.

Du moins, pas si elle en avait conscience.

Depuis qu'il s'était rassis, Tad n'avait presque rien dit. Si elle n'était pas tout excitée intérieurement par l'aveu qu'il lui avait fait, elle aurait presque pu se convaincre qu'il ne s'était rien passé.

Qu'elle se faisait du souci pour rien.

— J'ai dit à Ethan que nous pouvions être amis tous les trois, vous et moi, lui et vous, mais que nous ne pouvions avoir besoin les uns des autres. Ni compter les uns sur les autres, ajouta-t-elle précipitamment.

Elle était partagée entre l'espoir qu'il avait remarqué le « vous et moi », et la crainte que non.

— Je voudrais bien qu'on soit amis.

Il posa les deux bras sur la table, et une bouffée de soulagement déferla en Miranda, si violente qu'elle en était presque étourdie. Elle avait envie d'éclater de rire. Et peut-être de pleurer un peu aussi.

— Nous trois, Ethan et moi, et vous et moi, reprit-il.

Et elle se mit à frissonner.

7

— Vous avez passé un bon week-end ?

Tad savait que Miranda avait réussi à retirer les roulettes du vélo d'Ethan. Le garçon se débrouillait parfaitement sans elles lorsqu'il était revenu jeter un coup d'œil sur eux plus tard dans l'après-midi. Il avait trouvé une place où se garer non loin de leur maison, d'où il pouvait voir sans être vu.

Au début, cette surveillance lui avait paru justifiée. Et même utile : il les maintenait en sécurité. Cependant, à mesure qu'il apprenait à les connaître, il éprouvait un malaise grandissant à les observer.

La fin justifiait-elle les moyens ?

Cette question était justement au centre de son existence : le bureau des affaires internes essayait d'y répondre le concernant.

— Ethan n'a pas arrêté de me harceler pour que je vous appelle dimanche, admit-elle.

— Vous auriez dû.

— Je suis sûre que vous aviez à faire.

— Je passe beaucoup de temps assis. Dans des réunions, dans ma voiture… J'ai découvert que je ne suis pas très doué pour ça.

— Vous préférez être dehors et sauver le monde, observa-t-elle.

Elle avait parlé sur un ton différent. Pas forcément négatif, mais différent. Comme si elle savait.

Et il devina pourquoi.

— Vous connaissez quelqu'un de ce genre ? demanda-t-il, songeant à son père.

Cet homme-là avait dû être un parent exceptionnel. Grandir avec quelqu'un qui était toujours prêt à prendre des risques, à mener des combats au péril de sa vie, était forcément une inspiration. Son propre père avait abandonné sa famille alors que Tad était encore un bébé. Sa mère et sa sœur n'avaient eu que lui pour les protéger.

Et il n'avait pas été à la hauteur.

— Pas personnellement, non, répondit-elle, l'air sincère. Mais étant donné que vous avez été blessé au cours d'une mission, j'imagine que vous ne gagnez pas votre vie en restant assis derrière un bureau. Et pour quelqu'un comme vous, qui travaille d'habitude dans des situations dangereuses, ce doit être difficile de vous contenter de quelques patrouilles pour vous assurer du bien-être d'un petit garçon.

La chaleur se lisait dans ses yeux bleus, la compréhension ; aussi réconfortante qu'une source d'eau pure pour un homme mourant de soif.

— Cela dit, vous devez vous rendre compte que ce que vous faites va bien au-delà, continua-t-elle. Votre présence donne des forces à Marie aussi. Et lui rappelle qu'elle ne peut pas céder et contacter Devon parce que tout le monde le saurait, et qu'il aurait des ennuis s'il venait leur rendre visite. Elle a peut-être du mal à se protéger elle-même, mais elle a été programmée pour prendre soin de lui.

Tad fut frappé par son intuition. Il s'était beaucoup documenté sur les violences conjugales au cours des trois derniers mois, mais cinq minutes de conversation avec Miranda lui en avaient appris davantage que tous les rapports qu'il avait consultés. Son expérience lui parlait.

Sans doute plus qu'elle ne le soupçonnait.

Peut-être parce qu'il savait.

— Elle est sans doute à un tournant critique de sa vie, reprit Miranda à voix basse. Si elle réussit à garder ses distances, à échapper au contrôle mental de Devon assez longtemps pour retrouver sa propre indépendance, elle pourra se construire une nouvelle vie.

Tad eut l'impression d'avoir plongé dans la conscience de Miranda elle-même. Il voulait rester là. Avec sa permission.

— Je ferai de mon mieux pour la soutenir, assura-t-il. Si je peux me rendre utile autrement, n'hésitez pas à me le dire.

Il tenait sincèrement à épauler Marie dans la bataille qu'elle menait contre le mal. Et si cela lui permettait de comprendre comment aider Miranda aussi, ce serait encore mieux.

— Entendu, promit-elle. Je sais qu'elle a été très touchée par votre visite au cabinet l'autre jour.

Le jour où il avait baissé son pantalon. Il avait repassé cette scène une dizaine de fois dans sa tête, la plupart du temps avec une certaine gêne.

Cela dit, il n'était pas sûr de se comporter autrement si la situation se représentait.

Là encore, la fin et les moyens.

— Si je vous confie quelque chose, pouvez-vous garder le secret ?

— Bien sûr.

Que répondre d'autre ? Plus il en savait à son sujet, mieux il serait en mesure de la protéger.

Non qu'elle soit en danger. Il serait juste soulagé dès qu'il saurait avec certitude que son ex était mort.

— La dernière fois que Marie est venue au cabinet, je lui ai donné mon numéro de téléphone personnel.

Elle sirota une gorgée de café. Pour sa part, il avait

complètement oublié le sien. Puis elle le regarda dans les yeux, assumant sa décision.

— La paranoïa peut être une conséquence durable de la violence domestique. Quand on voit sa confiance trahie par un être aussi proche…

Elle se tut, et il réprima l'envie de capturer ses mains dans les siennes ou, de préférence, de la prendre dans ses bras, de lui affirmer qu'il mourrait plutôt que de laisser quiconque lui faire du mal de nouveau.

— Je garderai l'œil sur elle, si vous voulez.

Il ne pouvait pas accomplir grand-chose pour Miranda pour le moment. En revanche, il pouvait aider Marie à traverser les épreuves que Miranda avait dû affronter seule. Les premiers pas sur le dur chemin de la liberté.

À sa grande surprise, Miranda secoua la tête.

— Si elle s'en apercevait, cela risquerait de faire plus de mal que de bien, déclara-t-elle. Il faut qu'elle reprenne confiance en elle. Qu'elle puisse compter sur elle-même, sur sa propre force, tout en saisissant la différence entre être dépendante et demander de l'aide. Personne ne sait tout faire. Il lui faut apprendre à accepter un coup de main en cas de besoin.

Il comprenait. Mieux que jamais auparavant.

Il songea aux roulettes du vélo. À quel stade du processus Miranda se trouvait-elle ?

— C'est pourquoi je lui ai donné mon numéro, reprit-elle. Ce n'est pas illégal de le faire, mais ça ne fait pas partie du protocole habituel. J'ai juste entrevu une possibilité de l'aider à lutter contre ses démons et j'ai su que je devais le faire.

Et elle lui révélait cela parce que…

Elle ne se faisait pas toujours confiance ? Y parviendrait-elle un jour ?

Même quand on gagnait la bataille et qu'on devenait

un survivant plutôt qu'une victime, se libérait-on tout à fait du passé ?

La vie laissait ses marques sur les gens. Elle les changeait.

— Je trouve que c'est génial de votre part.

Le sort avait été cruel avec elle, et elle s'était sauvée. Elle n'avait pas besoin de la protection qu'il se persuadait de lui apporter. En réalité, peut-être avait-il plus besoin de l'offrir qu'elle de l'accepter.

— J'espère seulement qu'elle va s'en servir.

Miranda lui sourit.

— C'est bien. D'être amis.

— Que diriez-vous d'un dîner amical cette semaine ? Je pourrais peut-être essayer de devenir un gardien de zoo digne de ce nom.

Elle hésita, et il eut le sentiment que son invitation tombait à plat.

— Ou pas.

Miranda se redressa, prit une profonde inspiration.

— Si. Je veux dire, parlons-en. Je... je suis un peu bizarre à propos de ma maison, admit-elle. Je n'invite pas les gens. Je sais, c'est étrange, mais j'élève mon fils seule. J'ai toujours tenu à ce que notre foyer soit un refuge. Un lieu sûr pour nous deux.

Il se souvint qu'elle s'était hâtée de le conduire sur la terrasse le week-end précédent.

— Je pourrais vous inviter chez moi, proposa-t-il. Ce n'est pas le grand luxe, mais il y a une cuisine et une télé pour le jeu vidéo.

— Non. Je suis juste...

Paranoïaque ?

— Peut-être que le moment est venu d'élargir les horizons d'Ethan. De nous exposer tous les deux à une vie sociale qui nous fait du bien. Je vérifierai mon agenda et je vous rappellerai demain. Ça vous va ?

Elle voulait réfléchir, conclut-il.

— Bien sûr. Je suis disponible.

— Vous aimez les spaghettis ?

— Qui n'aime pas ça ?

— C'est un des plats préférés d'Ethan. Je rentre du travail de bonne heure jeudi parce que je suis de garde samedi cette semaine. On pourrait dîner ensemble jeudi.

— Vous avez déjà vérifié votre agenda ? la taquina-t-il.

Elle lui rendit son sourire.

— Ne faites pas le malin.

Miranda devait retourner au bureau, et lui au gymnase avant de se rendre au collège de Danny. Il la raccompagna à sa voiture, puis se dirigea vers la sienne, mais la suivit des yeux jusqu'à ce qu'elle soit sortie du parking.

Jamais il n'avait admiré, ou désiré, une femme autant qu'elle. Pour la première fois depuis que sa sœur avait été assassinée, quelque chose comptait plus pour Tad que de traquer les malfaiteurs.

Soudain, le bonheur d'une femme et de son fils passait avant tout.

La sécurité de Marie et de Danny était une priorité, bien sûr. Toute une équipe était en place pour les aider. Il était fier d'en faire partie.

Mais sa mission était beaucoup plus personnelle.

Il était temps que Miranda Blake soit libre de redevenir Dana O'Connor. Qu'elle puisse retrouver le père qui l'adorait. La vie à laquelle elle avait été forcée de renoncer.

Qu'elle soit délivrée du passé qui continuait à la hanter.

Elle avait gagné sa bataille. Maintenant, le moment était venu de rentrer chez elle après la guerre.

8

Miranda attendit jusqu'au mercredi soir pour annoncer à Ethan que Tad viendrait dîner le lendemain. Uniquement pour se préserver. Elle voulait être absolument sûre d'elle avant de s'exposer au barrage de questions de son fils.

Avait-elle pris la bonne décision ? Pouvait-elle introduire quelqu'un dans leur foyer sans révéler le moindre détail de leur passé qui puisse aider un tiers à les retrouver ?

Si quelqu'un en ville interrogeait Tad, quelqu'un qu'elle croyait connaître, et lui posait une question d'apparence inoffensive ? Ne risquait-il pas de divulguer, à son insu, une information qui la trahirait ? Les ressources dont disposait son père offraient toutes sortes de possibilités.

On lui avait conseillé de mener une vie normale. Elle n'avait rien conservé de son passé. Rien. Pas de photos. Pas même le petit cœur en or que Jeff lui avait offert le jour où elle lui avait appris qu'elle était enceinte. Un symbole de l'amour qu'il lui vouait, et de l'amour qu'elle lui avait donné. De l'amour qu'ils avaient créé en leur enfant, par leur enfant.

Le soir où elle avait pris la fuite, elle avait fait un détour pour se rendre sur la tombe de Jeff, et avait enterré le pendentif à côté. Elle s'était dit que, un jour peut-être, lorsque Ethan serait grand, elle pourrait l'emmener là-bas, lui dire la vérité sur l'homme merveilleux qu'avait été son père et lui remettre le bijou.

Était-ce mal de s'accorder un moment de bonheur en invitant Tad à revenir ? Mettait-elle la vie de son fils en danger ?

Ou, au contraire, lui faisait-elle du mal à en le gardant cloîtré ? Allait-il grandir dans la peur du monde extérieur ?

Le mercredi soir, il s'était couché aux anges. Il n'avait cessé de bavarder, de la bombarder de questions sur le plat qu'elle allait préparer, et lui avait suggéré de confectionner des brownies aussi.

Le jeudi, elle avait préparé les brownies dès son retour à la maison, croisant les doigts pour qu'Ethan n'ait pas de devoirs ou très peu, de façon qu'il puisse les faire rapidement et être libre de s'amuser.

Elle souriait en l'attendant à sa place habituelle devant l'école. Tout en faisant le ménage et la cuisine cet après-midi-là, elle avait eu une longue conversation avec elle-même. Et peut-être avec Jeff aussi. Elle avait écouté sa voix lui dire combien elle était forte, et capable.

De tous les amis qu'il aurait pu avoir à l'université, c'était elle qu'il avait choisie - une fille ordinaire, timide, qui ne parlait guère. Jeff avait discerné en elle des qualités qu'elle n'avait pas vues elle-même.

— Je n'aime pas Tad et je ne veux pas qu'il vienne dîner.

Les paroles jaillirent de la bouche d'Ethan avant même qu'il soit grimpé sur le siège à côté d'elle.

— Il faut que tu lui téléphones et que tu lui dises qu'il ne peut pas venir, ajouta-t-il en fourrant son sac à dos à ses pieds.

Sur quoi, il croisa les bras et regarda devant lui, la lèvre inférieure en saillie comme lorsqu'il retenait ses larmes.

Le cœur battant à tout rompre, Miranda resta calme.

— Pourquoi ? Qu'est-ce qu'il a fait ?

— Je croyais que c'était mon ami à moi. Notre ami. Mais il est ami avec n'importe qui.

— Je ne comprends pas, répondit Miranda doucement, ignorant l'agitation autour d'eux.

— Je l'ai vu. Il était là, derrière le grillage du terrain de base-ball. Pendant la récréation. J'ai cru qu'il était venu me voir, mais quand j'ai commencé à courir vers lui, j'ai vu un autre garçon s'approcher de lui et Tad ne m'a même pas vu. Il ne m'a même pas fait signe. Il a juste passé toute la récréation à parler à cet autre garçon et puis… je ne sais pas. Il l'a peut-être emmené manger une glace.

— Quel autre garçon ?

Danny Williams fréquentait la même école que son fils. Il était un peu plus âgé et, donc, se trouvait dans une classe différente. Il était tout à fait possible qu'Ethan ne le connaisse pas.

— Je ne sais pas.

Ethan baissait la tête, et elle dut réprimer l'envie de le prendre dans ses bras et de le bercer contre elle, comme elle le faisait quand il était plus jeune.

— Si c'était pendant la récréation, ce garçon n'a pas pu sortir de l'école. Tu crois vraiment que Tad l'a emmené manger une glace ? demanda-t-elle, ne sachant au juste par quel bout commencer.

— Non.

— Tu penses que Tad ne devrait pas avoir d'autres amis que toi ?

— Je ne sais pas.

— Tu sais, les gens peuvent aimer plus d'une seule personne. Jimmy a d'autres copains que toi et tu as d'autres copains que lui.

— Ce n'est qu'un gamin comme moi.

— Tu aimais bien Tad, mais ça ne voulait pas dire que tu ne m'aimais plus, n'est-ce pas ?

Comme elle s'efforçait de raisonner avec son enfant, elle songea soudain qu'elle avait échoué auprès de lui d'une manière qu'elle n'avait pas anticipée : elle s'était trop focalisée sur son travail et sur lui. En conséquence, Ethan avait des attentes irréalistes des rares adultes qu'il côtoyait…

— Je ne sais pas, répéta-t-il. Je croyais que c'était mon ami.

Les enfants étaient blessés tôt ou tard. Cela faisait partie de la vie. Peut-être certains étaient-ils mieux armés qu'Ethan. Plus exposés aux interactions humaines. Sans doute la plupart devaient-ils partager leurs parents avec un ou des frères et sœurs.

Elle avait voulu protéger Ethan. Elle s'était dit qu'il nouerait ses propres contacts une fois qu'il irait à l'école. Quand il serait plus âgé.

Elle avait tout prévu. Sauf qu'il pourrait se montrer jaloux parce que Tad était ami avec un autre garçon.

La manière dont il s'était attaché à Tad… Était-ce parce qu'il voyait en lui une figure paternelle ? Il n'avait pas l'habitude de voir un homme chez eux.

Miranda ne savait pas comment aborder cette question dans l'immédiat.

— Tu as dit que tu voulais que j'aie un rendez-vous, non ?

— Oui, mais pas avec lui. Plus maintenant.

— Il est un peu tard pour changer d'avis. Je l'ai invité à venir. Et il espère être un bon gardien de zoo ce soir, ajouta-t-elle, s'efforçant d'être persuasive malgré son désarroi. Veux-tu me rendre service et être gentil avec lui ? Juste pour ce soir ?

Elle avait besoin de temps pour réfléchir à la meilleure manière d'arranger les choses. Elle avait su que des obstacles se présenteraient. Avait été aussi prête qu'on pouvait l'être face à l'inconnu.

— Je ne sais pas.

— Il a envie de te voir, Ethan. Il t'aime beaucoup.

Ethan se tourna vers elle, les larmes aux yeux.

— Dans ce cas, pourquoi est-ce qu'il ne m'a pas remarqué ?

— Tu n'as pas pensé à lui poser la question ? Tu dis que tu es son ami, mais quel genre d'ami se met en colère et coupe les ponts avec quelqu'un sans même lui dire pourquoi il est blessé ?

Elle devait envoyer un texto à Tad. L'avertir. Peut-être pourrait-il avoir un tête-à-tête avec Ethan avant le dîner.

Elle ne pouvait révéler à Ethan que le père de Danny avait menacé de tuer sa mère, tenté de forcer l'enfant à partir avec lui, et que Tad faisait partie de l'équipe qui le protégeait. C'était impossible.

Pour une femme dont la vie entière était bâtie sur le mensonge, ce n'aurait pas dû être si difficile de mentir à son fils. Pourtant, cela lui donnait la nausée.

Tad n'avait pas peur d'affronter un homme armé. Ni d'enfoncer une porte derrière laquelle des malfaiteurs l'attendaient, pistolet au poing.

Il avait repoussé le moment de téléphoner au père de Miranda jusqu'au jeudi. Il pouvait se passer beaucoup de choses entre le mardi et le jeudi. À quoi bon aller à la recherche d'ennuis ?

Deux heures avant le rendez-vous prévu avec Miranda, il avait tellement hâte de partir qu'il comprit que les ennuis étaient bel et bien là.

Le téléphone à l'oreille, il fit les cent pas entre la chambre et le salon de son petit appartement, s'arrêtant devant la fenêtre pour contempler l'océan. Deux sonneries, trois. D'habitude, le commandant décrochait dès la première.

Mais c'était le vendredi : il s'attendait à l'appel de Tad.

Songeant qu'il allait basculer sur la boîte mail et qu'il était hors de question de laisser un message, Tad plongea la main dans sa poche et tendit le muscle blessé de sa cuisse. Se concentra sur l'exercice.

— Il y a un problème ?

Jusqu'à maintenant, son employeur avait toujours commencé la communication par les mots : Commandant O'Connor.

À chaque fois.

— Non.

— J'étais en réunion.

— Je suis désolé, monsieur.

Le ton de réprimande de son interlocuteur agaça Tad. Et s'il raccrochait ? Le commandant pouvait attendre le lendemain et l'heure habituelle pour avoir des nouvelles.

— Non. Non, c'est à moi de m'excuser. Quand j'ai vu le numéro s'afficher, j'ai été inquiet. C'est difficile de ne pas m'occuper de cette affaire moi-même. De ne pas pouvoir être sur place en cas d'urgence. Pardonnez-moi, je vous prie.

L'irritation céda aussitôt la place au respect, et Tad sortit sur le balcon. Celui-ci était à l'ombre l'après-midi, et l'air était frais en ce mois d'avril.

— Mes excuses pour ce contact imprévu. Je me trouve confronté à une situation dont je dois vous parler. J'aurais sans doute dû le faire plus tôt. J'ai un… une invitation pour ce soir et si vous préférez que je la refuse, j'ai besoin que vous me le disiez.

— Je vous l'ai déjà dit - vous avez carte blanche. Faites le nécessaire pour les surveiller. Me tenir au courant de leurs activités. Les garder à l'abri.

— Votre fille et son fils se sont liés d'amitié avec moi.

— Bien ! Encore mieux. C'est fantastique. Je n'aurais pu désirer davantage.

Devant l'enthousiasme de son supérieur, Tad se tassa légèrement.

— Plus vous serez proche d'eux, reprit O'Connor, mieux vous serez à même d'assurer leur protection au cas où la famille de son ex représenterait une menace. Ou si elle prend peur et tente de fuir de nouveau.

— À ce propos, monsieur. Avez-vous localisé sa famille ? Savons-nous si elle pose un risque ?

— Certains parents ont été localisés. D'autres non. Un de ses frères, au moins, pourrait être dangereux. Nous devons rester vigilants pour le moment.

— Si vous me donnez le nom de cet individu, je peux faire quelques vérifications d'ici. Enquêter est ma spécialité, c'est ce que je fais de mieux. Trouver des indices, assembler les pièces du puzzle. J'ai le temps de m'en occuper.

— J'apprécie votre bonne volonté, Newberry. Mais j'ai un autre agent, tout aussi compétent, qui travaille là-dessus.

Tad réprima un soupir de frustration.

— Pour tout vous dire, monsieur, murmura-t-il, Miranda… Dana m'a laissé entendre qu'elle pourrait être ouverte à une relation avec moi. Je veux que vous sachiez que je… tiens à elle. Votre fille est quelqu'un de remarquable.

À l'instar du commandant, elle donnait généreusement son aide à ceux qui en avaient besoin. Comme Marie, par exemple.

— Je vois. Très bien. Votre honnêteté est tout à votre honneur, Newberry. Je suis l'enquête interne qui est en cours vous concernant, et votre intégrité ne fait aucun doute. Que vous repreniez ou non votre poste, l'État de Caroline du Nord aura une place à vous proposer à la fin de votre année sabbatique.

Tad écoutait, songeant qu'il ne s'agissait pas de lui. De son avenir.

— Elle m'a invité à dîner chez eux ce soir.

— Vous m'en voyez ravi. Je savais que vous étiez l'homme qu'il fallait pour cette mission. Je vous demande seulement de bien la traiter, d'accord ? Si vous éprouvez des sentiments pour elle, très bien. Sinon, ne laissez pas les choses aller trop loin. Je ne voudrais pas qu'elle souffre. Et je compte avoir un rapport plus complet sur mon petit-fils lors de notre conversation demain.

Le commandant O'Connor venait de lui donner son accord pour une liaison avec sa fille. Tad était sur le point de le faire répéter quand son interlocuteur fut interrompu et dut mettre fin à l'appel.

Il n'allait pas coucher avec Miranda. Il ne pensait pas que ce soit une bonne idée. En revanche, se rapprocher d'elle, voire la tenir entre ses bras…

Tad secoua la tête, chassant les visions qui s'imposaient à lui. Il rangea l'appareil prépayé dans sa chaussette, enfila sa chemise et referma la penderie.

Il n'avait jamais été agent infiltré, mais il commençait à avoir une impression assez précise de ce qu'on ressentait dans ce genre de situation. Et se disait qu'il avait été bien avisé de ne pas choisir cette option au cours de sa carrière. Trop compliqué pour lui, tout ça. Mélanger sa vie privée et sa vie professionnelle ne lui plaisait guère.

Il pourrait démissionner. Il avait trouvé la fille du commandant. Pourquoi ne pas suggérer à ce dernier de le remplacer ?

Cette possibilité avait ses mérites. Elle lui était insupportable, mais elle avait ses mérites.

Son téléphone portable sonna dans sa poche. C'était Miranda. Il ne pouvait se tromper : il lui avait assigné deux sonneries particulières, une pour les textos, une pour les appels.

Tout va bien avec Danny et Marie ?

Marie l'avait-elle contactée ? Tad sentit une bouffée d'adrénaline courir dans ses veines. Une patrouille de police avait repéré Devon Williams près de son domicile cet après-midi-là. Pas dans le périmètre qui lui était interdit, mais assez près pour que l'équipe en soit informée.

Avait-il enfreint l'injonction ? Avait-il abordé Marie ?

Oui, autant que je le sache. Pourquoi ?

Ethan vous a vu avec Danny à l'école aujourd'hui.

Tad expliqua brièvement qu'on lui avait demandé d'établir un contact visuel avec le garçon et que celui-ci était venu lui poser des questions sur les exercices qu'il pouvait faire avec sa jambe blessée.

Je voulais vous prévenir. Ethan est vexé. Il pense que vous lui préférez Danny.

Tad esquissa une grimace.

Qu'est-ce que vous lui avez dit ?

Il retourna sur le balcon en attendant la réponse. Son métier n'était pas censé être émotionnellement aussi éprouvant qu'il l'avait été ces deux dernières semaines. Il était censé utiliser son cerveau, pas son cœur.

Après la mort de sa sœur, il avait décidé d'essayer d'avoir une influence positive autour de lui. D'aider les autres, et non de leur causer des problèmes.

Et jamais il n'aimerait personne autant qu'il avait aimé Steffie.

Je lui ai dit de vous poser la question. Désolée. Je ne savais pas quoi dire. Je ne peux pas lui expliquer qui est Danny ni pourquoi vous le connaissez.

Tad lut sa réponse deux fois.

Pourquoi pas ?

Pour sa part, il ne voyait pas ce qu'il y aurait de mal à le faire. Si Ethan prenait conscience du fait que les enfants étaient parfois menacés par des membres de leur famille, cela lui serait peut-être utile au cas où un parent de son père s'avisait de venir le chercher.

Tad songeait au frère mentionné par le commandant O'Connor. À vrai dire, il avait hâte d'arriver chez Miranda et de s'assurer que ses portes et fenêtres étaient munies de verrous solides.

Il n'a que six ans. Il n'a pas besoin d'être exposé aux aspects sordides de la vie pour le moment.

Il n'était pas d'accord. Pas du tout. Surtout eu égard à sa situation… qu'il n'était pas supposé connaître.

Cependant, il comprit le message. Elle ne voulait pas qu'il parle à Ethan de la situation de Danny.

En attendant de trouver le moment propice pour aborder la question avec elle, il opta pour une réponse diplomatique :

D'accord. Merci de m'avoir prévenu.

La réaction de Miranda fut presque immédiate.

Merci.

Avec une émoticône souriante.

9

Il fallait qu'elle réussisse. Non seulement pour Ethan et pour elle, mais pour toutes celles qui suivraient le même chemin qu'elle. Pour Marie et toutes les Marie à venir.

Elle devrait incarner la preuve qu'on pouvait retrouver la sérénité après la violence - même quand la menace était si sévère qu'on devait s'enfuir pour garder la vie sauve. Les autres ignoraient tout de sa situation, mais en menant une existence heureuse, épanouie, elle pouvait offrir un exemple. Et le jour où son père aurait cessé d'être un danger, elle pourrait révéler son histoire pour inspirer d'autres victimes.

Des papillons à l'estomac, elle regarda l'horloge. Tad n'allait pas tarder.

Sa première idée avait été de passer le début de la soirée sur la terrasse, mais le vent s'était levé et l'air s'était rafraîchi, de sorte qu'elle avait dû renoncer à cette option.

Ils allaient donc rester à l'intérieur. Elle avait dressé le couvert dans le petit coin salle à manger adjacent à la cuisine. Ethan et Tad pourraient jouer à *Attaque au zoo* sur la console de jeux reliée à la télévision du salon. Elle avait fermé les portes des chambres. Non à cause d'un quelconque désordre, mais par souci de préserver son intimité.

Vêtue d'un jean skinny, d'un débardeur bleu marine et

d'une chemise trois quarts blanche presque transparente, elle s'inspecta une dernière fois dans la glace de la salle de bains. Elle avait lâché ses cheveux, contente pour une fois qu'ils ondulent naturellement. Quant au reste, elle n'avait jamais été très portée sur le maquillage. Un peu de fond de teint, un soupçon de crayon autour des yeux, et c'était tout.

Un frisson d'excitation la traversa alors qu'elle croisait son regard dans le miroir. Elle espérait vraiment que Tad était attiré par elle.

Pour autant que cette pensée l'effraie, compte tenu de ses secrets, elle lui procurait aussi du plaisir. Beaucoup de plaisir. Si elle ne parvenait pas à mener une vie normale, elle resterait une victime, à jamais prisonnière de la crainte d'être de nouveau maltraitée.

De retour dans le salon, elle constata que son fils était toujours assis en tailleur devant la télévision. Elle ouvrait la bouche quand la sonnette de la porte d'entrée tinta.

— Souviens-toi, murmura-t-elle en passant à côté de lui, si tu veux avoir un ami, il faut te conduire en ami.

Elle déposa un baiser sur sa tête, espérant qu'il allait se détendre. Quoi qu'il arrive, elle savait que Tad n'allait pas lui révéler la situation de Danny. Elle n'avait pas parcouru cinq mille kilomètres et renoncé à tout ce qui lui était familier pour que son fils soit confronté à la violence conjugale. Plus tard, quand il serait plus âgé, que de solides valeurs familiales seraient ancrées en lui… Alors, elle lui parlerait.

Ethan ne se détendit pas. Au contraire, il se comporta comme un enfant gâté. Un enfant que Miranda ne connaissait pas et qui s'insinuait entre Tad et elle, les interrompait dès qu'ils entamaient une conversation et refusait de parler à Tad quand ce dernier lui adressait la parole.

Il était chez eux depuis moins de dix minutes, et déjà la soirée était un désastre.

— Je ferais peut-être mieux de m'en aller, suggéra Tad en se levant, ses clés de voiture à la main.

— Je ne crois pas qu'un enfant de six ans ait le droit de décider de notre soirée, répondit Miranda, surprise par sa propre fermeté.

Elle n'était pas exigeante avec son fils d'ordinaire. C'était un enfant sage. Il avait rarement besoin d'être grondé, il était seulement encadré.

Et elle n'allait pas se conduire comme son père. Ethan n'aurait jamais de raison d'avoir peur d'elle. C'était une promesse qu'elle s'était faite à elle-même et à lui aussi, à l'époque où il n'était encore qu'un bébé en cavale avec elle.

Elle se leva, les mains sur les hanches.

— Ethan, tourne-toi, s'il te plaît.

Tout d'abord, il ne bougea pas. Puis, très lentement, il obtempéra, levant les yeux vers elle à travers ses lunettes à la Clark Kent. Elle se sentit fondre, comme toujours lorsqu'il trahissait des émotions qu'il était incapable de dissimuler.

— Tu veux vraiment que Tad s'en aille ? demanda-t-elle, priant pour qu'il soit honnête avec elle, et avec lui-même.

— Je ne sais pas.

— Ce n'est pas une réponse, Ethan. Nous avons un invité, et tu es malpoli avec lui.

— Pardon.

Il paraissait moins contrit qu'insolent.

Tad se laissa tomber par terre à côté de lui.

— L'autre jour, tu m'as demandé de venir.

La télécommande à la main, le garçonnet fixa l'écran de télévision.

— Tu as peur que je ne gagne notre prochaine bataille ? le taquina Tad.

Ethan se contenta de hausser les épaules.

Miranda n'aimait guère les jeux vidéo, mais y jouait

avec Ethan. Jamais il n'avait été mauvais perdant. Elle tendit nerveusement la main vers son verre, s'assit sur le canapé et but une gorgée de vin.

— Bien… Alors tu me permets de jouer aussi, suggéra Tad en s'emparant de la seconde télécommande.

Il ne pourrait pas faire grand-chose tant qu'Ethan n'aurait pas opté pour la version à deux joueurs. Elle attendit.

Et exhala un long soupir lorsque son fils appuya sur la touche.

Au bout d'un quart d'heure, elle s'esquiva et gagna la cuisine pour apporter les dernières touches au repas, s'exhortant à ne pas attacher trop d'importance à l'arrivée de Tad dans leur vie.

Se donnant une mise en garde.

Il n'était là que pour quelques mois. Elle pouvait s'amuser, prendre plaisir à sa présence, pour son bien et pour celui de Nathan.

Elle devait présenter son enfant à d'autres adultes.

Et elle continuerait à le faire après le départ de Tad.

Il constituait une étape dans son voyage de survivante. Elle allait commencer à ouvrir son foyer aux autres, à partager sa vie davantage. Grâce à lui.

Les sentiments qu'il avait éveillés en elle, peut-être simplement parce qu'elle était prête et qu'il était là, l'avaient obligée à se confronter à ses peurs.

Ethan lui avait un peu forcé la main aussi, en s'attachant à Tad comme il l'avait fait. Justement, la voix de son fils lui parvint de la pièce voisine.

— Pourquoi est-ce que c'est malpoli de t'ignorer alors que tu m'as ignoré aussi ?

Miranda réprima un soupir. Ethan n'avait pas renoncé. Elle se demanda lequel des deux avait rompu le silence, et soupçonna que ça avait été Ethan. Tad était si maître de lui qu'il aurait sans doute pu patienter des jours durant.

— Je ne t'ai pas ignoré, répondit ce dernier calmement. Je ne savais pas que tu étais là. Toi, en revanche, tu sais que je suis ici. Voilà la différence.

Sur l'écran, son avatar avait une rangée de retard sur celui d'Ethan, qui disposait encore d'une solide collection d'exterminateurs dans sa grange. Autrement dit, son fils menait largement.

— Tu savais que Danny était là. Pourquoi tu ne m'as pas cherché ?

— J'étais là pour voir Danny.

Miranda se figea. Fixa la nuque de Tad.

Devait-elle mettre fin à la conversation ? Les appeler pour dîner ? Attirer Tad à l'écart, lui rappeler de se taire ?

— Qui est Danny ? lança-t-elle, sentant que sa réaction était disproportionnée avant même que les mots soient sortis de sa bouche.

Le rapide regard que Tad lui adressa confirma ses soupçons.

Ethan ne parut pas l'entendre.

— Pourquoi tu étais là pour le voir ? Tu connais sa mère aussi ?

La question n'était pas aussi amicale qu'elle aurait pu l'être. On y percevait plus d'accusation que de curiosité.

À l'évidence, elle avait du travail à faire avec son fils. Il n'était plus seulement son petit garçon. Ce n'était plus eux deux contre le monde entier. Elle avait su que ce moment viendrait. Malgré tout, elle dut s'accorder une seconde pour ravaler sa tristesse.

Et endurer le pincement d'angoisse qui suivit.

— Oui, je connais sa mère, admit Tad. Et ta maman aussi.

Non ! Elle fit un pas vers eux, mais Tad jeta un autre coup d'œil dans sa direction avant qu'elle ait pu dire quoi que ce soit. Aucune désapprobation ne se lisait dans son regard. Pas d'avertissement.

Plutôt une sorte de promesse.

— Ta maman n'a pas le droit de t'en parler parce que c'est un de ses patients, mais je peux te dire qu'il sait que j'ai été blessé. Ta maman m'a fait venir au cabinet pour que je le rencontre.

Les yeux d'Ethan étaient rivés aux siens. Miranda se sentait au bord des larmes.

— Mais pourquoi ?

— Il avait une question à me poser au sujet de ma blessure.

Ce qui n'expliquait pas du tout pourquoi Tad s'était rendu à l'école. Elle attendit qu'Ethan le lui fasse remarquer.

— J'ai une cicatrice à la jambe et une autre au dos, reprit Tad.

Tout en parlant, il s'était tourné légèrement, et souleva son T-shirt pour montrer son dos à l'enfant.

— Waouh ! Ça t'a fait mal ? s'écria Ethan, les yeux écarquillés.

— Oui. Très mal. Mais peut-être pas autant que quand tu m'as accusé de ne pas être ton ami.

— Comment c'est arrivé ? On t'a tiré dessus ?

— Non. C'était une explosion.

— Il y avait des méchants ?

— Un méchant.

— Il est mort ?

— Oui.

— Cool.

Miranda n'était pas d'accord, mais garda le silence.

— Eh bien… Est-ce que nous sommes de nouveau amis ? demanda Tad de but en blanc.

— Je suppose.

Ethan se retourna vers la télé et éclata de rire.

— Hé ! J'ai gagné !

Le temps imparti pour la mission s'étant écoulé, Ethan avait été déclaré vainqueur d'office. Miranda ne put s'empêcher de penser que, avec un homme tel que Tad comme exemple, son fils avait également gagné dans la vraie vie.

Et elle aussi.

10

Tad n'eut pas la possibilité d'inspecter tous les verrous le jeudi soir. Il avait espéré pouvoir jeter un coup d'œil aux fenêtres des chambres en se rendant à la salle de bains, mais les portes étaient fermées et il n'avait pu courir le risque d'être surpris à l'intérieur.

À présent qu'il savait qu'un membre de la famille pouvait représenter une menace, il allait redoubler de vigilance. Il ne laisserait personne faire du mal à Ethan ou à Miranda.

Cet après-midi-là, quand il appela le père de celle-ci pour leur rendez-vous hebdomadaire, il était résolu à lui soutirer un supplément d'informations.

— Tout s'est bien passé hier soir ? demanda le commandant O'Connor dès qu'il décrocha.

— Oui. Très bien.

Tad était debout sur son balcon, comme si la vue de l'océan pouvait l'aider à garder le sens de la perspective. À se distancier de ses propres intérêts pour se consacrer à sauver des vies.

— Parlez-moi de Jeffrey. Il a de l'appétit ? Je suis sûr qu'il est intelligent, comme sa maman.

Son enthousiasme émut Tad et l'attrista un peu pour eux tous. Ethan ignorait totalement qu'il avait été appelé Jeffrey autrefois et qu'il avait un grand-père merveilleux. Miranda avait perdu le soutien de sa famille et de ses amis. Le chef O'Connor, malgré l'amour inconditionnel qu'il portait aux siens, s'était retrouvé face à une terrible solitude. Quant à lui, il ne pourrait plus jamais aimer aussi profondément qu'il avait aimé sa sœur.

Puis il se souvint qu'il avait choisi de vivre seul.

— Oui, elle avait préparé le plat qu'il préfère, et il a tout mangé. Il est très éveillé. Vous seriez fier de lui.

Il aurait pu en dire davantage. Cependant, rapporter les détails des moments qu'il avait passés avec Miranda et Ethan, révéler ce qu'il avait appris lors de leurs conversations, lui paraissait malhonnête.

— Quel est son plat préféré ?

— Les spaghettis.

— En sauce ? Avec du fromage ?

Un sourire sur les lèvres, Tad s'adossa au mur en ciment qui séparait son balcon du voisin.

— C'est ça.

— C'était le plat préféré de sa mère aussi, murmura O'Connor doucement.

Il marqua une pause, comme pour maîtriser son émotion.

— C'était une des spécialités de sa mère. Elle a enseigné la recette à Dana quand elle est tombée malade.

Tad avait beau ne pas désirer fonder de famille, il comprit à cet instant qu'il devait tout faire pour réunir ces êtres séparés par le destin.

— Quel âge avait-elle alors ? demanda-t-il, soupçonnant que le vieil homme n'évoquait jamais sa propre douleur.

Il était trop occupé à veiller sur les autres.

— Dix ans.

— Et quand sa mère est morte ?

— Onze.

Tad avait quatorze ans quand sa sœur avait été assassinée.

Les mâchoires serrées, il se redressa, bouleversé à la pensée que Miranda, qui était si généreuse, qui se souciait sincèrement d'autrui, avait souffert autant. Et qu'elle avait dû tout affronter seule.

— Je suis inquiet à propos de l'homme que vous avez mentionné hier, dit-il. Cela me gêne de ne pas en savoir davantage. Je ne peux pas faire mon travail correctement dans ces conditions. Je risque de la mettre en danger à mon insu, rien que par ma présence…

Le commandant devait bien en avoir conscience.

— Vous croyez que je risquerais la vie de ma fille unique, de mon unique petit-fils ? rétorqua ce dernier sur un ton glacial.

— Non, bien sûr que non, admit Tad.

— J'apprécie votre sollicitude, continua O'Connor, radouci. Et je sais que je vous ai mis dans une situation délicate. Vu les circonstances, vous comprendrez, j'en suis sûr, que je fasse preuve de méfiance. D'où mon insistance à ne divulguer des informations que si c'est nécessaire.

Tad ne put qu'acquiescer en silence.

— Je vous ai confié leurs vies. Vous êtes le seul à savoir que je vous ai engagé pour la trouver. Si vous entreprenez d'autres recherches pendant que vous êtes là, quelqu'un pourrait remonter jusqu'à vous, et jusqu'à eux. Je tiens à être certain qu'ils ne courent aucun danger.

— Très bien, murmura Tad à regret. Je vais les surveiller de près.

— Tout s'est bien passé avec Dana ? J'aimerais penser qu'elle a trouvé un ami en vous.

Le malaise de Tad changea de nature.

— Bien. Elle m'a accepté en tant que collègue et ami.

— Eh bien, si les choses évoluent, je veux que vous sachiez que je vous donne ma bénédiction. Je ne souhaite que son bonheur. Et je ne pourrais faire de meilleur choix pour ma fille…

— Je suis parti juste après dîner, intervint Tad, peu désireux d'avoir cette conversation avec son employeur.

Il avait été honnête avec lui mais de là à ce que le commandant O'Connor joue les entremetteurs… il y avait un pas qu'il n'était pas prêt à franchir.

Il s'était lié d'amitié avec Miranda et Ethan, point à la ligne. Il n'irait pas plus loin, si forte soit la tentation.

Pour une foule de raisons.

La première étant qu'il n'avait nullement l'intention de s'engager dans une relation durable et que Miranda ne méritait pas moins.

— Je peux vous dire dès à présent que le membre de la famille dont je vous ai parlé hier n'est plus une source d'inquiétude, déclara son interlocuteur.

Brusquement ramené au présent, Tad rentra dans son appartement et ferma la porte derrière lui.

— Ah non ?

— Il s'avère que cet individu est incarcéré pour tentative de meurtre depuis un an.

— Il est en prison pour combien de temps ?

— Vingt ans. Aucune possibilité de réduction de peine avant sept.

Tad se laissa tomber sur le canapé et passa une main sur son front. Il avait rarement été aussi soulagé.

Ce soir-là, Miranda venait de border Ethan et de lui souhaiter bonne nuit quand son téléphone se mit à sonner. C'était Marie, qui s'excusa de la déranger avant d'expliquer :

— Danny a mal à la jambe et il n'arrive pas à dormir. Je lui ai donné le médicament dont vous m'avez parlé, mais il n'a pas l'air de faire effet. Vous êtes absolument sûre qu'il n'y a pas d'infection ?

Miranda passa en revue la liste de symptômes qui

auraient pu indiquer un problème. Toutefois, comme elle s'en doutait, Danny n'en présentait aucun.

— Devon nous espionne, lâcha soudain Marie. Des policiers l'ont vu dans le quartier hier, mais il n'était pas assez proche pour qu'ils puissent l'arrêter.

Miranda devina que c'était précisément pour cette raison que Tad s'était rendu visible à Danny la veille : il avait voulu être une présence rassurante à l'arrière-plan.

— Il vous a contactée ?

— Non.

— Et votre sœur et votre beau-frère sont avec vous ?

— Oui.

— Bien. C'est donc que le plan fonctionne, observa Miranda. Les policiers l'ont vu, l'ont averti et il garde ses distances.

— Je suppose.

Marie avait peur. Non sans raison. Cependant, elle devait aussi combattre cette peur, sans quoi celle-ci allait dominer le reste de sa vie.

Quelques instants plus tard, Marie la remercia et raccrocha, plus maîtresse d'elle-même qu'elle ne l'avait été au début de la conversation. Miranda reposa le combiné, espérant avoir pu l'aider.

Cinq minutes plus tard, quand le téléphone sonna de nouveau, elle s'attendit à ce que ce soit Marie de nouveau. Elle se trompait. C'était Tad.

Pelotonnée sur le canapé, elle lui relata l'appel de la jeune femme. Et obtint confirmation que Devon ne s'était pas manifesté depuis la veille.

— Je me demandais si vous seriez d'accord pour que j'emmène Ethan au gymnase demain ? Marie n'a pas encore accepté ma proposition d'emmener Danny là-bas, mais elle va peut-être le faire. Ce serait peut-être bien qu'Ethan et Danny fassent connaissance.

Elle hésita.

— Eh bien… Il joue au basket-ball le samedi matin quand je suis de garde, objecta Miranda.

Depuis janvier seulement. Auparavant, elle l'emmenait au bureau.

— Je peux y aller n'importe quand.

À vrai dire, le basket-ball n'avait pas été la véritable raison de sa réticence.

— J'ai peur qu'il ne passe trop de temps avec vous, avoua-t-elle enfin. Je lui ai dit que vous n'étiez ici que pour quelques mois, que vous aviez votre vie dans le Michigan, un poste qui vous attend là-bas. Il dit qu'il comprend, mais après la manière dont il a réagi en vous voyant avec Danny…

— Ma vie dans le Michigan ?

— Le jour où vous avez commencé dans l'équipe, vous nous avez dit que vous étiez originaire du Michigan, expliqua-t-elle, gênée de se souvenir de tous ces détails le concernant.

— Êtes-vous en train de dire que vous préférez que je me tienne à distance ? Vous avez dit mardi que vous étiez ouverte à une amitié.

— Je sais.

Elle comprenait sa perplexité.

— C'est vrai. Mais je ne voudrais pas qu'il se fasse des idées.

— Il y aura toujours des gens qui vont entrer et sortir de votre vie.

Il avait raison, bien sûr.

— D'ailleurs, il est possible que je cherche un poste dans la région quand je serai prêt à reprendre le travail, poursuivit Tad.

Le cœur de Miranda s'emballa brusquement.

— Je… je vous ai dit que je n'envisageais pas… de

relation à long terme, balbutia-t-elle. Du moins, pas avant qu'il soit plus âgé.

Avait-il remarqué son trouble ?

Oui, sans doute.

— Je parle d'amitié, répondit-il calmement. D'être amis, c'est tout.

Mais elle voulait tellement plus de lui ! La veille au soir, après son départ, elle avait pris un bain, et longuement pensé à lui.

À la manière dont il avait géré la jalousie d'Ethan ; dont il avait joué au jeu vidéo comme si cela comptait autant pour lui que pour son fils. À sa vision du monde, aux conversations qu'ils avaient eues au coffee-shop au cours des six dernières semaines. À sa perspicacité, à sa compassion. À son courage. À sa patience.

À son corps. À l'effet qu'il produisait sur elle. Comment avait-elle pu arriver à l'âge de vingt-huit ans sans jamais avoir éprouvé ce qu'elle éprouvait en sa présence ?

— Je sais que la vie n'a pas été facile pour vous, Miranda. Vous avez perdu le père d'Ethan. Vous avez dû élever votre fils toute seule, sans personne pour vous aider…

Elle lui avait raconté qu'elle avait grandi dans une famille d'accueil – durant leur première conversation. Apparemment, il s'était souvenu de certaines choses, lui aussi.

— Tout ce que je propose, c'est de sortir avec Ethan et vous de temps en temps.

Il venait d'arriver en ville. Il n'allait pas rester longtemps. Et il ne connaissait presque personne.

— Mais si vous préférez ne pas me voir, je comprends…

— Non ! protesta-t-elle aussitôt, s'efforçant de mettre de l'ordre dans ses pensées.

Elle ne pouvait pas renoncer à lui. Redevenir la femme qu'elle était sept semaines plus tôt, avant de le rencontrer.

C'était impossible désormais. Tad l'avait changée. Il avait éveillé quelque chose en elle – une prise de conscience d'elle-même, de ses besoins.

Et de ceux d'Ethan.

Elle avait tant de batailles silencieuses à mener. Elle luttait seule depuis si longtemps. Elle n'était pas sûre d'avoir la force de repousser le désir de bonheur qu'elle éprouvait. Même si celui-ci devait ne durer qu'un temps.

— D'autres hommes ont bien dû vous inviter à sortir avec eux depuis la naissance d'Ethan, observa-t-il, ajoutant encore à son trouble.

— Je… Oui, il y en a eu quelques-uns. Je n'ai jamais été tentée.

Qu'il en tire la conclusion qu'il voulait.

— Vous croyez que c'est ce que le père d'Ethan aurait souhaité ?

— Non.

— Le père d'Ethan. Comment s'appelait-il, au fait ?

Et voilà précisément pourquoi elle n'était proche de personne.

Elle détestait mentir.

Plus elle racontait de mensonges, plus elle courait le risque de commettre une erreur grave.

— Ethan porte son nom, dit-elle.

C'était la vérité. Sauf que le vrai nom de son fils n'était pas Ethan.

— C'est Ethan comment ?

Pourquoi cette question ? Pourquoi tenait-il à connaître un nom de famille ?

Si elle réagissait comme une hystérique, cela éveillerait plus de soupçons que si elle répondait.

— Grossman, murmura-t-elle, optant pour le nom d'un des médecins de sa mère.

— Je ne vais pas vous faire de mal, affirma doucement Tad à l'autre bout du fil. Ni à vous ni à Ethan.

Jamais elle n'avait autant voulu croire un homme.

Pourtant, le doute demeurait.

11

Tad n'emmena pas Ethan au gymnase ce samedi-là. Il avait décidé de ne pas aborder le sujet de nouveau dans l'immédiat. Ça avait été une erreur. Il était allé trop loin, et senti qu'il risquait de perdre son amitié complètement.

De plus, il avait appris une leçon précieuse sur les survivants. Ils étaient aussi vulnérables qu'ils étaient forts.

À moins que cette leçon ne s'applique qu'à Miranda en particulier. Si forte qu'elle soit, elle était vulnérable aussi.

Elle occupa ses pensées durant toute la journée du samedi. Il mourait d'envie de lui téléphoner. De les voir, Ethan et elle. Il se contenta de passer devant leur maison en voiture deux ou trois fois. Maintenant qu'aucune menace précise ne pesait plus sur eux, il s'inquiétait moins pour sa sécurité.

Il avait cherché le nom de Grossman à l'instant où il avait raccroché vendredi soir. Il n'avait trouvé personne de ce nom à l'université de Caroline du Nord six ans plus tôt. Même en épluchant les bases de données de la police, il n'avait découvert qu'un seul Grossman, un homme plus proche de l'âge de son père que du sien.

Elle avait menti. Ce n'était pas étonnant.

C'était intelligent.

Décevant aussi, du point de vue personnel.

Étendu dans son lit le samedi soir, songeant à elle, il se redressa soudain dans le noir.

Ethan porte son nom. Elle ne lui avait pas dit que l'homme s'appelait Ethan.

Et le vrai nom d'Ethan était Jeffrey.

Il passa l'heure suivante sur son ordinateur, à chercher un Jeffrey Grossman en Caroline du Nord ou dans un État voisin.

En vain.

Le dimanche matin, Miranda croisa Tad sur la route en rentrant du supermarché. Elle lui fit signe. Il l'imita. Ethan se retourna et continua à agiter la main jusqu'à ce qu'il ait disparu dans la circulation.

De retour chez eux, elle ne put plus feindre de ne pas penser à lui et, dès qu'Ethan fut parti ranger sa chambre, comme chaque dimanche, elle lui envoya un texto pour l'inviter à un barbecue sur la plage. Après tout, il était seul. Convalescent. Et il aidait Marie.

Tad accepta et proposa de venir les chercher. Miranda avait projeté de le retrouver sur place, mais ne fut pas assez rapide pour inventer une raison de refuser.

Elle n'allait pas faire d'effort particulier pour son apparence. Ce n'était pas un rendez-vous galant. Tad et elle ne sortaient pas ensemble.

Elle opta pour un caleçon parce que c'était une tenue confortable pour s'asseoir sur le sable. Et un pull fin couleur crème qui lui arrivait à mi-cuisse, assez chaud pour la plage au mois d'avril. Enfin, elle se donna un coup de brosse et retoucha son maquillage, qu'elle avait appliqué à la hâte ce matin-là.

Le trajet en voiture aurait pu être intime, puisqu'elle était assise à côté de lui, si Ethan, installé à l'arrière, n'avait pas monopolisé la conversation. Apprenant que Tad ne s'était jamais rendu au parc de loisirs de la plage, il se mit en devoir de lui dresser la liste de toutes les activités auxquelles on pouvait s'adonner là-bas. L'informa que le toboggan était plus haut que celui de l'école et qu'il y avait même des balançoires pour adultes.

Miranda écoutait en souriant. Son fils se conduisait comme un enfant normal. Heureux. Impatient de passer une journée à la plage.

Laissant la glacière dans la voiture, ils retirèrent leurs chaussures et allèrent jusqu'au rivage. Une brise fraîche soufflait et il faisait trop froid pour se baigner, mais des enfants pataugeaient dans l'eau, et un autre bâtissait un château de sable. Trois adolescentes les croisèrent, riant et bavardant. Quelques couples étaient installés ici et là.

Ethan gambadait, à l'affût des petites créatures qui vivaient dans les flaques laissées par la marée.

— Vous lui donnez une enfance géniale, déclara Tad en l'observant.

— Je fais de mon mieux.

— Je ne suis allé qu'une seule fois à la plage quand j'étais enfant, avoua-t-il. Dans une ville qui s'appelle South Haven, au bord du lac Michigan. Ma mère avait loué une maison pour le week-end du 4 Juillet.

C'était la première fois qu'il faisait allusion à sa vie personnelle.

— Votre père était là aussi ? demanda Miranda, brûlant d'en savoir davantage à son sujet.

— Non. Il est parti quand j'étais tout bébé. Il a rencontré une autre femme, divorcé d'avec ma mère et est allé vivre dans le Dakota du Nord. J'ai grandi avec ma mère et ma sœur, Steffie, c'est tout.

— L'avez-vous revu ?

— Pas que je m'en souvienne. Il a quitté cette autre femme aussi, par chance avant qu'ils aient eu des enfants.

La dernière fois que j'ai entendu parler de lui, il était croupier dans un casino en Floride.

— Avez-vous essayé de rester en contact ?

— Pas depuis très longtemps.

Frappée par le ton de sa voix, elle leva les yeux vers lui et fut choquée par la tristesse et l'amertume qu'elle lisait sur ses traits. Ethan bavardait avec deux enfants qui avaient les pieds dans l'eau, et semblait comparer ses trouvailles avec les leurs. Il était sociable, bavard. Elle avait eu tort de redouter de l'avoir coupé du monde, après tout.

— Et votre sœur ? Vous êtes en contact avec elle ?

— Steffie est morte.

Le cœur de Miranda manqua un battement et elle se tourna vers lui, la gorge nouée.

— Oh ! je suis désolée.

Leurs regards s'étaient soudés… Et c'était comme si leurs âmes se connaissaient. Qu'ils n'étaient pas des inconnus l'un pour l'autre, mais des amis.

— J'étais au lycée à l'époque. Elle venait d'entrer à l'université. Un soir qu'elle était seule à la maison, elle a été battue à mort par un type qui faisait une fixation sur elle.

— Oh ! mon Dieu.

— Ma mère ne s'en est jamais remise, continua-t-il tout bas. Elle a sombré dans la dépression et elle est morte d'une overdose accidentelle de médicaments pendant que j'étais à la fac.

Miranda savait ce qu'il en était de perdre sa mère. Cependant, elle ne pouvait pas le lui dire.

— Je suis tellement désolée, répéta-t-elle dans un souffle.

Il haussa les épaules.

— C'était il y a longtemps.

Au comble de l'émotion, Miranda mit sa main dans la sienne, espérant lui faire comprendre qu'elle partageait sa douleur.

Lui apporter un peu de réconfort.

— Regardez, j'en ai trois !

Ethan courait vers eux sur le sable mouillé, le visage radieux. Aussitôt, Miranda retira sa main, et Tad fut envahi par une pénible sensation de vide. Pour se donner une contenance, il se pencha et examina les trois petits crabes que l'enfant tenait au creux de sa paume.

— Ils ne mordent pas, hein, maman ?

— Non.

Elle secoua la tête, l'air désorienté, comme si elle venait d'émerger d'un profond sommeil.

Tad comprenait son désarroi. Quelle mouche l'avait donc piqué ? Pourquoi lui avait-il parlé de Steffie ?

Il savait qu'elle lui plaisait. Que la situation était compliquée. Mais rien ne l'avait préparé à l'émotion qui l'avait submergé quand elle avait glissé sa main dans la sienne.

Après le retour d'Ethan, ils n'eurent plus l'occasion d'être seuls. L'enfant déclara qu'il mourait de faim, si bien qu'ils retournèrent à l'aire de barbecue. Le pique-nique terminé, ils jouèrent au ballon tous les trois, puis décidèrent de rentrer. Ethan avait école le lendemain et devait prendre un bain avant de se coucher.

En dépit du désir qu'il éprouvait, Tad déclina l'invitation de Miranda à entrer.

Une demi-heure plus tard, cependant, il la rappela pour s'excuser d'être parti aussi brusquement.

— J'étais un peu gêné de m'être confié à vous comme cela, admit-il honnêtement. Je n'aurais pas dû.

— Ne vous excusez pas, dit-elle, sur un ton un peu distant néanmoins.

Apparemment, il n'était pas le seul à se rendre compte qu'ils devaient veiller à respecter certaines limites. En même temps, il se sentait déçu.

Il avait l'impression que quelque chose était demeuré en suspens entre eux depuis leur conversation de l'après-midi.

Peut-être était-il temps de se remettre au travail. De s'occuper l'esprit pour empêcher ses pensées de vagabonder.

— Je me suis livré. C'est à votre tour maintenant, dit-il sur un ton tranquille.

Si elle lui parlait de son père, laissait entendre que ce dernier lui manquait, peut-être Tad pourrait-il convaincre le commandant qu'elle était prête à apprendre la vérité.

— Je vous demande pardon ?

— Je vous ai parlé de ma famille et je ne sais rien de la vôtre.

Un silence se fit.

— Je n'ai pas grand-chose à dire, répondit-elle au bout d'une longue pause. Vous savez déjà que j'ai été élevée dans une famille d'accueil.

— Comme Ethan Senior ?

Lui tendait-il une perche ? Parce qu'il avait besoin qu'elle lui fasse confiance ?

— Oui. Sauf que lui, il a été placé dans plusieurs familles.

— Vos parents adoptifs étaient gentils avec vous ?

— Oui.

— Et vous êtes restée en contact avec eux ? insista-t-il, frustré.

— Non. Ils accueillaient beaucoup d'enfants. Je… je n'ai été placée chez eux qu'à l'âge de onze ans.

— Vous étiez avec vos parents avant ?

— Avec ma mère. Je n'ai jamais connu mon père.

Quelque chose dans sa voix émut Tad. Ce n'était pas

seulement de la tristesse. C'était plus profond. Aussitôt, il s'accabla de reproches. Qu'était-il en train de faire ? Il essayait d'obliger Miranda à parler de son père, un être qu'elle adorait, qui était un véritable héros, alors que, bien sûr, elle avait dû ériger un mur autour de son existence.

Il soupira intérieurement. Il brûlait de lui révéler que son ex-mari était vraiment mort. Qu'elle était libre de revoir son père. Que le commandant était au courant et qu'il veillait sur elle.

Mais ce n'était pas à lui de faire cette révélation.

Et que savait-il, au fond, des sentiments qui pouvaient exister entre une fille en cavale et le père à qui elle avait renoncé ?

— On prend un café ensemble mardi, après la réunion ? suggéra-t-il.

— Avec plaisir.

Tad raccrocha, partagé entre l'insatisfaction et le soulagement. Ils avaient repris un peu de distance.

Mais ils étaient toujours amis.

12

Le mercredi, Marie disparut.

Tad l'apprit par l'inspecteur Chantel Fairbanks, qui l'avait appelé pour savoir s'il avait vu Danny ce matin-là. La réponse était non : il était passé à deux reprises devant l'établissement, mais n'avait pas vu le garçon, ce qui en soi n'avait rien d'inquiétant, puisque ce dernier était censé être en classe.

Peu après cette conversation, Miranda lui avait téléphoné à son tour, et révélé ce qu'elle savait.

Marie l'avait contactée de bonne heure pour lui demander un certificat médical autorisant Danny à s'absenter des cours ; sa jambe était enflée et douloureuse, avait-elle affirmé. Miranda, qui n'avait pas le droit de délivrer un tel document sans voir l'enfant, l'avait invitée à venir au cabinet dès que possible.

En réalité, comme Tad et Miranda l'apprirent plus tard, Marie avait rencontré par hasard un ami de Devon à la station-service alors qu'elle était en route pour l'école. L'ami en question l'avait suppliée de trouver un prétexte pour garder Danny à la maison et puis de l'appeler en vidéo. Devon serait chez lui et pourrait voir son fils.

Danny avait entendu la conversation et insisté pour que Marie donne son accord. En fin de compte, celle-ci, peut-être intimidée par l'ami de Devon, avait capitulé. En rentrant, elle avait téléphoné à sa sœur pour l'avertir, et à Miranda pour obtenir l'autorisation d'absence.

Ni Danny ni elle n'avaient été vus depuis. Marie ne répondait plus au téléphone.

Ruby, sa sœur, était aussitôt retournée à la maison dans l'espoir de dissuader Marie de se plier à une requête qui émanait manifestement de Devon. Trouvant le logis vide, elle s'était hâtée d'alerter la police.

— J'ai terminé avec mes patients pour ce matin, murmura Miranda, et je me fais un sang d'encre pour elle. Si seulement je pouvais faire quelque chose !

La peur s'entendait dans sa voix.

— Vous avez essayé de l'appeler ? Peut-être qu'elle vous répondrait.

— Deux fois. Je suis tombée sur la messagerie tout de suite.

Sa détresse était palpable. Elle ne ressemblait plus à la Miranda qu'il connaissait, mais à une femme effrayée par des forces qui la dépassaient. Peut-être se mettait-elle à la place de Marie. À moins qu'elle ne soit hantée par ses propres démons.

Il devait l'aider.

Sans trahir le fait qu'il savait combien elle avait souffert… et pourquoi.

— Que diriez-vous de déjeuner avec moi ? Nous pourrions patienter ensemble.

À sa grande surprise, elle accepta sans hésiter. Elle l'attendait à l'entrée de la clinique quand il s'engagea sur le parking.

— Je n'ai qu'une heure, l'avertit-elle en posant son sac sur le plancher de la voiture.

La tension se lisait sur ses traits. Sa main tremblait lorsqu'elle boucla sa ceinture. Le cœur serré, Tad dut se faire violence pour ne pas capturer ses doigts dans les siens, comme elle l'avait fait avec lui quelques jours plus tôt, sur la plage. Elle donnait tant aux autres.

Il brûlait de lui donner de l'affection en retour.

— Je n'ai pas très faim, avoua-t-elle. Je pense qu'on devrait faire quelque chose. Les chercher…

— Vous avez une idée de l'endroit où elle a pu aller ?

À vrai dire, il ne croyait pas que Marie se cache quelque part. Elle aurait appelé à l'aide.

À moins d'en avoir été empêchée.

— Danny aime bien grimper sur la petite colline qui se trouve au sud de la ville. Seer's Point, vous connaissez ? Il m'a dit que Devon l'emmenait là-bas quand il était petit. C'était un bon souvenir pour lui.

— Pourquoi ne pas aller y jeter un coup d'œil ? On peut acheter des sandwichs en route.

Elle hocha la tête, le regard empreint de gratitude.

Tad démarra.

Elle se sentait sombrer. Savait que la panique était proche. Elle avait déjà téléphoné par deux fois à l'école pour confirmer qu'Ethan était en classe, sain et sauf. C'était absurde, elle en était consciente, mais elle n'avait pas pu s'en empêcher.

Devon Williams ne connaissait pas Ethan, et n'avait aucune raison de lui faire du mal. À moins qu'il n'ait appris qu'elle avait donné ses coordonnées personnelles à Marie pour le cas où celle-ci aurait besoin d'aide. Il était possible qu'il tente de s'en prendre à quiconque essayait d'arracher sa femme à ses griffes.

— Qu'est-ce qui vous dirait pour déjeuner ?

La voix de Tad s'immisça dans ses pensées. Elle se secoua intérieurement. Elle n'avait pas d'appétit, mais la normalité était le meilleur moyen de contrer la panique.

— Une salade, peut-être.

Elle lui indiqua un endroit à la sortie du centre-ville, s'efforçant en vain de réfléchir à ce qu'elle allait commander.

Ethan allait bien. Il ne risquait rien, elle le savait. En revanche, elle avait peur pour Marie. Peur que celle-ci n'ait pas eu autant de chance qu'elle.

Et Danny… Au moins Ethan n'avait-il pas subi de violence pendant ses premières années.

Elle avait eu raison de fuir. Son fils était à l'abri. Jeff serait fier d'elle.

Miranda ferma les yeux, puis sortit son téléphone portable et vérifia qu'elle n'avait pas manqué d'appel. Puis elle appela Marie de nouveau, priant pour que la jeune femme réponde.

— Toujours la messagerie, soupira-t-elle en remettant l'appareil dans sa poche.

Tad se gara sur le parking du café.

— Qu'est-ce que vous aimeriez ?

Elle opta pour la salade de riz à la canneberge, non qu'elle soit particulièrement friande de canneberge, mais parce que c'était le plat du jour et que le choix n'exigeait pas de réflexion.

Dix minutes plus tard, ils déjeunaient en silence au pied de la montagne.

— J'ai tellement peur pour elle, avoua-t-elle enfin.

— Je sais.

Elle remarqua qu'il n'avait mangé que la moitié de ses légumes et remit le couvercle sur son plat.

— Je n'ai plus faim.

— Vous voulez marcher un peu ?

Leur voiture était la seule dans le petit parking situé au début du sentier.

— Vous pouvez monter ? demanda-t-elle en baissant les yeux sur sa cuisse.

Elle ne l'avait jamais vu boiter, mais il avait dit à Danny qu'il avait mal parfois, quand il faisait trop d'efforts.

— Oui, répondit-il en regardant le sommet par-dessus la tête de Miranda. Mais j'aurai peut-être un peu de mal dans la descente.

Miranda n'était pas en tenue de marche et, de toute façon, elle devrait être de retour au cabinet avant peu. Malgré tout, elle descendit de voiture, songeant qu'ils pouvaient faire quelques centaines de mètres avant que la piste commence à grimper pour de bon.

Elle accepta la main que Tad lui tendait.

13

Tad dut faire appel à toute sa maîtrise de lui-même pour se contenter de tenir la main de Miranda cet après-midi-là. Ils avaient suivi le sentier pendant une dizaine de minutes, puis s'étaient assis sur un banc au soleil, face au panorama.

Alors Miranda s'était tournée vers lui et avait soudé son regard au sien. Il avait compris qu'elle voulait qu'il l'embrasse. Peut-être pour lui changer les idées. Peut-être pour se rassurer.

Ou peut-être parce que l'air était chargé d'électricité entre eux depuis le jour où ils s'étaient rencontrés.

Quoi qu'il en soit, il savait que, si forte soit la tentation, si intense son désir, il ne pouvait pas y céder.

Pas avec tous les secrets qui les séparaient.

Elle n'avait pas insisté. Ne s'était pas penchée vers lui pour poser ses lèvres sur les siennes. En revanche, elle avait tendu la main vers la sienne lorsqu'ils étaient retournés à la voiture, quelques minutes plus tard.

Comme s'ils étaient… un couple. Pas seulement des amis.

Le mercredi soir, tous les membres de l'équipe Haut Risque reçurent un message les informant que Marie Williams était saine et sauve et de retour chez elle. Tad supposa qu'ils apprendraient les détails lors de leur réunion suivante. Dans l'immédiat, il fut prié de reprendre sa surveillance de l'école de Danny.

Miranda le contacta également – afin de le remercier pour le déjeuner. Il la rappela, mais elle ne décrocha pas.

Tad avait hâte d'être au vendredi. Il n'allait pas enfreindre le protocole de nouveau et téléphoner au chef à l'improviste. Il respectait la situation de son employeur, les difficultés qu'il affrontait. Et savait pertinemment que le contrarier serait contre-productif pour l'objectif qu'il avait en tête.

Il était temps de faire en sorte que Miranda et son père se retrouvent. Qu'ils mettent fin à un long et douloureux chapitre dans leur vie.

Quant à savoir ce qu'il adviendrait de lui, c'était moins clair. Il se serait menti en affirmant qu'il n'envisageait pas vaguement un avenir incluant Miranda. Dana. Que ce soit en Caroline du Nord ou ici, en Californie, il n'en savait rien. Il était ouvert à diverses possibilités.

Le vendredi après-midi, dès qu'il eut Brian O'Connor en ligne, il alla droit au but.

— Il y a eu un incident concernant une autre victime cette semaine. Pendant un temps, nous avons craint que cette femme et son fils ne soient en danger. Miranda était terrifiée, chef. Et c'était d'autant plus difficile à voir que plus rien ne l'oblige à vivre dans la peur. Je vous recommande de lui dire la vérité. Elle mérite d'être délivrée.

— Avait-elle peur pour elle-même ?

— Non.

— Dans ce cas, connaître la vérité n'aurait rien changé. J'imagine qu'elle souffre d'une forme de stress post-traumatique. Rien ne garantit que cela cesse un jour.

Une bouffée de colère submergea Tad, mais il se força à rester silencieux.

Il comprenait le raisonnement du commandant, mais fallait-il vraiment que ce dernier soit si… détaché, si scientifique ? C'était de sa fille qu'il était question. S'il avait vu Miranda tituber au bord du précipice… Cela lui aurait brisé le cœur.

Et voilà sans doute pourquoi il devait aborder la situation sous un angle cérébral, conclut Tad, les yeux sur le tiroir ouvert d'où il avait sorti le téléphone prépayé.

Brian O'Connor avait beau être un héros, c'était un homme comme un autre aussi. Un homme qui avait perdu sa femme, et dont l'unique enfant avait été contrainte de fuir pour survivre.

Tout comme sa fille, le commandant parvenait à maîtriser son propre chagrin et à tenir bon. À s'occuper des autres.

— Vous avez besoin l'un de l'autre, murmura-t-il.

— Je ne suis pas du tout certain qu'elle serait d'accord avec vous sur ce point, répondit O'Connor, sur un ton mal assuré auquel Tad n'était pas habitué. Je n'ai pas été complètement franc avec vous, Newberry.

Envahi par l'appréhension, Tad sortit sur le balcon et attendit la suite.

— La vérité, c'est que, si Dana apprenait que je sais où elle se trouve, elle déciderait peut-être de disparaître de nouveau. Je ne le pense pas, mais je ne suis pas prêt à courir ce risque.

Tad s'efforçait de le suivre, de comprendre le sens caché derrière ces paroles.

— Vous pensez qu'un contact avec sa vie passée pourrait déclencher ce genre de réaction ? interrogea-t-il.

Miranda ne lui paraissait pas vulnérable au point de fuir sans demander de l'aide. Tout son univers était peuplé d'individus formés pour soutenir les femmes dans sa situation.

Ce n'était pas un hasard, comprit-il brusquement. Même le pédiatre chez qui elle travaillait était dévoué à la lutte contre les violences domestiques. Et l'homme avec qui elle s'était liée d'amitié, le premier homme qui l'avait attirée, de son propre aveu, depuis la mort de son mari, était un policier en congé, un bénévole dans l'équipe Haut Risque.

En somme, elle avait érigé une forteresse autour d'elle.

Une vague d'émotion déferla en lui, telle qu'il n'en avait pas connu depuis des années. Une chaleur, un farouche instinct protecteur. Miranda ne cessait de l'impressionner.

— Je crois que ma fille est peut-être encore très en colère contre moi.

Tad ne s'était pas attendu à pareil aveu.

— Je vous demande pardon ?

— Nous ne nous sommes pas quittés en bons termes.

Un malaise soudain s'empara de Tad. Le genre de malaise qu'il éprouvait quand une enquête tournait mal. Très mal.

— Que voulez-vous dire ?

À cet instant précis, il ne se considérait plus comme un subordonné. Ni un employé. Il avait l'impression confuse d'avoir été trompé et cela ne lui plaisait pas du tout.

— J'essayais de la persuader de quitter ce salopard, murmura O'Connor. Elle disait qu'elle ne comprenait pas, qu'elle l'aimait et qu'il l'aimait…

Les lèvres crispées, Tad attendit la suite.

— Le fait est qu'il l'a montée contre moi. Je n'y croyais pas, au début. Je ne pouvais pas le croire. Mais elle m'a accusé d'envenimer leur relation. Elle m'a dit qu'elle voulait que je lui donne de l'espace, ce que j'ai essayé de faire. Ses appels sont devenus de plus en plus rares. J'ai compris trop tard qu'il était en train de l'isoler, de la couper de la seule personne qui pouvait la protéger. Elle n'avait pas beaucoup d'amis, elle s'était repliée sur elle-même après la mort de sa mère…

Tad se laissa tomber sur une des chaises du balcon et fixa le gazon artificiel sur le sol. Ayant passé près de quatre mois à étudier la violence domestique sous tous ses aspects, il entendait la vérité dans chacune des paroles prononcées par O'Connor.

— Je suis désolé, monsieur, dit-il, le cœur serré.

— Non, non. Ne vous inquiétez pas pour moi. Votre présence là-bas, ce que vous faites, vous ne saurez jamais à quel point cela compte pour moi. J'ai besoin que vous soyez patient, inspecteur. Donnez-moi un peu de temps pour jauger la situation à travers vous. Pour trouver le meilleur moyen de l'aborder. Continuez à veiller sur elle. Quand le moment sera venu, je le saurai.

— Très bien.

Pour rien au monde Tad ne voulait gâcher la vie que Miranda s'était construite. Il n'avait qu'une expérience limitée des dégâts que pouvait causer la violence domestique et n'avait pas le droit de surimposer ses sentiments à ceux que Miranda ou son père pouvaient éprouver.

Certes, il lui répugnait d'avoir l'impression de l'espionner, mais il n'allait pas l'abandonner non plus. Qu'il travaille pour son père ou non. Il devait avoir la certitude que son ex était bien mort, que tout danger était écarté.

— Savez-vous comment le père de Jeffrey est mort ?

— Il a succombé aux suites d'une overdose, répondit O'Connor. D'ailleurs, je ne suis pas sûr qu'ils aient été mariés. Elle m'avait dit que si, qu'ils étaient allés à Vegas, dans une de ces chapelles, vous savez.

Tad n'imaginait pas du tout Miranda se marier ainsi. Cela dit, il n'avait pas connu Dana.

— Mais je n'ai trouvé aucune trace de leur mariage, reprit le commandant.

Même à Vegas, on devait s'acquitter des démarches administratives.

— Il y a autre chose qui m'inquiète, ajouta-t-il. En dehors du frère qui est en prison, il pourrait y avoir d'autres individus douteux qui savent que Dana est ma fille, et qui pourraient vouloir chercher à se servir d'elle ou de son fils pour me soutirer de l'argent. Nous n'en savons pas encore assez, j'en ai peur.

À l'évidence, l'enquêteur qu'il avait engagé était efficace. Il examinait la situation sous tous les angles possibles pour protéger Miranda et Ethan. Et la fortune des O'Connor : le commandant s'était vu léguer une somme colossale par un homme dont il avait sauvé la famille autrefois. Cela avait fait la une des journaux. Quiconque savait que Miranda était sa fille saurait aussi qu'il avait les moyens de verser une rançon considérable.

— Je suis là pour vous, monsieur.

Il raccrocha et baissa les yeux sur le téléphone.

— Et pour votre fille, murmura-t-il.

14

Deux jours s'étaient écoulés depuis la disparition et le retour de Marie et de Danny. Deux jours que Miranda était tiraillée entre le désir de garder son fils près d'elle et le besoin de se propulser avec lui dans la vie normale. Entre la paranoïa et la santé mentale.

Par conséquent, elle fut désemparée quand Ethan, à son retour de l'école le vendredi soir, lui demanda s'il pouvait aller passer la nuit chez son copain Jimmy le lendemain.

C'était comme si l'univers lui imposait un test.

Pouvait-elle être une maman normale ? Donner une vie normale à son fils ?

Et être une femme normale ? Céder à l'attraction intense que lui inspirait Tad Newberry ?

— C'est son anniversaire, expliqua Ethan, et sa mère lui a dit qu'il pouvait inviter un copain. C'est moi qu'il a choisi.

Tout en parlant, il avait sorti une enveloppe de son sac à dos et la lui tendait. Miranda la prit, mais ne l'ouvrit pas tout de suite.

Elle connaissait un peu les parents de Jimmy Randolph. Cependant, même si les garçons faisaient du sport ensemble, ils ne se voyaient pas en dehors de l'école.

— Tu n'as jamais passé la nuit ailleurs qu'à la maison, observa-t-elle, ne sachant comment réagir.

— Et alors ? rétorqua Ethan, aussitôt sur la défensive.

Il était clair qu'il avait envie d'aller chez son copain. À six ans, il commençait à avoir ses propres opinions. Il allait vouloir se battre pour acquérir son indépendance.

Il n'avait pas la moindre idée de la réalité de leur vie.

— Il faudrait que tu obéisses aux parents de Jimmy. Que tu ailles te coucher quand ils te le diront.

— Je sais, maman. Je ne suis pas idiot.

Ses yeux bleus étaient fixés sur elle. Comme elle l'aimait !

— Et si ça ne va pas, je peux t'appeler et tu peux venir me chercher, ajouta-t-il, pragmatique.

Comme elle aurait dû l'être.

Que dire ?

— Je veux y aller, maman.

Elle sut ce qu'elle allait faire. Ce que la partie rationnelle de son cerveau lui suggérait.

— Je vais appeler la maman de Jimmy et discuter des arrangements avec elle.

Pourtant, ce n'était pas à Barbara Randolph qu'elle songeait à cet instant, mais à Tad Newberry.

Elle se demandait si, peut-être, il serait libre le lendemain soir.

Le lendemain, pendant qu'Ethan rangeait sa chambre, Miranda luttait contre la panique dans la sienne. Que lui était-il passé par la tête la veille, lorsqu'elle avait suggéré à Tad de sortir ensemble ?

Elle possédait une seule robe habillée. Noire, moulante jusqu'à mi-cuisse, puis fendue sur les côtés, elle lui arrivait juste au-dessus des genoux. Elle était aussi décolletée, mais Miranda avait un pull noir court qu'elle pourrait porter avec.

Restaient les chaussures. Elle essaya les escarpins qu'elle avait à l'esprit, s'examinant dans la glace de sa chambre.

Trop sexy.

Elle se retourna pour se voir de dos, et se mordit la lèvre.

Ses mollets étaient… jolis.

Mais Tad risquait de remarquer le balancement de ses hanches. Il risquait d'être tenté de…

Elle secoua la tête. Envoya valser les chaussures. L'avant-veille, elle avait eu un rêve érotique dont Tad était la vedette. Sans doute parce que, bien qu'ils se soient avoué leur attirance, il ne l'avait encore jamais embrassée.

Et elle avait envie qu'il le fasse.

Elle en mourait d'envie.

Elle voulait ce qu'elle ne pouvait pas avoir, songea-t-elle.

Et s'il le faisait et qu'elle l'embrassait mal ? Ce n'était pas comme si elle avait de l'expérience en matière de sexe. Elle avait toujours été trop renfermée sur elle-même. Elle s'était toujours sentie laide, dépourvue d'intérêt pour autrui.

Certainement pas désirable.

Songeuse, elle releva sa tunique et s'examina sous divers angles. Elle avait la taille fine. Le teint lisse, encore qu'un peu trop pâle dans un État où les blondes bronzées étaient la norme. Ses seins étaient bien ronds. Elle avait toujours pensé qu'ils étaient son meilleur atout.

Ses cuisses aussi, décida-t-elle en remettant les escarpins pour faire un nouveau tour devant la glace.

Soudain, elle saisit son reflet et se figea.

Que faisait-elle, enfin ?

Elle avait vingt-huit ans. Elle était mère.

Si elle lui plaisait et qu'il l'embrassait, très bien.

Et s'il l'appréciait par ses baisers, eh bien, ils aviseraient.

Il fallait qu'elle emballe le cadeau de Jimmy. Qu'elle dise à Ethan de prendre une douche avant de sortir. Elle vérifia la pile de la montre qu'elle lui avait offerte pour Noël. Une version enfant d'une montre connectée, conçue pour garder les enfants en sécurité. Ils pouvaient appeler jusqu'à quatre numéros.

Le sien était le seul programmé.

Ce serait peut-être une bonne idée qu'il ait celui de Tad aussi. Juste au cas où.

15

Tad s'était promis de ne pas toucher Miranda.

Dès la seconde où elle lui avait ouvert la porte, le désir avait déferlé en lui. Jamais de sa vie il n'avait été autant attiré par une femme. Pourtant, il avait eu sa part d'aventures, bien sûr. Toujours avec des femmes qui ne souhaitaient pas de relation durable.

Cet après-midi-là, il avait réservé une table dans un restaurant cinq étoiles, au chef renommé, mais pas à cause des étoiles ou du chef. Situé sur une falaise qui dominait l'océan Pacifique, l'endroit était entièrement vitré côté panorama. Tad avait eu la chance d'obtenir une table pour deux, et s'en félicita lorsqu'il vit l'expression ravie de Miranda.

— C'est merveilleux, murmura-t-elle, d'une voix qui fit à Tad l'effet d'une caresse. C'est la première fois que je dîne dans un restaurant aussi chic.

Ses cheveux soyeux ondulaient sur ses épaules. Elle se pencha vers lui et, malgré lui, le regard de Tad s'arrêta sur son décolleté. Qu'il avait soigneusement veillé à éviter jusqu'alors. Il contempla la courbe de ses seins et sentit son sexe se durcir aussitôt.

Puis les paroles de Miranda pénétrèrent dans son cerveau.

— Vraiment ? s'étonna-t-il.

Même si le commandant n'avait pas toujours été à la tête

d'une fortune, il avait toujours touché un salaire généreux, amplement suffisant pour lui permettre d'emmener sa fille dans des restaurants réputés.

— Vraiment, assura-t-elle en jetant un coup d'œil autour d'elle avant de planter son regard dans le sien. Je… J'ai grandi dans une famille d'accueil, rappelez-vous.

Ah. Évidemment. Et pourtant… Lorsqu'elle avait prononcé ces mots, il aurait juré qu'elle disait la vérité. Pas seulement celle de Miranda, mais celle de Dana. Toute la vérité.

Le chef avait bien dû l'emmener dîner dans un endroit élégant, ne fût-ce que pour fêter son succès à un examen. Brian O'Connor était un gourmet. D'ailleurs, c'était au restaurant que s'était déroulé l'entretien de Tad en vue de cette mission.

Il s'avéra que Miranda aussi appréciait la cuisine raffinée. Et le bon vin. Cela dit, ils se limitèrent à un verre chacun puisque Tad conduisait.

— J'ai une bouteille à la maison, annonça-t-elle alors qu'ils attendaient l'addition.

Ils avaient parlé de tout et de rien, des livres qu'ils avaient lus, des films qu'ils avaient aimés. Ils s'étaient découvert des goûts communs, même si elle avait tendance à préférer les histoires romantiques et lui les films d'action.

— Il sera moins bon que celui-ci, mais il est au frais.

Elle l'invitait à entrer.

Miranda appela Barbara Randolph pendant que Tad attendait le voiturier. Elle avait beau frémir d'impatience et d'excitation, elle avait conscience d'être entièrement responsable du petit garçon qu'elle avait entraîné dans sa fuite.

Pour échapper au dément qui aurait dû les protéger.

Un homme qui, comble d'ironie, était célèbre pour sauver des vies.

Quelques instants plus tard, elle était rassurée. Ethan avait englouti trois parts de pizza et était maintenant avec Jimmy et son père dans l'atelier de ce dernier, lequel leur fabriquait de petites voitures en bois.

Elle rangea son téléphone avec un sourire et regarda Tad s'approcher d'elle, incroyablement séduisant dans son costume noir. Elle ne put s'empêcher de se remémorer ses longues jambes musclées. Son caleçon bleu marine…

Était-il bleu ce soir aussi ?

Brûlant de le savoir, elle accepta la main qu'il lui tendait et monta dans la voiture, consciente du regard de Tad sur la fente de sa robe qui laissait deviner le contour de son slip noir.

Elle sourit. Et remarqua qu'il ajustait sa veste.

Être avec un homme, désirer et se sentir désirée, était enivrant.

Quand il eut démarré, le silence se fit dans l'habitacle obscur, intime. Tad tourna le bouton de la radio, et choisit une station qui diffusait de la musique douce, ininterrompue par les publicités.

— Le repas était délicieux, merci, murmura-t-elle, reconnaissant la chanson d'amour récente qui émanait des haut-parleurs.

Elle l'avait entendue cent fois. Jamais les paroles n'avaient rien évoqué en elle.

Ce soir, c'était comme si chacun des mots était gravé dans son corps.

Ses nerfs lui jouaient des tours.

Elle n'était pas amoureuse. Elle ne pouvait pas être amoureuse.

En revanche, elle était vraiment attirée par Tad. Presque

obsédée par lui. Et consumée de désir… bien qu'elle n'ait aucune expérience.

— Vous voulez qu'on s'arrête à la plage ? proposa-t-il. On pourrait marcher sur le sable.

Un sursis. Et une suggestion romantique.

— Nous pourrions aller chez moi d'abord, mettre du vin dans des verres en plastique, et y aller à pied.

Il hocha la tête. Quelques instants plus tard, il se garait dans l'allée. Il remplit les verres pendant qu'elle enfilait des tongs. Prit sa propre paire dans le coffre de sa voiture comme ils passaient devant.

Elle glissa sans rien dire sa main dans la sienne.

Tad se sentait sur le point d'exploser. À l'évidence, trop de temps s'était écoulé depuis la dernière fois qu'il avait couché avec une femme, et il avait du mal à penser à autre chose. C'était comme si son cerveau était paralysé. Heureusement, l'obscurité dissimulait son érection, ce dont il était reconnaissant.

Cela dit, il devait rester maître de lui-même, sans quoi il risquait de commettre une erreur monumentale. Ce qu'il ne pouvait en aucun cas se permettre. Voilà pourquoi il n'avait pas touché au verre de vin qu'il portait.

Il ne voulait pas perdre le lien qu'il avait noué avec elle. Pas à cause de son père. En l'espace de huit semaines, elle en était venue à compter davantage pour lui qu'il n'aurait pu l'imaginer. Sa vie, jusqu'alors à la fois frénétique et sans but, s'était enfin apaisée dans une bourgade de la côte californienne, grâce à la femme qui marchait à côté de lui dans le noir, sa main dans la sienne.

Pourtant, il ne pouvait sérieusement envisager de rester à Santa Raquel. Plus le temps passait, plus il se rendait compte qu'il avait besoin de reprendre le travail. Que quitter son métier de policier détruirait une partie de lui-même, celle qui aspirait à aider autrui, à sauver des vies.

Il voulait aussi que Miranda soit heureuse. C'était un concept si étrange, que d'aimer quelqu'un au point que son bonheur vous apportait… le contentement.

L'air était frais, et elle frissonnait malgré son pull. Il retira sa veste, la drapa autour des épaules de Miranda et reprit sa main.

— Vous en avez besoin, protesta-t-elle en se tournant, prête à la lui rendre.

Il savait que non. Pas pour la chaleur. Son corps était un véritable brasier.

Quant au reste, l'obscurité lui servait de couverture.

Elle hésita, mais laissa la veste sur ses épaules. S'autorisa à accepter ce cadeau. Il sentit qu'elle avait du mal. Comme si elle devait lutter, constamment, pour accepter quoi que ce soit de quiconque.

Ils avaient atteint la plage. Ils retirèrent leurs tongs, les laissant au bord du trottoir désert. Les vagues venaient s'écraser sur le rivage, et les feux d'un navire brillaient au loin sur l'océan. Le sable était froid entre les orteils de Tad, un contraste frappant avec la chaleur de la main de Miranda dans la sienne.

— Vous avez besoin de votre veste, murmura-t-elle alors que la brise se levait.

— J'ai besoin d'air frais, répondit-il. Vous connaissez la chanson de Kansas qui parle de la poussière dans le vent ?

En guise de réponse, elle fredonna la mélodie. Puis récita un couplet.

— Parfois, je pense que c'est vrai, que nous ne sommes tous que des grains de sable, dit-il, un peu gêné de se livrer ainsi. Et c'est une pensée réconfortante.

Il jeta un coup d'œil dans sa direction. Le vent rabattait ses cheveux sur son visage, le clair de lune se reflétait sur ses joues. Sans réfléchir, il se pencha, prêt à capturer ses lèvres. Au dernier moment, il se redressa.

— C'est bon de savoir que je n'ai pas à porter le poids du monde sur mes épaules, reprit-il doucement, dans l'espoir que ses paroles éveilleraient un écho en elle. Parfois, je peux n'être qu'un grain de sable qui flotte dans la brise et l'univers ne sait même pas que j'existe.

— J'ai entendu une philosophe parler un jour, répondit-elle, haussant la voix pour se faire entendre par-dessus le grondement des vagues. Je ne sais plus à quelle occasion. Mais à un moment donné, elle a dit : « Tout ira bien. » Ces mots m'ont marquée. Parfois, la nuit, quand je me réveille et que j'ai peur de ne pas pouvoir faire face, je me dis que tout ira bien. Qu'en fin de compte, quoi que je fasse ou ne fasse pas, quoi qu'il arrive, tout ira bien. En général, ça m'aide à lâcher prise assez longtemps pour que le sommeil revienne.

Comme un grain de sable qui peut se reposer sur la plage l'espace d'un instant. Le temps de se délivrer de son fardeau, de souffler.

Elle comprenait. Il en fut heureux.

16

Il faisait trop froid pour s'asseoir sur la plage. Sans parler d'envisager de se déshabiller. Quand Tad suggéra de retourner à la maison, Miranda accepta avec empressement, bien qu'elle n'ait bu que deux ou trois gorgées de vin. Elle jeta son verre dans la poubelle au passage, et il l'imita.

La bouteille était toujours dans le réfrigérateur, au cas où. Mais Miranda avait surtout envie de rentrer. D'être seule avec lui.

Leur promenade sur la plage n'avait fait que clarifier ses pensées. Elle voulait faire l'amour avec lui.

Et tout irait bien.

L'univers lui avait envoyé un homme, et elle était prête.

Elle ne se refuserait pas à lui ce soir. Elle était prête à recommencer à vivre. À être une femme, une personne à part entière, pas seulement une maman et une assistante médicale.

Le moment était venu.

Elle avait rencontré un homme, elle éprouvait des sentiments pour lui, elle n'avait pas peur de faire ce premier pas dans sa nouvelle vie.

C'était un avantage que Tad ne projette pas de rester en ville. Elle n'avait pas à se soucier de conséquences à long terme. De secrets qu'elle ne pourrait jamais partager.

Il allait être un amant - du moins, elle l'espérait. Pas un partenaire de vie. Ni même un ami de longue date.

Et si, dans un moment de passion, elle laissait échapper un détail - comme ce soir, lorsqu'elle avait admis ne jamais avoir dîné dans un restaurant aussi chic - elle devait se faire confiance pour se rattraper. S'expliquer.

Exactement comme elle le faisait depuis qu'elle avait cessé d'être Dana O'Connor. Elle avait l'habitude.

Elle était devenue experte en la matière.

Elle pouvait être un grain de sable. Un grain de poussière dans le vent. Pendant un temps. Son fils était en sécurité. Pour la première fois depuis qu'elle avait pris la fuite avec lui, elle avait une nuit entière de liberté devant elle…

Tad la raccompagna à la porte et hésita sur le seuil, comme s'il n'allait pas la suivre.

— Que diriez-vous d'un autre verre ?

Il aurait sans doute été préférable de l'inviter à entrer, tout simplement. Elle n'allait pas boire davantage ce soir.

Son père n'avait jamais levé la main sur elle avant de commencer à noyer son chagrin dans l'alcool, après la mort de sa mère.

Il ne buvait pas au travail, cela dit. Seulement à la maison. Durant ses jours de congé. Quand Miranda était coincée là avec lui, prisonnière de sa colère. De toute l'amertume accumulée en lui.

Des années durant, elle avait été le récipiendaire de sa rage.

Tad hocha la tête et lui emboîta le pas. Elle remplit deux verres de vin, et posa le sien. Elle le vit boire une gorgée, mais devina qu'il n'en avait pas plus envie qu'elle.

Ils pouvaient s'installer dans le salon. Ou aller dans sa chambre…

— C'est sympa ici, commenta-t-il en s'asseyant sur le canapé. Vous en avez fait une pièce confortable. Reposante.

Elle sourit, hésitant une seconde avant de s'asseoir à côté de lui et de replier ses jambes sous elle.

— Mon but est d'élever Ethan dans un lieu sain et heureux. À l'écart du monde. C'est pourquoi je reçois si peu de visiteurs.

À peine les mots eurent-ils franchi ses lèvres qu'elle les regretta. Elle en avait trop dit. Elle se figea, cherchant mentalement le moyen de faire marche arrière. De…

— Vous n'êtes ici que depuis un an, c'est ça ? Depuis que vous avez terminé vos études ?

Elle lui avait dit un jour au café qu'elle travaillait au cabinet depuis un an. Que, auparavant, Ethan et elle avaient vécu dans un appartement non loin de l'école pendant qu'elle étudiait. L'histoire qu'elle s'était inventée, et qu'elle avait relatée à Tad lorsqu'ils s'étaient rencontrés, c'était qu'elle avait grandi à Portland, dans l'Oregon - une ville qu'elle avait visitée, et dont elle pouvait parler de manière crédible - et qu'elle avait interrompu ses études secondaires pour avoir Ethan.

— Oui, nous avons emménagé ici au printemps dernier, et l'essentiel du mobilier est d'occasion. J'achète du neuf petit à petit à mesure que j'en ai les moyens.

Elle gagnait bien sa vie maintenant. Cependant, elle économisait une grande partie de son salaire. À la banque… et en espèces.

Si elle devait reprendre la fuite un jour, elle ne le ferait pas sans un sou. Elle maquillerait leur évasion en aventure pour Ethan. L'emmènerait dans un endroit agréable. Lui raconterait qu'ils partaient en vacances.

Peut-être cela n'arriverait-il jamais. Elle l'espérait… Peut-être s'inquiétait-elle sans raison. Mais avec son père, un homme qui ne renonçait jamais, elle devait être vigilante.

— Ces meubles n'ont pas l'air usagé…

Son verre à la main, il la regardait, elle, plutôt que le mobilier.

Son regard était si tendre, si intime, qu'elle sentit une vague de chaleur monter en elle. Pourtant, il n'esquissa pas un geste. Ne se pencha pas vers elle comme il l'avait fait sur la plage. Il ne la touchait même pas.

Il but une gorgée de vin, coupant le contact visuel. Elle porta aussi son verre à ses lèvres, mais s'aperçut qu'elle tremblait et le reposa.

— Il y a quelque chose chez moi qui vous déplaît ?

— Quoi ?

L'expression atterrée de Tad aurait pu être comique si Miranda n'avait pas été au bord de la panique.

— Quelque chose qui me déplaît ? Non ! Non, bien sûr que non.

Et puis, de cette voix caressante qui lui donna de nouveau la sensation d'être désirable, il murmura :

— Pourquoi cette question ?

— Vous aviez dit que vous vouliez sortir avec moi. Ou vous l'avez laissé entendre.

— C'est vrai.

À son tour, il posa son verre. Et, d'une manière ou d'une autre, parvint à s'éloigner d'elle alors qu'il se tournait et lui prenait la main.

— Eh bien ? Pourquoi… ne se passe-t-il rien ?

Il resta un instant silencieux. Se contenta de l'observer. Comme s'il lisait un livre.

— D'habitude, Ethan est là.

Sa réponse la déçut. Et la soulagea en même temps. Parce qu'il confirmait une excuse à laquelle elle avait déjà songé. Une réalité qu'elle avait créée.

— Il n'est pas là ce soir.

Son père ne lui avait pas appris à se jeter à la tête des hommes. Au contraire, il l'avait rouée de coups la première fois qu'un garçon l'avait embrassée sur les marches après un bal organisé par leur collège - et qu'il avait été témoin de ce geste banal.

Peut-être cette soirée-ci n'avait-elle pas été une bonne idée, après tout.

— Si je te touche, j'ai peur de ne pas pouvoir m'arrêter.

L'aveu de Tad la fit tressaillir. Levant la tête, elle lut la vérité dans la lueur qui brillait dans ses yeux. Dans la crispation de son menton.

— Qui dit que tu dois t'arrêter ? chuchota-t-elle.

Elle n'avait plus conscience que de lui. Du sable. De la poussière. Tout irait bien.

— Le sexe complique les choses. Je ne veux pas te perdre.

Je ne veux pas te perdre. Elle avait rêvé d'entendre ces mots. À l'époque où elle s'imaginait rencontrer un homme bon, un mari qui la chérirait autant qu'elle le chérirait, lui.

« Je ne veux pas te perdre », avait-elle sangloté dans les bras de Jeff lorsqu'elle avait enfin accepté ce qu'il savait déjà : qu'il ne vivrait pas assez longtemps pour voir leur fils.

— Tu ne vas pas rester pour toujours, rappela-t-elle à Tad.

— Comme je le disais, c'est compliqué.

Mais pas impossible.

Il la désirait. Et elle avait besoin de lui. Pour l'aider à parvenir à la vie normale qu'elle était censée mener.

Elle ne faisait confiance à personne, pourtant elle avait confiance en Tad. Assez pour le laisser entrer chez elle. Le laisser passer du temps avec Ethan. Assez pour vouloir lui offrir son corps.

— Je n'ai jamais rien ressenti de pareil avant, avoua-t-elle. Jamais désiré personne autant. Ça me rend folle. Je ne peux pas m'empêcher de penser à toi tout le temps…

Gênée, elle tendit la main vers son verre, avala une

nouvelle gorgée de vin. D'ordinaire, elle ne buvait jamais plus d'un verre, mais cette soirée n'avait rien d'ordinaire.

— Tu as bien dû être attirée par Ethan Senior, observa Tad.

L'expression de son regard, le désir qu'elle y lisait, bouleversa Miranda.

Elle ne voulait plus de vin. Elle voulait Tad. Voulait se révéler à lui entièrement, comme à personne d'autre.

— Je… Non, je n'étais pas attirée par lui, dit-elle lentement. Pas sexuellement, de toute façon.

Elle avait été attirée par son cœur. Par son amitié.

Elle pouvait raconter cette partie de l'histoire. Personne ne pouvait savoir ce qui s'était passé entre Jeff et elle.

Ils n'étaient pas sortis ensemble. Nul ne s'était douté de rien.

— Tu as eu un enfant avec un homme qui ne t'attirait pas sexuellement ?

Tad avait froncé les sourcils, et sa voix, empreinte de sollicitude, laissait aussi percer une pointe de soupçon.

— Il t'a violée ?

— Oh ! Non, non, pas du tout !

Le mensonge aurait peut-être été une couverture efficace, mais elle ne pouvait l'envisager.

— C'est juste que… je n'ai jamais…

Elle hésita.

— C'était un ami. Un ami proche. On parlait beaucoup. On se confiait des choses qu'on ne disait à personne d'autre. Nous avions tous les deux été placés dans des familles d'accueil et cela créait un lien entre nous.

La maltraitance de son père et celle de la mère de Jeff, voilà ce qui les avait liés.

— Je t'ai dit qu'il était mort dans un accident… Eh bien, il n'est pas mort tout de suite. Mais il se savait condamné et il rêvait d'avoir un enfant, une partie de lui qui continuerait à vivre. Et il voulait que cet enfant soit lié à moi. À quelqu'un qui lui offrirait un amour sans conditions. La première fois qu'il m'en a parlé, je ne l'ai pas pris au sérieux. Mais il a persisté. Et j'ai fini par comprendre que, si j'acceptais, il pourrait mourir en paix. Il fallait que je lui donne cela. Je savais que je voulais des enfants de toute façon…

Son plus grand souci avait été son père. Il avait été furieux lorsqu'il l'avait vue embrasser un garçon. Comment aurait-il réagi si elle était revenue enceinte de l'université, sans travail ni mari ? Terrifiée, elle n'était pas retournée à la maison durant sa grossesse, mais elle avait su qu'elle devrait lui annoncer tôt ou tard. C'était son père, malgré tout, et il insistait pour qu'ils passent les fêtes ensemble.

— Tu veux dire qu'Ethan a été conçu délibérément avec quelqu'un avec qui tu n'avais pas de relations sexuelles ?

Elle hocha la tête.

— Oui. Et ça a été difficile pour nous deux.

Jeff et elle étaient proches émotionnellement, mais leur union physique avait été empruntée, gênante.

— C'était ta première fois,

Elle avait espéré qu'il ne lui poserait pas cette question. Cependant, elle acquiesça.

— Et il n'y a eu personne depuis Ethan ?

— Je n'ai jamais désiré personne jusqu'à maintenant.

Peut-être parce qu'elle avait été rouée de coups des années durant par un homme qu'elle avait aimé, en qui elle avait eu confiance. Il avait détruit son estime d'elle-même. Elle n'avait que onze ans la première fois qu'il l'avait frappée. Il s'était excusé presque tout de suite et lui avait expliqué que c'était sa faute, parce qu'elle se cramponnait à lui et qu'elle ne cessait de pleurer après les obsèques de sa mère. Et puisque c'était sa faute, elle n'avait voulu en parler à personne.

Il était intelligent. Il veillait toujours à ne pas laisser de marques visibles.

— Mais tu n'as pas été victime d'abus sexuels ?

— Non.

Sur ce point, elle avait eu de la chance.

Tad la dévisagea longuement.

— Et… Pourquoi moi ?

— Je ne sais pas, avoua-t-elle honnêtement. Tout ce que je sais, c'est que, si tu ne m'embrasses pas, je vais pleurer en me couchant ce soir.

Être honnête était une chose ; en dire trop long en était une autre. C'était comme si, maintenant qu'elle avait retiré le couvercle qui renfermait ses secrets, n'importe quoi pouvait lui échapper.

— Eh bien, dans ce cas…

La voix de Tad n'était plus qu'un murmure rauque. Il se pencha lentement, enroula un bras derrière elle et l'attira contre lui. Un courant électrique traversa Miranda, mais elle n'eut pas le temps de s'attarder sur cette pensée car les lèvres de Tad frôlaient les siennes, et tout n'était plus que sensation. Une sensation incroyable, délicieuse, merveilleuse.

L'instant d'après, il déserta ses lèvres pour embrasser son menton, son cou. Enivrée par son odeur masculine, par le contact de sa barbe naissante sur elle, Miranda frissonna de désir.

Elle promena les mains sur lui, explora les muscles de son torse, de ses bras. Son dos.

— Ça va ? demanda-t-il.

— Très bien.

Elle plongea le regard dans ses yeux noisette, songeant qu'elle pourrait passer la nuit à les contempler. Elle enfouit les doigts dans ses cheveux.

— J'aime avoir le privilège de te toucher.

Peut-être était-elle étrange. Peut-être ne savait-elle pas comment parler d'amour. Tant pis. Elle voulait être elle-même.

— Je t'accorde ce privilège quand tu voudras, plaisanta-t-il en la serrant davantage contre lui.

— Nous pourrions aller dans ma chambre, proposa-t-elle, jouant avec un bouton de sa chemise.

Il la tenait toujours dans ses bras, mais ne la caressait plus.

— Je sais, c'est compliqué. Mais je ne te demande pas de t'engager, Tad. Fais-moi l'amour, c'est tout. Tu veux bien ?

Elle mourrait sans doute de honte le lendemain en repensant à ces paroles, mais elle venait de se réveiller après un long cauchemar et tenait à profiter du présent. Il serait bientôt reparti, retourné à sa vie.

Elle reviendrait à la raison. Elle savait déjà qu'elle ne pouvait envisager de relation à long terme : elle ne pourrait pas mentir à un partenaire, fût-ce par omission.

— Les apparences sont parfois trompeuses, dit-il.

L'ironie de sa remarque aurait pu l'amuser, mais elle n'avait plus qu'une idée en tête : sentir son corps nu contre elle.

— Je crois que tu en as envie autant que moi, murmura-t-elle en se collant à lui.

Il l'embrassa. Longuement. Avec passion. Puis il la regarda dans les yeux de nouveau.

— Jamais je n'ai désiré une femme autant que toi.

C'était tout ce qu'elle avait besoin de savoir.

Elle se leva et lui tendit la main.

17

Une heure plus tard, Miranda n'était toujours pas prête à dormir. Tad et elle avaient fait l'amour trois fois déjà, prenant leur temps pour explorer leurs corps respectifs.

— Si j'avais su…

Sa phrase resta en suspens, car elle ne pouvait la terminer. Même si elle avait soupçonné que faire l'amour puisse lui apporter autant de plaisir, aucun homme dans sa vie jusqu'alors n'avait su éveiller de tels sentiments chez elle.

Le contentement physique n'était pas uniquement dû au corps. Du moins, pas pour elle.

— J'espère que ça veut dire que tu envisages de renouveler l'expérience aussi souvent que possible ? murmura Tad, le visage niché entre ses seins.

— J'espérais que tu serais ouvert à cette proposition, répondit-elle, souriant jusqu'aux oreilles.

Elle lui caressa le dos légèrement, s'attardant sur la ligne irrégulière de ses cicatrices, comme elle l'avait fait à plusieurs reprises durant leurs ébats. Cette fois, elle en traça le contour, puis se redressa, se mit derrière lui et déposa une traînée de baisers sur la peau abîmée.

Il pivota, peut-être gêné qu'elle touche à un aspect inconnu de sa vie, mais elle ne pouvait le laisser disparaître - retourner dans leur univers de secrets.

— Que s'est-il passé ? En réalité ? ajouta-t-elle, pour

lui faire comprendre qu'elle n'allait pas se satisfaire de la version qu'il avait fournie à Danny au cabinet.

Tad lâcha un soupir et roula sur le dos, puis mit un bras sur ses yeux. Elle se demandait s'il s'était endormi quand il se redressa et rencontra son regard.

— Tout a commencé par une série de cambriolages dans un quartier cossu. Manifestement commis par le même individu. Il ne volait pas de produits électroniques, rien que des bijoux, de l'argenterie, des pièces de collection. Il semblait bien connaître les lieux et sévissait toujours quand les propriétaires étaient en vacances. Nos soupçons ont fini par se porter sur un traiteur qui avait travaillé pour toutes les victimes, et qui savait comment entrer dans les propriétés sans donner l'alarme.

Miranda écoutait, fascinée. Elle avait presque l'impression de regarder une série policière à la télévision.

— Il a nié en bloc, bien sûr, mais sa femme a avoué avoir trouvé des reçus émanant d'un antiquaire. Elle avait questionné son mari à ce sujet car ils ne possédaient pas d'antiquités. Elle m'a remis les reçus, et je me suis rendu à l'adresse qui figurait dessus. C'était tôt le matin, et j'avais deux agents en uniforme avec moi dans une voiture de patrouille. À la seconde où le type a vu ma plaque, ça a été le chaos. Il a attrapé une petite fille qui était derrière le comptoir, lui a appuyé un pistolet sur la tempe et a reculé vers la porte de service en me disant que, si j'approchais, il allait tirer sur elle.

Il paraissait si… plein de regrets. Comme si ça avait été sa faute. Le cœur de Miranda cognait dans sa poitrine. Elle savait que cette histoire n'allait pas bien se terminer. Elle avait vu ses cicatrices.

Elle se souvint qu'il avait affirmé à Danny que seul le méchant était mort. Bien sûr. Qu'aurait-il pu dire d'autre à un enfant de sept ans ?

— J'ai demandé un négociateur par radio. On m'a dit de reculer, d'attendre les renforts, mais j'entendais la fillette pleurer dans la réserve. Comme si elle était blessée. J'ai essayé d'engager le dialogue avec le type. Ça a fonctionné quelques minutes. Il m'a dit qu'il était hors de question qu'il aille en prison. Qu'il laisse sa femme donner un autre père à sa fille. J'ai pensé qu'il commençait à me faire confiance et j'ai fait signe aux agents de s'approcher. D'autres arrivaient par-derrière, mais le négociateur n'était pas encore là. Et puis, soudain, la fillette a hurlé : « Non, papa, non ! », alors j'ai enfoncé la porte. Je ne pouvais pas rester les bras ballants et abandonner une enfant à la mort.

Il marqua une pause.

— En fait, il avait mis une bombe derrière la porte, prête à exploser si quelqu'un entrait. J'ai vu les fils en poussant le battant. Il était trop tard pour empêcher l'explosion, mais j'ai plongé pour écarter l'enfant et lui faire un bouclier de mon corps.

— Il a été tué ?

— Il est mort à l'hôpital.

Miranda esquissa un sourire ému.

— Mais tu as sauvé la vie de la petite fille. Tout s'est bien terminé - hormis tes propres blessures, évidemment.

Tad secoua la tête.

— Je ne suis pas seulement en congé sabbatique, avoua-t-il. Je fais l'objet d'une enquête disciplinaire.

— Je ne comprends pas.

— J'ai mis mes collègues en danger, expliqua-t-il. Si j'avais attendu le négociateur, il aurait peut-être pu persuader le type de se rendre.

— Je doute qu'il l'ait fait. Pas en sachant qu'il allait renoncer à sa fille.

Tad acquiesça.

— Non, mais les négociateurs sont formés pour gérer ce

genre de situation. Quoi qu'il en soit, j'ai essayé de donner ma démission, mais le service a refusé. Mon supérieur veut que je reprenne mon poste.

— Et la petite fille ? Elle va bien ?

— Pour autant que je le sache. Elle a été rendue à sa mère le jour même.

Miranda posa une main sur ses cicatrices.

— Tu lui as sauvé la vie. Son père avait sans doute décidé qu'il préférait mourir plutôt que d'être arrêté, et il l'aurait tuée avec lui.

— Peut-être. C'était mon impression, en tout cas.

— Tu t'es conduit en héros, affirma-t-elle. C'était une situation complexe. On ne peut pas toujours se contenter d'obéir aux règles. Quand elles ne suffisent pas, il faut se fier à son instinct.

C'était une leçon qu'elle était encore en train d'apprendre.

Tad lui tendit les bras.

— Viens là.

Miranda hésita, presque effrayée par le réconfort qu'il lui offrait.

N'avait-elle pas le droit d'être heureuse ?

Si, bien sûr. Comme elle aurait dû avoir le droit de quêter l'affection de son père le jour des obsèques de sa mère. Comme Tad aurait dû être félicité pour avoir sauvé une vie, et non placé sous investigation pour avoir enfreint le règlement.

Tad glissa les bras sous les siens et la souleva contre lui, tirant sur eux les draps qu'ils avaient repoussés plus tôt.

La vie n'était pas juste. Elle était remplie de choix douloureux.

Et parfois aussi… ponctuée de moments miraculeux.

18

Le soleil brilla toute la semaine suivante. Tad dut faire un effort délibéré pour ne pas s'abandonner au rythme détendu de la vie californienne. Marie et Danny avaient retrouvé une sorte de routine, et les séances de kinésithérapie du garçon donnaient déjà des résultats.

Lors de la réunion du groupe Haut Risque, il était apparu que Marie, se sentant prise dans un engrenage, avait renoncé au dernier moment à permettre l'appel vidéo entre Devon et Danny. Ce dernier avait été fâché contre elle, de sorte qu'elle avait continué à rouler. Elle n'avait pas voulu rentrer à la maison et appeler la police de peur de causer des ennuis à Devon, ce qui aurait incité Danny à la détester davantage.

En fin de compte, elle avait suivi la côte pendant un bon moment, après quoi ils s'étaient arrêtés déjeuner dans un restaurant et ils avaient parlé. Danny n'avait que sept ans, mais il avait été témoin de nombreux incidents et ce tête-à-tête leur avait fait du bien à tous les deux. Lorsqu'ils étaient rentrés chez eux, il n'en voulait plus à sa mère, et Marie était plus déterminée que jamais à obtenir un divorce et à reconstruire sa vie.

Après le départ des autres, Tad réprima l'envie de prendre Miranda dans ses bras. Ils avaient échangé toute une série de textos depuis qu'ils s'étaient quittés le dimanche matin, après avoir partagé un petit déjeuner au lit.

Il avait espéré recevoir une invitation à dîner, mais celle-ci ne s'était pas matérialisée.

— Il faut que je t'embrasse, annonça-t-il alors qu'ils s'asseyaient, se regardant les yeux dans les yeux comme deux adolescents enamourés.

— Je sais.

— Je pourrais venir ce soir.

Il s'était promis de ne pas faire pression sur elle. D'attendre qu'elle fixe des conditions qui lui convenaient.

Elle secoua la tête. Une bouffée de déception envahit Tad, qu'il refoula aussitôt. Il avait su dès le départ qu'ils n'allaient pas bâtir une relation à long terme. Que c'était impossible, compte tenu des secrets qui les séparaient.

Il n'aurait pas dû lui faire l'amour. Il avait su cela aussi. Il avait été résolu à résister. Mais quand elle avait mis son cœur à nu devant lui, quand elle lui avait dit qu'elle allait pleurer s'il ne l'embrassait pas…

De la part de n'importe qui d'autre, ça aurait pu être une manœuvre, une tentative de l'aguicher. Mais il était tout à fait certain que Miranda disait la vérité.

— Je ne veux pas qu'Ethan se fasse des idées.

Le regard intime dont elle l'enveloppait n'était pas décevant, au contraire. Tad s'exhorta à la prudence.

— Tu ne veux pas qu'il sache que nous sommes plus que des amis, devina-t-il.

— Exactement. Il ne faut pas que tu me touches en sa présence. Il est trop en quête de nouvelles relations dans sa vie… Je lui ai dit que tu n'allais pas rester très longtemps, mais il n'a que six ans. Il s'imaginerait toutes sortes de choses.

Il comprenait parfaitement. Et savait qu'elle avait raison.

— D'accord.

Il sourit au souvenir de ses lèvres sur les siennes. Et elle lui rendit son sourire.

Jamais Miranda n'aurait cru désirer Tad encore davantage après avoir fait l'amour avec lui. Elle avait beau tenter de se convaincre que rien n'était jamais aussi bon que la première fois, elle ne pouvait détacher ses pensées de lui. Elle ne pouvait se coucher sans se remémorer l'odeur sexy de son corps - et cela, bien qu'elle ait changé les draps de son lit depuis la nuit qu'ils avaient passée ensemble.

Le jeudi, elle quitta le cabinet à midi. En temps normal, elle profitait de sa demi-journée de congé pour faire des courses pendant qu'Ethan était à l'école.

Pour s'acheter des vêtements, par exemple. Ou des sous-vêtements. Flâner devant des présentoirs de bijoux fantaisie. Bref, le genre d'occupation qui ennuyait Ethan à mourir.

Ce jour-là, elle songea à aller chez le coiffeur. À prendre rendez-vous chez la pédicure.

Elle en avait les moyens, mais ce n'était pas dans ses habitudes. Elle n'avait pas besoin de ces petits luxes. Et plus elle économisait, plus Ethan et elle seraient en sécurité. Quoi qu'il arrive…

Elle sortit son téléphone avant même d'avoir atteint sa voiture.

— Que dirais-tu de déjeuner avec moi ? demanda-t-elle de but en blanc, avant d'avoir pu se convaincre de renoncer.

— Ce serait avec plaisir. Dis-moi où et à quelle heure.

La voix de Tad était chaude et caressante.

— Chez moi. Maintenant.

— J'arrive.

Une heure et demie plus tard, Miranda reposait dans les bras de Tad, comblée.

— C'était encore mieux que la dernière fois, lâcha-t-elle, blottie contre sa poitrine.

Il émit un petit rire amusé. Voilà ce qui poussait les gens à faire des choses insensées pour être ensemble, songea-t-elle.

Sauf qu'elle ne pouvait pas être comme les autres personnes.

Ne pouvait pas se laisser aller. Pas complètement.

— Mais c'est seulement pour quelque temps, ajouta-t-elle.

— Je sais.

Il jouait avec une mèche de ses cheveux.

— On ne se touche pas devant Ethan, répéta-t-elle. Nous ne pouvons pas lui donner l'impression d'être une famille. Ce ne serait pas juste pour lui.

— Je sais.

Il ne semblait pas plus heureux qu'elle de cet état de choses mais il ne tenta pas de protester. Aurait-elle préféré qu'il le fasse ?

Certes, s'il proposait une relation plus permanente, elle devrait refuser. Elle avait des secrets qu'elle ne pourrait jamais partager. Cependant, il ignorait cela.

Il avait un poste qui l'attendait.

Une maison. Des collègues, des amis de longue date.

Toute une vie dans le Michigan.

Le souvenir de cet après-midi-là se grava dans la mémoire de Tad. Il se souvenait des moindres détails, depuis les motifs en forme de cœur de la tunique en vrac sur le sol jusqu'au rayon de soleil qui filtrait à travers les stores baissés. De la pointe d'émotion qui avait vibré dans la voix de Miranda quand elle l'avait embrassé sur le pas de la porte, vingt minutes avant d'aller chercher son fils à l'école.

Il respirait encore le parfum de la lavande qui embaumait sa maison. Et cela même après avoir pris une douche.

Il avait eu des aventures. Il y avait pris plaisir. Jamais il n'avait connu de… de relation comme celle qu'il avait avec la fille de son client.

Que lui arrivait-il ?

Avait-il trouvé la femme de sa vie ?

Le vendredi matin, il se rendit au gymnase et fit ses rondes habituelles autour du collège, puis dans le quartier de Marie et celui de Miranda, un scénario unique passant en boucle dans sa tête.

Il était seul avec Miranda. Sur un balcon. Le sien. Il lui avouait qui il était réellement. La véritable raison de sa présence en ville. Il lui révélait que son ex-mari était mort - non des suites d'un accident, mais d'une overdose. Que son criminel de beau-frère était derrière les barreaux. Que son père l'aimait tant qu'il l'avait envoyé, lui, à sa recherche, afin de s'assurer qu'elle allait bien.

Elle serait sous le choc. Il lui faudrait quelques minutes pour assimiler ses paroles. La duplicité dont il avait fait preuve. Cependant, elle était pleine de sagesse, comme son père, et elle lirait dans son cœur. Elle saurait que leur relation était un signe du destin. Elle serait reconnaissante envers lui.

C'était possible.

Debout sur son balcon le vendredi après-midi, le téléphone à la main pour appeler Brian, il était résolu à faire avancer la situation.

— Tad ? Vous avez une minute de retard.

Déconcerté, il s'excusa, tout en songeant qu'il n'aurait pas dû le faire. Une minute ? C'était absurde.

— Quelque chose ne va pas, monsieur ? demanda-t-il.

Ce genre d'attitude ne ressemblait pas à Brian O'Connor. Ce dernier était un homme juste. Raisonnable.

— Non, en effet, bon sang ! Mon petit-fils est à l'autre bout du pays, voilà ce qui ne va pas !

Le ton du commandant, son élocution un soupçon indistincte, frappèrent Tad.

— Eh bien, je suis prêt à vous le ramener, déclara-t-il.

Plus que prêt, songea-t-il à part lui.

— Il n'est pas encore temps, grogna son interlocuteur, presque boudeur.

Une idée soudaine vint à Tad. Cette irritation, cette impatience, cette véhémence…

— Vous avez bu, monsieur ?

D'après ce qu'il savait de O'Connor, ce dernier ne touchait jamais à une goutte d'alcool en public, mais après tout, ce n'était pas un crime. Tant qu'il ne conduisait pas.

— Oui. Excusez-moi.

O'Connor lâcha un soupir.

— C'est l'anniversaire de la mort de ma femme et j'ai acheté un pack de bières. Ça n'est pas dans mes habitudes, ajouta-t-il. Je ne bois jamais.

— Je comprends, monsieur, assura Tad aussitôt.

— Non, non, je sais que je n'aurais pas dû. Enfin… Parlez-moi de votre semaine. De leur semaine. Comment va Jeffrey ?

Tad évoqua l'invitation chez Jimmy, et les petites voitures en bois confectionnées par le père de ce dernier.

— J'aurais voulu être là, murmura O'Connor d'une voix plaintive. Il y a tant de choses que je pourrais lui apprendre.

Tad n'en doutait pas. Il n'osait imaginer à quel point ça avait dû être douloureux pour lui de manquer les six premières années de la vie de son petit-fils.

Les six dernières années de sa fille unique.

— Elle m'a dit que le père de Jeffrey - il s'appelait Jeff, n'est-ce pas ?

— Oui, c'est ça, Jeff.

— Elle m'a dit qu'ils ne formaient pas un couple, qu'ils n'étaient que des amis. Et qu'il était mort des suites d'un accident.

Il lui répugnait de révéler les secrets de Miranda, mais cet homme était son père. Tad et lui avaient tous les deux pour but de l'aider, de la protéger, de lui rendre sa vie. Il faisait simplement ce que Miranda aurait fait elle-même si elle l'avait pu, en disant à son père ce qu'il avait besoin de savoir pour lui venir en aide.

— Des mensonges. Un tissu de mensonges, lâcha O'Connor sur un ton empreint de tristesse. Ce Jeff a manipulé Dana pour de bon. Il l'a amenée à mentir sur toutes sortes de choses.

Un mélange d'agacement et d'amertume s'entendait dans sa voix. Dans la manière dont il prononçait le nom de sa fille.

Tad sentit une bouffée de colère monter en lui. Ce n'était pas la faute de Miranda. Rien de ce qui lui était arrivé n'était sa faute.

À l'évidence, le commandant n'avait pas l'habitude de boire. Il semblait avoir du mal à tenir l'alcool.

— Il me faut d'autres informations, monsieur.

Il n'était plus seulement un employé maintenant. Il était l'amant de Miranda. Ce titre-là s'accompagnait de responsabilités.

— Je ne peux pas continuer à faire ce travail pour vous sans savoir certaines choses. J'ai besoin d'avoir la preuve que son ex est mort. Je ne veux pas la mettre en danger.

Il avait fait de son mieux pour dominer sa tendance presque irrationnelle à ne se fier à rien ni à personne. Cependant, il avait fait l'amour avec Miranda. Il n'allait pas l'abandonner à présent. Il voulait terminer ce qu'il avait commencé.

— Il faut que j'en aie la certitude, sinon, je démissionne.

— Vous êtes en train de tomber amoureux d'elle.

— J'ai besoin d'avoir la preuve que son ex est mort, répéta Tad. Qu'elle est hors de danger.

— Je vous l'envoie.

Presque aussitôt, un bip sonore lui indiqua qu'il venait de recevoir un texto. Pourtant, Tad n'était pas encore satisfait.

— Ce n'est pas tout. Je voudrais une liste des accidents de voiture survenus à Asheville - la ville où Dana avait fait ses études - au cours des dix-huit mois qui ont précédé la naissance de Jeff.

— Je vous la ferai parvenir d'ici ce soir.

— Merci de votre compréhension, monsieur.

— Merci de la vôtre, Newberry. Je ne me suis pas montré sous mon meilleur jour.

Tad raccrocha, songeant que ces quelques minutes de conversation lui en avaient appris plus long sur cet homme que tout ce qu'il avait jamais entendu dire à son sujet. Il l'imaginait seul chez lui, pleurant sa femme disparue.

Pleurant sa fille et son petit-fils aussi. Après avoir risqué sa vie si souvent pour sauver les autres, il s'était vu dépouillé de tout ce qui comptait à ses yeux. Il devait se sentir affreusement impuissant, sachant qu'il ne pouvait rien faire pour aider les siens.

Tad ne pouvait lui en vouloir d'avoir cherché à noyer son chagrin dans l'alcool. Ni d'avoir été irritable ou agressif.

19

Tad s'était attendu à voir un certificat de décès. En réalité, le document que le commandant lui avait envoyé était un rapport d'autopsie. Une confirmation du décès et de ses causes.

Un document plus complet qu'un simple certificat de décès.

Jeffrey Muldoon Patrick. Âgé de 23 ans. Décédé par ingestion de produit opiacé.

On ne pouvait guère faire plus officiel.

Ni plus convaincant.

Il remercia silencieusement le ciel. Miranda n'était pas en danger. Son fils et elle étaient réellement en sécurité.

Si seulement il pouvait le lui dire ! Être honnête avec elle. C'était une excellente nouvelle. Miranda aurait dû pouvoir se réjouir.

Pourtant, il avait donné sa parole au commandant. Il ne pouvait détruire la confiance que ce dernier avait placée en lui.

Même s'il ne rêvait que de voir Miranda heureuse.

Cette mission appartenait à Brian O'Connor. Ce dernier avait le droit de décider de la manière dont il allait renouer avec sa fille. Celui-ci connaissait Dana. Tad, lui, ne connaissait que Miranda.

Cela dit, s'il parvenait à persuader Miranda de lui dire

la vérité sur son mari, si elle prenait l'énorme risque de lui révéler son passé… Non, cela ne changerait rien. Il ne pourrait pas enfreindre la promesse qu'il avait faite au commandant. S'il agissait prématurément, et que Miranda était fâchée contre son père, comme celui-ci semblait le croire, elle risquait de couper les ponts avec lui de nouveau.

Il ne pouvait être à l'origine d'une nouvelle rupture entre Miranda et Ethan et l'homme qui les adorait tous les deux.

Autrement dit, cette histoire ne le regardait en rien.

Il réprima un juron.

Tard dans la soirée, il reçut la liste des accidents de voiture qu'il avait réclamée au père de Miranda. Il la parcourut avec soin, mais ne fut guère surpris de découvrir qu'aucun individu prénommé Jeff n'était cité parmi les victimes.

Ainsi qu'il l'avait soupçonné, Miranda lui avait raconté un mensonge.

Vivre dans le mensonge n'avait jamais été aussi pénible à Miranda que depuis qu'elle avait entamé une relation avec Tad. Elle se surprenait sans cesse à être tentée de lui téléphoner et de lui dire la vérité à son sujet. Elle pouvait lui faire confiance.

Elle le savait.

Pourtant, quelque chose l'en empêchait.

C'était peut-être en partie parce qu'elle reconnaissait en Tad une tendance qu'elle avait vue chez son père, une des rares choses qu'elle admirait chez lui. Une incapacité à accepter l'injustice. Tad n'avait-il pas été prêt à risquer sa vie sans hésiter pour sauver une petite fille ?

S'il apprenait la vérité, il s'attaquerait à l'homme que toute la Caroline du Nord admirait. Il voudrait que son père soit condamné pour ses actes.

Il croirait sans doute qu'elle pouvait gagner.

Elle savait qu'il n'en était rien. Jamais elle n'avait parlé à personne de la violence qu'elle subissait. Au début, parce qu'elle s'était sentie responsable. Et parce qu'elle l'aimait. Parce qu'il représentait son seul soutien dans la vie, sa seule sécurité. Sa seule famille. Sans son père, que serait-elle devenue ? Ses grands-parents étaient morts. Elle n'avait ni oncles ni tantes. Son père n'avait qu'un frère aîné qu'elle n'avait jamais rencontré.

Un jour, elle avait déclaré qu'elle préférerait être placée par les services sociaux plutôt que de continuer à vivre avec lui. Il l'avait non seulement rouée de coups, mais forcée à lire des rapports sur certains sévices qui avaient été infligés à des enfants par leurs familles d'accueil. Bien sûr, elle savait à présent que la majorité des enfants étaient bien traités, mais à l'époque…

Peu importait. Il lui était impossible de traîner son père devant les tribunaux sans la moindre preuve à l'appui.

Ce cheminement de pensée la ramena droit à son point de départ. Il était hors de question qu'elle parle à Tad de son passé.

À quoi bon s'appesantir sur ce qu'elle ne pouvait changer ? Mieux valait se concentrer sur son travail, son fils, et trouver des solutions pour voir Tad en tête à tête.

En examinant son emploi du temps, elle découvrit une possibilité : s'ils n'allaient pas boire un café avec le groupe Haut Risque et qu'elle faisait l'impasse sur son déjeuner, ils pourraient se rejoindre chez elle.

Le lundi, elle lui expédia un texto pour le lui proposer. Et obtint aussitôt une réponse affirmative. *Cent fois oui.*

Sur quoi elle passa le reste de la journée à rêver de leurs retrouvailles.

Le mardi matin, Miranda s'épila avec soin, s'aspergea les poignets d'huile essentielle de rose et passa un long moment à choisir sa tenue avant d'opter pour une tunique couleur lavande, à motifs d'arc-en-ciel.

Le cœur battant la chamade, elle se rendit au poste de police en prévision de la réunion hebdomadaire, s'efforçant d'arborer une expression aussi naturelle que possible. Elle salua ses coéquipiers en souriant et, enfin, dirigea son regard sur la chaise que Tad occupait d'ordinaire.

Elle était vide. Désemparée, Miranda fit de son mieux pour cacher sa déception. En général, Tad arrivait parmi les premiers parce qu'il était déjà sur place : en effet, il assistait également aux séances de formation sur la violence conjugale organisées au poste, et prenait part aux discussions relatives aux délits qui y étaient liés.

Il ne vint pas du tout ce jour-là. Pas plus que Chantel Fairbanks, la policière qui faisait partie du groupe.

Quand la réunion débuta, Miranda découvrit la raison de leur absence.

Tad avait vu Devon Williams rôder dans les environs de l'école primaire ce matin-là. Vêtu d'un uniforme d'agent d'entretien et coiffé d'une casquette, l'homme s'était détourné et avait fait mine de chercher quelque chose dans une poubelle lorsque Tad était passé. Son geste avait éveillé les soupçons de ce dernier, qui s'était garé un peu plus loin et était revenu à pied. Une fois certain qu'il s'agissait bien de Devon, Tad avait alerté Chantel, laquelle lui avait demandé de le garder à l'œil en attendant son arrivée.

Miranda était de retour au cabinet quand on lui téléphona pour l'informer que Devon avait été arrêté, puis relâché. Apparemment, il se trouvait juste assez loin de l'école pour être dans son périmètre autorisé.

Néanmoins, tous les membres de l'équipe avaient été placés en alerte maximale. Devon attendait son heure. Chantel en était persuadée, et tous les autres aussi.

Consternée par la nouvelle, Miranda ne songeait plus à

un interlude sexuel avec Tad. Dès son service terminé, elle se rendit à l'école d'Ethan, bien qu'elle ait une demi-heure d'avance. Elle préférait patienter dans sa voiture plutôt qu'il sorte avec une minute d'avance et qu'elle ne soit pas là.

Elle voulait être près de lui. Avait besoin qu'il soit près d'elle.

Il était sa vie.

Elle était la sienne.

Elle se sentait reconnaissante que cet incident le lui ait rappelé.

Tad n'était pas tranquille.

Une question le taraudait. Pourquoi, sachant que l'ex de Miranda était mort, le commandant O'Connor insistait-il pour attendre avant de le lui annoncer ?

Pourquoi reporter des retrouvailles qui, à l'évidence, seraient une grande source de joie pour eux tous ?

Un autre point le tracassait. Le commandant était connu pour avoir des nerfs d'acier. Pour garder sa lucidité même sous une extrême pression.

Et pourtant, voilà qu'à deux reprises il avait perdu son sang-froid lors de leurs conversations. La première fois, parce que Tad avait appelé avec un jour d'avance, et la seconde, plus grave, le jour où il avait bu. Certes, la situation était délicate sur le plan émotionnel, mais n'était-ce pas justement là qu'il excellait ?

Bien sûr, c'était différent quand il s'agissait de sa propre famille. Tad était bien placé pour le savoir.

Malgré tout, il avait l'impression que quelque chose ne collait pas.

Était-il possible que Jeff Patrick soit encore en vie ? Peut-être sous une fausse identité ? C'était tiré par les cheveux. Mais Miranda n'était pas Miranda non plus.

Et si ce Patrick, d'une manière ou d'une autre, faisait

pression sur O'Connor ? S'il le faisait chanter pour découvrir où se trouvait sa fille ? Cela pourrait expliquer que le commandant refuse catégoriquement d'autoriser Tad à effectuer des recherches de son côté.

O'Connor s'efforçait-il de gagner du temps ? Avait-il affirmé au type que Tad n'avait rien trouvé ?

Non, c'était absurde. Comme si le commandant en chef des brigades de pompier de Caroline du Nord allait se soumettre à un tel chantage sans réagir !

Pourtant, il devait bien protéger sa fille et son fils d'un danger. Lequel ?

Peut-être avait-il dit la vérité. Peut-être attendait-il tout simplement le moment propice. Une information, relayée par Tad, qui suggérait que Miranda était ouverte à une réconciliation.

Tad ne comprenait pas. Même si elle avait été autrefois sous l'emprise d'un homme qui l'avait montée contre son père, ce n'était plus le cas désormais.

S'il ne pouvait se renseigner de son côté, rien, en revanche, ne lui interdisait d'appeler une ancienne collègue et de lui demander de fouiner un peu pour lui. Si quelqu'un faisait chanter O'Connor, peut-être y avait-il des traces quelque part ?

Gail Winton le connaissait mieux que personne. Elle avait été un temps sa coéquipière et ils avaient eu une brève aventure ensemble au début de leur relation. Elle était maintenant mariée à un homme qu'elle adorait et mère de deux jeunes enfants.

Elle accepta de se renseigner sur Brian O'Connor sans poser de questions, mais l'avertit qu'il lui faudrait peut-être quelques jours pour obtenir des réponses.

— Je suis contente que tu travailles sur quelque chose, lâcha-t-elle alors qu'il s'apprêtait à raccrocher.

— Comment ça ?

— Une année sabbatique, ce n'est pas du tout ton genre. Je savais que tu allais t'ennuyer à mourir.

Elle le connaissait trop bien.

20

Quelqu'un l'observait. Debout à la caisse du supermarché, Miranda sentit un frisson lui parcourir la nuque.

— Tu es fâchée contre moi ? demanda Ethan.

— Non, pas du tout. Mais j'aurais voulu que tu me préviennes que tu avais besoin d'ingrédients pour l'école.

Il y avait forcément quelqu'un derrière elle. Dans une autre queue. Ou dans un rayon. Elle avait repéré trois fois de suite la même casquette de base-ball grise au cours des deux jours écoulés.

— D'habitude, on a toujours des pommes de terre à la maison.

— C'est vrai.

Et elle se félicitait qu'il se soit porté volontaire pour participer à une expérience en cours de science.

— Jimmy doit apporter des pots, déclara Ethan en regardant autour de lui. Il est peut-être ici aussi.

— Tourne-toi, ordonna-t-elle, plus sèchement que nécessaire.

Elle s'en rendit compte, mais elle était trop tendue pour y remédier.

Ethan resta silencieux. Sans doute pensait-il qu'elle était agacée pour une pomme de terre.

Quand son téléphone émit un signal le jeudi soir, Tad crut tout d'abord que c'était Gail qui le contactait. Puis il compris que le son émanait de son téléphone personnel et non de l'appareil prépayé dont il s'était servi pour l'appeler.

C'était Miranda.

Tu veux venir dîner demain soir ?

Une bouffée d'excitation l'envahit. Ethan avait-il de nouveau été invité à passer la nuit chez son copain ?

Oui, bien sûr.

Il s'apprêtait à lui demander s'il devait aller chez elle quand un nouveau message lui parvint.

Ethan veut savoir si tu voudrais disputer une partie d'*Attaque au zoo.*

En dépit de sa déception, sa réponse fut immédiate.

Bien sûr.

Elle était ridicule, elle le savait. Et pourtant, une fois qu'Ethan fut couché, elle arpenta leur petite maison, vérifiant plusieurs fois que les portes et les fenêtres étaient verrouillées. Elle veilla à garder son téléphone à la main. Plaça ses clés à côté de la porte du garage.

Ensuite, elle ouvrit sa penderie, tira une liasse de billets de la chaussure qui lui servait de cachette et la glissa dans son soutien-gorge. Ce soir-là, elle dormirait tout habillée.

Elle sortit un sac à dos de sous son lit, et s'assura qu'il contenait des vêtements de rechange à la taille d'Ethan. Ajouta quelques barres de céréales à la petite réserve d'aliments non périssables rangée dans la poche de devant.

Elle était complètement parano. Elle s'en rendait compte.

Et ne pouvait s'empêcher de l'être.

La seule manière dont elle pouvait lutter contre la peur était d'agir. De se comporter en femme capable d'assurer sa sécurité et celle de son fils. De se préparer calmement à fuir si nécessaire.

Elle emporta ses clés de voiture dans sa chambre. Puis se ravisa et décida de passer la nuit sur le canapé.

Si quelqu'un vous traquait, la routine était un ennemi. Elle faisait de vous une proie facile.

Ce qu'elle voulait, au fond, c'était dormir dans la chambre de son fils, à même le sol entre son lit et la fenêtre. Elle y songea un instant, avant de renoncer. S'il se réveillait, comment lui expliquerait-elle la raison de sa présence ?

Il fallait qu'elle se ressaisisse. Qu'elle vive normalement. Après tout, des tas de gens possédaient une casquette de base-ball grise. Le gris était une couleur courante.

Elle s'obligea à réfléchir. Était-elle vraiment sûre d'avoir vu la même personne plusieurs fois ?

Non. Elle n'avait fait qu'entrevoir l'individu en question. En fait, elle s'était détournée à chaque fois pour ne pas attirer son attention.

Elle était incapable de décrire les vêtements qu'il portait. Elle savait seulement qu'ils étaient amples.

Cette similarité suffit à éveiller en elle un pincement d'angoisse. Voilà l'effet que la peur avait sur vous. L'effet que la violence domestique avait sur vous. On se sentait en danger dans son propre foyer.

Les doigts au-dessus du clavier de son téléphone, elle hésita. Il était presque 11 heures. Trop tard pour appeler quiconque.

Trop tard pour appeler Tad.

Ou même lui envoyer un texto.

Au lieu de quoi elle s'allongea, l'appareil au creux de la main, rêvant d'être dans ses bras. Elle s'imagina nichée contre son torse, écoutant les battements de son cœur.

Enfin, sa tension reflua. L'étau qui lui enserrait la poitrine se relâcha. Et elle s'endormit.

Tad n'avait pas de nouvelles de Gail lorsque vint le moment de son échange hebdomadaire avec le commandant. Après la semaine tendue qu'il avait eue, il était prêt à tout.

Cependant, l'appel fut aussi anodin qu'il pouvait l'être.

— Je tenais à m'excuser pour la semaine dernière, déclara O'Connor aussitôt. Je savais que vous alliez appeler, et je n'aurais jamais dû m'autoriser à être dans cet état.

— Ce n'est rien, monsieur. Je sais ce qu'il en est de pleurer un proche.

O'Connor, comme tous ceux qui étaient en train d'évaluer sa capacité à reprendre son poste, était au courant pour Steffie. Tous pensaient que la mort de sa sœur avait influé sur son comportement, qu'il n'avait pu supporter de rester en retrait alors qu'une petite fille était en danger. C'était en partie pour cette raison que le chef l'avait engagé pour chercher Dana.

Parce qu'il comprenait combien le chagrin pouvait déchirer un homme.

— Quelles nouvelles avez-vous ? reprit le commandant.

Tad expliqua qu'il allait dîner avec Miranda et son fils ce soir-là, mais s'abstint de préciser qu'il ne les avait pas vus depuis quelques jours.

— J'ai réfléchi à ce que vous avez dit…

Les propos de O'Connor capturèrent immédiatement toute son attention.

— Quand vous la verrez, ce serait peut-être une bonne idée de l'interroger sur son père. Je sais qu'elle ment concernant son passé, et je comprends qu'elle doit jouer le rôle qu'elle s'est créé, mais il est possible qu'un peu de vérité émerge aussi. Un mot. Un détail. Vous êtes formé à repérer ce genre de choses.

En effet. Mener des interrogatoires, parvenir à la vérité, était un de ses points forts. C'était précisément pour cela qu'il avait de plus en plus de mal à supporter les secrets qui existaient entre Miranda et lui. Ils le rongeaient chaque jour davantage.

Soulagé que le commandant envisage enfin de mettre fin au statu quo, il accepta volontiers la tâche qui lui était confiée.

Le vendredi, Miranda ne vit pas l'homme à la casquette grise. Ce ne fut pas faute de l'avoir cherché. Partout. Elle s'était dit qu'elle devait pouvoir le reconnaître au cas où. Vu le nombre d'individus qui portaient des casquettes grises, n'était-il pas étrange à présent qu'elle n'en ait remarqué aucun dans le quartier ?

À moins qu'elle n'ait tout inventé ? Que son imagination ne lui ait joué des tours ?

Par exemple, quand elle sortit du cabinet, un peu plus tard que d'habitude, elle eut la soudaine certitude que le conducteur de la berline noire garée dans le coin du parking l'observait.

Pourquoi pas ? S'il attendait quelqu'un qui avait rendez-vous, il était normal qu'il regarde tous ceux qui sortaient. Il fallait qu'elle reprenne son sang-froid. Sa nervosité était une réaction à la menace qui pesait sur Marie et Devon. Elle en avait conscience.

Tous les membres de l'équipe Haut Risque savaient que Marie était en danger. Ils faisaient tout leur possible pour la protéger.

Parfois, faire tout son possible ne suffisait pas.

Miranda ne pouvait s'empêcher de penser que, tôt ou tard, d'une manière ou d'une autre, son père allait utiliser tous les outils à sa disposition - les forces de police, l'accès aux informations confidentielles, son pouvoir et sa réputation - pour la retrouver.

Et quand il le ferait… ce serait la fin. Il n'y avait aucun doute dans son esprit à ce sujet. Il ne voulait pas d'elle, n'avait pas besoin d'elle. À ses yeux, elle n'était rien de plus qu'un souvenir de sa mère.

Il avait fallu longtemps à Miranda pour comprendre que c'était en partie ce que son père lui reprochait.

Ce que voulait Brian O'Connor, ce n'était pas sa fille. C'était sa femme… et son petit-fils. Le fils qu'il n'avait jamais eu.

Elle mourrait plutôt que de le laisser cinq minutes seul avec son enfant.

Elle se força à refouler ces pensées. Tad venait dîner. Elle ne l'avait pas vu depuis toute une semaine. Elle ne pourrait pas le toucher, ni sentir ses lèvres sur les siennes, mais elle allait savourer sa présence. Lui faire comprendre qu'il comptait à ses yeux, et s'autoriser à croire que tout irait bien.

Elle allait être un grain de sable. De la poussière dans le vent. Juste l'espace de quelques heures.

Tad joua à *Attaque au zoo*. Reprit du poulet au riz. Aida à la vaisselle. Ne toucha pas Miranda une seule fois, du moins pas avec les mains. En revanche, il eut toutes les peines du monde à détacher son regard d'elle. Dès l'instant où il l'avait vue à la porte, vêtue d'un jean moulant et d'un débardeur léger, flottant, il avait été sous le charme.

Elle était comme la lune et le soleil réunis. Une madone dotée du pouvoir de le conquérir entièrement.

Ils dînèrent sur la terrasse, à l'arrière de la maison. Après avoir englouti une barre de chocolat, Ethan demanda la permission d'aller regarder un film pour enfants à la télévision. Miranda la lui accorda.

Tad n'avait jamais été aussi heureux de voir un enfant désireux de regarder la télévision.

Il ne pouvait pas toucher Miranda. Ne pouvait pas l'embrasser. Mais…

— Tu sais à quel point j'ai envie de te prendre dans mes bras à cet instant ? murmura-t-il.

— Peut-être autant que j'ai envie que tu me prennes dans tes bras.

Elle souriait, mais ses lèvres tremblaient un peu.

Il comprit. Le désir le consumait aussi.

Cependant, il avait une tâche à accomplir afin de pouvoir aller de l'avant avec elle, où que cela les emmène.

— Tu es incroyable, tu sais ? dit-il, juste parce qu'il avait envie de parler d'elle, d'eux, et de rien d'autre.

— Je suis moi, c'est tout. Ne va pas t'imaginer que je suis quelqu'un d'exceptionnel.

Elle but une gorgée d'eau glacée, puis reposa son verre à côté de celui d'Ethan.

— Je n'imagine rien. Tu es à la fois maman et papa pour ton fils et tu fais un travail remarquable avec lui.

Elle haussa les épaules, comme si elle était gênée, et ce geste lui rappela avec acuité que Miranda était une femme contrainte de garder des secrets.

Il lui posa des questions sur sa mère, sur sa vie avant l'âge de onze ans. L'écouta évoquer une femme qui avait dû être pleine de vie, d'énergie. Qui avait adoré l'aventure. Et sa fille.

— Elle ne t'a jamais parlé de ton père ?

— Non. Mais je n'avais que onze ans quand elle est morte.

Elle jeta un coup d'œil vers la maison, vers Ethan. Il voyait l'enfant d'où il était. Le son de la télévision leur parvenait. Pourtant, pour une raison ou une autre, la mention de son père avait incité Miranda à tourner la tête.

Le commandant avait raison : Tad savait déceler les nuances d'un comportement. En revanche, il ne savait guère comment interpréter celui-ci.

Son père lui manquait-il ? Lui était-il douloureux de

penser qu'Ethan n'avait pas eu la chance de le connaître ? Et inversement ?

Sans doute se blâmait-elle, supposa-t-il, se basant sur tous les documents qu'il avait lus.

— As-tu jamais essayé de savoir qui il était ?

— Non. Pourquoi l'aurais-je fait ? Il était évident que je ne l'intéressais pas.

L'absence d'émotion de Miranda frappa Tad. Elle ne semblait pas amère, ce qui aurait pu être le cas, étant donné les circonstances telles qu'il les connaissait. Si elle était fâchée contre son père, cela n'aurait-il pas transparu dans ses propos ?

À moins qu'elle ne soit pas fâchée ?

— Cela ne me fait rien de ne pas avoir de père.

Là encore, sa réponse semblait étrange pour une jeune femme qui avait perdu sa mère, et été élevée par un père dévoué, héroïque - à qui elle manquait cruellement. Un homme prêt à faire n'importe quoi pour la protéger et la voir heureuse, y compris à se priver d'elle. À vieillir seul.

Miranda était-elle si douée pour dissimuler ses sentiments ? En l'observant, Tad se sentit mal à l'aise depuis la première fois qu'il l'avait vue. Incapable de la comprendre. Comme si elle était une parfaite inconnue. Fermée à lui.

— Même pour Ethan ?

En temps normal, il n'aurait pas insisté. Cependant, il avait donné sa parole au commandant.

Elle haussa les épaules, et il crut lire une pointe de regret dans son expression. Il redoubla d'attention.

— Je regrette que mon fils n'ait pas connu son propre père parce que c'était un type génial. C'est tout. La société nous donne à croire qu'on a besoin de deux parents pour grandir heureux et épanoui, mais je pense que ce dont on a besoin, c'est d'amour, de stabilité et de sécurité. C'est pourquoi je ne veux pas que tu dormes ici quand Ethan est à la maison. Je ne veux pas qu'il grandisse en voyant différents hommes aller et venir.

S'ils n'avaient pas déjà établi qu'il ne resterait que quelques mois, ces paroles l'auraient blessé. Comme s'il n'était qu'un homme parmi d'autres. Elle avait dit cela sans sa compassion habituelle. Cela ne lui ressemblait pas d'être dure.

Soudain, il comprit. Elle se montrait pragmatique, détachée, parce que c'était ainsi qu'elle devait être. Comment aurait-elle pu envisager d'abandonner son père sinon ? Quand elle avait quitté sa vie d'avant, elle avait dû ignorer les exigences de son cœur. C'était la seule explication logique.

Il n'avait pas grand-chose à répéter au commandant, mais tant pis. Ce sujet de conversation était clos pour lui.

21

Ça devenait trop compliqué. Tout semblait se resserrer autour d'elle, et elle sentait qu'il était temps de rompre avec Tad.

Elle avait su dès le départ que ce moment viendrait.

Tout comme elle avait su qu'elle ne pourrait pas avoir de relation à long terme - avec quiconque. Plus Tad et elle se rapprochaient l'un de l'autre, plus il cherchait à mieux la connaître. Sa curiosité était tout à fait normale.

Elle aussi mourait d'envie d'en savoir plus long sur lui.

Cela dit, elle ne posait pas beaucoup de questions. Elle ne pouvait demander ce qu'elle se refusait à donner.

Le problème, c'était qu'elle n'était pas prête à renoncer à lui. Pas encore. Il lui restait six mois à passer en ville. Peut-être ne serait-elle pas capable de mentir si longtemps. Mais dans l'immédiat, ce jour-là et pendant une ou deux semaines de plus, un mois, peut-être, elle allait essayer.

La veille, le seul fait de penser à lui l'avait arrachée aux ténèbres de la paranoïa et de la panique, et lui avait permis de trouver le sommeil. Elle s'était réveillée vers 3 heures du matin sur le canapé, était retournée dans sa chambre et s'était rendormie.

Elle espérait qu'elle l'aidait aussi, de son côté. Lui non plus ne voulait pas d'une relation durable. Il était loin de chez lui - non seulement géographiquement, mais émotionnellement. Il devait s'inquiéter de l'issue de l'enquête en cours à son sujet. Toute sa carrière en dépendait. Ethan et elle lui apportaient au moins un peu de distraction.

Ils avaient beau n'être que des navires qui se croisent dans la nuit, ils étaient destinés à s'ancrer ensemble pour un temps. Elle avait tout prévu.

Elle n'avait plus qu'à faire taire le tumulte de ses pensées et à vivre pour le présent. Un jour à la fois. Une semaine à la fois.

Elle devait franchir cette étape dans le voyage de son existence. Ethan nouait des contacts. Elle aussi. Ils évoluaient.

Il était compréhensible qu'elle soit troublée. Qu'un peu de paranoïa resurgisse. Il en irait toujours ainsi durant les moments de vulnérabilité. L'important était de savoir comment y faire face. La refouler plutôt qu'y céder.

— Il est l'heure de te coucher, mon grand, déclara-t-elle lorsque Tad et elle rentrèrent à la maison. Dis bonne nuit à Tad et va mettre ton pyjama, d'accord ?

Ethan se leva et se frotta les yeux.

— Bonne nuit, lança-t-il à Tad avant de se diriger docilement vers la salle de bains.

— Il ne proteste jamais pour aller se coucher ? demanda celui-ci, amusé.

— Jamais, répondit-elle avec affection. Quand il est fatigué, il ne songe qu'à dormir.

Elle ne l'invita pas à s'asseoir. Au lieu de quoi, elle resta immobile dans le salon, attendant qu'Ethan ait fini de se brosser les dents.

— Cela t'ennuie que j'utilise les toilettes ? demanda Tad. Je me suis dit que j'irais faire un tour dans le quartier de Marie avant de me coucher.

— Non, bien sûr. Va dans ma salle de bains.

Elle resta où elle était, regrettant de ne pouvoir se

joindre à lui pour traverser lentement la ville dans le noir. Regrettant de ne pouvoir l'aider davantage.

Peut-être pourraient-ils retourner à la plage le week-end suivant ? Tous les trois.

Ethan sortit de la salle de bains principale et gagna sa chambre. Elle le suivit et le borda, savourant la sensation de ses petits bras qui se nouaient autour d'elle.

— Bonne nuit, maman. Je t'aime.

Déjà à demi-endormi, il se tourna sur le côté et enfouit le visage dans son oreiller.

— Moi aussi, je t'aime, mon chéri, murmura-t-elle, le cœur gonflé d'émotion. Fais de beaux rêves.

Voilà pourquoi elle vivait comme elle le faisait. Pourquoi elle avait tout fait pour éloigner Ethan de la Caroline du Nord et continuait à tout sacrifier pour le garder en sécurité. Jeff lui avait confié leur fils.

Elle ferait tout en son pouvoir pour qu'il ait la vie que Jeff n'avait jamais eue. Une vie sans violence, auprès d'un parent affectueux, capable d'un amour sans conditions.

Elle entendit la porte de sa salle de bains s'ouvrir. Cependant, au lieu de retourner dans le salon attendre Tad, elle referma la porte d'Ethan et entra dans sa propre chambre.

Rien qu'une minute, songea-t-elle. Un instant qui la soutiendrait durant le reste de sa soirée seule. Le spectre de l'homme coiffé d'une casquette de base-ball grise qu'elle avait aperçu au volant de la berline noire ce matin-là se profilait de nouveau en marge de son esprit. Cependant, elle savait ce qu'il en était. Ces souvenirs lui rappelaient simplement qu'il n'y aurait pas d'homme à plein temps dans sa vie - du moins, pas avant qu'Ethan ne soit plus âgé.

Jamais elle ne connaîtrait le plaisir de dire bonne nuit à son enfant et puis de se glisser entre les draps avec le père de ce dernier.

Elle alla à la rencontre de Tad et noua les bras autour de sa taille.

— Je voudrais que tu puisses rester, chuchota-t-elle.

En guise de réponse, il se plaqua à elle, lui communiquant silencieusement son désir. L'instant d'après, ses lèvres capturaient celles de Miranda, qui lui rendit son baiser avec ferveur avant de revenir à la raison.

— Pas maintenant, souffla-t-elle. Pas avec Ethan à côté. Mais… mardi, peut-être ? Après la réunion ?

Tad appuya son front contre le sien.

— Tu me tues, soupira-t-il avec un sourire.

— Alors, c'est oui ?

— Bien sûr que c'est oui !

Sur quoi il l'embrassa une dernière fois, passionnément, et puis s'en alla.

Le samedi matin, Tad reçut un texto de Gail.

Pas grand-chose pour le moment. Vérifié ses finances. Aucun problème apparent. Pareil pour ses déclarations d'impôts. Je vais me pencher sur ses loisirs et ses engagements publics. Il est en congé depuis deux jours. Parti à la pêche quelque part.

C'était tout. Innocent. Rien de spécial, au fond, ce qui était précisément ce qu'il avait espéré. Certes, un maître chanteur habile aurait veillé à ne pas laisser de traces. Enfin, en apparence, tout était normal.

Et pourtant… Il relut le message, mal à l'aise.

En congé ?

Il avait parlé au commandant la veille et ce dernier ne lui avait pas dit qu'il était en vacances. Au bord d'un lac ou sur un bateau.

Non que O'Connor lui doive des explications quant à son emploi du temps, mais cela semblait… étrange. Compte tenu des circonstances.

Il était question de retrouvailles entre sa fille et lui. D'un nouveau départ. À sa place, Tad aurait attendu près du téléphone les réponses aux questions qu'il avait accepté de poser la veille.

D'ailleurs, Tad avait prévu de l'appeler plus tard dans la journée.

L'indifférence de Miranda envers son père serait décevante pour lui. Sauf si, comme Tad était enclin à le croire, ce détachement n'était qu'apparent, à cause de la nécessité de la survie.

Tad se remémora la manière dont elle avait regardé Ethan à la première mention de son père. Comme si elle regrettait que son fils ne le connaisse pas.

Et le fait que le commandant soit en congé ne signifiait pas qu'il n'attendait pas son appel. Ils ne s'étaient pas mis d'accord sur un rendez-vous téléphonique particulier en dehors de celui du vendredi mais, la veille au soir, O'Connor avait insisté pour qu'il le tienne au courant.

Tad composa son numéro.

Le commandant décrocha aussitôt. Parce qu'il était en vacances, justement ? Ou qu'il attendait des nouvelles ?

Tad lui résuma sa conversation avec Miranda avant de conclure :

— J'ai l'impression qu'elle regrette que vous ne fassiez pas partie de leur vie, déclara-t-il, en se demandant toutefois si sa théorie était basée sur ses idées plutôt que ses observations.

Commençait-il à être trop proche de Miranda pour porter un jugement impartial sur elle ?

— Vous pensez qu'elle est peut-être prête…

— Oui, monsieur. Si vous voulez venir, je peux aller vous chercher à l'aéroport. Dites-moi comment vous voudriez procéder.

O'Connor était en vacances. Il pourrait saisir la perche

que lui tendait Tad, lui dire qu'il pouvait prendre un vol le jour même. Cependant, le silence s'étira.

Une bouffée de tension envahit Tad à la pensée qu'il ne jouerait peut-être aucun rôle dans ces retrouvailles. Ou qu'il ne pourrait peut-être pas expliquer à Miranda qu'il ne s'était pas uniquement intéressé à elle à la demande de son père. Ni lui révéler que son cœur s'était ouvert à elle plus qu'à quiconque auparavant.

Il n'avait pas suffisamment réfléchi à tout cela.

— Je suis pris en ce moment, dit enfin le commandant. J'ai des affaires qui m'accaparent. Et pour être franc, je veux préparer cette rencontre avec soin. Tant de choses en dépendent… Je veux trier les affaires de sa mère. Lui en apporter certaines. De cette façon, même si elle me rejette, elle les aura. Je viendrai bientôt, mais je ne sais pas quand au juste. En attendant, si vous pouvez continuer…

— Bien sûr, répondit Tad.

Il n'avait guère le choix, mais au fond, il était plutôt soulagé que son employeur ne se précipite pas à Santa Raquel. Il devait réfléchir à son propre plan concernant Miranda. Lui faire comprendre que ses sentiments envers elle étaient sincères. Et durables.

Oui, il était soulagé, mais un rien mal à l'aise aussi.

Le commandant avait invoqué « des affaires » qui l'accaparaient. Pourtant, selon Gail, il était parti à la pêche. Sa fille et son petit-fils devaient tout de même compter davantage à ses yeux qu'une partie de pêche.

À moins que ces prétendues vacances n'aient un lien avec un chantage ? Lui réclamait-on une grosse somme d'argent en échange de la sécurité de Dana et de son fils ?

Dans ce cas, il ne pouvait se permettre de trahir la position de sa famille. Et tout contact entre Tad et lui présentait un risque.

Si tel était le cas, il aurait dû avertir Tad. Ce dernier ne pouvait s'acquitter de sa mission sans savoir contre quoi il se battait.

Il avait beau respecter O'Connor, l'attitude de celui-ci ne lui plaisait pas. Comment pouvait-il être certain que Miranda et Ethan n'étaient pas en danger ?

22

Le samedi matin, Miranda et Ethan vaquaient comme d'habitude à des tâches ménagères quand un signal sonore lui annonça l'arrivée d'un message du groupe Haut Risque.

Aussitôt, elle sortit son téléphone de sa poche.

Marie Williams et son fils ne sont pas retournés chez eux comme prévu après la séance d'entraînement de Danny. Elle ne répond pas au téléphone. Devon injoignable également. CF

Chantel Fairbanks.

Toute l'équipe avait été alertée. Et chacun était encouragé à se joindre aux recherches.

— C'était qui ? demanda Ethan en levant les yeux vers elle.

À en juger par sa mine solennelle, elle devait avoir l'air soucieux.

Miranda hésita. Elle ne voulait pas lui donner de détails. Ne voulait pas introduire la violence domestique dans sa vie.

Pourtant, elle devait participer aux recherches. Plus ils étaient nombreux, plus ils auraient de chances de retrouver Marie à temps.

À supposer qu'elle soit bel et bien avec Devon.

— Tu te souviens de Danny, le garçon que tu as vu avec Tad un jour ?

— Oui.

— La voiture de sa mère a été volée, et elle voudrait qu'on l'aide à la chercher. Le voleur l'a sans doute abandonnée quelque part, et elle en a besoin pour aller au travail.

Ethan haussa les épaules.

— Que dirais-tu d'aller faire un tour pour voir ? proposa Miranda sur un ton enjoué. J'aurai besoin de toi pour bien regarder, puisqu'il faudra que je me concentre sur la route.

— Si tu veux. On pourra manger un hamburger-frites à déjeuner ?

— Bien sûr.

Tad savait que Danny et Marie étaient partis sans encombre du terrain d'entraînement. Il avait pris soin de s'assurer qu'aucune voiture ne les suivait. De plus, à aucun moment il n'avait vu Devon dans les parages.

Cependant, Marie n'était pas arrivée à la pizzeria où elle avait prévu d'emmener Danny déjeuner. Et elle ne répondait pas au téléphone.

Après une brève conversation avec Chantel, il fut décidé qu'il interrogerait les usagers du parc, où cas où quiconque aurait remarqué quoi que ce soit. Et puis qu'il emprunterait le même trajet que Marie pour gagner la pizzeria.

Des agents avaient commencé à faire du porte-à-porte dans le quartier.

Il s'obligea à se rappeler qu'elle avait déjà disparu une fois, et qu'elle était revenue saine et sauve. Il répéta cela à Miranda quand elle lui téléphona à son tour, quelques minutes plus tard, pour lui dire qu'Ethan et elle étaient à la recherche de la voiture de Marie et qu'ils avertiraient la police s'ils croyaient la voir.

— Quoi qu'il arrive, ne vous approchez pas, avertit-il, aussitôt anxieux

Il fallait entreprendre des recherches, bien sûr. Seulement, il ne voulait pas que Miranda ou Ethan soient seuls sur la route.

Pourtant, il ne pouvait pas l'en empêcher. Et soupçonnait qu'il ne devait pas. Tant qu'elle gardait ses distances, elle ne courait aucun réel danger. Devon ne saurait pas qu'une femme accompagnée d'un enfant pourrait représenter une menace pour lui.

À supposer que Marie et Danny soient avec lui.

— Peut-être que Danny a changé d'avis à propos de la pizzeria, dit-il, conscient du fait que la présence d'Ethan empêchait sans doute Miranda de parler librement.

Elle avait parlé de « chercher la voiture », ce qui signifiait qu'Ethan ignorait que Marie ou Danny puissent être en danger.

Peut-être avait-elle raison de dissimuler la vérité à son fils. Tad avait changé d'avis à ce sujet. Maintenant, il comprenait que la priorité de Miranda était de faire de son enfant un être heureux, équilibré et épanoui.

— Ils ont pu aller chez Charlie. Il y a des salles de jeux vidéo là-bas, apparemment.

Tad était passé devant l'établissement plusieurs fois, mais n'y était jamais entré.

— Il est possible qu'elle n'ait pas entendu sonner son téléphone. Ou qu'il n'y ait pas de réseau.

Il était arrivé au parc. À regret, il prit congé de Miranda, lui demandant de rester en contact régulier et promettant de faire pareil.

— Sois prudente. Ne prends pas de risques.

— Toi non plus.

Il se demanda si elle songeait à l'incident qui avait provoqué sa suspension. Si elle avait peur qu'il ne soit blessé. Il avait un pistolet sur lui, mais elle ne pouvait pas le savoir. Il ne l'avait jamais emporté chez elle, l'avait toujours laissé sous clé dans la boîte à gants de sa voiture.

Il fallut à Tad un temps précieux pour traverser tout le parc. Parents et enfants occupaient trois zones de jeux, chacune destinée à un sport particulier. Il dut interroger une bonne cinquantaine de personnes, à qui il montra une photo de Devon Williams, en vain. Personne ne l'avait vu.

Sa conversation avec le commandant le tracassait toujours tandis qu'il gagnait le côté opposé du parc. Pourquoi O'Connor avait-il prétendu s'occuper d'affaires pressantes alors qu'il était en congé ?

L'informateur de Gail avait-il pu se méprendre ?

C'était fort peu probable. Gail vérifiait toujours ses sources, exactement comme il le faisait lui-même. C'était un des points communs qui avaient fait d'eux une équipe efficace.

Il s'approcha d'une femme assise seule dans une tribune, en train de regarder un groupe de petits garçons qui formaient un cercle autour de leur entraîneur.

— Excusez-moi. Je cherche mon frère. Vous ne l'auriez pas vu, par hasard ?

Tout en parlant, il avait sorti de sa poche la photo de Devon.

— Il n'est pas de la région, il a subi une intervention récemment, et il a besoin de médicaments…

Il avait inventé tant d'histoires au fil des années qu'il en avait toujours une prête au cas où.

S'attendant à une nouvelle réponse négative, il fut stupéfait quand la femme jeta un second coup d'œil au cliché.

— En fait, si, je l'ai vu, affirma-t-elle en levant les yeux vers lui.

Elle semblait avoir environ l'âge de Miranda, entre vingt-cinq et trente ans. Elle était vêtue d'un jean et d'un T-shirt, comme la plupart des visiteurs du parc. Ses cheveux châtains étaient coupés courts.

Quelque chose dans son expression attira l'attention de Tad.

— C'était triste qu'il ait manqué l'entraînement de son fils, reprit-elle.

— Vous lui avez parlé ?

Elle secoua la tête.

— Non. Mais je l'ai entendu parler à l'entraîneur tout à l'heure. Il semblait penser que son petit garçon allait s'entraîner à midi. Cela dit, il s'est conduit de manière un peu… bizarre.

— Il a besoin de ses médicaments, répéta Tad, s'efforçant d'adoucir ses traits.

— Il s'est mis en colère, comme s'il pensait que l'entraîneur lui cachait son fils.

En colère. C'était de mauvais augure pour Marie.

— Avez-vous vu où il est allé ?

— Oui.

Elle inclina la tête vers la gauche.

— Il est monté dans un pick-up bleu là-bas. Je suis désolée… Il est évident qu'il n'aurait pas dû conduire, mais personne ne savait.

— Non, bien sûr. Ce n'est pas votre faute.

Tad s'éloigna en hâte, tirant son téléphone de sa poche.

Ce ne furent pas Miranda et Ethan qui retrouvèrent la voiture de Marie, mais la police. Le véhicule avait été abandonné sur l'accotement de la route côtière, à la sortie de la ville. Il y avait des traces de lutte. Il semblait qu'une autre voiture l'ait contrainte à s'arrêter.

Un avis de recherche fut lancé pour le pick-up de Devon, et un texto informa les bénévoles que leur aide n'était plus requise. Désormais, la police avait pris l'affaire en main.

Tad n'était pas sur les lieux quand les forces de l'ordre localisèrent la famille Williams. En revanche, Chantel l'était, et l'appela elle-même pour l'inviter à se joindre aux policiers. Devon retenait Marie en otage dans une cabane à l'abandon. Il avait relâché Danny dès que la police était arrivée. L'enfant était indemne et réclamait Tad.

Un quart d'heure plus tard, ce dernier était sur place. Il fallut une heure supplémentaire pour persuader Devon de libérer sa femme. Lorsqu'il capitula enfin, et que Marie apparut, il était évident qu'il l'avait rouée de coups. Le visage tuméfié, méconnaissable, elle se tenait le bras comme s'il était fracturé.

Tad aurait donné cher pour chasser cette vision de son esprit. Il était soulagé que Marie soit en vie et son mari arrêté, mais il ne cessait d'imaginer Miranda à la place de la jeune femme.

Il lui téléphona dès qu'il le put. Il brûlait de lui dire une foule de choses, de lui promettre qu'elle ne subirait plus jamais de violences de la part d'un homme, mais il se découvrit incapable de lui faire part de ses sentiments.

— Tu es sûr que sa vie n'est pas en danger ? demanda-t-elle doucement. Tu l'as vue ?

— Elle parlait quand on l'a mise dans l'ambulance, expliqua-t-il. Elle s'inquiétait pour Danny.

Il avait expliqué tout de suite à Miranda que l'enfant était sain et sauf, physiquement du moins. Son oncle et sa tante s'occupaient de lui.

— Danny m'a avoué qu'il avait téléphoné à son père à propos de la séance d'entraînement, ajouta-t-il. Il avait peur de le dire à police parce qu'il pensait qu'on allait le mettre en prison.

— Tu l'as rassuré, n'est-ce pas ?

— Oui, bien sûr.

— Le pauvre petit. Ce n'est pas juste qu'il ait dû endurer tout cela.

La colère perçait dans sa voix. Et une sorte de peur

aussi. Sans doute se mettait-elle à la place de Marie. Il se souvenait de son angoisse la première fois que la jeune femme avait disparu.

— Ça t'ennuierait que je vienne vous voir ? Une petite partie d'*Attaque au zoo* me ferait du bien ce soir.

— Non, pas du tout. Je ferai cuire des hamburgers au barbecue pour dîner.

Tad raccrocha en souriant. Pour le moment, il avait une place dans la vie de Miranda et d'Ethan.

Il se sentait déjà mieux.

23

On la suivait.

Cet après-midi-là, elle avait proposé à Ethan d'inviter Jimmy à aller à la plage avec eux. Ils étaient justement en route quand elle avait remarqué une berline noire qui tournait dans la même rue qu'elle. Miranda ne pouvait pas être certaine qu'il s'agissait de la voiture qu'elle avait vue dans le parking du cabinet. En dépit de coups d'œil discrets dans le rétroviseur, elle ne parvint pas non plus à déterminer si le conducteur était un homme ou une femme.

Ni s'il portait une casquette de base-ball.

En revanche, elle avait la certitude d'être suivie.

Espionnée.

Ce n'était pas la première fois. Ni même la dixième.

Le cœur battant à tout rompre, elle s'efforça de réfléchir. De rester calme. Un instant de panique pouvait leur être fatal.

La liasse de billets dissimulée dans la roue de secours suffirait pour une semaine au moins. Si elle faisait attention. Un sac de voyage contenant des vêtements de rechange et un peu de nourriture étaient rangés dans le coffre, sous le fourre-tout qui abritait ses câbles de démarrage et sa trousse de premiers secours. Elle avait un chargeur de téléphone dans son sac, et un second dans la boîte à gants, non qu'elle puisse se servir de son appareil si elle prenait la fuite. Elle serait trop aisément localisée.

Elle tourna de nouveau, tout en s'adressant à Ethan.

— Tu sais quoi ? Je ne me sens pas très bien.

Quelques secondes plus tard, elle débouchait sur une artère principale. Presque aussitôt, la berline noire apparut derrière elle, un peu trop loin cependant pour que Miranda puisse déchiffrer le numéro d'immatriculation.

— Je crois que je vais devoir annuler, mon chou. Je suis désolée.

— Ah bon ?

Il fronça les sourcils.

— Peut-être qu'il faut juste que tu fasses caca, et après ça ira mieux.

Si seulement la vie était aussi simple ! songea Miranda, amusée malgré elle.

— Peut-être, mais on ne peut pas en être sûr. Tu veux bien sortir mon téléphone de mon sac et faire le numéro de Jimmy pour moi ?

Il obéit, et le système Bluetooth se déclencha. Après sa conversation avec la mère de Jimmy, Miranda jeta un nouveau coup d'œil dans le rétroviseur.

La berline noire était toujours là, à quelques véhicules d'écart.

Après les événements du week-end, Tad s'était efforcé de se détendre. En vain. Son malaise persistait.

Il était en train de tomber amoureux. Il s'en rendait compte. Cela ne lui plaisait guère, mais il savait aussi qu'il ne pouvait pas s'en empêcher.

Pourtant, lorsque Miranda apprendrait qu'il travaillait pour le compte de son père depuis le début, il y avait de fortes chances qu'elle ne veuille plus entendre parler de lui.

Il venait de se garer dans le parking de sa résidence quand son téléphone sonna. Il décrocha aussitôt.

— Ça t'ennuierait qu'on reste à la maison ce soir ? demanda Miranda. Je ferai griller des steaks…

— Non, pas du tout, répondit-il. Ou vous pourriez venir chez moi, si vous voulez. Il y a des barbecues dans le jardin.

Elle hésita, et il crut qu'elle allait accepter l'invitation.

— Il vaut sans doute mieux qu'on reste ici, dit-elle enfin, sur un ton un peu déçu.

Tad sourit. Elle avait eu envie de venir chez lui. Cela lui suffisait.

— Ethan a tous ses jouets sur place, et nous serons libres de parler entre adultes.

Il souriait toujours en grimpant les marches qui menaient à son appartement. À l'évidence, elle prenait autant plaisir à sa compagnie que lui à la sienne.

C'était de bon augure pour la possibilité d'un avenir ensemble.

Même après qu'il aurait avoué son secret…

Ses secrets allaient percer. Miranda avait envisagé d'annuler le dîner avec Tad, mais elle avait trop besoin de la paix que sa présence lui apportait pour s'y résoudre.

Si elle était suivie, elle devrait partir. Recommencer de zéro. Une fois de plus. Perdre son foyer, sa vie, sa carrière aussi. Elle avait économisé assez d'argent pour reprendre des études si nécessaire, mais elle n'était pas sûre d'en être capable. La seule pensée de ne pas avoir de revenu régulier pour subvenir à ses besoins et à ceux d'Ethan l'emplissait de panique.

Elle devait se maîtriser. Réfléchir calmement. Tad l'aidait à y parvenir. Pourtant, elle tressaillit en entendant sa portière claquer dans l'allée. Elle prenait un grand risque en l'invitant alors qu'elle était si préoccupée. Tad était un bon détective. Perspicace. Si elle était nerveuse, il s'en apercevrait.

Il était venu à l'heure convenue pour aller à la plage, de sorte qu'ils avaient une bonne heure devant eux avant le dîner.

— On fait une partie d'*Attaque au zoo* ? suggéra Ethan.

Vêtu d'un jean et d'un polo noir, Tad était plus séduisant que jamais. Miranda mourait d'envie de se blottir dans ses bras et de faire l'amour avec lui.

— Tu as joué avec lui toute la soirée hier, rappela-t-elle à son fils. Ce soir, c'est mon tour.

Ethan hocha la tête sans protester.

— Je peux regarder un film ?

— Je t'autorise à regarder deux épisodes de *Pat'Patrouille* avant le dîner.

C'était le dessin animé préféré d'Ethan depuis qu'il était tout petit.

— Tu n'avais pas envie d'aller à la plage ? demanda Tad en la suivant dans le salon.

— Elle ne se sentait pas bien, mais elle a fait caca et maintenant ça va mieux, lâcha Ethan.

Miranda ferma les yeux, rouge d'embarras.

— Tu sais, Ethan, les filles n'aiment pas qu'on parle de ces trucs-là, intervint Tad. Pour nous, c'est drôle, mais elles trouvent souvent ça un peu gênant.

Ses paroles furent prononcées si gentiment, si naturellement, que Miranda se figea sur place. Tout chez Tad Newberry captivait son attention.

— Oh ! Excuse-moi, maman !

La réalité la frappa alors, de plein fouet, alors qu'ils étaient là dans le salon, à parler caca.

Elle était amoureuse de Tad.

Les larmes lui montèrent aux yeux.

Tad avait vu ses larmes. Miranda avait eu beau se détourner aussitôt, et s'être ressaisie lorsqu'ils sortirent sur la terrasse, il ne pouvait les oublier.

Il ne la connaissait que depuis deux mois, mais d'après ce qu'il avait pu en juger, elle n'était pas du genre à pleurer facilement.

— Comment as-tu dormi hier soir ? demanda-t-il en s'asseyant.

Il lui en avait coûté de partir aussitôt après avoir joué avec Ethan. Il avait espéré avoir la possibilité de discuter des événements de la journée avec Miranda, de s'assurer qu'elle allait bien.

Cependant, elle ne l'avait pas invité à rester et il avait senti que s'attarder serait déplacé. Au moins, il était venu. Lui avait fait comprendre qu'elle n'était pas seule au monde.

— Pas trop mal, répondit-elle. J'ai pensé à Marie, bien sûr. J'ai téléphoné à l'hôpital aujourd'hui. Elle va se rétablir, mais elle aura sans doute besoin de chirurgie esthétique. Ruby va prendre soin de Danny en attendant.

Tad acquiesça.

— J'ai eu une conversation avec elle ce matin. Je lui ai dit de m'appeler en cas de besoin.

Devon étant derrière les barreaux, tout danger était écarté pour le moment. Peut-être pourrait-il suivre une thérapie, lui aussi. Il existait des programmes de réhabilitation pour maltraitants. Certains individus changeaient du tout au tout.

Naturellement, l'incident avait dû rappeler des souvenirs douloureux à Miranda. Des souvenirs qu'elle ne pouvait partager. Cependant, il y avait une différence de taille avec sa situation.

L'homme qui l'avait maltraitée était mort. Elle n'était plus en danger. Seulement, elle ne le savait pas.

Un bruit résonna dans la maison.

— Qu'est-ce que c'était ?

Déjà, elle s'était levée et se dirigeait vers la porte coulissante.

— Pardon, j'ai fait tomber la télécommande, lança Ethan, son attention de nouveau focalisée sur la télévision.

Miranda revint et se rassit.

— Tu n'es pas dans ton état normal, observa Tad, soucieux.

Il était au comble de la frustration. Il détenait les réponses dont elle avait besoin, et elles menaçaient de l'étouffer.

Elle jeta un coup d'œil en direction du salon.

— On me suit.

Il fronça les sourcils, se demandant s'il avait bien compris.

— Pardon ?

— On me suit, répéta-t-elle en regardant une fois de plus vers le salon, comme pour s'assurer qu'Ethan ne pouvait pas les entendre.

Tad se redressa. Inutile de feindre d'être détendu à présent.

— Que veux-tu dire ? Qui te suit ?

— Je ne sais pas.

Il ne le savait pas non plus. Son ex était mort.

Se pouvait-il qu'elle ait imaginé l'incident ? Était-ce une manifestation de la paranoïa dont elle avait parlé concernant Marie ?

— Quand as-tu été suivie ? Où ?

Peut-être verrait-elle les choses sous un autre angle s'il pouvait l'inciter à les lui relater ?

— J'ai commencé par remarquer une casquette de base-ball grise. Au début de la semaine. Je l'ai vue trois fois, à trois endroits différents. Cela dit, je ne suis pas sûre qu'il s'agisse de la même personne, ni de la même casquette.

Elle se raisonnait. Bien.

— Mais vendredi, en sortant du cabinet, j'ai remarqué une berline noire dans un coin du parking. Le conducteur était dans l'ombre, je n'ai pas pu voir si c'était un homme ou une femme. Et peut-être qu'il ou elle attendait un patient.

Il hocha la tête, impressionné par sa force, sa détermination. Elle n'avait pas besoin de son aide pour maîtriser un éventuel vestige de paranoïa. Elle se débrouillait parfaitement toute seule.

— Hier, je n'ai vu personne. Mais aujourd'hui… je l'ai revu. Il n'a jamais été assez proche pour que je puisse distinguer ses traits. En tout cas, c'était un homme. Il portait des vêtements foncés, amples. Brun, les cheveux courts, mais moins que toi.

Tad écoutait avec attention.

— Où étais-tu ?

— Sur la route. J'ai fait quelques détours exprès, tu sais, j'ai tourné en rond, et à chaque fois, il m'a suivie.

Tad ne souriait plus du tout.

— C'est à cause de ça que j'ai décidé d'annuler la sortie à la plage avec Jimmy. Il est hors de question que j'expose un petit garçon innocent à un éventuel danger.

Elle ne l'avait pas appelé au secours. Elle n'avait appelé personne.

Elle ne le ferait pas. Le commandant avait eu raison de dire que sa première réaction serait de prendre la fuite en cas de danger.

Quelque chose dans son passé l'avait rendue incapable de faire confiance à quiconque. C'était comme si elle était convaincue que personne ne pouvait l'aider. C'était plus fort qu'elle.

— Qui était-ce, à ton avis ? demanda-t-il, son instinct de policier évaluant la situation.

Il attendit. Allait-elle lui parler de son ex ? C'était forcément à lui qu'elle pensait.

Elle secoua la tête.

— Je ne sais pas.

Elle l'avait regardé droit dans les yeux en prononçant ces mots. Elle n'allait pas le lui dire.

Dans ce cas, pourquoi était-il là ? Pourquoi n'avait-elle pas pris la fuite ? Ou appelé Chantel ?

— C'était bizarre. Il me suivait, et puis tout à coup il a cessé. Quand j'ai débouché dans Ocean Street, il a tourné dans l'autre direction.

— À quelle distance de chez toi étais-tu ?

— À huit kilomètres. Mais je ne l'aurais pas amené ici !

Dans un instant, il serait dans la rue. Il patrouillerait les environs dans un rayon de quatre ou cinq kilomètres. Juste au cas où.

— Tu as vu des berlines noires dans le quartier ?

— Non. Si j'en avais vu, je ne serais pas assise ici.

Il acquiesça. Quant à savoir si elle serait au poste de police ou en route vers une nouvelle vie, il l'ignorait.

En revanche, une chose était claire à ses yeux. Si elle était encore là, c'est que la menace n'était pas encore assez présente.

C'était à lui de faire en sorte qu'elle ne le devienne pas. À la seconde où elle croirait son fils en péril, même si le danger était imaginaire, Miranda et Ethan Blake cesseraient d'exister.

Tout comme Dana et Jeffrey avaient cessé d'exister.

24

Le lundi, Miranda envisagea de ne pas aller travailler et de garder Ethan à la maison. Brièvement. À plusieurs reprises. Toutefois, elle était assez lucide pour admettre que ce ne serait pas une réaction rationnelle.

Elle avait sciemment parlé à Tad de la berline, sachant qu'il ferait de son mieux pour veiller sur eux. Lui avouer qu'elle se croyait suivie ne trahissait rien de sa précédente identité.

S'il n'avait pas été là, si elle n'avait pas eu la conviction qu'Ethan allait être protégé par un policier hors pair, ils auraient déjà pris la fuite. Peut-être auraient-ils dû le faire. Peut-être le feraient-ils bientôt. Et cela détruirait une partie de son âme de quitter Tad sans un au revoir.

Avant de céder à un instinct qui était peut-être influencé par les événements de la semaine écoulée, avant d'abandonner une carrière fantastique, une ville où Ethan et elle étaient heureux, avant d'arracher son fils à son école et à des amitiés naissantes, elle allait s'assurer d'avoir des raisons légitimes de le faire.

Tad lui envoya trois textos pendant qu'elle était au cabinet : pour lui confirmer qu'Ethan était à l'école, et qu'aucune berline noire n'était en vue. Elle ne lui avait pas demandé de vérifier ni de la tenir informée. Mais elle avait su qu'il le ferait.

Et elle le remercia avec effusion quand il le fit.

Malgré tout, elle parcourut les environs des yeux en sortant du travail et vérifia régulièrement son rétroviseur sur le trajet qui menait à l'école. Certes, à supposer qu'ils soient vraiment en danger, il n'était guère sage de se conformer à leur routine habituelle. Miranda en avait parfaitement conscience, de sorte qu'elle était une épave nerveuse quand elle se gara devant l'établissement.

Elle n'avait pas vu de berline noire. Peut-être était-elle en pleine crise de paranoïa à cause de ce qui était arrivé à Marie.

Pourtant, elle continuait à se sentir observée.

— Que dirais-tu de partir en vacances ? demanda-t-elle à Ethan alors qu'ils rentraient à la maison.

— Où ça ?

— Je ne sais pas. On pourrait aller à Disneyland.

C'était un endroit où on pouvait se perdre pendant un jour ou deux. L'essentiel était de préparer Ethan à l'idée qu'ils puissent partir en voyage prochainement. Elle réglerait le reste au fur et à mesure.

— Et l'école ?

— Ce serait peut-être juste pour un week-end. On pourrait visiter le parc national de Yellowstone. Tu as dit que tu avais envie d'y aller.

— Tad vient aussi ?

— Je n'ai pas encore décidé si on va partir, répondit-elle, s'efforçant de rester vague. Mais si on part, non je pensais qu'il n'y aurait que toi et moi. Nous ne sommes jamais allés en vacances.

— Je pourrai me baigner dans la piscine de l'hôtel ?

Jimmy lui avait raconté ses vacances en famille au Mexique à Noël. C'était la piscine qu'il avait préférée.

— Oui.

— Cool !

Elle s'arrêta à un feu rouge et se tourna vers lui.

— Si tu devais choisir cinq objets à emporter, qu'est-ce que ce serait ?

— Pourquoi ? demanda-t-il, les yeux écarquillés derrière ses lunettes. Tu ne vas pas m'obliger à donner d'autres affaires, si ?

— Pas du tout, assura-t-elle, sincère. C'est un jeu.

Pour le moment.

— Je crois savoir lesquels tu choisirais et je veux savoir si j'ai raison. Ensuite, tu peux deviner les miens, d'accord ?

— C'est nul, ce jeu.

Sans doute. Cependant, elle n'avait pas de meilleure idée pour l'instant.

— Dis-le-moi quand même.

Avec un peu de chance, elle pourrait les fourrer dans leurs bagages s'ils devaient s'en aller.

— Mon ours en peluche bleu, mais ne le dis pas à Jimmy. Ni à personne, ajouta-t-il gravement.

Il fixait l'avant de la voiture, comme s'il était responsable de leur retour à la maison sans encombre.

— C'est notre jeu, mon chéri. Je ne parle à personne de nos secrets.

— Même pas à Tad ?

— Non, même pas à lui.

Pourtant, cela devenait de plus en plus difficile. À vrai dire, cela lui brisait le cœur.

— Et à part la peluche ?

— *Attaque au zoo*, le prix que j'ai eu quand j'ai gagné le tournoi de skee-ball chez Charlie, ma voiture électrique et les chocolats de Pâques que je n'ai pas fini de manger.

Elle sourit.

— Prêt pour les miens ?

— Attends.

Les sourcils froncés, il réfléchit.

— C'est bon, je suis prêt, déclara-t-il au bout d'une minute ou deux.

— Le bracelet porte-bonheur que tu m'as offert à Noël, le dessin de nous deux que tu as fait à l'école maternelle, le bol en argile que tu as fabriqué l'an dernier, des photos de toi quand tu étais bébé…

— Tu as dit cinq choses. C'est de la triche !

— OK. La photo de toi dans ton petit ensemble bleu. Et pour terminer…

Le souvenir des moments passés dans les bras de Tad Newberry.

— … mon diplôme.

— Oh ! zut !

Miranda tressaillit.

— Qu'y a-t-il ?

— Je me suis trompé pour un des cinq.

— Ah bon ? Lequel ?

— Le diplôme, marmonna-t-il, visiblement agacé contre lui-même. Pourtant, tu l'as encadré.

Elle ne s'était pas attendue à ce qu'il devine son choix, mais elle était curieuse de savoir à quoi il avait pensé.

— Quel était ton cinquième ?

— Moi. Je pensais que tu me choisirais, moi.

Elle l'avait fait. Bien longtemps auparavant. D'ailleurs, c'était précisément pour cette raison qu'ils étaient en train de jouer à ce jeu.

Il n'avait pas vu de berline noire. Le dimanche soir, il était parti de chez Miranda juste après le dîner, et avait patrouillé son quartier pendant une bonne partie de la nuit. Le lendemain, il avait passé le plus clair de la journée à faire la navette entre l'école d'Ethan et le cabinet, avant d'effectuer de nouvelles rondes dans leur quartier.

S'il l'avait mise en danger d'une manière ou d'une

autre en découvrant où elle était, il allait tout faire pour la protéger, fût-ce au péril de sa vie.

Et si l'imagination de Miranda lui jouait des tours… Eh bien, il n'y avait pas de mal à être vigilant. Mieux valait agir que se contenter d'attendre, songea-t-il le mardi matin, en étirant ses membres courbaturés.

Comme il s'apprêtait à se lever, le téléphone prépayé qu'il avait posé sur sa table de nuit émit un signal sonore. Tad plongea pour l'attraper. C'était soit Brian, soit Gail. Dans un cas comme dans l'autre, le message pourrait avoir une importance critique.

Le texto émanait de Gail. Et prit Tad complètement par surprise.

> Ça n'a rien d'officiel, mais… Brian O'Connor est condamné. Cancer du poumon incurable. Peut-être passe-t-il ses « vacances » dans un établissement de soins ?

Tad fixa l'écran, sous le choc. Gail avait sans doute raison pour ce qui était des vacances. À l'évidence, le commandant n'avait pas voulu lui révéler qu'il était malade. D'où le silence concernant son congé. Il était forcément sous traitement, ce qui pouvait aussi expliquer son ivresse de la semaine précédente, et ses sautes d'humeur.

Laissant tomber l'appareil sur le lit, Tad gagna le salon, jeta un coup d'œil au-dehors, puis retourna dans la cuisine avant d'en ressortir aussitôt. Miranda et Ethan n'allaient-ils retrouver Brian O'Connor que pour le voir mourir ?

De retour devant la baie vitrée, il contempla l'océan au loin. Et si… ?

Seigneur, non.

Brian l'avait-il engagé pour les retrouver parce qu'il ne pouvait supporter l'idée de mourir sans les avoir vus ? Au mépris du danger qu'il leur faisait courir ?

Avait-il falsifié le rapport du médecin légiste ? Était-ce

pour cette raison qu'il refusait si obstinément d'en dire davantage à Tad sur l'ex de Miranda ? Parce que l'homme en question n'était pas réellement mort ?

Il lâcha une bordée de jurons et, renonçant à prendre une douche, se hâta d'enfiler un jean et une chemise.

Miranda était convaincue qu'on la suivait. Si Brian O'Connor lui avait menti - et c'était le cas, puisqu'il avait omis délibérément de mentionner sa maladie - il était tout à fait possible que Jeff Patrick soit encore vivant.

Et qu'il rôde à Santa Raquel. En attendant son heure.

D'un œil attendri, Miranda regarda Ethan courir vers l'école, son cartable tressautant sur son dos. Comme toujours, il se tourna à la porte et lui fit signe. Elle agita la main en retour, et il disparut. Pour une autre journée.

Cet après-midi-là, elle aurait quelques heures en tête à tête avec Tad. Ils étaient convenus de revenir chez elle immédiatement après la réunion du groupe Haut Risque. Après avoir jeté un coup d'œil dans son rétroviseur, elle s'engagea dans le flot de circulation, savourant la sensation d'excitation qui la gagnait.

Son téléphone sonna. Sans doute un patient qui voulait annuler ou demander un rendez-vous.

— Salut, c'est moi. Je suis à deux voitures derrière toi.

Elle regarda de nouveau dans le rétroviseur, et le vit.

Un nouveau frisson de plaisir la traversa. Il veillait sur elle.

— Je n'ai vu ni berline noire, ni casquette de base-ball grise, mais il faut que je te parle. Serait-il possible que tu t'absentes du cabinet ce matin ? Je me rends compte que c'est délicat, mais j'espère que tu as suffisamment confiance en moi pour savoir que je ne te le demanderais pas si ce n'était pas important.

Miranda réfléchit rapidement. Elle pourrait appeler

Annabelle, une de ses collègues qui était d'ordinaire en congé le mardi. Elles étaient trois à travailler au sein du cabinet, et pouvaient se remplacer à leur guise. D'ailleurs, Miranda avait rendu ce service à Annabelle une fois ou deux.

— Je vais appeler quelqu'un... je verrai si elle est disponible.

— Je comprends. Rappelle-moi dès que possible.

— Tu me fais peur, murmura-t-elle.

— Excuse-moi. Je n'en avais pas l'intention. Il faut seulement que je te dise quelque chose.

— Tu quittes Santa Raquel ?

— Téléphone à cette personne, Miranda. S'il te plaît ?

Moins d'une minute plus tard, elle composait son numéro.

— C'est réglé. Tu veux venir chez moi ?

— Non. Et on ne va pas aller chez moi non plus. Tu connais le garage à côté de la voie express ?

— Oui.

Que faisait-il ? Que pouvait-il bien avoir à lui dire ?

À moins qu'il n'ait découvert qui l'espionnait...

— Va là-bas. Je te suis.

— Tu es sûr qu'il n'y a pas de danger ?

— Oui.

— Tu me fais vraiment peur, maintenant, Tad.

— Appelle Chantel. Elle te confirmera que ma requête est justifiée.

— Tu lui as parlé aujourd'hui ?

— J'ai dû l'avertir que j'allais manquer la réunion.

Oh. Ainsi, il allait vraiment quitter la ville. Cependant, cela n'expliquait pas qu'il lui donne rendez-vous dans un garage.

Soudain, elle n'eut pas envie de savoir de quoi il retournait. La vie sans Tad était inévitable. Mais fallait-il que cela arrive maintenant ? Quand le reste de son univers menaçait de s'écrouler ?

25

Tad ne voulait pas effrayer Miranda, mais sa priorité absolue était de les protéger, Ethan et elle. Son premier appel ce matin-là avait été destiné à Chantel Fairbanks. En quelques phrases brèves, il lui avait résumé tout ce qu'il savait.

Elle était aussitôt tombée d'accord avec lui pour prendre des précautions et avait chargé un agent de veiller sur Ethan jusqu'à nouvel ordre. Au moins jusqu'à ce que Tad ait pu parler à Miranda.

Posté dans sa voiture, au coin de la rue de Miranda, Tad avait gardé l'œil sur les environs tout en expédiant à Chantel les documents dont il disposait. Celle-ci avait immédiatement entamé des investigations.

Il suivit Miranda dans le parking, se gara derrière elle et, une main au creux de son dos, la guida à l'intérieur du garage.

— Combien pour louer une voiture pendant quelques heures ? demanda-t-il l'employé qui sirotait un café derrière le comptoir. Je vous laisserai les clés des nôtres.

Il posa les siennes sur le comptoir, indiquant à Miranda de l'imiter.

— Un instant, murmura-t-elle en actionnant le déverrouillage de ses portières. Il faut d'abord que je prenne mon sac.

Pendant qu'elle se dirigeait vers la voiture, Tad exhiba sa plaque de policier à l'employé. Strictement parlant, celle-ci n'était valable qu'en Caroline du Nord, mais il supposait que l'homme n'en savait rien.

— Ça ne vous coûtera rien du tout, répondit ce dernier, en lui tendant un trousseau de clés. Tant que vous la ramenez d'ici dans deux heures, en parfait état et le réservoir plein. Ça s'appelle un essai.

Bien sûr. Il aurait pu demander à essayer une voiture, tout simplement. Il y aurait peut-être songé si l'adrénaline n'avait pas couru dans ses veines.

C'était un avertissement. Il devait garder son sang-froid. Être un policier avant tout.

Miranda avait ouvert le coffre de sa voiture et farfouillait à l'intérieur. Tad comprit soudain qu'elle bataillait avec la roue de secours.

— Tu as besoin d'aide ?

— Non ! Non, merci, se hâta-t-elle d'affirmer. J'ai déplacé la roue par accident.

Le sac avait été caché dessous, devina soudain Tad, feignant de n'avoir rien remarqué. Miranda le déposa sur la banquette de leur Cadillac d'emprunt.

Le type du garage ne les avait pas quittés des yeux. Sans doute s'imaginait-il que Tad emmenait Miranda dans un hôtel voisin. Tad s'en moquait éperdument.

Une fois sur la route, il repartit en direction du centre-ville et se dirigea droit vers le poste de police.

Miranda fronça les sourcils.

— On va à la réunion ?

Il secoua la tête et se pencha pour déposer un baiser rapide sur ses lèvres. Un geste totalement inapproprié, sans doute, mais aussi totalement nécessaire.

Elle lui rendit son baiser.

— Fais-moi confiance pendant quelques minutes encore, murmura-t-il en se redressant, et puis tu sauras tout.

Miranda connaissait bien le poste de police. Elle y venait chaque mardi pour la réunion du groupe Haut Risque. D'ailleurs, elle avait prévu de s'y rendre ce matin-là, avant que Tad ne lui téléphone, et fut surprise de constater qu'il l'entraînait dans une salle où elle n'avait jamais pénétré.

À leur entrée, Chantel, jusqu'alors assise à un bureau, se leva et vint à leur rencontre. Elle salua Miranda d'un sourire, puis s'adressa à Tad.

— Vous pouvez utiliser l'ancienne réserve. On l'a transformée en espace où on peut discuter entre nous sans être dérangés.

Elle les fit entrer dans une petite pièce meublée de deux canapés en tissu usagé et d'une petite table éraflée, et referma la porte derrière eux.

Encore mal à l'aise, Miranda resta debout à côté du premier canapé, consciente de la présence de Chantel derrière le battant.

— Que se passe-t-il ?

Il lui prit la main et s'assit.

— Assieds-toi, d'accord ?

C'était Tad. Son contact la rassura. Elle obéit.

— Je sais qui tu es.

Le cœur de Miranda se mit à cogner dans sa poitrine. Elle se sentit soudain suffoquer. Déglutit avec difficulté.

— Je suis Miranda Blake.

Elle revit le sourire de Chantel, un instant plus tôt, si plein de compassion… Qui le leur avait dit ?

— Il est ici.

Tremblant de tous ses membres, elle se leva. Il fallait qu'elle parte. Qu'elle s'enfuie. Maintenant.

Tad l'obligea à se rasseoir.

— Rien ne suggère qu'on te suive, affirma-t-il. Ou que tu sois en danger immédiat.

Immédiat.

Ethan ! Il fallait qu'elle aille chercher Ethan. Elle se leva d'un bond, plongea la main dans sa poche pour prendre ses clés. Elles n'étaient pas là.

Tad s'était débarrassé de leurs voitures.

— Il faut que j'aille chercher Ethan.

— Chantel a chargé un agent de veiller sur lui jusqu'à nouvel ordre. Ce n'est sans doute pas nécessaire, mais nous n'allons pas prendre de risques.

— Tu ne connais pas mon…

Tad reprit sa main dans la sienne.

— Dana, tout va bien.

Secouée de tremblements, elle était incapable de répondre. N'était même pas sûre de pouvoir tenir debout.

Une seule pensée l'obsédait. Aller chercher Ethan. Fuir.

— S'il te plaît, écoute-moi un instant.

Elle acquiesça. Surtout parce qu'elle avait besoin d'une minute pour se ressaisir. Trouver une solution. Son sac était dans le véhicule de location. Elle avait de l'argent dedans.

Mais elle n'avait pas sa propre voiture.

— Il n'y a peut-être aucun danger, disait Tad.

Elle ne s'était pas attendue à ses paroles. Chantel était au courant, elle avait fait protéger Ethan…

Elle n'était pas complètement idiote.

— Tu ne le connais pas comme moi…

— Nous pensons qu'il est mort, Dana.

— Non ! Ne m'appelle pas comme ça. Je suis Miranda. Miranda Blake.

— Rien ne t'oblige à l'être ! C'est ce que j'essaie de te dire. Chantel attend la confirmation officielle, mais il semblerait qu'il soit réellement mort.

Une bouffée de soulagement déferla en elle. Suivie d'un immense chagrin. Et… d'une pointe d'incrédulité.

— Comment ? demanda-t-elle dans un souffle.

— D'une overdose.

Curieux. En dehors de l'alcool, son père n'avait jamais pris la moindre drogue. Pas même d'aspirine. C'était une ruse de plus. Il se jouait d'elle.

— Dana…

Miranda braqua son regard sur Tad.

— Ne m'appelle pas par ce nom, lâcha-t-elle, les dents serrées, avant de se radoucir. Excuse-moi. Mais je t'en prie, ne m'appelle plus jamais ainsi. Je suis Miranda maintenant.

Puis, lentement, son cerveau recommença à fonctionner.

— Comment as-tu su qui j'étais ?

Il détourna les yeux, et la peur envahit Miranda de nouveau.

— Eh bien ?

Il captura ses mains dans les siennes. Les embrassa.

— Je le sais depuis le début, avoua-t-il. Ton père savait que Jeff était mort, que tu étais libre de rentrer chez toi. Il m'a engagé pour te retrouver. Et pour veiller sur toi jusqu'à ce qu'il juge le moment venu de reprendre contact avec toi lui-même.

Une fureur intense s'empara d'elle. Bouillonnant de colère, elle arracha ses mains aux siennes. Courut à la porte. Elle voulut l'ouvrir, mais ses mains ne parvinrent pas à actionner la poignée. Elles étaient comme paralysées.

— Miranda.

Tad était là, ses bras autour d'elle.

— Ne me touche pas ! hurla-t-elle en se dégageant. Chantel !

Celle-ci apparut presque aussitôt, accompagnée de deux autres policiers. Miranda les vit et happa une goulée d'air. Lentement, elle se remit à respirer.

— Il… Ne le laisse pas m'emmener, supplia-t-elle en désignant Tad. Il…

— D'accord.

Le ton de Chantel était à la fois ferme et compatissant. Elle conduisit Miranda dans le couloir, puis dans les toilettes des femmes.

— Nous sommes seules ici.

Miranda se focalisa sur la queue-de-cheval blonde de la policière, puis plongea son regard dans le sien.

— Il travaille pour l'homme qui me maltraitait, murmura-t-elle. Je l'ai invité chez moi. Je… J'ai eu des relations avec lui. Je lui ai permis de s'approcher de mon fils…

Ethan était en sécurité, se rappela-t-elle. Chantel avait envoyé un agent veiller sur lui.

Les larmes l'aveuglèrent et, soudain, elle fut secouée de sanglots incontrôlables. Elle se laissa glisser jusqu'au sol et se recroquevilla sur elle-même, donnant libre cours à son émotion, incapable de se maîtriser.

À un moment donné, Chantel s'assit à côté d'elle. Quelques secondes plus tard, peut-être. La porte s'ouvrit. Et se referma sans que personne ne soit entré. Miranda continuait à pleurer. Elle avait beau s'efforcer de réfléchir, elle était aveuglée par la douleur. Mentale et physique.

Et puis, tout à coup, le déferlement d'émotions reflua. Son calme revint. À moins que ce ne soit de l'épuisement.

Elle devait agir. S'occuper d'Ethan.

— Il faut que je sorte d'ici, déclara-t-elle, en regardant la policière droit dans les yeux. J'ai un sac dans la voiture. Et de l'argent. Il faut seulement que j'aille chercher Ethan et que je m'enfuie. Nous aviserons après.

Chantel secoua la tête.

— Tu n'es pas obligée de fuir, mon chou. C'est fini.

— Non, affirma-t-elle, d'une voix étonnamment claire et forte. Tad travaille pour mon père.

— Je sais. Il me l'a dit ce matin.

Une bouffée d'horreur submergea Miranda. Étaient-ils tous sous la coupe de Brian O'Connor ?

Elle dévisagea la jeune femme.

— Tu te souviens de ta belle-sœur, Julie.

— Oui, bien sûr.

— Elle était victime de maltraitance. Et on ne l'a pas crue des années durant parce que le coupable avait du pouvoir.

— Oui, je sais, répondit Chantel patiemment, comme si elle était prête à écouter Miranda jusqu'au bout.

— Je peux avoir confiance en toi ?

— Absolument.

Elle se remémora les paroles de Tad.

Ton père savait que Jeff était mort. Que tu étais libre…

— Tad a dit que c'était Jeff qui me maltraitait, devina-t-elle.

— Oui.

Chantel fixa sur elle un regard d'acier.

— Ce n'était pas lui ?

— Non.

Elle secoua la tête. L'instant d'après, elle s'effondrait.

26

— Sam !

La voix stridente de Chantel résonna dans la salle. Tad, qui discutait avec le lieutenant Sam Larson, échangea un regard avec lui. Aussitôt, ils se ruèrent vers les toilettes des femmes et s'engouffrèrent à l'intérieur.

Ils étaient tous les deux secouristes.

— Va chercher Ethan, ordonna Chantel. Ramène-le ici.

Tad s'apprêtait à accompagner son collègue, mais elle l'arrêta d'un geste.

— Reste ici, Tad.

C'était un ordre, et non une requête.

Tad suivit son collègue des yeux, s'obligeant à obéir.

— Le coupable n'était pas Jeff Patrick, lâcha Chantel avec tant de rage que Tad ne douta pas une seconde de ce qu'elle disait.

— Qui est-ce ? demanda-t-il, désarçonné.

Le commandant s'était trompé. Lui qui ne se trompait jamais.

— Son père.

La réponse de Chantel arriva au moment même où la lumière se faisait en lui.

Glacé, il sentit le sang se retirer de ses joues. La nausée l'envahir. Il avait conduit l'agresseur de Miranda jusqu'à elle.

Son pire cauchemar s'était réalisé.

Après le départ de Tad, Miranda se releva et s'aspergea le visage d'eau froide. Ethan était en route. Cela suffisait pour réveiller sa détermination.

Quelques minutes plus tard, elle était assise dans la petite cuisine du poste avec Chantel, un verre de jus d'orange devant elle.

— J'ai demandé à Tad de venir nous dire ce qu'il sait, annonça Chantel. J'ai besoin que tu l'écoutes et que tu me confirmes ou non ses propos. Il est le seul à savoir ce que ton père a en tête. Et nous n'avons pas de temps à perdre.

— Je pourrais juste partir, me trouver une autre identité, recommencer de zéro. Ça a marché par le passé.

Chantel la fixa.

— Vraiment ?

Cela avait marché six ans durant.

— Fais-nous confiance, Miranda. Je me rends compte que c'est beaucoup te demander, mais tu vis à Santa Raquel depuis quatre ans maintenant. Tu me connais. Tu connais Max. Et Brian O'Connor n'a aucun pouvoir ici.

Elle voulait le croire. Désespérément.

— Donne-nous une chance de l'empêcher de nuire. De le mettre derrière les barreaux. Et tu pourras reprendre le cours de ta vie. Vivre vraiment. Sans avoir à cacher des liasses de billets et des sacs de vêtements dans ta voiture au cas où.

Elle voulait qu'on l'aide. Elle le voulait tellement. Elle était seule depuis si longtemps.

Mais elle se refusait à être une victime. À le laisser gagner.

— Parfois, il faut du courage pour rester et se battre, murmura Chantel.

Ces mots frappèrent Miranda tel un coup de poing dans le ventre. Elle luttait depuis tant d'années…

Cependant, elle n'avait jamais tenu tête à son père. Elle

avait fui. À l'université, d'abord. Puis en partant avec Jeff. En devenant Miranda Blake.

À l'époque, elle avait eu raison de faire ces choix.

À présent, c'était différent.

— Très bien.

Invité à entrer par Chantel, Tad chercha en vain à accrocher le regard de Miranda. Il était dévoré par le besoin de lui présenter ses excuses, mais il garda le silence, attendant la permission de prendre la parole.

— Miranda, parle-nous de ton père.

Surpris, Tad jeta un coup d'œil vers Chantel. Jusqu'alors, il avait eu l'impression qu'il serait seulement autorisé à expliquer le rôle qu'il avait tenu ces dernières semaines. Afin de confirmer qu'il avait sciemment aidé un homme à enlever son petit-fils. Ou à agresser sa fille.

Pour autant que Tad le sache, aucune plainte n'avait jamais été déposée contre Brian O'Connor. Cependant, il savait désormais que sa fille avait fui sa violence. Sans connaître les détails, il avait deviné cela au moins.

— Il est sournois, déclara Miranda, avec une fermeté qui suggérait qu'elle avait souvent eu cette pensée. Ses actes de courage, son dévouement pour la communauté, tout ça était réel. Il a des nerfs d'acier.

Sur le point de hocher la tête, Tad se retint. Il ne voulait pas admirer une seule chose à propos de cet homme. Miranda avait menti pour se protéger, mais son père avait menti aussi. Il avait traité Tad comme un pion. Profité de son désir de servir et de protéger.

— Votre plus grand défi sera de ne pas le sous-estimer, avertit Miranda, en regardant Chantel droit dans les yeux. Ne vous considérez pas comme ses égaux. Présumez qu'il va se montrer plus rusé que vous. Si vous voulez des preuves, vous n'avez qu'à songer à la manière dont il a manipulé Tad Newberry.

La pique transperça Tad en plein cœur. Pourtant, il encaissa le coup. Il était justifié.

— Il me connaît, reprit-elle. Il connaît Tad. Il en sait long sur la nature humaine. Il a permis à Tad de s'approcher de moi autant que possible, même si cela voulait dire coucher avec moi.

Tad n'avait pas reçu l'autorisation de parler, mais cette fois, il ne put se contenir.

— Je n'ai pas eu une relation avec toi à la demande de ton père. Absolument pas.

Chantel arqua les sourcils et le toisa. Toutefois, la réprimande qu'il attendait ne vint pas. Elle se contenta de regarder Miranda qui, elle, n'hésita pas.

— Mais il t'a fait comprendre qu'il n'y verrait aucun inconvénient ?

Il se tut, submergé par la nausée. Tous les détails qu'il avait rapportés à son père défilèrent dans sa mémoire.

— Mon père savait que je tomberais amoureuse de Tad, affirma-t-elle, en se tournant vers Chantel. Il voulait sans doute me montrer qu'il continue à contrôler ma vie, encore maintenant.

Tad brûlait de nier, et pourtant, son instinct lui soufflait qu'elle avait raison. Brian O'Connor s'était complètement joué de lui.

— Il veut que je sache que je ne peux pas m'enfuir. Que je ne suis à l'abri nulle part. Il veut que je retourne à lui, que je lui apporte mon fils. C'est Ethan qu'il veut vraiment.

Elle frissonna, et Tad ne put qu'imaginer les souvenirs qui la traversaient.

— Il est puissant, murmura-t-elle. Il se croit invincible. Et c'est cela votre plus grand défi. Il va tenter des choses que personne d'autre ne tenterait. Et il va réussir.

— Pas cette fois, déclara Tad.

Il ferait arrêter cet homme même s'il devait perdre la vie en essayant. Même s'il devait l'abattre de sang-froid et passer le reste de ses jours en prison.

Miranda n'avait pas souvenir d'avoir jamais été aussi lasse. Exténuée. Elle aurait donné cher pour sombrer dans l'inconscience, dans le néant.

Mais elle savait qu'elle n'allait pas dormir de sitôt.

Dès qu'Ethan lui serait amené, elle chercherait un moyen de s'enfuir. Elle trouverait un lieu de « vacances » pour eux deux où elle pourrait aviser. Préparer la prochaine étape.

Parler de son père l'avait convaincue que fuir était nécessaire. Chantel, le groupe Haut Risque, Santa Raquel - rien ne pouvait la sauver. Légalement, il n'avait commis aucun délit. Rien ne lui interdisait de la chercher. Aucune injonction ne l'obligeait à garder ses distances. Aucune plainte n'avait été déposée à son encontre. Les fractures qu'elle avait subies au fil des années avaient été expliquées par des « accidents ». Quant aux contusions, il avait veillé à ce qu'elles soient invisibles.

Sauf l'été où elle avait embrassé un garçon sur le perron. Là, il avait suggéré qu'elle reste à la maison jusqu'à ce que les marques aient disparu. Elle avait obéi.

Même s'il était en ville, même s'il la surveillait, ce dont elle était convaincue à présent, la police ne pouvait pas l'interpeller. Il n'avait enfreint aucune loi.

— Tu es sûr qu'il est ici ? demandait Chantel à Tad.

— Non. J'ai demandé à mon équipière, Gail Winton, de se renseigner à son sujet.

Surprise, Miranda leva les yeux sur lui. Ainsi, il avait eu des doutes ? Et qui était cette Gail ? Était-il proche d'elle ? Était-il son amant ?

Peu importait, se dit-elle fermement. Tad Newberry

n'était pas l'homme qu'elle l'avait cru être. Il s'était servi d'elle…

La douleur se répandit en elle, mais elle s'obligea à la repousser.

— D'après elle, il est atteint d'un cancer du poumon en phase terminale, sans doute causé par le contact avec l'amiante au cours de sa carrière.

Son père était mourant ?

Elle dévisagea Tad. Était-ce vrai ? Était-ce possible ? Osait-elle croire que son cauchemar allait prendre fin ? Ou s'agissait-il d'une ruse pour l'inciter à rentrer en Caroline du Nord ?

— Gail a appris qu'il était en congé. Elle soupçonne qu'il est en réalité en train de suivre un traitement.

Elle se trompait, songea Miranda. Son père était à Santa Raquel. Il l'espionnait. Attendait son heure. Elle le sentait.

Elle ne pouvait se résoudre à affronter le regard de Tad. Et ne pouvait pas davantage s'en empêcher. Il connaissait son père.

Soudain, la voix de son fils lui parvint.

— C'est là qu'on enferme les méchants ? demandait-il d'une voix curieuse, un peu excitée, pas du tout inquiète.

Le cœur de Miranda bondit dans sa poitrine et des larmes lui montèrent aux yeux, qu'elle se hâta de refouler.

Elle fixa la porte, entendit une voix d'homme indistincte, puis, de nouveau, celle d'Ethan.

Debout maintenant, elle se força à rester calme, à ne pas se ruer vers son fils quand il franchit le seuil.

— Salut, maman ! Salut, Tad ! On m'a dit que je pourrais visiter le poste de police pendant que tu avais ta réunion. C'est super, hein ?

Les agents avaient veillé à ne pas l'effrayer, à transformer sa venue au poste en aventure.

— Oui, dit-elle, s'efforçant de maîtriser son émotion. Et après, on ira déjeuner, toi et moi.

— Je pourrai prendre un hamburger-frites ?

— Comme tu voudras.

— Tad pourra venir aussi ?

— J'ai du travail, fiston, mais on se verra plus tard, d'accord ?

Après avoir échangé quelques mots avec Chantel, le policier qui avait amené Ethan l'entraîna de nouveau hors de la pièce.

— Nous avons appelé le foyer, expliqua Chantel. On t'attend là-bas avec Ethan…

— Je n'irai pas, déclara Miranda. À quoi bon ? Mon père n'a rien fait d'illégal. Ce sera ma parole contre la sienne et sa réputation est irréprochable.

Ce n'était pas comme si un mandat d'arrêt avait été lancé contre lui.

— Mais vous seriez en sécurité, tous les deux, intervint Tad.

Miranda le toisa, prête à lui demander pourquoi il était encore là.

Cette affaire ne le regardait plus.

Et elle n'avait plus confiance en lui.

On toqua à la porte. Un agent apparut.

— Chantel ? Quelqu'un demande à parler au chef.

La policière fronça les sourcils.

— Je ne crois pas qu'il soit ici…

— Le visiteur s'appelle Brian O'Connor. Il vient de Caroline du Nord. Il m'a montré sa plaque. Il veut parler à quelqu'un au sujet de sa fille.

La main de Tad se posa sur celle de Miranda.

Elle se dégagea.

27

Chantel proposa de s'entretenir avec son père en tête à tête. Miranda refusa. Elle ne pouvait se permettre le luxe de jouer la victime. Elle avait un fils à protéger. Affronter son adversaire était le premier pas. Elle devait savoir exactement à quoi elle avait affaire. Son père lui avait appris cela.

— Tu veux que Tad assiste à la conversation ? demanda Chantel.

Elle ne voulait pas, non. Elle ne voulait même pas le regarder. Pourtant…

— Oui.

Elle devait voir les deux hommes ensemble. Entendre ce qu'ils avaient à se dire. C'était du masochisme, peut-être, mais elle avait besoin de cette information pour aller de l'avant. Tôt ou tard, il faudrait qu'elle fasse la paix avec ce qui s'était passé.

Qu'elle se pardonne de s'être donnée, corps et âme, à un homme qui était à la solde de son père.

Tad les suivit dans le couloir. Il tenta de placer la main au creux du dos de Miranda, mais elle se décala. C'était terminé.

Elle ne se laisserait plus abuser par le faux sentiment de paix qu'il avait apporté dans sa vie.

Pas question d'être faible.

Chantel s'arrêta devant une porte close et se tourna vers elle.

— Tu es prête ?

Bien sûr que non. Elle était sur le point de voir son père - un homme qu'elle s'était juré de ne jamais revoir.

Un homme qu'elle aimait encore. Et qu'elle craignait encore davantage.

Elle acquiesça.

— Dana ! Ma chérie ! C'est si bon de te revoir…

Brian O'Connor semblait ne pas avoir vieilli. Ses cheveux étaient toujours aussi bruns que ceux de Miranda, bien qu'il approche de ses cinquante-cinq ans. Ses yeux bleus brillaient du même éclat. Il se leva et tendit les bras vers elle, mais ne fit pas mine de s'approcher.

Miranda suivit Chantel qui contournait la table, et s'assit sur une des quatre chaises disponibles, le plus loin possible de celle que son père occupait de l'autre côté. Tad s'installa à sa gauche, Chantel à sa droite.

Peut-être la protégeaient-ils.

Peut-être cela lui réchauffait-il le cœur.

Peut-être n'en avait-elle pas besoin.

Brian se déplaça et se mit en face d'elle.

Ils communiquaient comme ils l'avaient fait autrefois. Par leurs gestes, leurs regards, autant que par les mots qu'ils taisaient.

Il était le chat et elle la souris.

— Tu es ravissante, dit-il en se penchant vers elle, les yeux dans les siens.

Elle lui rendit son regard. Sans rien dire. Son visage demeura impassible, non qu'elle l'ait désiré mais parce qu'elle était en suspens.

Il étrécit imperceptiblement les yeux, puis, au bout d'une minute, s'adressa à Tad.

— Merci, lieutenant. Je ne saurais vous dire à quel point je vous suis reconnaissant. Vous m'avez rendu ma fille.

Tad prit une inspiration, Miranda le sentit sans avoir besoin de le regarder. Elle se prépara à entendre sa réponse, mais son père poursuivit :

— J'avais espéré que nous pourrions avoir une conversation en tête à tête, dit-il à Chantel.

— Tad et Miranda ont choisi d'être ici, répondit-elle, sur un ton poli mais qui suggérait qu'elle n'envisageait pas de prendre sa requête en considération.

— Tad, oui, c'est d'accord. Mais Dana… Miranda… Il serait peut-être préférable que je puisse m'entretenir seul avec le lieutenant Fairbanks.

À quel jeu jouait-il ? Il savait très bien que Chantel n'allait pas lui accorder ce qu'il demandait.

— Votre fille a exprimé le souhait d'être ici, répondit la policière. Pouvez-vous me dire pourquoi elle ne devrait pas assister à cette conversation ?

Brian la considéra de nouveau et, l'espace d'un instant, elle crut lire du regret dans son regard. Son cœur se mit à battre à toute allure, sa poitrine se comprima.

— Je suis désolé, ma chérie. Je ne voulais pas en arriver là. En mémoire de ta mère, j'avais espéré…

Il avait invoqué sa mère. Il n'allait reculer devant rien. Miranda n'avait aucune idée de ce qui allait suivre, mais ses mains se crispèrent sur les bords de sa chaise. Elle redoutait le pire.

Tad fixait l'homme qu'il admirait tant. Dans son costume foncé, une cravate autour du cou, le commandant était l'incarnation même de l'autorité. Comment pouvait-il s'être mépris à ce point à son sujet ? Lui et des milliers d'autres ?

Et pourtant, il connaissait Miranda.

Il ne mettait pas sa parole en doute. C'était cet homme qu'elle avait fui.

Presque sans un sou, elle avait pris son bébé et quitté le petit appartement où elle avait emménagé juste avant d'accoucher, laissant derrière elle tout ce qui lui était familier pour entamer une nouvelle vie avec son fils.

Il tenait ces informations de O'Connor lui-même.

— Ma fille a besoin d'aide, déclara ce dernier, le prenant par surprise.

Il avait une enveloppe brune devant lui.

— Elle est devenue… instable… après la mort de sa mère. Elle refusait d'aller à l'école. Faisait des crises si j'essayais de l'y obliger. Elle sanglotait à s'en rendre malade. En fin de compte, j'ai dû faire appel à un psychiatre.

Il tira une feuille de l'enveloppe et la tendit à Chantel.

— Voici une lettre signée par lui. Elle figure également dans son dossier scolaire. Pour le psychiatre, la disparition de ma femme juste au moment où Miranda entrait dans la puberté a créé un déséquilibre émotionnel. Elle allait bien pendant un certain temps, et puis elle rechutait. Souvent, cela coïncidait avec un changement hormonal. Ce qui s'est produit peu après la naissance de mon petit-fils. Elle s'est mis en tête que je voulais lui retirer son enfant, et c'est pour cela qu'elle est partie.

Il regarda tour à tour Chantel et Tad, et sa voix se teinta de compassion.

— Je n'ai jamais eu l'intention de lui prendre son bébé. Un enfant a besoin de sa mère, et il était évident qu'elle l'adorait. Cela dit, compte tenu de ses… problèmes, je pensais qu'il était de mon devoir de rester à proximité. Avec un nourrisson… S'il lui était arrivé quelque chose et que je n'avais rien fait…

Sa phrase resta en suspens, laissant l'évidence non dite. Par égard pour Miranda, peut-être.

— Le soir où Dana a pris la fuite, je m'étais rendu chez elle pour lui demander de revenir vivre à la maison, à Charlotte. Elle vivait seule, elle m'a dit que le père du bébé était mort, mais je ne pouvais pas la croire. Quand elle a ses crises, elle raconte des mensonges qu'elle prend pour la vérité.

Tad écoutait. Le récit était cohérent. Logique. Tragique.

Jetant un coup d'œil à Miranda, il fut frappé par le manque d'émotion sur son visage. C'était comme si elle était absente.

Puis il remarqua les jointures de ses doigts, blanches sur le siège sombre.

— Ce soir-là, elle m'a accusé de l'avoir maltraitée.

Tad reporta son attention sur lui.

— Elle a dit qu'elle ne laisserait pas son fils grandir dans la même situation.

— L'aviez-vous maltraitée, monsieur ?

Chantel avait parlé sur un ton neutre. C'était une conversation, pas un interrogatoire.

— Bien sûr que non.

Il se tourna vers Miranda.

— Ai-je jamais levé la main sur ta mère ?

— Non.

— Et ai-je jamais menacé de lever la main sur toi pendant qu'elle était en vie ?

— Non.

O'Connor pivota vers Chantel.

— Je vous dis que ces inventions ont commencé après la mort de ma femme.

Des jointures blanches contre le bois sombre. Elles restaient dans la vision périphérique de Tad.

— Quand elle a disparu, j'étais fou d'inquiétude. J'ai répété ses accusations au psychiatre. Il m'a dit que, puisqu'elle n'avait pas été maltraitée à la maison, il était probable qu'elle l'avait été ailleurs. Il ne pensait pas qu'elle ait inventé cela. Nous sommes parvenus à la conclusion qu'elle avait peur de son ex. Que c'était une manière d'essayer de me dire quelque chose. Et qu'elle prétendait que ce type était mort parce que c'était ce qu'elle voulait voir arriver.

Tad était totalement concentré, conscient de la moindre fissure dans le mur, de toutes les éraflures sur la table. De toutes les rides sur le visage du commandant.

Des jointures des doigts de Miranda. Toujours aussi blanches.

— Vous avez dit à Tad quand vous l'avez engagé que vous aviez récemment appris que son ex était mort.

Tad rongeait son frein. Son heure viendrait. Quand il saurait tout.

O'Connor baissa la tête.

— Je vous ai menti à ce propos, avoua-t-il en relevant les yeux vers lui. Je n'en savais rien. Je n'étais même pas sûr de son nom. Je ne l'avais jamais rencontré. En revanche, j'avais entendu parler de vous. De votre réputation. Je savais que, si quelqu'un pouvait retrouver mes enfants, c'était vous.

— Vous étiez prêt à courir le risque que je conduise l'homme qui l'avait maltraitée jusqu'à eux ? s'indigna Tad.

— Je savais que ça n'arriverait pas. Que vous veilleriez sur eux deux jusqu'au moment où je pourrais venir moi-même. Au péril de votre vie si nécessaire. À cause de Steffie.

Tad prit une brève inspiration. O'Connor avait raison. Il aurait donné sa vie pour protéger Miranda et Ethan.

— Parallèlement, je faisais tout mon possible pour localiser cet homme. Quand vous m'avez appris que mon petit-fils portait le nom de son père, j'ai pu le retrouver.

— Et c'est là que vous m'avez envoyé le rapport du médecin légiste.

O'Connor ouvrit son enveloppe et en tira l'original.

Tad jeta un coup d'œil vers Miranda restée silencieuse.

— Tu m'avais dit qu'il était mort des suites d'un accident de voiture.

Il ne s'était pas attendu à ce qu'elle lui réponde, mais elle tourna vers lui des yeux presque sans vie.

— En réalité, il avait été blessé lors d'un match de football. Il savait qu'il n'avait que quelques mois à vivre et il a pris un mélange d'alcool et de barbituriques. Il ne voulait pas être à charge pour moi à la fin, ni dépenser le peu d'argent que nous avions pour ses soins. Il voulait me le laisser.

Ne sachant plus que croire, Tad se retourna vers le commandant.

— Pourquoi maintenant ?

— Parce qu'on m'a diagnostiqué un cancer du poumon. Je tenais à être sûr qu'ils allaient bien. À les voir. À leur dire qu'ils ne manqueraient plus de rien. À enseigner certaines choses à mon petit-fils. En fin de compte, le diagnostic était erroné. La tumeur n'est pas maligne.

Le menton de Miranda se crispa.

— Par conséquent, je suis venu chercher ma famille et la ramener à la maison.

Il s'adressait à Chantel, comme si Miranda n'était pas dans la pièce.

— Miranda est une adulte. Vous ne pouvez pas la forcer à vous accompagner, objecta la policière.

— Je pense que si. En fait, je sais que si.

Il rouvrit son dossier.

— J'ai été en contact avec le psychiatre, qui m'a signé une mise sous tutelle…

— C'est bon, coupa Miranda, en secouant la tête. Tu n'es pas obligé de faire ça. Je vais t'accompagner.

Elle le regarda, les yeux pleins de larmes.

— Tu as gagné, d'accord ?

28

Miranda n'avait eu aucune idée de ce que son père allait faire, mais elle avait su qu'il avait un plan. Il était toujours préparé.

À de brefs moments, assise dans la salle de conférences entre Chantel et Tad, elle avait eu un peu d'espoir. Celui-ci avait été anéanti quand Brian O'Connor avait admis que, en réalité, il ne souffrait d'aucun cancer.

Elle avait su alors ce qui allait arriver.

Elle lui avait demandé, devant les autres, la permission de retourner chez elle avec Tad pour rassembler quelques affaires.

Assise là, impuissante, elle avait compris qu'elle devait jouer le jeu de son père. Elle le connaissait mieux qu'il ne se connaissait lui-même.

— J'ai réservé des places sur un vol qui part dans quatre heures. On m'attend au bureau jeudi matin. Une demi-heure te suffira ?

Il n'avait pu refuser tout net, de peur de faire mauvaise impression à Chantel.

Cinq minutes suffiraient. Elle savait ce qu'elle voulait. L'argent. Les objets préférés d'Ethan.

Elle serait peut-être obligée de prendre ce vol et de rentrer chez son père, où, sans doute, il la ferait surveiller par un gardien que personne ne verrait jamais, elle y compris.

Peu importait. À la première occasion, elle s'enfuirait avec son fils.

Tad proposa d'amener Ethan quelques minutes plus tard, pour lui donner le temps de faire ses bagages sans devoir répondre aux questions de l'enfant, mais elle se hérissa aussitôt.

— Je ne partirai pas sans lui.

Tad interrogea son père du regard, le laissant décider.

— Merci, Newberry. Je préfère faire la connaissance de mon petit-fils chez lui plutôt qu'au poste de police.

— Très bien, j'amènerai Ethan. Je vous retrouve chez Miranda dans… disons vingt minutes ?

— Vous êtes quelqu'un de bien, lieutenant.

Instinctivement, elle voulut protester, puis devina que se rebeller n'était pas dans son intérêt. Tad n'allait pas disparaître avec Ethan. Chantel et lui s'acquitteraient de leur travail. Amadouer son père en faisait partie.

Tant qu'elle était en compagnie de son père, elle allait revoir Ethan. Il fallait seulement qu'elle joue la comédie.

Jusqu'au moment de s'évader.

Tad ne l'avait pas regardée depuis qu'elle avait accepté de partir. Et pourquoi l'aurait-il fait ? Ce qu'elle avait cru partager avec lui… ce n'était qu'une illusion.

Pourtant, lorsqu'elle le frôla dans le couloir et qu'il posa accidentellement la main au creux de son dos, ce fut comme si une onde de choc la traversait.

Et elle se détesta d'avoir réagi ainsi à son contact.

— Tu sais que je t'aime.

Brian O'Connor rompit le silence qui régnait dans la berline noire. Un instant, Miranda avait craint qu'il ne l'emmène au bord d'une falaise et ne la pousse dans le vide, mais tout le monde savait qu'ils étaient partis ensemble. Étant le dernier à l'avoir vue en vie, il serait le premier suspect.

Jamais il ne tolérerait une telle entache à sa réputation.

— Je sais que tu es en colère contre moi, ma fille, mais je ne pense qu'à ton bien. Et à celui de Jeffrey. Tu peux emménager chez moi dans l'immédiat. Trouver un emploi. Et nous verrons comment ça se passe.

Autrement dit, il en serait seul juge, songea Miranda.

En route pour la maison de Miranda, Tad bavarda constamment avec Ethan, lui posant une foule de questions sur sa visite du poste de police. Il aurait voulu préparer l'enfant à la scène qui l'attendait, mais se rendait compte que c'était impossible.

Il s'engagea dans l'allée et, à regret, laissa l'enfant descendre, impatient de courir raconter ses aventures à sa mère.

Il avait expliqué à Ethan qu'ils étaient venus séparément parce qu'ils avaient chacun leur voiture, et le garçonnet n'avait pas cherché à savoir pourquoi c'était Tad qui l'emmenait.

À présent, Tad avait deux objectifs. Le premier consistait à faire monter Ethan et Miranda dans sa voiture et à disparaître avec eux. Le second, à obtenir ce résultat sans violence.

Il abattrait le commandant si nécessaire. Son pistolet chargé était glissé dans la poche arrière de son jean.

Il hésita un instant.

Il était possible que O'Connor ait dit la vérité. Son récit avait été assez convaincant pour que Miranda renonce à toute résistance.

Tad avait lu la lettre du psychiatre. Et le reste du dossier que son père avait apporté.

Miranda avait souffert de dépression à l'âge de onze ans. Et à l'âge de seize ans.

À douze ans, elle avait eu le bras cassé. Le même bras

avait été fracturé une seconde fois, un soir qu'elle avait manqué une marche dans le noir.

Ce genre de chose arrivait.

— Tu viens, Tad ?

Il vérifia une dernière fois que son arme était à sa place, et suivit l'enfant à l'intérieur.

Quand Miranda vit Tad et Ethan descendre de voiture, elle tira sur la fermeture du sac qu'elle était en train de remplir : outre des vêtements de rechange pour eux deux, il contenait désormais une grosse somme d'argent et les jouets préférés d'Ethan.

Son père patientait dans le salon.

— Tu veux qu'il t'aime bien ? lui demanda-t-elle alors que Tad et son fils remontaient l'allée.

— Il va m'aimer.

— Si tu veux qu'il t'aime bien, appelle-le Ethan. Et prends le temps de faire connaissance avec lui avant de lui dire qui tu es.

Elle avait délibérément choisi le dernier moment pour émettre cette suggestion. S'il n'avait pas le temps d'y réfléchir, il serait peut-être plus enclin à en tenir compte.

Il n'était pas stupide.

— Maman ! Devine quoi !

Ethan, qui avait fait irruption dans le séjour, s'arrêta net, Tad sur ses talons.

— Vous êtes qui ?

Miranda s'approcha de son fils.

— Je te présente Brian O'Connor, le chef des pompiers de Caroline du Nord.

— Cool ! commenta Ethan. Vous n'êtes pas un peu vieux pour descendre à la perche ?

Son père s'agenouilla et effleura le visage de l'enfant du bout des doigts.

— Je t'apprendrai, si tu veux.

Atterrée par l'expression fascinée de son fils, Miranda jeta un coup d'œil vers Tad, s'attendant à le voir sourire aux anges. Si tel était le cas, elle ne pouvait vraiment lui en vouloir. Il subissait l'influence de son père depuis bien avant de l'avoir rencontrée. Et le commandant O'Connor avait présenté une version tout à fait crédible des événements.

La vérité finirait par émerger, Miranda n'en doutait pas. Si elle ne parvenait pas à s'enfuir, il la frapperait de nouveau. Peut-être irait-il jusqu'à la tuer.

Mais alors il serait trop tard pour protéger Ethan des conséquences traumatisantes de la violence. Et elle voulait que son fils grandisse avec la capacité de faire confiance à autrui. Le cycle de la violence devait prendre fin avec elle. Miranda se l'était promis.

Tad ne regardait ni Ethan ni son père. Il la fixait. Avec intensité.

— Eh bien, si vous êtes prêts à partir…, commença Brian O'Connor.

— Partir ? répéta Ethan, les sourcils froncés.

— Tu te souviens de ces vacances dont je t'ai parlé ? répondit Miranda, disant la première chose qui lui venait à l'esprit. On avait parlé d'aller à Disneyland ou à Yellowstone, mais que penserais-tu de visiter la Caroline du Nord ?

— Pourquoi ? demanda Ethan, les sourcils toujours froncés. Et l'école ?

Visiblement désireux d'échapper à la conversation, son père intervint.

— Je vais au petit coin, et après, nous partirons.

En quittant la pièce, il lança un regard appuyé à Tad, comme pour lui rappeler de les surveiller en son absence.

Miranda était sûre qu'il avait déjà établi des papiers visant à la faire interner dans un établissement psychiatrique, sous prétexte de faire évaluer sa santé mentale.

Après tout, quelle femme prend la fuite et change d'identité sans raison ?

— Maman ? demanda Ethan, l'air inquiet. Qu'est-ce qui se passe ?

Dès la porte de la salle de bains refermée, Tad s'empara du sac que Miranda avait posé sur le sol.

— Monte ça dans ma voiture, Ethan, ordonna-t-il sur un ton sans réplique. Allons-y.

L'enfant obéit sans discuter. Tad attendit, sans faire mine de toucher Miranda. En revanche, l'expression de son regard était suffisante : il lui donnait le choix.

Elle n'avait pas confiance en lui. N'avait même plus l'impression de le connaître.

Mais pour une raison ou pour une autre, il lui proposait de l'arracher à ce cauchemar.

29

— Épouse-moi.

Ils roulaient vers le nord-est depuis deux heures. Avant de quitter l'agglomération, Tad avait demandé à Miranda de retirer les cartes SIM de leurs téléphones. Un peu plus tard, dans une petite ville anonyme, il avait troqué son 4x4 contre un modèle plus récent, en disant à Ethan qu'ils partaient pour une aventure.

— On va à Yellowstone ?

Tad n'avait répondu ni oui ni non. Il s'était contenté de parler des différentes forêts qu'il avait visitées, des endroits qu'il aimait.

Et depuis une dizaine de minutes, son fils dormait, encore coiffé des écouteurs qu'il avait mis pour regarder un DVD.

— T'épouser ? répéta-t-elle, laissant l'incrédulité percer dans sa voix.

Luttant contre la vague de bonheur qui l'avait submergée.

— Nous serons à Las Vegas à 11 heures. Nous pourrions être mariés avant minuit.

Lequel des deux avait perdu la tête ?

— Pourquoi t'épouserais-je ? Tu t'es servi de moi. Tu m'as trompée. À cause de toi, je suis obligée de quitter tout ce qui compte pour moi, et d'exposer mon fils à une vie en cavale.

— Pour commencer, si nous sommes mariés, ton père ne pourra pas te forcer à te soumettre à de quelconques tests psychiatriques. Même pas pour ton bien. Je présume que ses papiers ont été signés par un médecin qui a confiance en lui et qui l'a cru sur parole, ce qui pourrait le mettre en danger d'être révoqué, voire arrêté. Cela dit, tu n'as pas le temps de prouver tout cela. Tandis que, si nous sommes mariés, je serai le seul habilité à demander une évaluation de ta santé mentale.

Elle n'avait pas songé à cela. Bien sûr, si elle était mariée, une partie du pouvoir que son père avait sur elle s'évanouirait. Papiers ou non.

Elle devait réfléchir. À l'avenir. À Ethan.

— Nous pourrions nous marier, et puis prendre une journée pour qu'Ethan ait son aventure, insista-t-il. Il serait de retour à l'école à la fin de la semaine.

Cela semblait si facile.

Si insensé.

Trop beau pour être vrai.

— Il ne va pas renoncer, Tad. Si ça avait été si facile, je n'aurais jamais pris la fuite.

— Tu étais plus jeune. Beaucoup plus vulnérable. Complètement seule face à sa manipulation. Et en Caroline du Nord, tu n'avais aucune chance face au pouvoir qu'il détient. Ça aurait été sa parole contre la tienne.

Elle le dévisagea.

— Tu me crois.

— Je pensais que tu l'avais compris à la seconde où tu as décidé de partir avec moi, répondit-il. À la seconde où je t'ai demandé de venir. Soit j'allais croire que tu disais la vérité, soit non. Et soit tu allais me faire confiance, soit non. Il n'y avait pas une foule d'options, et on n'avait pas le temps d'en chercher d'autres.

Elle avait eu les mêmes pensées tandis qu'ils roulaient,

mais, avec Ethan assis à l'arrière, elle n'avait pas été libre de les formuler.

Elle hocha la tête.

— Je suis partie avec toi parce que je pensais avoir de meilleures chances de m'échapper.

Tad se tourna vers elle et la regarda.

— Tu es libre. Je me suis promis de te délivrer de lui. De réparer les dégâts que j'avais causés. Mais tu ne me dois rien.

Elle avait de l'argent. Son sac.

— Peut-être croyais-tu réellement me sauver en travaillant pour mon père, murmura-t-elle.

— Ou peut-être que je suis allé en Californie faire un travail et que je suis tombé amoureux à la place.

Le cœur de Miranda fit un bond dans sa poitrine. Des papillons s'éparpillèrent dans son estomac. Elle voulait être heureuse. Et le bonheur était là, à portée de main.

— Il a assez de pouvoir pour t'empêcher de retrouver un poste dans la police. Maintenant que tu m'as arrachée à lui…

— Tu n'étais pas sous tutelle. Ses papiers lui donnaient seulement la permission de te faire examiner. Tu aurais réussi les tests haut la main.

— Je n'aurais pas laissé les choses aller aussi loin.

— Je sais.

Elle pivota vers lui, stupéfaite.

— Tu le sais ? Comment cela ?

— Les jointures de tes doigts étaient toutes blanches. Tu n'étais pas en train de capituler. Tu voulais l'amadouer. Lui faire croire que tu t'étais rendue.

— Je n'avais pas le choix, observa-t-elle.

Il désigna le sac sur ses genoux.

— Il fallait que tu retournes chez toi chercher les

affaires d'Ethan. Tu avais préparé ton fils. En douceur, avec intelligence et avec soin, tu veillais sur lui.

Refoulant les larmes, Miranda regarda droit devant elle.

— C'est ce que je fais.

— C'est ce que j'aimerais faire avec toi.

Il tendit la main vers la sienne. Elle hésita.

Et puis, elle la prit.

— Chers amis, nous sommes rassemblés ici dans la chapelle du casino de Crystal Heights afin d'unir cet homme et cette femme par les liens sacrés du mariage…

Le prêcheur déguisé en Elvis imitait jusqu'à son accent.

— Et moi ? coupa Ethan.

Debout devant l'autel, en jean et T-shirt, le garçonnet ne semblait pas le moins du monde troublé par les événements de la journée.

Il remonta ses lunettes sur son nez et s'adressa à Miranda.

— Tu es sûre que Tad sait ce qu'il fait ?

Tad se tourna vers lui en souriant.

— Je crois que c'est le papa et la maman qui se marient d'abord, et les enfants ensuite.

— Une minute. Le papa ? Je vais avoir un papa ?

— Tu es d'accord ? demanda Miranda.

Le bouquet bon marché qu'on lui avait remis à l'entrée de la chapelle tremblait entre ses mains.

— Ouii !

L'enthousiasme dans la voix d'Ethan ne laissait aucun doute sur sa sincérité.

Tad sourit de nouveau. Dès que leur vie aurait repris un cours normal, ils organiseraient une vraie cérémonie, se promit-il. Miranda méritait tellement mieux que ce mariage à la va-vite…

Mais, dans l'immédiat, l'important était de priver Brian O'Connor de tout pouvoir sur elle.

— Je ne voudrais pas être impoli, intervint Elvis, mais il y a d'autres gens qui attendent, et le temps, c'est de l'argent.

Une minute plus tard, ils étaient déclarés mari et femme.

Ethan s'endormit dès qu'ils remontèrent dans le 4x4. Au bout de quelques kilomètres, Tad se gara au bord de la route et sortit de la boîte à gants un téléphone que Miranda n'avait jamais vu.

— C'est le téléphone prépayé que j'utilisais pour communiquer avec ton père, expliqua-t-il. Pour que personne ne puisse retrouver ma trace ni la tienne au cas où. Maintenant que nous sommes mariés, il faut qu'on appelle Chantel. Tu veux le faire ou tu préfères que je m'en charge ?

— Elle savait que tu avais l'intention de me kidnapper ?

— Elle savait que j'avais l'intention de t'épouser si tu voulais de moi.

Oh.

— Qu'allons-nous faire à présent ?

Leur fuite, l'échange de voitures, leur mariage… chaque chose avait mené à l'autre. Et voilà qu'ils étaient garés le long d'une route en plein désert, sans savoir où ils allaient passer la nuit.

— Trouver un motel. Et rentrer en ville demain matin.

— Rentrer ? Tu parles sérieusement ?

— Soit ton père a eu la sagesse d'admettre sa défaite, dans l'espoir de voir son petit-fils un jour, soit il va perdre son sang-froid, auquel cas je serai là quand il enfreindra la loi, et nous pourrons déposer plainte.

Elle fronça les sourcils et secoua la tête.

— Qu'y a-t-il ?

— Je hais ce qu'il m'a fait. La peur que j'ai de lui. Je crois sincèrement qu'il aurait fini par me tuer et qu'il se serait justifié de son acte. Mais… Il a fait tant de bien aussi.

Le reste du monde le considère comme un héros. C'est tellement dommage que tout doive s'écrouler.

— Tout dépend de lui. Il peut rentrer chez lui. Vous laisser vivre en paix.

Tad effleura doucement la joue de Miranda.

— En ce qui me concerne, il a perdu le droit de te regarder.

Il se pencha et l'embrassa si tendrement qu'elle en eut les larmes aux yeux.

Le lendemain matin, le soleil filtrait à travers les stores quand Miranda se réveilla. Elle était tout habillée, une couverture drapée sur elle. Un instant désorientée, elle sentit une jambe contre la sienne.

Tad était étendu près d'elle sur le lit et l'observait. Elle tourna la tête et vit Ethan allongé sur le lit voisin. Il dormait encore à poings fermés.

— Apparemment, on n'avait pas à craindre de le choquer, plaisanta Tad à voix basse.

Elle le dévisagea dans la semi-pénombre.

— Ce mariage. C'était juste pour me tirer des griffes de mon père. Tu n'es pas obligé de t'y tenir.

— Je veux être ton mari, affirma-t-il. Si tu veux être ma femme.

Les yeux soudés à ceux de Tad, elle lui caressa la joue.

— Je le veux, Tad. Je veux avoir une vie. Quelqu'un à qui me confier quand je suis effrayée ou inquiète, ou si fière d'Ethan que mon cœur pourrait exploser. Je veux faire l'amour. Ne pas dormir seule. Ouvrir mon cœur et aimer. Vraiment aimer. Sans peur.

Il traça du bout du doigt le contour de ses lèvres.

— Moi aussi, je veux tout cela. Mais seulement si je peux l'avoir avec toi.

Elle sentit une larme s'échapper de son œil et rouler

vers l'oreiller. Elle pleurait pour un oui et pour un non maintenant, comme si toute l'émotion qu'elle avait enfouie en elle pendant si longtemps ne pouvait plus être contenue.

Elle prit la main de Tad et y déposa un baiser.

— Je t'aime.

— Je t'aime, répondit-il en retour. Et j'aime Ethan aussi, au cas où tu te poserais la question.

Bizarrement, elle n'en avait jamais douté.

Ils déjeunèrent dans une cafétéria proche du motel, puis reprirent la route. Ethan était confortablement installé à l'arrière, absorbé par un DVD alors qu'ils traversaient le désert.

— Je me disais…

Tad hésita.

— J'aimerais changer de direction, travailler comme détective privé. Dans les affaires de violence domestique, tu sais, pour le compte de l'équipe haut Risque, par exemple. Qu'en dis-tu ?

— Je pense que c'est une excellente idée. Voudrais-tu déménager ? Aller vivre ailleurs, je veux dire ?

Il la regarda. Il avait réfléchi à cela aussi.

— Tu n'as pas dit hier soir si tu voudrais avoir d'autres enfants ?

Jusqu'à maintenant, il n'avait pas pensé être père un jour. Mais il s'était trompé sur bien d'autres choses.

— Avec toi ? J'en aurais demain si je pouvais.

Tad captura sa main.

— Dans ce cas, oui, je pense qu'on devrait déménager. Nous aurons besoin d'une chambre supplémentaire, au moins. En revanche, j'aimerais rester à Santa Raquel, si c'est ce que tu veux savoir.

Elle acquiesça.

Comme il s'engageait sur l'autoroute qui les ramènerait

sur la côte, Tad éprouva un sentiment qu'il avait cru ne plus jamais éprouver.

Celui de rentrer à la maison.

— Si je revois mon père un jour, ou si je le présente à Ethan, murmura Miranda, nous ne le ferons pas seuls. Tu seras avec nous, sinon ça n'arrivera pas.

Tad la dévisagea gravement.

— Tu m'aimes.

— Oui. Plus que je n'aurais cru pouvoir aimer quiconque en dehors d'Ethan.

— Moi aussi, je t'aime. De tout mon être.

Pour toute réponse, Miranda posa sa main sur la sienne.

ELLE JAMES

Retrouvailles à Whiskey Gulch

Traduction française de
DOMINIQUE TRUFFANDIER

BLACK ROSE

HARLEQUIN

Titre original :
HOMICIDE AT WHISKEY GULCH

1

L'adjudant Wade « Trace » Travis prit position à un pâté de maisons de la ruelle où son unité devait récupérer le message. La nuit était tombée depuis longtemps sur la ville afghane de Jalalabad.

Ils étaient entrés dans la ville au crépuscule, dans une banale camionnette. Ils avaient enfilé l'ample tenue traditionnelle des Afghans par-dessus leurs uniformes et s'étaient coiffés des chapeaux coniques appelés caraculs.

C'était Trace qui était au volant. Les sergents-chefs Levette « Levi » Warren et Joseph « Irish » Monahan étaient respectivement à côté de lui et sur la banquette arrière.

Leur tenue leur avait permis d'arriver sans attirer l'attention jusqu'à une ruelle déserte, où ils avaient garé la camionnette. Une fois la nuit tombée, Trace et Irish avaient ôté les vêtements afghans, mis leurs casques et leur équipement radio et pris leurs armes. Seul Levi était resté en tenue traditionnelle.

Trace se tourna vers Irish.

— Prêt pour ta dernière mission avec la Delta Force ?

Irish partit d'un petit rire.

— Vous ne pouvez pas vous passer de moi, pas vrai ?

— Tu plaisantes ? répliqua Trace en souriant. Les Forces Spéciales n'allaient pas te laisser quitter la scène sans un dernier rappel.

— Je n'arrive pas à croire qu'ils t'ont confié cette mission, dit Levi. Pourquoi tenter le diable juste avant ton départ ?

Irish haussa les épaules.

— On ne nous demande que de récupérer des informations, dit-il. Pas de partir à l'assaut. Nous serons repartis à peine arrivés.

Trace priait pour qu'il voie juste. S'il l'avait pu, il aurait touché du bois. Dans quarante-huit heures, Irish serait à bord de l'avion qui le ramènerait aux États-Unis. S'il jouait de malchance, ils échoueraient dans leur mission.

Il frotta la pièce porte-bonheur à l'effigie de Susan B. Anthony que son père lui avait donnée pour éloigner le danger, et qu'il gardait toujours dans sa poche. Il n'avait jamais été superstitieux, mais quand il avait rejoint la Delta Force, dix ans plus tôt, il avait vu de ses yeux la place que tenait la chance. Si l'entraînement demeurait la clé de la réussite, la chance, le destin et la foi lui avaient permis de survivre à beaucoup de missions. Il avait vu plus d'un homme perdre la vie au cours de la dernière mission qu'on lui avait attribuée avant sa réaffectation aux États-Unis.

— Rappelle-moi pourquoi tu quittes l'armée ? demanda Levi.

Irish éclata de rire.

— Je ne sais même plus combien de fois j'ai été déployé, mais chaque mission semble plus dangereuse que la précédente. Bon sang, nous ne savons jamais vraiment si la personne qui se tient devant nous est amie ou ennemie.

— C'est vrai, convint Levi. Mais tu le savais avant de demander à être transféré dans la Delta Force.

— Oui, répondit Irish en ajustant la sangle de son casque. Mais j'en suis arrivé au point où je me sens prêt à quitter cette vie dans laquelle nous risquons notre peau en permanence. Regarde-nous... Qu'avons-nous à montrer, après tout ce que nous avons fait ? Quelques médailles obtenues après des missions dont nous ne pouvons rien dire à personne. Depuis quand n'as-tu pas embrassé une fille, Levi ?

— J'en ai embrassé une la dernière fois que j'étais à Fort Bragg, protesta Levi.

— Vraiment ? Et comment s'appelait-elle ?

— Je ne me souviens pas.

— Voilà de quoi je parle, dit Irish. Si nous n'avons pas de femmes, c'est parce que nous ne sommes pas à la maison assez souvent pour construire une relation.

— Certains d'entre nous n'en veulent pas, objecta Trace.

Il s'était engagé après que la seule femme qu'il avait jamais aimée l'ait trompé, et n'en avait rencontré aucune autre qu'il aurait souhaité accueillir dans sa vie.

— C'est vrai, répondit Irish. Mais certains d'entre nous veulent une femme, des enfants et une maison avec la célèbre barrière blanche.

— Que feras-tu quand tu seras rentré au pays ? demanda Levi.

— Je travaillerai avec des animaux.

Levi partit d'un rire qui agaça les nerfs de Trace.

— C'est comme ça que tu comptes rencontrer une femme ?

— Avant de penser à ça, je dois me réadapter à la vie civile. J'en ai assez de me battre contre des êtres humains. Les animaux sont plus faciles à comprendre. En plus, il faut que je décompresse. L'homme que je suis maintenant ne serait bon pour aucune femme.

Il leva le pistolet-mitrailleur qu'il tenait dans les mains.

— Depuis dix ans, je ne sais plus rien faire sinon tuer. Je n'ai aucune aptitude qui puisse me servir dans la vie civile.

— Avec quel genre d'animaux vas-tu travailler ? Des chiens ? Des chats ? Des cochons d'Inde ? railla Levi. Tu vas travailler dans une animalerie ?

— Non. Sur un ranch, avec des chevaux et du bétail. Un travail honnête.

— Et c'est bien payé ?

— Non, dit Trace. Un ouvrier agricole ne gagne presque rien.

— Je ne cherche pas à gagner de l'argent, dit Irish. Je veux être au calme et baisser mon niveau de stress.

— Tu t'ennuieras au bout d'une semaine, commenta Levi.

— Je n'ai rien contre. Mieux vaut s'ennuyer que se faire tirer dessus. Et toi ? demanda-t-il en se tournant vers Trace. Combien de temps as-tu l'intention de faire ce boulot ?

Trace haussa les épaules.

— Je ne me suis pas posé la question.

— Tu as grandi sur un ranch. Tu n'as jamais envie d'y retourner ?

— Un jour, plus tard.

Il détourna les yeux. Il avait voulu rentrer dès le jour où il était parti. Cette vie lui manquait, sa mère lui manquait, et il lui avait fallu partir pour comprendre enfin ce qu'il ressentait pour son père. Cet homme avait voulu que son fils unique n'ait que le meilleur. Et une liaison avec Lily Davidson, la fille de l'une des pires familles du comté, ne faisait pas partie du meilleur. Bon sang… Même si elle l'avait trompé, Lily lui manquait.

— Je sais que tu montais à cheval, reprit Irish. Tu n'aimerais pas pouvoir filer au galop sans t'inquiéter d'être à découvert et de risquer de prendre une balle ?

Trace avait souvent rêvé qu'il montait Black Knight, l'étalon noir qu'il avait élevé depuis sa naissance et dressé pour le cutting[1]. Pour autant qu'il sache, l'étalon était

1. Le cutting est une discipline d'équitation western, pendant laquelle le cavalier et sa monture sont jugés sur leur habileté à séparer un bovin du reste de son troupeau.

toujours vivant et en bonne santé. Sinon, sa mère l'en aurait informé, dans l'une des longues lettres manuscrites qu'il recevait d'elle, chaque mois.

— Oui, cette vie me manque, avoua-t-il. Mais pas assez pour que je quitte l'armée.

S'il quittait l'armée, il devrait retourner au Texas. À la maison. Et son père pourrait voir son retour comme un échec ou une marque de faiblesse.

S'il s'était engagé, c'était pour prouver à son père qu'il pouvait prendre des décisions seul et réussir sans l'aide de la fortune familiale. Il savait qu'il ne gagnerait jamais autant d'argent que son père, mais il était riche d'amitiés, d'honneur et d'intégrité. Il faisait partie de quelque chose de bien plus grand que le Whiskey Gulch Ranch. Il avait pour mission de protéger toute une nation. Qu'aurait-il pu offrir de plus grand à son pays ?

Malheureusement, son père avait vu sa décision de s'engager d'un mauvais œil. Mais c'était sans importance. Onze ans avaient passé, pendant lesquels il ne lui avait parlé que quand il rentrait à la maison pour ses permissions.

Au fil des années, James Travis s'était adouci. Il ne masquait plus la fierté que lui inspirait la réussite de son fils. Mais il s'attendait toujours à ce que Trace rentre à la maison une fois satisfait son « besoin de faire ses preuves ».

Comme il était fils unique, tout le monde s'attendait à ce qu'il prenne le relais quand son père déciderait de se retirer. Depuis sa plus tendre enfance, on l'avait préparé pour le jour où il dirigerait le ranch et gérerait les affaires de la famille Travis. Le problème, c'était que son père ne passerait jamais le relais. Il continuerait à s'occuper de tout jusqu'au jour de sa mort, et Trace le savait.

Il s'arracha au passé pour se concentrer sur leur mission.

— Il commence à faire nuit. Notre petite fête peut commencer. Nous arrivons et nous repartons. Rien de plus.

— Exactement, renchérit Irish. Nous récupérons le message et nous rentrons à la base.

Levi glissa son fusil sous les replis de son déguisement.

— Je vous fais signe.

Il descendit de la camionnette et s'engagea dans la ruelle, en quête d'une position qui lui permettrait de surplomber la zone d'opération. Trace décida de lui accorder dix minutes. Quand le temps fut écoulé, et comme Levi ne les contactait pas, il approcha ses lèvres du micro de sa radio.

— Levi, au rapport.

— Je suis en position, au sommet du bâtiment, au-dessus de la zone, répondit Levi. Rien à signaler.

— On y va.

D'un geste, Trace ordonna à Irish d'avancer vers la ruelle que les services de renseignement leur avaient indiquée, et où ils étaient censés récupérer un message dans une boîte métallique. D'après les Renseignements, le message avait été laissé par un taliban repenti.

Ce n'était pas la première fois qu'ils étaient chargés de ce genre de mission. Une fois sur deux, elles se déroulaient sans accroc. Trace pria pour que cette mission-ci appartienne à la catégorie des missions ennuyeuses. Irish méritait un non-événement en guise de cadeau d'adieu.

Quand il voulut s'engager dans la ruelle pour gagner sa position, Irish le prit par le bras.

— Pas question. Je passe en premier.

— Non, j'y vais, dit-il en essayant de se dégager.

— Ce n'est pas le mode opératoire, et tu le sais très bien.

Irish fit quelques pas dans la pénombre, l'arme à la main.

— Devant toi, à trois mètres, dit Levi.

Ils couvraient tous les deux Irish, mais sans savoir ce qui se trouvait réellement dans la boîte. Trace retint son souffle, et une sensation désagréable se nicha au creux de son ventre.

Quelque chose clochait. Personne n'avait essayé de les arrêter. D'ailleurs, les rues étaient désertes. Aucun garde endormi à son poste, aucun enfant pleurant dans la nuit. Rien. Pas un son.

— C'est louche, murmura-t-il dans son micro.

Irish s'arrêta.

— J'y suis presque.

— Attends, dit Trace.

— Je ne vois rien de là-haut, reporta Levi.

— C'est bien ce qui m'inquiète, lâcha Trace. C'est trop calme.

— Je n'aime pas ça non plus, avoua Levi. Qu'est-ce que tu veux faire ?

— Annuler la mission, dit Trace. Reviens, Irish.

— Mec, je n'ai qu'à tendre le bras pour attraper la boîte. Et si le message est important ?

— Il l'est moins que ta vie, déclara Trace. Mission annulée.

Irish hésita longuement avant de soupirer.

— C'est toi le chef.

Il se retourna. Il n'avait fait que quelques pas quand une violente explosion ébranla le sol.

Trace fut projeté en arrière et atterrit rudement sur le dos. Pendant un instant, il lutta pour reprendre son souffle. Il entendait une voix, mais la sonnerie assourdissante qui résonnait dans ses oreilles l'empêchait de distinguer les mots qu'elle prononçait. Il s'assit sur le sol et secoua la tête. Son arme était par terre, à côté de lui.

Bon sang, que s'était-il passé ?

Ce ne fut qu'alors qu'il vit Irish étendu dans la ruelle, face contre terre. Le cœur battant la chamade, il se releva, attrapa son arme et se précipita vers son ami. Pris de vertige, il tituba avant de s'effondrer à genoux.

— Irish ! appela-t-il.

Sa voix lui semblait venir de l'autre bout d'un très long tunnel. Il se releva et força ses jambes à le porter jusqu'à son équipier.

— Trace ? Irish ? appela la voix de Levi à son oreille.

— Je vais bien, répondit-il en tâtant le pouls de son ami. Irish a été touché, mais il est en vie.

— Alors, fais-le sortir de là, dit Levi d'une voix pressante. On a de la compagnie.

Trace secoua doucement Irish.

— Hé, mon vieux, la sieste est finie. Il faut sortir de là. Un hélico t'attend pour t'emmener jusqu'à l'aéroport de Bagram. Tu rentres chez toi.

— Tu n'as pas le temps d'essayer de le convaincre, reprit Levi. Filez. Je vois deux camions remplis de militants lourdement armés, à moins d'un pâté de maisons. Merde. Ils descendent des camions et viennent vers nous.

Trace posa son arme et celle d'Irish contre un mur, attrapa l'un des bras de son ami et le cala en travers de ses épaules. En ployant sous son fardeau, il récupéra leurs armes et regagna le bout de la ruelle, mi-marchant, mi-courant. Levi les rejoignit. Il lui prit les deux armes et les passa à son épaule.

— Vas-y, dit-il. Je vous couvre.

Trace ne pouvait ni se protéger ni protéger Irish. Il ne lui restait plus qu'à emmener son ami loin d'ici aussi vite que possible, en laissant à Levi le soin de repousser, seul, une douzaine de miliciens.

Il se dirigea vers le point d'extraction en priant pour qu'Irish ne soit pas grièvement blessé.

Quand il passa les dernières bâtisses faites de pierre, de bois et de boue séchée, il était hors d'haleine et ses épaules le lançaient. Mais il ne pouvait pas s'arrêter avant d'avoir atteint l'hélicoptère.

Cinq opérateurs de la Delta Force coururent vers lui. Comme l'un d'eux approchait pour l'aider, il grogna :

— Ne t'occupe pas de nous. J'emmène Irish jusqu'à l'hélico. Va plutôt aider Levi. Il est cerné par l'ennemi.

Quelques instants plus tard, des rafales de tirs automatiques illuminaient la nuit. Trace poursuivit son chemin sans se retourner. Les autres hommes le rejoindraient dès qu'ils auraient la situation sous contrôle.

Les jambes tremblantes, les poumons en feu, il tituba jusqu'à l'hélicoptère. Le copilote et les secouristes enlevèrent Irish de ses épaules et l'allongèrent sur le plancher du Black Hawk.

— Donnez-moi une arme ! cria Trace.

Le secouriste lui lança son M4A1 avant de se pencher sur Irish.

Trace repartit en courant vers la petite ville où crépitaient des coups de feu. Il n'avait pas encore atteint les murailles de la ville quand il vit trois des opérateurs courir vers lui.

— Où est Levi ? cria-t-il.

— Beck et Jimmy le couvrent, répondit le sergent Parker Shaw en s'arrêtant à côté de lui. Nous avons demandé des frappes aériennes. Il faut que nous partions.

— Pas sans Levi, Beck et Jimmy.

— Ce sont eux qui nous ont dit de partir, répondit Parker. Levi a failli me tirer dessus.

— On ne partira pas sans eux.

Il s'élança vers le village et Parker lui emboîta le pas. La fusillade faisait toujours rage.

Soudain, une violente explosion projeta Trace en arrière. Il tituba, mais reprit son équilibre et repartit de l'avant. Parker, qui était tombé, se releva et le suivit.

— Je vois du mouvement devant nous, dit Trace.

Deux hommes, qui en soutenaient un troisième, couraient dans leur direction en tirant des rafales par-dessus leur épaule. Plusieurs ennemis apparurent au sommet des murailles.

— Ils ont besoin d'aide.

Ils étaient encore à deux cents mètres du village. Trace mit un genou en terre, visa l'un des combattants et fit feu. L'homme s'effondra et tomba dans le vide.

Une nouvelle explosion secoua le sol quand une bombe, lancée par le drone que pilotait un jeune lieutenant des forces aériennes, depuis une base du Nevada, tomba sur le village.

Les trois soldats de la Delta Force titubèrent mais poursuivirent leur progression.

Parker se laissa tomber auprès de Trace, et les deux derniers opérateurs les rejoignirent pour former un tir de barrage afin de couvrir Jimmy, Beck et Levi jusqu'à ce qu'ils soient montés dans l'hélico qui devait les exfiltrer.

L'ennemi avait cessé de riposter. Soit les combattants étaient morts, soit ils s'étaient repliés.

— Montez dans l'hélico, dit Trace. Je vous couvre.

— Je ne pars pas sans toi, répliqua Parker. Les autres… Allez-y !

— Nous partirons ensemble, ou nous ne partirons pas du tout, rétorqua Jimmy.

Mis en minorité, Trace se releva et courut à reculons jusqu'au Black Hawk. Il fut le dernier à monter à bord. Il prit position auprès de la porte, son arme pointée vers le village, au cas où l'ennemi prendrait l'hélicoptère pour cible au moment du décollage.

L'hélicoptère s'éleva sans encombre dans les airs, mais ce ne fut que quand ils s'éloignèrent enfin du village que Trace cessa de retenir son souffle et se tourna vers ses amis.

Le médecin qui s'occupait d'Irish avait chargé Parker de comprimer une blessure pendant qu'il lui posait une intraveineuse. Quand il eut fini, il se tourna vers Levi.

— Ne t'occupe pas de moi, dit Levi. C'est juste une égratignure.

— Oui, c'est ça, grommela Beck, qui enveloppait sa jambe de gaze. Ce type saigne comme un bœuf.

— Je survivrai, dit Levi. Grâce à vous, les gars.

Le médecin demanda au pilote d'appeler la base afin que l'équipe médicale soit prête à prendre les blessés en charge. Quand ils atterrirent, une ambulance militaire les attendait. Levi et Irish furent installés à l'arrière.

— Je veux aller avec eux, dit Trace à l'ambulancier.

— Pas assez de place, rétorqua-t-il en refermant les portes.

Il cherchait du regard un moyen de gagner l'hôpital quand un capitaine s'approcha de lui.

— Êtes-vous l'adjudant Wade Travis ?

— C'est bien moi, oui.

— Je suis le capitaine Williamson. Votre commandant m'a demandé de m'entretenir personnellement avec vous.

— Est-ce que je devrais vous connaître ?

— Non, monsieur. Je suis aumônier.

La tension le gagna.

— Nos gars vont s'en sortir. Les médecins s'occupent d'eux.

— Je ne suis pas ici pour vos camarades, répondit le capitaine Williamson.

Le reste de l'unité de Trace fit aussitôt cercle autour de lui. Quand un aumônier venait vous parler, ce n'était jamais pour vous annoncer une bonne nouvelle.

— Pouvons-nous parler en privé ? demanda l'aumônier.

Le cœur de Trace se serra dans sa poitrine. Il carra les épaules et releva le menton.

— Mon unité peut tout entendre.

L'aumônier regarda Trace, puis les hommes qui l'entouraient.

— Vous êtes certain ?

Il hocha la tête et se prépara au pire.

— Que voulez-vous me dire, capitaine Williamson ?

L'aumônier posa les yeux sur le papier qu'il tenait à la main, inspira profondément et le regarda.

— Votre père a été assassiné il y a deux jours. Vous êtes renvoyé chez vous.

2

— Il y a un pick-up qui approche, annonça Lily.

Elle entra dans la cuisine du ranch par la porte arrière. Rosalynn Travis, qui était en train de préparer un ragoût de bœuf, répondit :

— Espérons que le postulant sait distinguer la tête d'une vache de sa croupe.

Elle éteignit la cuisinière, s'essuya les mains sur un torchon et se dirigea vers la porte d'entrée. Lily attrapa le fusil posé dans un coin de la cuisine et suivit sa patronne.

Un homme aux cheveux gras et ébouriffés, vêtu d'un jean sale, descendit d'un pick-up usagé et avança vers la terrasse. Lily sortit et lança :

— Stop. Vous êtes assez près.

L'homme s'arrêta. Rosalynn croisa les bras et demanda :

— Que voulez-vous ?

— Je m'appelle Randy Sweeney. J'ai vu la petite annonce à la coopérative et je viens pour le poste.

Il sourit, exposant des dents noires et irrégulières.

— Je suis bien sur le Whiskey Gulch Ranch, n'est-ce pas ? Et vous cherchez un ouvrier agricole ?

Rosalynn hocha la tête.

— Je suis venu postuler, reprit l'homme en glissant les pouces dans les passants de son jean.

Rosalynn jeta un regard vers Lily.

— Avez-vous travaillé sur un ranch dernièrement ?

— Pour tout dire, m'dame, je n'ai jamais vraiment travaillé sur un ranch, mais ça ne doit pas être bien compliqué. On mène les vaches, on monte à cheval et on est nourri par de jolies filles.

Il posa un regard entendu sur Lily.

— Je suis navrée, monsieur, mais l'annonce était claire, répondit Rosalynn. Nous cherchons des hommes avec de l'expérience. Nous n'avons pas le temps de former un ouvrier.

Au lieu de tourner les talons, Randy avança d'un pas.

— Mesdames, il vous faut un homme sur ce ranch. Je suis plutôt utile en cas de bagarre.

— Nous n'avons pas l'intention de nous bagarrer, répondit Lily.

— Vous êtes bien la fille de Brandy Jean et Marcus Davidson ? demanda l'homme avec un sourire narquois.

Les doigts de Lily se crispèrent sur le fusil.

— En effet, répondit-elle sèchement. Bien que cela ne vous regarde pas.

— J'ai appris que vous étiez venue travailler pour les Travis, dit l'homme en se grattant le menton. Je ne pensais pas que vous seriez restée après la mort du vieux Travis. J'aurais cru que sa moitié vous aurait envoyée balader.

Lily releva le canon de son arme et Rosalynn toisa l'homme avec dédain.

— Je ne suis la moitié de rien, et Lily ne partira pas. Elle m'a bien plus aidée que tous ces bons à rien d'ouvriers agricoles qui nous ont laissées tomber à la mort de mon mari.

— Et maintenant, vous feriez mieux de partir avant que je vous truffe de plomb, ajouta Lily.

Elle épaula le fusil et mit l'homme qui se tenait devant elle en joue. Randy secoua la tête.

— Vous n'allez pas presser la détente de ce fusil. Le recul vous ferait tomber sur votre joli petit derrière.

Elle pointa le fusil sur la gauche de l'homme et appuya sur la détente. Le recul ébranla son épaule, mais elle ne tomba pas.

— Comme vous le voyez, je peux presser la détente sans tomber, dit-elle. Et je n'hésiterai pas à le faire. Et maintenant, partez. Tout de suite.

Il fronça les sourcils.

— Ce n'est pas parce que vous avez un fusil que vous êtes la reine du monde.

— Vraiment ? Pourtant, vous vous croyez plus fort et plus malin que moi, uniquement parce que vous êtes un homme et que je suis une femme.

Randy gloussa de rire.

— Vous ne ressemblez pas à votre maman, on dirait.

— Pas du tout, riposta-t-elle.

— C'est bien dommage.

Il remonta son jean et reprit :

— Deux femmes… seules sur un ranch… Vous cherchez les ennuis.

— Non, nous cherchons un ouvrier agricole, homme ou femme, qui connaît le métier – ce qui n'est pas votre cas. Vous avez trois secondes pour remonter dans votre pick-up.

Randy fit un nouveau pas vers elle.

— Sinon quoi ?

Lily tira un autre coup de feu, sortit des cartouches de sa poche et rechargea rapidement son fusil.

— Le prochain sera pour vous.

Elle épaula le fusil et le pointa vers le ventre de l'homme, avant d'abaisser légèrement le canon.

— Vous voulez me tester ? Vous pensez que ce sont des paroles en l'air ?

Les yeux étrécis, Randy lui tint tête pendant quelques instants avant de capituler.

— Vous le regretterez.

— Ce que je regrette, c'est d'avoir gâché deux cartouches, répliqua-t-elle. Je n'en gaspillerai pas une de plus.

— Je m'en vais, mais un ranch de cette taille ne peut pas être dirigé par deux femmes. Vous n'y arriverez pas.

— Peut-être, mais nous n'aurons pas à supporter la présence d'un homme qui ne connaît rien à ce travail, rétorqua Rosalynn. Rentrez chez vous, monsieur Sweeney.

Il se tournait vers son pick-up quand un autre véhicule apparut au loin, soulevant un nuage de poussière.

— Génial, marmonna Lily. Encore un bon à rien qui vient postuler.

Comme Randy hésitait, la main posée sur la poignée de la portière de son pick-up, elle lui lança :

— J'ai le doigt qui commence à me démanger.

— Je m'en vais, je m'en vais.

Il ouvrit la portière, mais sans remonter dans son véhicule. Il suivait des yeux le pick-up qui approchait.

Lily aurait préféré qu'il ait quitté la propriété avant qu'elle doive affronter un nouveau postulant, mais il ne semblait pas vouloir partir – et il se tenait derrière sa portière, à l'abri d'un éventuel coup de fusil.

Un second pick-up, d'un noir étincelant, s'arrêta à côté du premier. Le soleil qui se reflétait sur le pare-brise empêchait Lily de voir le visage du conducteur.

— Qui que ce soit, grommela-t-elle en dirigeant son arme vers le véhicule, il va savoir à quoi s'en tenir.

Mais dès qu'un homme aux cheveux noirs et aux yeux bleus en descendit, ses poumons se vidèrent de tout air. Son cœur cessa de battre pendant trois bonnes secondes avant de s'emballer, faisant courir un sang chargé d'adrénaline dans ses veines.

La dernière personne qu'elle s'était attendue à voir – et celle qu'elle avait le moins envie de voir – avança vers elles à grands pas.

— Voilà un drôle d'accueil pour un homme qui n'est pas revenu chez lui depuis plus d'un an.

— Pose ce fusil, ordonna Rosalynn. Mon garçon est à la maison.

Elle dévala les marches et serra son fils dans ses bras avec une telle fougue qu'il dut en avoir le souffle coupé. Quant à Lily, elle avait oublié comment respirer – et braquait toujours son fusil sur l'homme et sa mère.

— Qu'est-ce qu'elle fait ici ? demanda Trace.

Sa mère tourna la tête, les joues ruisselantes de larmes.

— Lily travaille pour moi.

— Depuis quand ?

Elle abaissa enfin son fusil. Bien qu'elle soit balayée par un torrent de souvenirs et d'émotions, elle retrouva sa voix pour répondre, d'un ton acerbe :

— Depuis ta dernière visite, il y a plus d'un an.

— Elle a commencé comme femme de ménage, expliqua Rosalynn, mais elle est maintenant ma seule employée.

— Que sont devenus les autres ? demanda-t-il.

Il quitta sa mère des yeux pour dévisager Lily, les yeux étrécis. Elle lui rendit son regard, les lèvres déformées par une moue dédaigneuse.

— Quand ton père a été assassiné, ils ont eu la frousse. Ils sont partis de peur que l'assassin s'en prenne à eux.

— Quelles ordures, dit Trace. Et qui est cet homme ?

— Personne, répondit Lily en regardant Randy de travers. Il s'apprêtait à partir.

Randy quitta son abri de fortune.

— Est-ce que j'ai bien entendu ? Vous êtes le fils de James Travis ?

— En effet.

L'homme avança, la main tendue.

— Randy Sweeney. J'ai vu sur une annonce que vous cherchiez des ouvriers agricoles. C'est peut-être à vous que je dois parler.

Trace ignora la main de l'homme.

— Le ranch appartient à ma mère. C'est elle qui décide.

Randy laissa retomber sa main. Lily serra les mâchoires et crispa les doigts sur son fusil.

— Et elle lui a dit de partir, ajouta-t-elle.

— Pas exactement, contredit Randy en la menaçant du doigt. C'est vous qui m'avez dit de partir.

— Si c'est tout ce qui vous retient, riposta Rosalynn avec un sourire glacial, je vais être très claire. Vous vous trouvez sur une propriété privée. Si vous ne partez pas sur-le-champ, j'appelle le shérif.

L'homme regarda Trace, comme s'il attendait qu'il contredise sa mère.

— Vous avez entendu ma mère, dit-il. Partez… et ne revenez pas. La famille Travis n'aime pas les imbéciles.

Randy prit la mouche.

— Vous me traitez d'imbécile ?

— Qui se sent morveux…

Il laissa sa phrase en suspens. Comme Randy ne faisait toujours pas mine de partir, il avança d'un pas, les poings serrés. L'homme recula.

— Certaines personnes disent que M. Travis connaissait son assassin, dit-il en décochant un regard à Rosalynn. La plupart des crimes sont commis par des proches de la victime. Des membres de leur famille, le plus souvent.

— Pas dans ce cas, dit Lily entre ses dents. Mais nous retrouverons l'assassin de M. Travis. Et nous le ferons payer.

— Ne me regardez pas comme ça, s'exclama Randy en levant les mains. Ce n'est pas moi. Je cherchais seulement un travail. C'est assez difficile à trouver, dans le coin.

— Pas pour ceux qui travaillent dur, répliqua Rosalynn.

— Êtes-vous en train de dire que ce n'est pas mon cas ? demanda Randy avec un sourire en coin.

— Ce qu'elle vous dit, c'est de quitter sa propriété, intervint Trace en faisant un pas vers lui. Remontez dans votre pick-up. À moins que vous préfériez que je vous aide ?

— Je m'en vais.

Randy se hâta de grimper sur son siège, claqua sa portière et démarra. Il fit demi-tour et s'engagea sur la route gravillonnée, dans un panache de poussière.

Lily relâcha sa prise sur le fusil, mais tout son corps demeurait tendu à l'extrême. Elle était face au seul homme qu'elle ne pouvait pas avoir, celui qu'elle aimait depuis la première fois qu'elle l'avait vu, à l'école primaire, celui auquel elle avait dû mentir pour qu'il s'en aille. Et si elle en jugeait par l'expression qu'elle lisait sur ce visage qu'elle aimait tant, il n'avait pas oublié ce qu'elle lui avait fait onze ans plus tôt.

Elle carra les épaules. Il fallait que Trace la déteste. Ils n'étaient plus des enfants, ni des adolescents. Ils étaient adultes, maintenant, et ne pouvaient plus faire fi de la réalité : ils ne venaient pas du même milieu. Jamais elle ne pourrait entrer dans son monde, elle, la fille de criminels.

D'ailleurs, plus jamais il ne voudrait d'elle.

Elle soupira et se tourna vers la maison où elle vivait depuis qu'elle avait commencé à travailler pour les Travis.

— Je vais aller faire mes valises.

— Pas question, lança Rosalynn en lui barrant le chemin. Je ne veux pas te perdre, Lily. S'il te plaît, reste.

Ensuite, elle se tourna vers son fils et le menaça du doigt.

— Quant à toi, sache que je ne m'en serais jamais sortie sans cette jeune femme. C'est un vrai don du ciel.

— Je ne lui demande pas de partir, se défendit Trace. Elle est adulte, elle peut décider seule de ce qu'elle veut faire. Mais je ne vois pas pourquoi elle vit ici alors qu'elle a un mari qui l'attend à la maison.

Lily se crispa. Avant qu'elle ait pu dire un mot, Rosalynn intervint.

— Un mari ? Quel mari ? demanda-t-elle en se tournant vers Lily. Est-ce que Trace sait quelque chose que j'ignore ?

Lily secoua la tête. Elle avait toujours été franche avec Rosalynn, parce qu'elle refusait de faire souffrir la mère de l'homme qu'elle aimait. Mais elle ne lui avait rien avoué des mensonges auxquels elle avait eu recours pour éloigner Trace du Whiskey Gulch Ranch.

— Je ne sais pas de quoi il parle. Je ne suis pas mariée. Je ne l'ai jamais été.

Elle le regarda droit dans les yeux, le mettant au défi de répéter ce mensonge vieux de onze ans.

Trace se sentait bouillir. Il pinça les lèvres et serra les dents pour se retenir d'exprimer sa colère par des mots. Il ne voulais pas démolir Lily devant sa mère, qui semblait tenir la jeune femme pour un ange incarné.

Il attendrait le moment propice pour lui demander des explications en tête à tête. Pas mariée ? Une partie de lui se réjouissait de cette nouvelle, mais l'autre écumait de rage. Onze ans plus tôt, elle l'avait accusé d'être trop collet monté pour elle et lui avait avoué qu'elle était amoureuse de Matt Hennessey. Bon sang, pourquoi ne parvenait-il pas à tourner la page ? Ils n'étaient que des adolescents, à l'époque.

Lily releva le menton, lui décocha un dernier regard et se tourna vers sa mère.

— La maison funéraire va bientôt fermer. Nous ferions mieux de nous dépêcher.

— Tu as raison, dit Rosalynn.

Elle tendit le bras et tapota la joue de Trace.

— Je suis désolée que tu aies dû rentrer en de telles circonstances. Ton père était tellement fier de ce que tu avais accompli dans l'armée. Il ne t'en a jamais rien dit, mais il se vantait auprès de tout le monde.

Ses yeux étincelaient de larmes contenues.

— Je suis heureuse que tu sois rentré à temps pour son enterrement.

Le ventre de Trace se noua de plus belle.

— Je regrette de ne pas avoir été là. Peut-être qu'il ne lui serait rien arrivé.

Sa mère ouvrit de grands yeux.

— Tu aurais tout aussi bien pu être tué en même temps que lui… Nous ne le saurons jamais. Ce qui est fait est fait. Maintenant, nous ne pouvons qu'aller de l'avant.

Elle ferma les yeux, inspira profondément et souffla. Quand elle rouvrit les yeux, elle était redevenue la mère dont il se souvenait, la femme qui allait toujours de l'avant, même quand les temps étaient durs.

— Je dois rencontrer l'entrepreneur de pompes funèbres. Tu n'es pas obligé de m'accompagner. Je ne te jugerai pas.

Sa poitrine se serra. Rien ne pouvait ramener son père, mais il pouvait soutenir sa mère dans cette épreuve.

— Je t'accompagne.

— C'est moi qui conduis, dit Lily.

— Hors de…, commença-t-il.

— Trace, coupa sa mère, avec l'expression sévère qu'elle lui réservait quand il était enfant. C'est Lily qui me conduit depuis la mort de ton père. Je me sens en sécurité quand elle est au volant. Laisse-la faire.

Il serra les poings mais ne protesta pas. Sa mère en avait déjà assez enduré.

— Très bien.

— En plus, nous pourrons en profiter pour parler.
— Quel véhicule prenez-vous ?
— Le SUV de ta mère, répondit Lily.
Sa mère se hâta d'expliquer :
— Je ne peux pas monter dans le pick-up. Il faisait tellement partie de lui.
Trace secoua la tête.
— Tout ce que je sais, c'est que papa a été assassiné. On ne m'a donné aucun détail.
— Je te mettrai au courant en chemin, dit Lily. Il faut vraiment que nous partions.
— Merci, ma chérie, dit Rosalynn en lui tapotant le bras. J'avoue que je suis un peu désorientée, ces derniers temps.
— C'est bien compréhensible.
Lily la serra rapidement dans ses bras.
— Vous avez subi un énorme choc. Ce n'est jamais facile de perdre quelqu'un qu'on aime.
Les deux femmes entrèrent dans la cuisine, où Lily s'arrêta le temps de poser un couvercle sur une marmite. Ensuite, elle rejoignit Rosalynn dans l'entrée, où un costume, une chemise blanche et une cravate bleu marine étaient accrochés à une patère. Rosalynn prit le costume, le pressa contre sa poitrine et partit d'un petit rire qui se mua en sanglot.
— Il était tellement à cheval sur les traditions qu'il aurait voulu être enterré en costume, même s'il a toujours détesté en porter un.
Le ventre de Trace se noua. Rien ne pouvait mieux lui faire prendre conscience de la tragédie qui venait de se dérouler que le chagrin de sa mère. Elle avait été mariée à son père pendant presque quarante ans. Il tendit la main.
— Tu veux que je le prenne ?
— Non. Je m'en charge.

Lily attrapa le sac à main de Rosalynn, puis le sien, et se dirigea vers la porte en frôlant Trace. Un parfum familier flotta jusqu'à ses narines. Vraiment ? Elle utilisait donc toujours le même shampooing, parfumé au chèvrefeuille ?

Aussitôt, une myriade d'émotions et d'images se pressèrent dans son esprit. Il revit Lily, allongée sur le sol, la tête sur ses genoux, le regard perdu dans les étoiles innombrables qui parsemaient le ciel du Texas. À mi-voix, elle nommait chaque constellation, chaque planète. Et quand une étoile filante traversait le ciel, elle fermait les yeux.

Alors, il se penchait, l'embrassait sur les lèvres et elle partait d'un rire doux.

— Mon vœu a été exaucé, disait-elle.

— Et quel était ce vœu ? demandait-il.

À chaque fois, elle répondait :

— De recevoir un baiser de l'homme que j'aime.

Ce n'était là qu'un souvenir parmi tant d'autres, qu'il avait relégués au fond de son esprit pour ne pas devenir fou. Il avait aimé Lily Davidson plus que la vie elle-même. Quand elle l'avait quitté pour le mauvais garçon de la ville, Matt Hennessey, son cœur avait volé en un million d'éclats. Cette rupture avait achevé de le convaincre de quitter la maison pour s'engager dans l'armée.

Il caressait ce projet depuis sa sortie du lycée, quand son père avait commencé à vouloir régenter sa vie. James Travis voulait que son fils reste sur le Whiskey Gulch Ranch et endosse sa part de responsabilités, mais sans rien déléguer de son autorité. Jamais il n'avait été capable de se mettre en retrait et de laisser Trace prendre des décisions.

Après plusieurs escarmouches, Trace et son père s'étaient violemment disputés. James Travis ne pensait pas son fils digne de diriger le ranch, et il n'aimait pas la fille qu'il avait choisie pour petite amie. Il avait toujours respecté la loi, tandis que Lily était issue d'une famille de délinquants. Il avait prédit qu'elle entraînerait Trace vers le bas et l'empêcherait de faire ce qu'il voulait de sa vie. Enfin, il avait posé un ultimatum : si Trace ne quittait pas Lily pour s'occuper du ranch, il faudrait qu'il parte de la maison et trouve un autre moyen de gagner sa vie.

C'était cette dispute qui avait fait comprendre à Trace qu'il avait besoin de liberté pour devenir l'homme que son père le pensait incapable de devenir. Si son père était aux commandes, jamais il n'y parviendrait. Pour gagner son respect, il devait réussir, et réussir seul. Ce jour-là, il avait rencontré un recruteur de l'armée, signé les documents, et prêté serment d'allégeance.

Une semaine avant de partir, il avait demandé à Lily de l'attendre. Il lui avait expliqué qu'il devait passer la visite médicale, fournir les documents requis en vue de l'enquête de sécurité, et se soumettre à toute une batterie d'évaluations physiques et psychologiques. Ensuite, il ferait ses classes.

Les enquêteurs qui procédaient à l'examen des antécédents pouvaient venir dans sa ville natale et interroger les personnes de son entourage pour estimer si, oui ou non, on pouvait se fier à lui pour protéger le pays.

C'était là que Lily lui avait asséné la nouvelle qui lui avait arraché le cœur. Elle n'avait pas l'intention d'attendre son retour. Elle était tombée amoureuse de Matt Hennessey et voulait se marier avec lui le plus tôt possible.

La nouvelle lui avait fait l'effet d'un coup de poing en plein ventre. La femme qu'il aimait ne l'aimait donc pas autant qu'il l'avait cru. Il n'aurait plus aucune raison de revenir à Whiskey Gulch, sauf pour rendre visite à sa mère.

Il s'était engagé pour prouver à son cher vieux père qu'il n'avait pas besoin de son argent pour survivre. Oui, Trace Travis pouvait se débrouiller seul. Et puisqu'il était seul, il refusait qu'une femme ajoute à ses souffrances. Au cours des onze années qui avaient suivi la rupture, il lui était arrivé de rencontrer des femmes. Mais, à chaque fois, il se souvenait de Lily et les jugeait non sur ce qu'elles n'avaient jamais fait, mais sur ce qu'elles étaient susceptibles de faire un jour.

Il ne voulait pas subir une nouvelle fois ce genre de choc. Et il ne voulait pas qu'il lui revienne sans cesse en mémoire, ce qui ne manquerait pas d'arriver si Lily continuait à vivre et à travailler sur le Whiskey Gulch Ranch.

Il aida sa mère à monter à l'avant du SUV et s'installa sur la banquette arrière, derrière elle, de façon à pouvoir observer Lily sans qu'elle s'en aperçoive.

Elle n'avait pas beaucoup changé depuis leur adolescence, même si son visage s'était affiné et qu'une natte avait remplacé la queue-de-cheval qu'il aimait tant tirer. Elle était aussi belle que sa mère. Heureusement, elle n'avait pas suivi ses traces.

Brandy Jean Davidson avait épousé Marcus Davidson à l'âge de seize ans. Quand elle était tombée enceinte de Lily, ses parents l'avaient mise à la porte, de peur que leur fille aînée exerce une mauvaise influence sur leurs trois cadets. Le mariage n'avait pas duré bien longtemps. Marcus n'était pas prêt à se ranger. Il avait quitté la ville de Whiskey Gulch, Texas, pour la Californie, au sein d'une bande de motards.

Sans aucun diplôme ni expérience professionnelle, Brandy Jean avait commencé à travailler dans un club de strip-tease. Elle vivait dans une caravane miteuse, aux confins de la ville, et gagnait à peine assez d'argent pour subvenir à ses besoins et à ceux de Lily… Jusqu'au jour où elle avait découvert qu'elle pouvait gagner bien plus en dehors de la scène. Lily n'avait pas eu la meilleure des vies de famille, mais sa mère avait toujours essayé de la tenir à l'écart de ses activités, avec plus ou moins de réussite.

Quand le SUV eut quitté l'allée pour s'engager sur la route, sa mère dit :

— On a tiré sur ton père alors qu'il inspectait les clôtures.

Sa voix se brisa. Lily tendit le bras et lui pressa la main.

— Est-ce que vous voulez que je termine ?

Sa mère acquiesça et épongea une larme qui roulait sur sa joue.

— Oui, s'il te plaît.

— Ton père a été touché plusieurs fois, dit-elle. Il est tombé de sa selle. Mais son pied est resté coincé dans l'étrier et le cheval l'a traîné jusqu'à la grange. D'après le shérif, au moins trois balles l'ont atteint. Ce n'était pas un accident.

— Il n'est resté conscient que quelques secondes avant de s'évanouir, enchaîna sa mère. Son pied était toujours coincé.

Sa voix se brisa de nouveau. En regardant droit devant elle, elle reprit :

— Je n'ai pas pu le dégager. J'ai dû attendre que Roy revienne de la ville. L'ambulance est arrivée au même moment. Mais il était trop tard.

Roy Gibson était le contremaître qui était venu travailler pour son père après son départ pour l'armée.

Sa mère secoua la tête et se tourna vers lui.

— Ton père a été tué de sang-froid. L'assassin ne lui a laissé aucune chance.

Il écumait de rage. Même s'il s'était souvent opposé à son père, jamais il n'avait cessé de l'aimer. Il desserra le poing et posa la main sur l'épaule de sa mère.

— Je trouverai le salaud qui l'a tué, promit-il.

— *Nous* le trouverons, rectifia Lily.

Trop furieux pour se disputer avec elle, Trace ne releva pas sa remarque. Sa mère posa la main sur la sienne et dit :

— Ça ne le ramènera pas.

— Non, mais l'assassin ne peut pas rester impuni, dit Lily.

— Il doit être arrêté, renchérit Trace. Il a tué une fois. Si rien n'est fait, qu'est-ce qui l'empêchera de tuer de nouveau ?

— [illegible]

[illegible]

[illegible]

[illegible]

[illegible] pour [illegible]

[illegible]

Ça ne le ramène pas.

[illegible]

— [illegible]

3

Oui, qu'est-ce qui empêcherait le tueur de frapper de nouveau ? Cette pensée obsédait Lily, mêlée à une autre : Trace était assis juste derrière elle. Elle n'avait jamais imaginé être un jour de nouveau aussi près de lui. Leur rupture avait été tellement brutale qu'elle n'aurait pas pensé qu'il accepterait un jour de partager le même espace qu'elle.

Mais la mort de son père semblait avoir effacé tout désir de vengeance. D'ailleurs, pourquoi aurait-il prêté attention à elle ? En onze ans, il devait l'avoir oubliée, et lui avoir pardonné.

Mais elle n'avait pas oublié qu'il était le seul homme qu'elle ait jamais aimé. Aucun autre n'avait pu le remplacer. Et, d'après ce qu'elle avait pu apprendre de Rosalynn sans lui poser de questions trop directes, il ne s'était jamais marié et n'avait présenté aucune autre femme à ses parents.

— Où sont passés tous les ouvriers qui travaillaient pour papa ? demanda Trace. Et où est Roy, le contremaître ?

— Depuis que ton père a été assassiné, répondit-elle, la rumeur court en ville que toute personne ayant un lien avec le Whiskey Gulch Ranch pourrait être assassinée elle aussi.

— Roy a eu un accident il y a quelques jours, enchaîna Rosalynn. Ses freins ont lâché et il est allé s'encastrer dans un arbre pour éviter une famille en monospace. Il s'est blessé au pied. Il voulait revenir travailler tout de suite, mais je lui ai dit d'attendre au moins une semaine.

Lily prit le relais.

— Après l'accident de Roy, les ouvriers ont tous démissionné. Certains ont dit que leurs familles avaient reçu des menaces.

— Qui s'occupe des animaux ? demanda Trace.

— Nous deux, répondit sa mère. Sans Lily, je ne sais pas comment je me serais débrouillée.

— Jusqu'ici, nous n'avons pu nous occuper que des chevaux, du bétail et des animaux de basse-cour, expliqua-t-elle. Nous ne savons pas ce qu'il se passe plus loin sur les terres. Si quelqu'un a vraiment menacé nos employés, Dieu seul sait ce qu'il peut faire d'autre.

— Dès que nous serons rentrés, j'irai inspecter les clôtures, dit Trace.

— Tu ne peux pas y aller seul, répliqua sa mère. Il faut quelqu'un pour te couvrir.

— Je n'ai pas besoin d'aide. Je travaille mieux quand je n'ai pas à veiller sur quelqu'un.

— Pas question, répliqua Rosalynn. Soit tu emmènes l'une de nous deux, soit tu n'y vas pas du tout.

Lily jeta un regard à Trace dans le rétroviseur et vit qu'il esquissait un sourire. Sa mère lui avait parlé sur le ton qu'elle utilisait jadis. Elle avait toujours refusé qu'il parte sur les terres sans être accompagné par son père ou par un ami. En cas d'accident, il fallait que quelqu'un puisse aller chercher de l'aide.

— Maman, je peux me débrouiller seul, insista-t-il. Et d'ailleurs, si l'une de vous deux vient avec moi, l'autre restera seule et sans protection.

— C'est parce qu'il était seul que ton père a été tué, rétorqua sa mère. Je ne supporterais pas que tu sois la prochaine victime. Hors de question que tu partes seul

— J'irai chercher Roy à l'hôpital demain, intervint Lily. Il pourra rester à la maison avec ta mère pendant que nous inspectons les clôtures ensemble. Elle sera plus en sécurité.

— Je n'ai pas besoin qu'on veille sur moi, dit-il.

— Si tu n'emmènes pas Lily, je l'enverrai te rejoindre, dit Rosalynn d'un ton sans réplique. Et maintenant, arrête de discuter. Tu me donnes mal à la tête.

— D'ailleurs, nous sommes arrivés, ajouta Lily.

Elle se gara dans le parking, sur le côté du bâtiment, et descendit. Trace fit de même et ouvrit la portière de sa mère qui resta assise pendant un long moment, les doigts crispés sur le costume.

Trace lui toucha le bras.

— Si tu préfères rester ici, je m'occuperai de tout.

— Non, répondit-elle en se tournant vers lui. Il faut bien que j'affronte la réalité tôt ou tard.

Elle descendit, en s'appuyant sur le bras de son fils.

Le cœur de Lily se serra. Quand Trace l'avait présentée à ses parents, James Travis avait été très clair : il n'approuvait pas cette relation. Peu après, elle avait appris par des rumeurs qu'elle avait été la cause d'une violente dispute entre les deux hommes. Trace lui avait ensuite annoncé qu'il envisageait de s'engager pour s'éloigner de Whiskey Gulch et de son père.

Jamais elle n'avait voulu séparer Trace de son père. Pour que la dispute s'envenime au point qu'il juge nécessaire de quitter le Whiskey Gulch Ranch, son père devait avoir posé un ultimatum.

Elle comprenait la défiance de James Travis. Personne dans le comté n'ignorait qui elle était. Il était souvent arrivé à Trace de s'interposer entre elle et un garçon qui pensait que son corps était à vendre, comme celui de sa mère. Ce qui lui avait valu une ou deux cicatrices.

Lily lui en avait été reconnaissante, mais elle avait

appris à se défendre seule. Elle avait étudié le krav maga sur Internet et, une fois son permis de conduire obtenu, elle avait pris des leçons d'autodéfense avec un ancien soldat de la Delta Force. Quand Trace l'avait appris, il avait tenu à la conduire lui-même à ses leçons. Son instructeur, l'ancien sergent-major Ketchum – Ketch pour ses élèves – avait produit une forte impression sur lui. Aussi n'avait-elle pas été surprise d'apprendre qu'il était entré dans la Delta Force.

Rosalynn entra la première dans la maison funéraire, au bras de son fils. Le directeur vint les accueillir.

— Madame Travis, je vous remercie d'être venue aujourd'hui et d'avoir apporté les habits de M. Travis.

Il prit le costume et serra longuement la main de Rosalynn avant de se tourner vers Trace et de lui tendre la main.

— Trace, c'est bon de vous revoir en ville.

— Merci, monsieur Miller.

— Je vous présente toutes mes condoléances, et je vous remercie d'avoir pu venir aussi vite pour soutenir votre mère.

L'homme relâcha sa main et se redressa pour ajouter :

— Je tiens également à vous remercier pour les services rendus à votre pays. Votre père devait être fier de vous.

La mâchoire de Trace se crispa.

— Merci de votre sollicitude. Que devons-nous faire ?

L'homme les conduisit dans une salle de réunion et attendit qu'ils soient installés avant de s'asseoir à son tour.

— Nous sommes en train de préparer la concession, et Mme Travis a déjà choisi le cercueil. Il ne manque plus que votre choix musical et les photos que vous souhaitez voir utilisées dans la vidéo.

Plus l'homme parlait et plus Rosalynn s'affaissait dans son siège. N'y tenant plus, Lily finit par intervenir. Elle griffonna une adresse mail sur un bout de papier, qu'elle tendit à l'homme.

— Si vous nous fournissiez par courriel une liste de ce qu'il vous faut ? Nous nous en occuperons à la maison.

L'homme se fendit d'un bref sourire.

— Bien sûr. Mais puisque l'enterrement a lieu après-demain, il me faut une réponse avant demain midi.

— Ce sera fait, dit Trace.

— La présentation du corps a lieu demain soir, reprit l'homme. Je vous demanderai d'arriver en avance pour pouvoir vous recueillir avant l'arrivée des invités.

— Nous serons là, dit Rosalynn.

Trace aida sa mère à se lever et l'escorta vers la sortie. Une fois dehors, Rosalynn inspira profondément et souffla.

— Je ne sais pas ce qui m'a pris. Tout à coup, je ne pouvais plus respirer.

— Nous allons rentrer, dit Lily. Vous vous reposerez pendant que Trace et moi nous chargerons des corvées.

— Mais je ne peux pas vous laisser tout faire ! protesta-t-elle.

— Je suis ici, maintenant, maman. Il faut que tu me laisses m'occuper du ranch avec Lily.

— Trace a raison, renchérit Lily. D'ailleurs, je suis certaine que beaucoup de gens vont appeler pour savoir ce qui est prévu. Il faut que quelqu'un réponde au téléphone.

— Tu as sans doute raison, répondit Rosalynn en soupirant.

— Vous en avez assez fait depuis trois jours, reprit-elle. Laissez-nous nous occuper de tout. Vous avez besoin de repos.

— Je ne suis pas une invalide !

— Non, mais vous avez perdu un être cher. Vous devez être épuisée, tant émotionnellement que physiquement. Je ne sais pas comment vous avez pu tenir, sinon par entêtement.

Elle lui sourit. Rosalynn semblait solide comme un roc

depuis l'annonce de la mort de son mari, mais elle devait se désagréger intérieurement.

Une moto s'arrêta auprès d'eux. Le pilote portait un jean et un T-shirt noirs et un blouson de cuir. Il descendit de sa moto, ôta son casque et Lily se prépara au pire. Pourquoi fallait-il que Matt Hennessey apparaisse à ce moment précis ?

Matt avança vers Rosalynn.

— Madame Travis, je viens juste de revenir en ville et d'apprendre ce qui était arrivé à votre mari.

Quand il tendit la main vers les siennes, Trace s'interposa.

— Hennessey, dit-il, le visage dur, la mâchoire crispée.

— Travis, répondit Matt en étrécissant les yeux. Je parlais à ta mère.

L'air était chargé de tension.

Lily posa la main sur le bras de Matt. Il avait été son ami quand tous les habitants de la petite ville de Whiskey Gulch l'évitaient soigneusement. À cause de son passé, similaire au sien, il se trouvait lui aussi tout en bas de l'échelle sociale.

Fils illégitime d'une serveuse, il frayait avec une bande de petits voyous. Il roulait à moto, ses cheveux étaient un peu trop longs et une barbe naissante ombrait ses joues à longueur de journée. Sexy et dangereux, il était l'objet des fantasmes secrets de toutes les filles… sauf de Lily, qui était amoureuse de Trace depuis la sixième.

Matt repoussa sa main et dévisagea Trace sans aménité. Rosalynn attrapa le bras de son fils.

— Trace, s'il te plaît.

Après quelques instants, Trace recula, mais sans quitter Matt des yeux.

— Merci, Matthew, dit Rosalynn en prenant ses mains dans les siennes.

— Si vous avez besoin d'aide, appelez-moi. Je peux réparer tout ce qui a un moteur et je sais manier un marteau.

— Merci de votre offre, répondit Rosalynn. Maintenant que James est parti…

Elle déglutit avec effort avant de poursuivre.

— Quant à Roy, il s'est cassé le pied. Nous manquons de bras. Je peux m'occuper des animaux, mais je n'y connais rien en mécanique.

— Je suis là, maintenant, dit Trace. Je m'occuperai de tout.

Rosalynn acquiesça mais sourit à Matt.

— Merci, Matt. C'est tellement gentil de votre part.

Matt posa les yeux sur Trace, et sa mâchoire se crispa.

— Je peux être au ranch en moins de dix minutes, dit-il en se tournant vers Lily.

Elle hocha la tête. Matt était son ami, elle appréciait sa sollicitude, mais s'il se retrouvait dans le même espace que Trace, elle courait au désastre.

— Je suis sûre que tu as des choses à faire.

Rosalynn sourit et se tourna vers Trace.

— Matt a son garage, expliqua-t-elle. Il peut tout réparer.

Trace hocha vaguement la tête, mais sans se départir de son air sombre.

— Je n'en doute pas.

— J'ai l'impression que tu ne m'apprécies pas, lança Matt en plissant le front. Qu'est-ce que je t'ai fait ?

Le cœur de Lily lui remonta dans la gorge. Il ne fallait pas que ses mensonges soient dévoilés. Et surtout pas maintenant. Elle passa son bras sous celui de Rosalynn.

— Je suis désolée d'interrompre vos retrouvailles, mais nous devons ramener Mme Travis à la maison. La journée a été difficile.

— Merci, ma chérie, dit Rosalynn en lui tapotant la main. Je suis fatiguée, et nous devons nourrir les animaux.

Merci de vous être arrêté, Matt. Les obsèques se tiennent après-demain.

Elle remonta dans le SUV et Lily se tourna vers les deux hommes.

— Quand tu auras fini de bomber le torse, lança-t-elle à Trace, nous pourrons y aller.

Trace toisa Matt pendant encore quelques instants avant de poser les yeux sur elle.

— Tu m'accordes enfin ton attention, dit-elle d'une voix tendue. Est-ce que nous pouvons partir, maintenant ?

Trace reposa les yeux sur Matt et dit, à mi-voix :

— Ne t'approche pas de ma famille.

Matt partit d'un petit rire narquois.

— Ta mère peut choisir elle-même qui elle fréquente. Quant à Lily, elle a cessé de t'appartenir le jour où tu es parti jouer au soldat.

Trace avança vers Matt, les poings serrés. D'un signe de la tête, Lily essaya de faire comprendre à Matt qu'il ne devait pas insister.

— Ce n'est pas moi qui l'ai plaquée, dit Trace. C'est toi.

— De quoi est-ce que tu parles ? demanda Matt, perplexe.

Elle ne voyait plus qu'un moyen de désamorcer la situation : faire une scène. Le cœur battant la chamade, elle leva les mains et s'exclama :

— Très bien ! Continuez à jouer aux machos si ça vous amuse, mais moi, je ramène Rosalynn à la maison. Elle n'a pas besoin d'entendre ce genre de choses. Trace, si tu ne veux pas rentrer à pied…

Elle laissa sa phrase en suspens et s'installa au volant, en priant pour que la dispute ne s'envenime pas. Elle mit le contact et fit vrombir le moteur. Les deux hommes se toisèrent pendant encore un long moment avant que Trace remonte enfin dans le SUV.

— Qu'est-ce qu'il s'est passé ? demanda Rosalynn

quand ils eurent quitté le parking. Est-ce que tu as un différend avec Matt ?

— Non, maman, marmonna Trace.

Lily se mordit la langue. Ce n'était pas le moment d'avouer à sa patronne qu'elle avait menti à son fils. D'ailleurs, le lui avouerait-elle un jour ? Rosalynn était déjà assez accablée par la mort de son mari et les menaces qui pesaient sur le ranch.

Bon sang, en revoyant Trace, toujours aussi têtu et grognon…

Elle lui jeta un rapide coup d'œil. Il regardait droit devant lui, accoudé à sa vitre ouverte, les poings serrés. Elle esquissa un sourire. Il avait toujours préféré conduire lui-même. La voir au volant devait l'agacer au plus haut point.

Quand ils sortirent de Whiskey Gulch, le silence régnait dans la voiture. Lily en profita pour se plonger dans ses pensées, pour passer en revue les souvenirs des jours heureux qu'elle avait connus avec Trace. Mais elle fut brusquement ramenée au présent quand il demanda :

— Que devons-nous faire, à part inspecter les clôtures ?

— Beaucoup de choses, je pense, répondit Rosalynn. James disait que le foin serait bientôt bon à rentrer. Nous devrons nous en occuper avant qu'il pleuve.

— Trace et moi pouvons le faucher et le mettre en bottes seuls, dit-elle. Par contre, si personne ne nous aide à rentrer les bottes dans la grange, cela nous prendra des jours.

— J'essaierai de trouver quelques ouvriers, dit Trace.

— Bonne chance, railla Lily. Ces froussards ont décampé sans demander leur reste.

Quand ils arrivèrent au ranch, le soleil planait juste au-dessus de l'horizon, annonçant la fin du jour dans un feu d'artifice de couleurs somptueuses. Soudain, elle se rappela qu'elle allait dormir sous le même toit que Trace, dans la chambre voisine de la sienne. Son cœur se mit à tambouriner.

Pourquoi cette perspective la rendait-elle aussi nerveuse ? Ils n'étaient plus ensemble. Leur histoire appartenait au passé. Rien dans son attitude n'indiquait qu'il éprouve la moindre attirance pour elle. Il avait bel et bien tourné la page.

Contrairement à elle.

Quand Trace aida sa mère à descendre du SUV, elle protesta :

— Je peux descendre toute seule.

— Je sais, maman, mais ça me fait plaisir.

Il lui sourit et l'escorta dans la maison. Elle posa son sac à main et se dirigea aussitôt vers la cuisine.

— Je vais préparer à dîner pendant que tu t'occupes des animaux avec Lily.

— Est-ce que ça va aller ? demanda-t-il.

Elle le gratifia d'un pauvre sourire.

— Il faut bien. Nous avons un ranch à diriger. Je n'ai pas le temps de m'effondrer.

— Et ce n'est pas ton genre de te laisser aller, dit-il en se penchant pour l'embrasser sur le front. Nous serons de retour dans moins d'une heure.

— Prenez votre temps. J'avais commencé à préparer un ragoût de bœuf, mais j'aimerais faire du pain de maïs.

Elle agita la main vers la porte.

— Vas-y. Lily doit déjà être en train de nettoyer les stalles. Je suis vraiment heureuse de l'avoir engagée.

— Pourquoi l'as-tu engagée, maman ?

Elle haussa les épaules.

— Parce que j'avais besoin d'aide. Je ne pouvais pas faire le ménage en plus de la cuisine pour les ouvriers.

Trace fronça les sourcils.

— Qu'est devenu Cookie ?

— Il a pris sa retraite. Sa femme et lui sont partis s'installer en Floride, auprès de leur fille.

Le cœur de Trace se serra. Il avait toujours connu Cookie. Sa fille, Teresa, était allée à l'école avec lui. Elle s'était mariée dès sa sortie du lycée et le couple avait quitté le Texas pour la Floride. Il se souvenait encore combien Cookie avait été triste de la voir partir.

— Je suis heureux qu'il ait pu se rapprocher de Teresa, dit-il. Si tu as besoin de nous, crie. Nous ne serons pas loin.

— Tout ira bien, répondit sa mère. Maintenant, dépêche-toi de rejoindre Lily avant qu'elle ait fait le plus dur. Elle est têtue et ne rechigne pas à la tâche. Je ne sais pas ce qui s'est passé entre vous deux, mais tu as laissé filer une fille en or.

— Nous n'étions que des enfants, se défendit-il. Et c'est de l'histoire ancienne.

— C'était une simple remarque, dit sa mère.

Trace sortit de la maison et se dirigea vers la grange d'un pas vif. Puisqu'ils n'avaient pas d'employés, il allait devoir travailler avec Lily. D'ailleurs, il n'y avait aucune raison qu'il n'y parvienne pas. Leur histoire était finie depuis longtemps.

Cependant, son cœur se mit à battre un peu plus vite quand il entra dans la grange.

Un raclement le guida jusqu'à l'une des stalles. Lily, dans la paille sale jusqu'aux genoux, ratissait le crottin. Quand elle releva la tête et le vit, elle écarquilla brièvement les yeux.

— Où as-tu commencé ? demanda Trace.

— J'ai fait ces deux-là hier, répondit-elle en tendant le bras. Mais je dirais que les autres n'ont pas été curées depuis une semaine. J'ai lâché les chevaux dans l'enclos, derrière la grange, le temps que nous les nettoyions. Tu trouveras un râteau près de la porte et une brouette dehors, derrière la grange.

Sans plus s'occuper de lui, elle se remit à remplir la brouette de paille souillée.

Trace la regarda travailler pendant un moment, sans pouvoir s'empêcher d'admirer sa détermination et la force de ses bras. Elle n'avait jamais rechigné à la tâche, pour difficile qu'elle soit. C'était d'ailleurs l'une des raisons pour lesquelles il était tombé amoureux fou d'elle. La plupart des femmes qu'il connaissait auraient eu trop peur de se casser un ongle pour travailler aussi dur qu'elle.

Il alla chercher le râteau et la brouette et se mit au travail. En jetant un regard vers Lily, il vit qu'elle le regardait aussi.

Puisqu'elle n'avait pas épousé Matt Hennessey, gardait-elle de bons souvenirs des moments qu'ils avaient passés ensemble pendant leur adolescence ? Est-ce que cela avait une quelconque importance ? Est-ce qu'il s'en souciait ?

Malheureusement, oui. Il s'en souciait même beaucoup trop. Ces onze dernières années n'avaient pas suffi : elle hantait toujours ses pensées. Peut-être qu'en travaillant à ses côtés il pourrait enfin renoncer à elle. Il espérait seulement que cela ne prendrait pas trop longtemps. Même si onze ans avaient passé, le désir qu'elle lui inspirait était toujours aussi fort.

Mais il n'avait pas le temps d'analyser ses émotions. Il avait un ranch à diriger et un assassin à démasquer. Seuls des hommes possédant des aptitudes similaires aux siennes pouvaient l'aider. Et s'ils avaient déjà travaillé sur un ranch, c'était encore mieux.

Dès qu'il rentra à la maison, il entreprit d'appeler certains des hommes qu'il avait côtoyés dans l'armée. Il avait besoin de l'aide de son équipe. De ses frères d'armes.

4

Lily ne chôma pas pendant les deux jours qui suivirent. Elle fit le ménage, s'occupa des animaux et assista aux obsèques de James Travis, tout en évitant Trace autant que possible, mais sans parvenir à le chasser de ses pensées. Le seul fait de savoir qu'il dormait à quelques mètres d'elle suffisait à lui faire perdre le sommeil. Ils n'étaient séparés que de quelques mètres, mais le gouffre émotionnel qui s'était creusé entre eux était aussi large que le Grand Canyon.

Même s'ils travaillaient côte à côte, il lui parlait à peine. L'époque où ils entraient dans la grange en courant, ne s'arrêtant que pour s'embrasser et s'étreindre, cette époque où ils étaient jeunes, amoureux et heureux d'être ensemble, était révolue.

James Travis ne l'avait jamais appréciée. Un jour, il l'avait trouvée dans la grange, où elle attendait que Trace la rejoigne pour faire une promenade à cheval. Il lui avait dit qu'elle n'était pas assez bien pour son fils et qu'il ne ferait jamais rien de sa vie aussi longtemps qu'elle serait là.

Il savait que Trace envisageait de s'engager dans l'armée et la tenait pour responsable de son désir de quitter Whiskey Gulch. Mais si elle restait avec lui, il serait recalé dès l'enquête de sécurité. Elle gâcherait sa carrière dans l'armée avant même qu'elle ait débuté.

Trace était arrivé sur ces entrefaites. En entendant les

paroles de son père, il avait explosé et lui avait demandé d'arrêter de se mêler de ses affaires.

Le même jour, après l'avoir ramenée chez elle, Trace s'était rendu au bureau de recrutement le plus proche. Le sergent-chef qui l'avait reçu lui avait remis les formulaires qu'il devait remplir en vue de l'enquête de sécurité.

De son côté, Lily, encore sous le choc de son face-à-face avec le patriarche, avait laissé ses paroles prendre tout leur sens. Si elle restait avec Trace, elle l'empêcherait d'avancer. Elle n'avait jamais eu d'ennuis avec la justice, mais sa mère avait été arrêtée plus d'une fois pour prostitution et son père était en prison pour vol à main armée. Elle avait toujours eu peur que les agissements de ses parents lui nuisent, et craignait maintenant qu'ils nuisent à Trace par ricochet.

Elle avait compris depuis longtemps que Trace avait besoin de prendre sa vie en main. Depuis qu'il était entré au lycée, il parlait de s'engager, de quitter le Whiskey Gulch Ranch et de se débrouiller seul. Son père menait le ranch d'une main de fer et il savait que, s'il restait, jamais il ne le laisserait prendre la moindre décision.

James Travis avait toujours cherché à le dissuader de s'engager. Pour lui, il était acquis que Trace resterait sur le ranch, qu'il finirait par diriger. Mais Trace n'était pas dupe. Il savait qu'il ne dirigerait le Whiskey Gulch Ranch qu'après la mort de son père.

En écoutant James Travis ce jour-là, elle avait compris qu'il fallait que Trace s'éloigne de son père sous peine de le haïr encore plus – et, peut-être, de finir par se haïr lui-même.

Pour que les conclusions de l'enquête de sécurité lui soient favorables, il fallait qu'elle disparaisse de sa vie, emmenant le passé douteux de sa famille. Il lui avait promis de la faire venir une fois qu'il aurait fait ses classes, et ils étaient devenus tellement proches qu'elle savait que, même si elle essayait de rompre avec lui, il chercherait à la convaincre de l'attendre.

Elle avait passé quelques jours sans le voir ni l'appeler. Ensuite, elle avait eu une idée : elle était allée chez Matt et avait regardé un match de base-ball en sa compagnie avant de prendre un selfie avec lui. Cela faisait longtemps qu'ils étaient amis. Il n'avait pas paru se poser de questions.

Ensuite, elle avait attendu que la date du départ de Trace pour son enrôlement soit fixée pour lui annoncer qu'elle ne l'attendrait pas. Elle avait expliqué qu'elle voulait rester à Whiskey Gulch et qu'elle avait une liaison avec Matt Hennessey. Elle comptait l'épouser.

Tout d'abord, il ne l'avait pas crue. Il avait mis son brusque revirement sur le compte de la dispute qui l'avait opposé à son père. Elle lui avait donc montré la photo qu'elle avait prise dans la caravane de Matt, où ils étaient assis côte à côte sur son canapé en cuir, en train de boire de la bière.

Dire que Trace s'était mis en colère aurait été un euphémisme. Il avait été saisi d'une telle rage que son visage avait viré au rouge sombre. Il avait pris son sac de voyage et lui avait tourné le dos pour monter dans le car qui devait le conduire jusqu'à la San Antonio's Military Entrance Processing Station – et son avenir.

Quant à Lily, elle était retournée vers le taudis qu'elle partageait avec sa mère en pleurant tout le long du chemin.

Elle était restée cinq ans sans le revoir une seule fois. Ensuite, il lui était arrivé de l'apercevoir quand il revenait à Whiskey Gulch pour rendre visite à sa mère. Pour autant qu'elle sache, il ne s'était jamais réconcilié avec son père.

Tout en ressassant le passé, elle curait les sabots de Lady, l'une des juments quarter horse inscrites au registre dont James Travis avait été tellement fier.

Lady se laissait faire de mauvaise grâce, mais ses sabots

devaient être nettoyés avant qu'elle se blesse. Lily en avait déjà retiré bon nombre de cailloux.

Quand Lady arracha pour la quatrième fois son sabot de sa main, Lily se redressa, s'étira et secoua la tête.

— J'ai compris. Je ne m'y prends pas aussi bien que James ou que Roy, mais tu ne peux pas y couper.

— Laisse-moi faire, dit une voix.

Tout son corps se tendit et son cœur cessa de battre pendant quelques instants avant de s'emballer.

— Je peux y arriver. Il faut seulement du temps.

— Laisse, répéta Trace d'un ton sans réplique.

Gagnée par une brusque colère, elle avança vers lui d'un pas vif.

— Tu ne peux pas t'occuper de tout. Mais puisque tu n'as pas l'air de le comprendre, vas-y !

Elle lui tendit le manche du cure-pied. Quand il le prit, leurs doigts s'effleurèrent. Aussitôt, son cœur se mit à battre la chamade et ses genoux menacèrent de se dérober.

Elle voulut reculer mais trébucha et tomba vers l'arrière. Il tendit vivement le bras vers elle, la saisit par la main et la tira vers lui. Elle se retrouva plaquée contre son torse où il la maintint, même après qu'elle eut retrouvé son équilibre.

Le cœur battant, elle leva la tête pour contempler ce visage qui lui était à la fois familier et étranger. Trace était toujours le garçon dont elle était tombée amoureuse à l'école primaire, sauf qu'il n'était plus un garçon. Ses épaules étaient plus larges, ses traits avaient gagné en maturité et en fermeté et ses bras, autour de sa taille, étaient aussi inflexibles que deux bandes d'acier.

Elle avait du mal à reprendre son souffle, mais c'était moins à cause de la force avec laquelle il la retenait qu'à cause du chagrin qui lui comprimait le cœur.

Sa vie aurait été bien différente si elle lui avait demandé de rester à Whiskey Gulch et d'emménager avec elle. Il aurait pu travailler sur un autre ranch ou chez un charpentier, et elle, comme serveuse. À eux deux, ils auraient pu louer un petit logement et arriver à joindre les deux bouts.

Mais plus elle le regardait, plus elle savait qu'elle avait fait le bon choix. S'éloigner de son père, du ranch et de la petite ville de Whiskey Gulch lui avait fait le plus grand bien. Son père était l'homme le plus riche du comté. En restant, il n'aurait été vu que comme un fils à papa, riche et gâté.

Elle le regarda – le regarda vraiment – et vit un homme déterminé, sûr de lui, un homme dont son père aurait été fier. Quel dommage que James Travis ne soit plus en mesure de le lui dire. Mais Lily l'avait souvent entendu exprimer sa fierté et dire combien il regrettait qu'un tel gouffre se soit creusé entre eux et l'empêche de lui dire ce qu'il ressentait vraiment.

Les mains de Trace se resserrèrent autour de sa taille, chaudes et fermes. Elles envoyaient des ondulations de désir à travers son corps, la consumant tout entière.

— Tu m'avais dit que tu allais épouser Hennessey, dit-il. Pourquoi ne l'as-tu pas fait ?

Elle fut ramenée à la réalité aussi brusquement que s'il lui avait jeté un seau d'eau glacée à la figure.

— Ça n'a aucune importance.

Elle se débattit contre lui, mais il la serra plus étroitement.

— Est-ce que tu l'as quitté parce qu'il n'était pas assez bien pour toi ?

Elle releva le menton et le regarda droit dans les yeux.

— Ce ne sont vraiment pas tes affaires.

Les mains de Trace remontèrent dans son dos, puis dans sa nuque, et se glissèrent dans ses cheveux.

— Est-ce que tu gémissais quand il te tenait dans ses bras ?

Plaquée contre lui comme elle l'était, elle ne pouvait

pas ignorer la réaction de son corps. Elle était haletante, consumée par le désir, incapable d'émettre le moindre son.

— Est-ce qu'il savait comment t'embrasser pour que tu fondes dans ses bras ? chuchota-t-il en abaissant sa bouche vers la sienne.

— Non, répondit-elle sur le même ton.

Les lèvres de Trace se plaquèrent sur les siennes.

Au début, elle ne réagit pas. Mais quand sa bouche se mit à caresser la sienne, elle fondit contre lui. S'il ne l'avait pas retenue, elle se serait écroulée sur le sol.

Il suivit le contour de ses lèvres du bout de la langue et elle s'ouvrit à lui, aussi naturellement qu'une fleur s'ouvre au soleil. Avidement, elle l'attira en elle, caressant sa langue de la sienne, plongeant dans sa bouche, goûtant l'homme qu'elle avait aimé au point de le repousser afin qu'il puisse se diriger vers une vie qui serait bien meilleure si elle n'en faisait pas partie.

Après un moment qui aurait tout aussi bien pu durer une éternité qu'une fraction de seconde, il releva la tête. Elle prit une inspiration haletante et s'affaissa contre lui. Cela ne pouvait pas être. Ne devait pas être. Trace ne l'aimait plus.

— Je parie qu'il ne t'embrassait pas comme ça, dit-il d'une voix rauque, séduisante en diable.

Brusquement ramenée sur terre par ces paroles, elle plaqua les deux mains contre son torse et le repoussa. Comme il ne la relâchait pas, elle inspira profondément et souffla avant d'ordonner :

— Lâche-moi.

Comme s'il avait fallu ces mots pour qu'il s'aperçoive qu'il la tenait toujours, il la relâcha et recula d'un pas.

— Je pense que tu ne devrais pas travailler ici.

— Ce n'est pas pour toi que je travaille, mais pour ta mère, lui rappela-t-elle. Quand elle pourra se passer de moi, je partirai. Mais pour le moment, elle a besoin d'aide et j'aime travailler pour elle.

Si elle pouvait trouver un autre travail aussi bien rémunéré que celui-ci, elle n'hésiterait pas à partir, le moment venu. Elle n'avait pas pensé qu'il lui serait aussi pénible de côtoyer Trace.

Ses lèvres la picotaient encore. Elle les essuya du dos de la main et ajouta :

— Et je te demanderai de ne pas recommencer.

— De ne pas recommencer quoi ?

Ses yeux bleus étincelaient d'un éclat brûlant.

— Tu sais très bien de quoi je parle.

— D'embrasser l'ouvrière agricole ? demanda-t-il en esquissant un sourire.

— C'est exactement ça. Ne le refais pas.

Elle releva le menton en espérant que sa lèvre ne tremblait pas. Jamais elle ne s'était sentie aussi près de perdre le contrôle qu'en ce moment.

Il la dévisagea pendant un long moment avant d'incliner légèrement la tête.

— Très bien. Je ne t'embrasserai plus… sauf…

— Pas de sauf.

Il leva la main.

— Je ne t'embrasserai plus, sauf si tu me le demandes.

Elle partit d'un petit rire méprisant.

— Parfait. Je ne te le demanderai pas.

— C'est ce qu'on va voir.

— Je ne te le demanderai pas, répéta-t-elle.

Il la saisit par les bras et l'attira vers lui.

— Vraiment ? demanda-t-il.

Leurs bouches étaient tellement proches qu'elle sentait la chaleur de son haleine sur ses lèvres. Comme mue par sa volonté propre, son visage se tendit vers le sien, attendant son baiser.

Un coup de klaxon l'arracha à l'espèce de transe dans laquelle il l'avait plongée. Il se tourna vers la porte de la grange, un pli barrant son front. Au second coup de klaxon, il lâcha un juron.

— Nous reprendrons cette conversation plus tard.

— Il n'y a plus rien à dire.

Cette fois, quand elle le repoussa, il la relâcha aussitôt.

Ses genoux tremblaient, elle haletait, mais elle s'était libérée de son emprise… du moins de son emprise physique. Que cet homme aille au diable. L'emprise qu'il exerçait sur son cœur ne s'était pas relâchée, et rien de bon n'en sortirait.

Trace sortit de la grange et vit un pick-up gris anthracite étincelant garé à côté du sien. Le conducteur descendit, claqua sa portière et regarda tout autour de lui. Quand il vit Trace, son visage s'illumina.

— Trace, espèce de vieille canaille !

— Irish !

Trace courut vers son ami et ancien compagnon d'armes.

— Je ne pensais pas te voir avant une quinzaine de jours.

— On dirait que je vais survivre, après tout. Mes blessures ont été traitées et j'ai passé un scanner du crâne.

— Verdict ?

— Une commotion cérébrale, quelques éclats de shrapnel, mais rien de bien grave. Je suis sorti dès que les médecins m'ont donné le feu vert. Ensuite, tu m'as appelé pour me dire que tu avais besoin d'aide

Irish haussa les épaules. Le geste lui arracha une grimace, et il fit jouer son bras avant de se poser une main sur le ventre.

— Et donc, me voilà.

— J'ai besoin d'ouvriers agricoles capables de travailler dur, objecta Trace. Ce n'est pas ton cas.

— Ça le sera d'ici quelques semaines. Entre-temps, je peux encore me servir d'une arme. D'ailleurs, j'ai apporté les miennes : un fusil AR-15 de type militaire et un Glock 9 mm. Sans oublier des lunettes de vision de nuit.

— De quel genre d'aide t'a-t-on dit que j'avais besoin ?

Irish le regarda droit dans les yeux.

— J'ai entendu dire que tu cherchais des vétérans pour aider sur le ranch et pour protéger ta famille de la personne qui a tué ton père.

C'était à contrecœur qu'il avait fait appel à ses vieux amis pour l'aider à faire tourner le ranch familial. Son père s'était occupé de tout pendant des années, seul. Comment les choses avaient-elles pu changer à ce point ?

— Alors ? demanda Irish en haussant un sourcil. Est-ce que je peux t'être utile ? Je crois savoir m'y prendre avec les animaux, et tu connais mes aptitudes au combat.

Trace leva une main.

— Arrête. Tu sais que tu es engagé. Mais surtout, je suis heureux de voir que tu vas bien.

Il l'attira vers lui, le prit dans ses bras et l'enveloppa dans une puissante étreinte.

— Hé, doucement, dit Irish entre ses dents. Je suis un homme blessé.

Avec un petit rire, Trace relâcha son ami et recula.

— Qu'est-ce que tu peux faire au juste ? Est-ce que tu peux manier du foin ?

— Du moment que je n'arrache pas mes points, je peux à peu près tout faire.

Trace fronça les sourcils.

— Nous irons doucement les deux premières semaines. Tu pourrais conduire le camion qui tracte la remorque dans laquelle nous chargeons les bottes de foin.

— Je te parie que je suis parfaitement capable de porter quelques bottes, protesta Irish.

— Je n'en doute pas. Sauf que tu arracheras tes points et que tu mettras du sang partout et, crois-moi, j'ai vu assez de sang pour le restant de mes jours. Tu peux conduire la botteleuse, si tu préfères.

— Quand comptes-tu commencer ? demanda Irish.

— Demain.

— Parfait. Qui d'autre peut t'aider ?

Il jeta un regard circulaire dans la cour et inclina la tête vers la grange.

— Hé bien. Tu ne m'avais pas parlé de la vue superbe qu'on a sur ton ranch. S'il te plaît, dis-moi que c'est ta sœur.

Trace se crispa. Quand il se retourna, il vit Lily qui sortait la jument de l'enclos pour la lâcher dans la prairie. Sa chemise chambray était suffisamment déboutonnée pour qu'on entrevoie la naissance de ses seins et les pans noués dévoilaient sa taille mince.

Il jura à mi-voix.

— Je suis fils unique.

Irish lui jeta un rapide regard.

— Elle est avec toi ?

— Non.

Devant le sourire radieux de son ami, il se hâta d'ajouter :

— Mais elle est intouchable.

Irish reposa les yeux sur lui. Il ne souriait plus.

— Est-ce qu'elle est mariée ?

— Non, répondit Trace. Elle travaille pour ma mère.

— Elle travaille pour ta mère, et elle est intouchable, répéta Irish. D'accord. Tu es sûr qu'elle ne t'intéresse pas ?

Il dut se faire violence pour desserrer suffisamment les dents pour répondre.

— Sûr et certain.

— J'aimerais bien faire sa connaissance, puisqu'elle travaille sur le ranch. Est-ce que tu veux bien me présenter ?

Non, il ne voulait pas. Irish avait une réputation de séducteur. Et il avait été assez clair sur les raisons qui le poussaient à quitter l'armée : il voulait une vraie vie, avec un vrai travail – et, une fois établi, une épouse et des enfants.

À la seule pensée qu'il pourrait flirter avec Lily, le ventre de Trace se noua.

Mais pourquoi pensait-il que la vie de Lily le concernait ? Il n'avait aucun droit sur elle, ce qu'elle lui avait bien fait comprendre onze ans plus tôt, quand elle l'avait quitté pour Matt Hennessey. D'ailleurs, il ne savait toujours pas ce qui s'était passé entre eux... Mais il comptait bien le découvrir.

En interrogeant sa mère, par exemple.

Ils avaient eu tellement de visiteurs depuis son arrivée qu'il avait eu du mal à veiller sur elle, s'occuper du ranch et observer Lily. Les habitants de Whiskey Gulch étaient venus en masse assister aux funérailles de l'homme le plus riche de la région – et leur apporter toutes sortes de provisions.

Le jour de la présentation du corps, sa mère avait accueilli les invités à la porte de la chambre funéraire. Trace se tenait auprès d'elle. En écoutant les habitants de Whiskey Gulch évoquer le respect que leur avait inspiré son père et la générosité dont il avait toujours fait preuve envers ses concitoyens quand ils traversaient une mauvaise passe, il avait découvert une facette de son père dont il n'avait jamais soupçonné l'existence. James Travis avait toujours été bon avec ses semblables, sans la moindre ostentation, sans s'attendre à ce qu'on lui voue une reconnaissance éternelle.

Trace, pour sa part, avait été heureux d'être un homme par lui-même, de mener la vie qu'il entendait. Quand il revenait sur le ranch, il avait toujours pris part aux corvées sans qu'on ait besoin de le lui demander. Mais quand ils étaient tous les trois attablés pour le dîner – ou tous les quatre, quand Roy se joignait à eux –, son père finissait immanquablement par se lancer dans la même diatribe : à ses yeux, il devait quitter l'armée et rentrer au pays pour diriger le ranch. Il avait toujours refusé de se laisser entraîner dans la discussion. Jamais son père n'avait voulu comprendre qu'il était heureux d'avoir choisi l'armée, et jamais il ne lui avait dit qu'il était fier de le voir appartenir à une unité d'élite. Trace n'avait cessé de vouloir se convaincre que cela lui était égal, mais il aurait aimé que son père lui dise, ne serait-ce qu'une fois, qu'il ne le voyait pas comme un bon à rien.

Sa mère apparut sur la terrasse de la maison et se tourna vers la grange. Quand elle les vit, elle se hâta de venir vers eux. Lily la rejoignit, et toutes deux approchèrent en parlant à mi-voix.

La mère de Trace gratifia Irish d'un sourire chaleureux et lui tendit la main.

— Bonjour. Je suis Rosalynn Travis.

— Joseph Monahan, répondit-il en prenant sa main dans la sienne, mes amis m'appellent Irish. Veuillez accepter mes condoléances, m'dame.

Son sourire pâlit.

— Merci.

Mais elle releva aussitôt le menton et demanda :

— Êtes-vous notre nouvel employé, ou un ami de Trace ?

— Les deux, répondit Trace. Irish appartient à mon unité. Et si tu es d'accord, il vient travailler pour toi.

— Évidemment, que je suis d'accord. Tu peux engager autant d'ouvriers que tu veux. Nous avons besoin d'aide. Notre contremaître reviendra bientôt, mais il boitera pendant un moment.

Elle se tourna vers Lily avant d'ajouter :

— J'ai tenu le fort avec l'aide de Lily, mais nous sommes heureuses que Trace soit là pour reprendre les rênes. Est-ce que vous avez été présenté à Lily ?

— Non, m'dame, pas encore, répondit Irish.

Lily lui sourit et prit la main qu'il lui tendait.

— Heureuse de te rencontrer.

Le cœur de Trace se serra. Dans le temps, c'était à lui qu'elle souriait ainsi. Et depuis leur rupture, il n'avait cessé de se demander quel faux pas il avait commis. Elle semblait tellement amoureuse de lui. Pourquoi l'avait-elle quitté aussi brusquement, pour le mauvais garçon de la ville ?

— J'aurais quitté l'armée bien plus tôt si j'avais su qu'on trouve au Texas quelques-uns des ouvriers agricoles les plus jolis du pays, répondit Irish.

Le rose monta aux joues de Lily et Rosalynn éclata de rire.

— Si vous étiez mon fils, je vous demanderais ce que vous avez derrière la tête.

Irish cligna de l'œil.

— Et je vous répondrais que je ne souhaite rien de plus que le plaisir de votre compagnie, mesdames.

Sa mère gloussa de rire.

— Bien répondu.

Trace leva les yeux au ciel.

— Quand vous aurez fini d'échanger des politesses, nous pourrons peut-être nous mettre au travail.

— Allons, répliqua sa mère en lui tapotant la joue. Ne sois pas aussi grincheux. Tu as fait le bon choix. Je suis sûre qu'Irish s'adaptera très bien.

Elle se tourna vers Irish, passa son bras sous le sien et l'entraîna vers la grange.

— Venez. Je vais vous montrer où sont rangés les outils. Et puisque nous n'avons pas encore préparé le baraquement, vous dormirez à la maison.

— Merci, m'dame, répondit Irish.

Trace le suivit des yeux en secouant la tête.

— Salopard, lâcha-t-il à mi-voix.

— Est-ce qu'il sait que des menaces pèsent sur le ranch ? demanda Lily. Il se tient le flanc, comme s'il était blessé. Est-ce qu'il sera en mesure de nous aider ?

— Irish sait ce qui se passe ici, oui, répondit Trace. Je lui en ai parlé quand je lui ai demandé de venir. Quant à ses blessures, elles sont récentes, mais il sera bientôt remis. D'ici là, nous éviterons de lui attribuer des tâches trop pénibles.

Elle pinça les lèvres et commenta :

— Nous sommes donc seuls pour nous occuper du ranch.

— Sa blessure ne l'empêchera pas de se servir d'une arme, répliqua-t-il en la regardant droit dans les yeux. Et une ou deux autres recrues devraient arriver ces prochains jours.

— Ta mère pense que nous devons commencer à faucher demain. Est-ce que nous sommes prêts ?

— Oui. D'ailleurs, nous n'avons pas le choix. Une dépression s'est formée sur la Baja Peninsula et se dirige vers nous. L'herbe doit être fauchée, mise en bottes et rentrée avant qu'elle arrive, dans une semaine.

— Les grosses bottes rondes ne nous poseront pas trop de problèmes, remarqua-t-elle, mais nous aurons du mal à rentrer les bottes rectangulaires aussi rapidement.

— Espérons que mon ami Beck sera là avant que nous commencions. Il doit s'acquitter de quelques obligations à San Antonio avant de venir nous aider. Je ne suis pas sûr qu'il reste longtemps, et il n'a jamais travaillé sur un ranch, mais il est fort, intelligent et loyal. Lui aussi est un ancien de la Delta Force. Si nous avons des ennuis, il nous sera utile.

— Bien, dit Lily.

Elle s'éloigna de quelques pas.

— Lily, au sujet de ce qui s'est passé…

Elle s'arrêta et leva une main, mais sans se retourner.

— C'est déjà oublié.

— Ce n'est pas ce que j'allais dire.

Il la rejoignit, posa une main sur son bras et la força à se tourner vers lui.

— Ne fais pas ça…, dit Lily.

Mais il était incapable de se retenir. Incapable d'oublier.

— Quand je t'ai embrassée…

Elle secouait déjà la tête. Il reprit :

— Quand je t'ai embrassée, tu l'as senti toi aussi…, n'est-ce pas ?

— Je ne veux pas en parler.

Elle leva les yeux vers lui, mais détourna aussitôt le regard.

— Que s'est-il passé entre Matt et toi ? insista-t-il.

— C'est du passé. Pourquoi en reparler maintenant ? demanda-t-elle en se dégageant. J'ai du travail.

— Nous en reparlerons.

— Non, nous n'en reparlerons pas. Il n'y a plus rien à dire.

— Si, répliqua-t-il. Nous poursuivrons cette conversation tôt ou tard. Et si tu ne me dis pas ce qui s'est passé entre Matt et toi, j'irai lui poser la question, tout simplement.

Elle releva vivement la tête et ses yeux s'écarquillèrent pendant un instant.

— Il dira qu'il n'y a jamais rien eu entre nous.

— Tu m'as dit que tu allais l'épouser. Comment pourrait-il ne jamais rien avoir eu entre vous ?

Elle haussa les épaules.

— Peut-être que j'ai changé d'avis, ou que j'en attendais trop de cette relation. Quoi qu'il en soit, ça ne s'est pas fait. Il n'y est pour rien. Il n'était pas l'homme qu'il me fallait.

— Moi non plus, apparemment, répliqua-t-il sèchement.

— C'est de l'histoire ancienne, répéta-t-elle avant de secouer la tête. N'en reparlons pas.

Cette fois, quand elle s'éloigna, il ne chercha pas à la retenir.

Toute cette conversation le laissait avec plus de questions que de réponses. Il avait l'impression que Lily ne lui disait pas tout. Que dissimulait-elle ? Avait-elle été vraiment amoureuse de Matt ? Pourquoi s'étaient-ils séparés ? Était-ce lui qui l'avait quittée ?

De toute façon, cela n'avait aucune importance. Lily avait été parfaitement claire, onze ans plus tôt. Elle ne voulait pas de lui à l'époque… et elle ne voulait pas plus de lui maintenant.

Alors, bon sang, que s'était-il passé quand il l'avait embrassée ? Il se faisait peut-être des idées, mais… il était certain qu'elle lui avait rendu son baiser.

5

Rosalynn avait chargé Lily de s'occuper d'Irish. Elle passa donc le reste de la journée à lui faire visiter le ranch. Pour finir, elle lui montra où ils rangeaient les aliments pour les animaux et lui expliqua ce qu'il fallait leur donner, et en quelle quantité.

— Si quelque chose est trop lourd pour toi, dit-elle, préviens-moi. Je t'aiderai.

— Je peux me débrouiller, assura-t-il.

Elle le regarda du coin de l'œil. Il lui arrivait de se tenir le flanc quand il soulevait une charge de plus de dix kilos. Ils pelletaient des rations de céréales dans les bacs quand il plaqua de nouveau une main sur son flanc et grogna.

— Écoute, dit Lily, je préférerais que tu prennes le temps de guérir. Si tu arraches tes points, il te faudra plus de temps pour cicatriser. Je m'occupe du foin. De ton côté, tu peux nourrir les chevaux, les cochons et les poules.

— Je peux faire plus que ça, insista-t-il.

Elle éclata de rire.

— Ne t'inquiète pas, tu en feras plus. Nous devons inspecter toutes les clôtures. Il y a toujours des réparations à faire. Que sais-tu faire ? En quoi as-tu de l'expérience ?

— J'étais sniper dans la Delta Force.

— Est-ce que tu as déjà travaillé sur un ranch ?

Elle se demandait si cet homme pourrait leur être utile, même une fois guéri.

— Oui, un été, quand j'étais au lycée, dit-il avec un pauvre sourire. Est-ce que ça compte ?

Elle alla accrocher un seau de céréales dans l'une des stalles et se retourna.

— Est-ce que tu as déjà travaillé avec des animaux ?

Il accrocha son seau dans la stalle voisine avant de répondre.

— C'était moi qui attachais les chevaux au marcheur, qui leur curais les sabots, les étrillais, les nourrissais et les entraînais. J'aidais aussi à rassembler le bétail pour le vermifuger. Il m'est aussi arrivé de porter le foin, de réparer des clôtures… Bref, tout ce qui se présentait.

— Tout en un seul été ? demanda-t-elle.

Il acquiesça.

— Je n'ai pas grandi sur une ferme, mais j'adorais travailler avec les animaux. Quand j'ai quitté l'armée, j'ai eu envie de recommencer.

Il regarda le cheval qui mâchait allègrement sa ration.

— Voilà qui est fait, dit-elle en souriant. Attends-toi à un travail difficile et salissant, mais très gratifiant. Je n'ai pas grandi sur un ranch, moi non plus. J'ai appris sur le tas. Si tu n'as pas peur de travailler dur, tu feras du bon boulot.

— Je suis un ancien de la Delta Force, lui rappela-t-il en bombant le torse. Cette unité n'est pas pour les paresseux.

— Je comprends pourquoi Trace a fait appel à toi.

— Et je sais manier toutes sortes d'armes, ajouta-t-il. Trace m'a raconté ce qui s'était passé. J'ai été désolé d'apprendre ce qui était arrivé à son père. Est-ce que la police locale a une piste ?

— Non. M. Travis était seul quand on lui a tiré dessus. Les autres ouvriers travaillaient sur une autre partie du ranch, loin de lui, et notre contremaître était parti faire des courses en ville. Il n'y a aucun témoin.

— Est-ce que la police a interrogé les voisins ?

— Oui, répondit-elle. Ils ont tous un alibi.

— Je m'en doute.

— Et toi ? demanda Lily. Pourquoi as-tu décidé de quitter l'armée ? À moins que tes blessures t'y aient obligé ?

Il éclata de rire.

— Non, mes blessures n'y sont pour rien, répondit-il en remplissant un autre seau. J'ai eu une commotion cérébrale, mais sans traumatisme crânien, et j'ai déjà été blessé plus gravement. Pour tout dire, mes compagnons sont tombés des nues en apprenant la nouvelle.

Il accrocha le seau dans une stalle avant de poursuivre.

— Mais j'ai été déployé tellement souvent qu'il m'arrive de ne plus savoir où je vis. J'ai aussi vu certains de mes copains se marier, puis divorcer, parce que leurs femmes ne supportaient pas leur absence. J'ai trente ans passés. Si je veux fonder une famille, ce n'est pas en restant dans l'armée que j'ai des chances d'y arriver.

Lily partit d'un petit rire.

— En résumé, tu sens tourner ton horloge biologique, et tu veux une femme et des enfants avant qu'il soit trop tard.

— Et toi ? demanda Irish. Je ne vois pas de bague à ton doigt. Est-ce parce que tu n'es pas mariée, ou parce que tu n'aimes pas porter de bijoux quand tu es dans le crottin jusqu'aux coudes ?

Elle éclata de rire.

— Les deux. Je ne suis pas mariée, et jamais je ne mettrais de bijoux pour curer les stalles.

— Comment une belle femme comme toi a-t-elle pu échapper à l'anneau matrimonial ?

Elle haussa les épaules.

— Sans doute parce que je n'ai pas trouvé la bonne personne… ou qu'elle ne m'a pas trouvée.

Elle accrocha son seau dans une stalle et s'essuya les mains sur son jean.

— Nous en avons fini ici. Nous ferions mieux d'aller nous nettoyer. Mme Travis ne devrait pas tarder à servir le dîner.

Ils ressortirent de la grange et elle ferma la porte derrière eux. Avec un grand geste du bras, qui englobait la grange, les prairies et la grande maison, Irish remarqua :

— Cela fait quatre ans que je connais Trace, et jamais il ne m'a dit que sa famille possédait tout ceci.

— Parce qu'il ne s'est jamais vu comme quelqu'un de riche, répondit Lily avec un sourire. À ses yeux, ce ranch, cet argent, cette vie appartenaient à son père. Il a toujours voulu se débrouiller seul.

— C'est tout lui, dit Irish. Il a toujours été tellement sûr de ce qu'il voulait, tellement déterminé à l'obtenir.

Elle hocha la tête.

— Son père et lui étaient souvent en conflit.

— Il a tout le temps été un gars comme les autres, reprit Irish. Il a combattu à nos côtés sans s'attendre à ce qu'on lui réserve un traitement de faveur. Nous savions que nous pouvions compter sur lui.

Le cœur de Lily se serra. Elle avait toujours su que Trace réussirait seul. Il ressemblait tellement à son père qu'il lui aurait été impossible d'échouer. Tout comme lui, il savait travailler dur et intelligemment pour parvenir à ses fins.

— Si je peux me permettre cette question, reprit Irish, que se passe-t-il au juste entre Trace et toi ? Je sens quelque chose, mais sans pouvoir dire quoi exactement.

Elle haussa les épaules et pressa le pas.

— Il ne se passe rien. Rien du tout.

Du coin de l'œil, elle voyait le regard scrutateur qu'Irish

posait sur elle. Elle retint son souffle et pria pour qu'il change de sujet.

— Ce n'était qu'une question. Tu sais… une jolie fille célibataire sur un ranch…, dit-il avec un clin d'œil. Je pourrais avoir envie de te proposer de sortir avec moi. Mais je veux être sûr que tu es libre.

— Je suis libre, répondit-elle. Mais pour le moment, cela ne m'intéresse pas de fréquenter quelqu'un.

— D'accord. Si nous étions amis ?

— J'en serais heureuse, dit-elle en souriant.

— Marché conclu ?

Elle serra la main qu'il lui tendait et répéta :

— Marché conclu.

Alors qu'elle montait les marches de la terrasse, un sourire aux lèvres, Trace sortit de la cuisine, un plateau de steaks crus dans les mains. Il fronça les sourcils en les voyant.

— Tu as besoin d'aide ? demanda Irish. Personne ne fait cuire un steak à point mieux que moi.

— Je m'en occupe, répondit Trace. Mais tu peux aller chercher une bière et me tenir compagnie.

— Enfin un langage que je comprends. Par où est-ce que je dois aller ?

Lily posa une main sur son bras en évitant le regard de Trace.

— Allons d'abord nous nettoyer. Ensuite, je te montrerai où sont les bières.

— Super, dit Irish avec un sourire radieux. Tu sais, Lily m'a beaucoup aidé en me disant tout ce qui doit être fait ici.

Trace grommela une vague réponse avant de capter le regard de Lily.

— Je vais mettre ces steaks à cuire. Tu pourrais aller demander à ma mère si elle veut faire griller autre chose.

Son ton était sec, son front creusé d'un pli profond.

— D'accord. Je reviens tout de suite.

Elle se hâta de rentrer pour échapper à ce regard qui la transperçait jusqu'à l'âme. Le temps qu'elle atteigne la salle de bains du rez-de-chaussée, son visage s'était enflammé et ses paumes étaient moites.

— Est-ce que tout va bien ? demanda Irish quand elle passa près de lui pour ouvrir la porte.

— Tout va bien, oui. J'en ai pour une minute.

Elle referma la porte et contempla pendant quelques instants le reflet de son visage écarlate. Pourquoi Trace avait-il un tel effet sur elle, après toutes ces années ?

À cause du baiser, bien sûr. Elle aurait dû résister, détourner la tête, ne surtout pas le laisser l'embrasser.

Mais la vérité était qu'elle avait autant eu envie de ce baiser qu'elle avait envie de continuer à respirer. Zut… Cet homme lui faisait complètement perdre la tête. Elle n'avait pas cessé de l'aimer, loin de là. Il ne lui restait plus qu'à garder ses distances avec lui et suivre le cours de sa vie. Pour lui, ce baiser n'avait rien voulu dire. Il n'avait cherché qu'à prouver qu'il était encore capable de lui ôter toute volonté.

Quand elle se fut lavé les mains et passé de l'eau sur la figure, elle se sentit un peu mieux. Elle se plaqua un sourire sur le visage et ressortit de la salle de bains.

— Elle est toute à toi. Est-ce que tu penses pouvoir trouver seul le chemin de la cuisine ?

— J'ai un excellent sens de l'orientation, répondit Irish. Quelle direction dois-je prendre ?

Elle la lui indiqua, et il lui adressa une parodie de salut.

— Pigé.

Il entra dans la salle de bains, referma la porte, et Lily alla tout droit retrouver Rosalynn dans la cuisine.

— Est-ce que je peux faire quelque chose ?

— Pour tout dire, oui, répondit Rosalynn en lui

souriant. Tu peux dresser la table et mettre des glaçons dans les verres.

Lily attrapa quatre assiettes et des couverts.

— Il nous faudra un couvert de plus, dit Rosalynn. J'ai engagé quelqu'un pour nous aider à rentrer le foin. Il devrait arriver d'un moment à l'autre.

— Quelqu'un que je connais ?

— Je pense que oui.

Rosalynn sortit une marmite de haricots du four, la posa sur la table et s'essuya les mains sur un torchon à vaisselle.

— Je reviens tout de suite.

Intriguée, Lily mit rapidement le couvert et posa une carafe de thé glacé au centre de la table. Elle ne s'était pas encore habituée à ce que la place de M. Travis reste vide. Sa présence imposante leur manquait terriblement.

Heureusement, Trace apportait un peu de réconfort à sa mère. Rosalynn semblait tellement perdue, sans son mari… Elle avait surmonté sa douleur pour diriger le ranch, mais quand elle avait appris que le contremaître s'était blessé au pied dans un accident de la route le jour même de la mort de son mari, Lily avait craint qu'elle s'effondre complètement.

Pourtant, elle avait tenu bon, même quand les ouvriers avaient appelé les uns après les autres pour donner leur démission. Elle avait pris sur elle, était allée voir Roy à l'hôpital et était revenue s'occuper du ranch que son mari avait tant aimé.

De femme de ménage, Lily était devenue ouvrière agricole. Elle s'était chargée de nourrir les animaux et de nettoyer les stalles pour empêcher Rosalynn de se tuer à la tâche.

Rosalynn aurait préféré ne pas informer la Croix-Rouge du décès de son mari, mais la situation était rapidement devenue ingérable : si personne ne les aidait, elle devrait vendre les animaux, voire le ranch. Lily avait donc pris la décision d'appeler elle-même la Croix-Rouge, à contrecœur. Rosalynn en avait été soulagée. Même si elle soutenait le contraire, elle avait besoin que son fils unique soit présent, autant pour les obsèques que pour l'aider à décider de ce qu'elle allait faire. Après tout, si elle gardait le ranch, c'était lui qui finirait par en hériter.

Lily trancha des citrons et posa la salade, la sauce pour steak et les serviettes sur la table. Irish entra, un plateau de pommes de terre rôties enveloppées d'aluminium dans les mains. Quelques instants plus tard, Trace apparut à son tour, portant un autre plateau plein de steaks bien juteux. Leur odeur mit l'eau à la bouche de Lily et fit gronder son estomac. Elle ne s'en était pas rendu compte, mais elle mourait de faim.

Quand son regard rencontra celui de Trace, elle fut gagnée par une faim d'un tout autre genre. Elle désirait tellement cet homme qu'elle en avait mal, et jamais elle ne pourrait l'avoir.

Avec un sourire forcé, elle prit le plateau des mains d'Irish et voulut attraper une pomme de terre qu'elle relâcha aussitôt, les doigts en feu.

— Ouille !

— Attention, dit Irish en fronçant les sourcils. Elles sortent tout juste du grill, elles sont brûlantes.

Lily secoua la main en grimaçant de douleur.

— J'ai remarqué.

Trace posa les steaks sur la table et lui prit le plateau de pommes de terre des mains. Ensuite, il attrapa son poignet et observa les marques rouges que la pomme de terre brûlante avait laissées sur le bout de ses doigts.

— Viens.

Il l'entraîna jusqu'à l'évier et passa sa main sous un filet d'eau froide. Aussitôt, elle fut incapable de toute pensée consciente. C'était à peine si elle pouvait respirer. Il tenait sa main dans la sienne, il était tellement proche que leurs hanches se touchaient.

Il arrêta l'eau et remarqua :

— Tu auras peut-être des ampoules.

— Ce n'est pas bien grave, répondit-elle d'une voix étranglée.

Où était passée son assurance ? Pourtant, elle pouvait tout gérer. Tout… sauf Trace.

— Je suis heureuse que tout le monde soit là, dit Rosalynn depuis la porte de la cuisine. Notre invité est arrivé.

Les doigts de Trace se crispèrent sur son poignet. Quand elle se retourna elle aussi, elle sentit le sang refluer de son visage en voyant qui était l'homme qui suivait Rosalynn.

— Je crois que vous connaissez presque tous Matt Hennessey, commença Rosalynn.

— Qu'est-ce qu'il fiche ici ? rétorqua Trace sans aménité.

Rosalynn lui adressa un regard réprobateur.

— Il a accepté de nous aider sur le ranch, au moins jusqu'à ce que nous puissions engager des hommes.

— Nous n'avons pas besoin d'aide, lâcha Trace d'un ton sec. Et certainement pas de la sienne.

— Allons, Trace, Matt est notre invité, dit Rosalynn.

— Il n'a rien à faire ici.

Sa mère releva le menton et planta son regard dans le sien.

— Comme tu l'as dit toi-même, je suis ici chez moi. C'est à moi de décider qui reste et qui s'en va.

Lily entendait presque Trace grincer des dents. La tension qui flottait dans la pièce était tellement forte qu'elle la sentait peser sur ses nerfs.

— Je vous avais dit que ce n'était pas une bonne idée, dit Matt avec un sourire en coin. Je vais m'en aller.

Mais Rosalynn le prit par le bras pour le retenir et releva le menton en un geste de défi.

— Cette maison m'appartient toujours, lança-t-elle. C'est

à moi de décider qui je veux inviter à dîner, et qui je veux engager pour nous aider. Matt a offert de prendre sur son temps pour nous aider à rentrer le foin avant qu'il pleuve. Je ne te demande pas de lui faire des grands sourires, mais je veux que tu le remercies. Il est le seul en ville à avoir proposé son aide. Et maintenant, si tu permets, j'ai une salade de pâtes au réfrigérateur.

Elle inclina sèchement la tête vers la table.

— Je vous en prie, Matt, asseyez-vous. Le dîner est servi.

Son sourire en coin s'élargit.

— Merci, m'dame. Cela fait un moment que je n'ai pas mangé de repas fait maison.

— Eh bien, vous allez en manger un ce soir, dit-elle en ouvrant le réfrigérateur. Mon fils a fait griller des steaks et des pommes de terre. Vous le connaissez déjà, ainsi que Lily. Quant à Irish, c'est notre nouvel ouvrier agricole. C'est un ami de Trace, ils étaient à l'armée ensemble.

Irish tendit la main.

— Joseph Monahan, mais tu peux m'appeler Irish. Je viens tout juste de quitter l'armée.

Matt lui serra la main.

— Tu y es resté longtemps ?

— Oui. Dix ans.

— J'ai servi sept ans chez les marines, dit Matt.

— Déployé ?

Matt pinça les lèvres.

— Plusieurs fois. J'y serais bien resté, mais une balle m'a bousillé le genou et l'Oncle Sam m'a gentiment demandé de prendre ma retraite.

— Matt possède un garage en ville, compléta Mme Travis. Il ne nous aidera que le temps de rentrer le foin.

— Merci, Matt, dit Lily à mi-voix.

Son pouls battait si fort qu'elle l'entendait tambouriner dans ses oreilles. Elle se retrouvait dans la pire situation possible, assise à la même table que l'homme qui l'avait aimée et celui pour lequel il croyait qu'elle l'avait quitté.

Elle décida que c'était le karma qui la punissait. Certains mensonges semblaient ne jamais devoir se laisser oublier.

6

De sa place en bout de table, Trace avait une vue imprenable sur l'homme qu'il haïssait depuis onze ans – et qui était assis en face de la femme qu'il avait aimée jadis, l'air parfaitement à l'aise.

Il méritait sans doute cette punition. Jamais il n'aurait dû s'accrocher à ses sentiments pendant aussi longtemps, au point de leur permettre de définir toute sa vie et ses relations. S'il avait tourné la page, il aurait trouvé une femme qu'il aurait encore plus aimée qu'elle. Mais son amour ne s'était pas éteint, au contraire : il s'était transformé en une blessure qui s'était envenimée, emplissant son âme de noirceur.

— J'ai rencontré Matt au supermarché, aujourd'hui, dit sa mère avec un sourire. Quand il m'a proposé son aide, je ne pense pas qu'il s'attendait à ce que j'accepte son offre.

Trace planta sa fourchette dans un steak et le laissa tomber dans son assiette. Il ne comprenait pas comment Lily pouvait sembler aussi détendue. Il se serait attendu à ce qu'elle regarde Matt de travers, ou lui donne des coups de pied sous la table. Après tout, cet homme l'avait plaquée après lui avoir promis de l'épouser. Il devait être fou parce que Trace, pour sa part, se serait accroché à elle de toutes ses forces.

Mais alors… Pourquoi n'avait-il pas essayé de la faire changer d'avis ?

Il avait tellement souffert de leur rupture qu'il s'était plongé dans sa nouvelle vie à corps perdu. Il avait travaillé plus dur que ses camarades, pour avoir moins de temps pour pleurer l'amour perdu de Lily. Ses efforts avaient attiré l'attention du sergent instructeur, qui l'avait recommandé pour une formation plus poussée. À la fin de cette formation, il avait intégré les rangers de l'armée avant d'être sélectionné pour entrer dans l'unité d'élite qu'était la Delta Force.

Irish prit un steak dans le plat avant de le passer à Lily.

— J'ai entendu dire en ville que vous aviez du mal à garder vos ouvriers après la mort de M. Travis.

— C'était un homme bon, commenta Matt en coupant une pomme de terre en deux. Il m'a aidé à monter mon garage quand les banques refusaient de me prêter de l'argent.

Trace était resté brouillé avec son père pendant tellement longtemps qu'il venait à peine d'apprendre qu'il lui arrivait d'aider ses concitoyens. Mais Hennessey ? L'homme qui lui avait arraché la seule femme qu'il ait jamais aimée ? Quel cruel coup du sort.

Et maintenant, sa mère le couvrait d'éloges !

— Je dois encore la moitié de la somme qu'il m'a prêtée l'an dernier, reprit Matt. Je la rembourserai dès que possible.

— Je ne suis pas inquiète, répondit sa mère. Je sais que vous y arriverez.

Trace allait devoir la mettre en garde… Si elle était trop gentille, les gens la croiraient faible et profiteraient d'elle.

— Nous commencerons à faucher demain après-midi, reprit-elle en souriant.

— Pourquoi ne pas nous y mettre le matin ? demanda-t-il.

Le visage de sa mère s'assombrit.

— Nous avons rendez-vous chez le notaire pour la

lecture du testament de ton père. D'ailleurs, le notaire a demandé que Matt et Lily soient présents.

Trace sentit la colère le gagner.

— Pourquoi ? Je pensais que papa allait tout te laisser.

Sa mère posa sa fourchette à côté de son assiette et joignit les mains sur ses genoux.

— Ne t'inquiète pas. Je ne manquerai de rien. Mais il voulait mettre d'autres personnes à l'abri du besoin.

— Je ne comprends pas, insista Trace. Tu étais sa femme. Tu as tous les droits sur tous ses biens.

— Je veux que vous sachiez que j'étais présente quand James a rédigé son testament, et qu'il porte aussi ma signature. Je sais déjà ce que le notaire dira demain.

— En ce cas, pourquoi ne nous le dis-tu pas maintenant ? interrogea Trace.

— Il faut d'abord que vous entendiez ce que le notaire a à vous dire. Ensuite, je vous expliquerai pourquoi ton père et moi avons fait ce que nous avons fait.

Elle reprit sa fourchette. Trace ouvrit la bouche, mais elle lui décocha un regard sans équivoque : la discussion était close. Il dut se mordre la langue pour ne pas se mettre à crier.

Non seulement cet homme lui avait pris sa petite amie, mais il s'était insinué dans les bonnes grâces de son père et s'était arrangé pour voler de l'argent à sa famille. Trace ne voulait pas de cet argent, mais il refusait que Matt Hennessey en touche un seul centime.

Lily posa une main sur celle de la mère de Trace, qui releva la tête et lui adressa un pauvre sourire.

Cet échange silencieux rappela à Trace que sa mère venait de perdre l'homme autour duquel elle avait bâti sa vie. Ils avaient été mariés pendant plus de trente-cinq ans. Il ne pouvait pas exprimer sa colère. Pas maintenant.

Malgré leurs différends, il avait aimé son père. C'était

lui qui lui avait enseigné ce qui était important dans la vie : comment monter à cheval, lancer une balle de base-ball ou un ballon de football, comment aimer une femme.

James Travis avait été une force avec laquelle il fallait compter. Il ne s'était inquiété pour son fils que parce qu'il l'aimait. Il avait voulu qu'il n'ait que le meilleur, qu'il ne se fourvoie pas dans une relation avec une femme dont les parents étaient un voleur et une prostituée. Il avait sans doute pensé donner de bons conseils à Trace, mais il n'avait pas compris que son fils n'était plus un enfant, qu'il pouvait prendre ses propres décisions, et qu'il en voulait à son père d'interférer. Non, son père n'avait pas compris qu'il avait besoin d'être seul maître de son destin, de faire des erreurs, et de suivre son cœur là où il le mènerait.

Avec le recul, peut-être que son père avait vu juste, au moins en partie. Trace avait décidé qu'il voulait Lily, mais elle avait décidé du contraire. Son père l'avait peut-être pressenti et avait cherché à éviter qu'il ait le cœur brisé.

Ce qui n'aurait pas amené Trace à changer d'avis en ce qui concernait l'armée. Il se serait engagé de toute façon. Et il était heureux de l'avoir fait. Pour la première fois de sa vie, il avait été un homme à part entière. Pas le fils de l'homme le plus riche du comté. Et il s'en était bien sorti. Il n'avait pas fait fortune, mais il avait gagné en tranquillité d'esprit.

Irish rompit le silence en demandant :

— Qu'est-ce que vous avez mis dans cette salade de pâtes, madame Travis ? Elle est délicieuse.

La mère de Trace sourit et son visage se détendit. Bientôt, Irish régalait la tablée d'anecdotes datant de l'époque où il faisait ses classes.

Quand ils eurent fini de dîner, Trace sentait le steak qu'il avait mangé lui peser sur l'estomac. Qu'avait légué son père à Matt et à Lily ? Et pourquoi ? Savait-il qu'ils étaient sortis ensemble ? Que c'était à cause d'eux que son fils avait eu le cœur brisé ?

Il apporta son assiette jusqu'à l'évier.

— Je prends la corvée de vaisselle, dit Irish.

— Non, répondit sa mère. Je m'en occupe.

— Vous en avez assez fait aujourd'hui, dit Irish. Vous avez besoin de vous reposer en admirant le coucher de soleil.

La mère de Trace remplit l'évier d'eau mousseuse.

— Si nous nous y mettons tous, nous en aurons fini plus vite et nous pourrons tous aller l'admirer, dit-elle en lui tendant un torchon à vaisselle. Je lave, vous essuyez. Lily et Trace rangent, et Matt me sert un verre de vin.

La vaisselle fut lavée, essuyée et rangée en un rien de temps. Ensuite, ils sortirent sur la terrasse pour contempler le ciel qui se teintait d'orange et de mauve tandis que le soleil plongeait sous l'horizon. Appuyé à la rambarde de la terrasse, Matt commenta :

— Cet endroit est merveilleux. Ne laissez personne vous le prendre.

— Nous n'en avons aucune intention, répondit la mère de Trace. Il est dans la famille depuis plus de cent ans. Mais ce n'est pas le genre de vie qui convient à tout le monde.

Trace se crispa. Il savait qu'elle parlait de lui. Avant de partir pour l'armée, il s'était une nouvelle fois disputé avec son père au sujet du ranch. Il avait dit à son père qu'il se moquait pas mal de savoir qui en hériterait. Mais, mon Dieu… Il ne voulait surtout pas que ce soit Matt Hennessey.

Assise sur la balancelle, à côté d'Irish, Lily lui parlait de sa vie dans la petite ville texane de Whiskey Gulch. Elle répondit à toutes ses questions, mais tut la façon dont les habitants l'avaient toujours tenue à l'écart. Elle s'abstint aussi de lui dire que les filles se moquaient d'elle et qu'elle avait dû repousser les avances d'une bonne partie des hommes du comté, qui pensaient qu'elle était comme sa mère.

Trace avait été l'une des rares personnes à lui témoigner de la gentillesse. Il l'avait toujours vue comme étant une personne distincte de ses parents.

Quand Irish s'excusa et rentra, Trace ramassa les cannettes de bière vides et le suivit. Lily se leva à son tour et s'étira.

— Je vais aller voir la chatte, dans la grange. Si elle a fait ses petits dans le grenier à foin, je vais devoir les déplacer.

— Je viens avec toi, dit Rosalynn.

— Pas besoin, répondit Lily. J'en ai pour une minute.

— Nous devrons l'attraper et la faire stériliser, ainsi que les chatons, si nous ne voulons pas avoir deux douzaines de chats dans la grange, remarqua Rosalynn en se renfonçant dans son rocking-chair. Si tu es sûre que tu n'as pas besoin de moi, je vais rester ici pour écouter le chant des cigales. Je les ai toujours trouvées trop bruyantes, mais James adorait ce bruit.

Elle sourit.

— Il me manque.

Lily posa la main sur son épaule.

— Il me manque à moi aussi.

— Merci d'être à mes côtés, Lily, répondit Rosalynn en posant la main sur la sienne. Je ne sais pas ce que j'aurais fait sans toi.

— Je n'ai rien fait de plus que ce que n'importe qui d'autre aurait fait. Je suis heureuse d'avoir été là pour vous.

Elle se pencha et embrassa Rosalynn dans les cheveux.

— Je reviens tout de suite.

Elle se dirigea vers la grange, sans se presser. Après ce dîner chargé de tension, elle avait besoin de s'éloigner de la maison et de Trace – et de fuir ses propres pensées. La chatte n'avait pas besoin d'elle, mais elle lui fournissait un excellent prétexte pour s'accorder quelques minutes de solitude.

Elle entra dans la grange et actionna l'interrupteur. Les lumières clignotèrent pendant un instant avant de répandre leur douce lueur ambrée. En entendant des hennissements, elle partit d'un petit rire.

— Vous avez déjà eu à manger.

Comme Lady frappait impatiemment le sol de sa stalle du sabot, elle tendit le bras par-dessus la porte et lui caressa les naseaux.

— Je vois que tu es plus à l'aise maintenant que tes sabots sont propres.

Elle entendit un bruit qui provenait du fond de la grange.

— Patches ? C'est toi, ma fille ?

Lady donna un coup de pied dans la cloison de sa stalle.

— Tout va bien, dit Lily en la flattant de nouveau.

Un frisson la traversa. La journée avait été chaude mais, maintenant que le soleil était couché, la température avait baissé de dix bons degrés. Tout en se frottant les bras, elle inspecta les recoins de la grange, en quête de la chatte, mais en vain. Quelqu'un l'avait-il enfermée par mégarde dans la sellerie ?

Elle poussa la porte de la sellerie et appela :

— Patches ?

Quand elle se retourna, elle surprit un mouvement du coin de l'œil. Avant qu'elle ait pu faire un pas de côté, une masse sombre fondit sur elle et frappa sa tempe, assez violemment pour la projeter au sol.

Elle resta allongée par terre, sonnée. Une douleur aiguë lui vrillait la tempe. Soudain, une silhouette apparut dans l'embrasure de la porte, à contre-jour. Elle geignit et voulut s'éloigner en rampant.

— Ne faites pas ça, dit-elle en levant une main pour se protéger le visage.

— Lily ?

La voix semblait provenir de très loin. La silhouette avança, s'accroupit à côté d'elle et elle reconnut le visage familier.

Trace.

Quand il tendit la main vers elle, elle s'accrocha à son bras.

— Tout va bien, chuchota-t-il. Tout va bien.

Il caressa ses cheveux pendant un moment, et elle le laissa faire. Mais soudain, elle le repoussa.

— Non.

Prise d'une véritable frénésie, elle se dégagea et chercha à regarder derrière lui.

— Quoi ? demanda Trace.

— Il pourrait t'avoir.

Elle secoua la tête pour dissiper le brouillard qui obscurcissait ses pensées. Le mouvement lui arracha une petite grimace de douleur.

— Qui ? demanda Trace en l'aidant à se relever. De quoi est-ce que tu parles ?

— Il pourrait te frapper.

Elle le repoussa de nouveau.

— Qui, il ? demanda-t-il en la saisissant par le bras. Lily, qu'est-ce que tu faisais par terre ?

— Quelqu'un m'a frappée, répondit-elle.

Aussitôt, il la relâcha et ordonna :

— Reste dans la sellerie et n'ouvre pas la porte jusqu'à ce que je te le dise. Tu me le promets ?

Elle fut gagnée par la peur. Mais c'était pour lui qu'elle s'inquiétait.

— Qu'est-ce que tu vas faire ?

— Je vais trouver la personne qui se cache dans la grange, dit-il en refermant la porte derrière lui. Enferme-toi à clé.

— Et toi ? demanda-t-elle d'une voix tremblante.

— Ne t'en fais pas pour moi.

Il attendit un instant avant de répéter :

— Lily, ferme cette fichue porte à clé.

Elle obtempéra et plaqua l'oreille contre la porte en priant pour qu'il n'arrive rien à Trace. Elle retint son souffle pendant ce qui lui sembla une éternité.

— Tu peux ouvrir, dit-il enfin. Il n'y a plus personne ici.

Elle ôta le verrou, ouvrit la porte à la volée et se jeta dans ses bras.

— Dieu merci… J'avais tellement peur…

Il la serra contre lui en caressant sa nuque jusqu'à ce qu'elle cesse de trembler. Ensuite, il recula d'un pas pour la dévisager.

— Où t'a-t-il frappée ?

Elle porta les doigts à sa tempe et grimaça.

— Ici.

Il inclina sa tête de façon à ce que la lumière éclaire son visage.

— Tu as une petite plaie. Demain, tu auras sans doute un joli bleu. Rentrons et allons te soigner.

Elle sortit de la sellerie en secouant la tête.

— Qui a bien pu me frapper ?

La mâchoire de Trace était crispée, ses yeux étrécis.

— Je ne sais pas, mais je n'aime pas ça. Dorénavant, aucun d'entre nous ne sortira seul, que ce soit de nuit ou en journée. Nous devons fonctionner en binômes.

Il la prit par le coude et voulut l'entraîner vers la porte, mais elle planta ses talons dans le sol et le força à s'arrêter.

— Patches.

Trace fronça les sourcils.

— Patches ?

— La chatte qui vit dans la grange. Elle va avoir des chatons. J'étais venue voir comment elle allait.

— Elle saura quoi faire. Allons nous occuper de ta blessure.

Il la tira vers l'avant, mais elle se dégagea.

— Pars si tu veux, mais il faut que je la trouve. Si elle s'est cachée dans le grenier à foin, elle pourrait se retrouver coincée quand nous rentrerons les bottes.

Elle commençait à gravir l'escalier qui menait au grenier quand Trace la prit par la taille et la déposa sur le sol.

— Si quelqu'un doit monter, ce sera moi.

— Si tu montes, je me retrouverai seule en bas, objecta-t-elle.

Il grimaça.

— Tu marques un point. Très bien : je monte en premier, au cas où ton agresseur serait caché là-haut, et tu me suis.

L'idée lui déplaisait. Si l'agresseur était toujours dans la grange et attendait que l'un d'eux monte dans le grenier, Trace risquait de se faire assommer lui aussi. Mais il était plus grand, avait reçu un meilleur entraînement au combat, et il était sacrément intimidant.

— D'accord, dit-elle.

Trace attrapa un fouet accroché au mur et monta les marches, Lily sur les talons. La lumière leur permettait tout juste de voir où ils posaient les pieds. Les recoins les plus éloignés, où quelques bottes de l'année passée étaient encore empilées, étaient plongés dans les ténèbres.

— Rappelle-moi de prendre mon Glock, dit Trace en marchant vers l'une des piles.

— Prends ton Glock, chuchota-t-elle.

Il gloussa de rire.

— Il vaudrait mieux que tu me le rappelles avant que je sorte de la maison.

Il contourna lentement les bottes de foin tandis que Lily

sortait son téléphone portable de sa poche et allumait la lampe torche. Quand elle éclaira l'arrière de la pile, deux ronds rouges jaillirent des ténèbres.

— Patches !

Elle s'agenouilla auprès de la chatte grise et blanche et vit qu'elle avait donné naissance à cinq chatons, de différentes nuances de gris, de blanc et de roux.

— Regarde-moi ça, s'exclama-t-elle. Cinq jolis bébés, et un petit nid bien chaud.

Elle observa les minuscules chatons qui cherchaient à tâtons les mamelles de leur mère.

— Nous devrons les déplacer avant de monter le foin.

— Si nous les déplaçons, elle les ramènera, remarqua Trace. Si elle a choisi cet endroit, c'est parce qu'elle s'y sent en sécurité.

— C'est vrai…

Lily posa un doigt sur son menton et regarda pensivement autour d'elle.

— Où pourrait-elle se sentir suffisamment en sécurité pour ne pas les déplacer ?

— Je ne sais pas. Pour le moment, laissons-les ici. Nous devons faucher demain, et nous ne pourrons râteler et botteler le foin que quand il sera sec. Quand nous serons prêts à le rentrer, nous pourrons les enfermer temporairement dans la sellerie.

Lily hocha la tête.

— Ce serait le mieux.

Elle sourit en regardant les minuscules chatons qui rampaient sur le ventre de Patches avant de se relever. Comme elle titubait, Trace la prit aussitôt dans ses bras et l'attira contre lui.

— Je n'aurais pas dû te laisser monter ici avec une blessure à la tête, dit-il en écartant ses cheveux pour regarder sa tempe. Rentrons à la maison.

— Oui. Je m'inquiète pour ta mère. Je l'ai laissée seule sur la terrasse.

— Elle s'apprêtait à aller se coucher quand je suis sorti.

Il marcha vers l'escalier et demanda :

— Est-ce que tu as besoin d'aide pour descendre ?

Elle secoua la tête.

— Non. Je suis montée seule, je peux descendre seule.

Il esquissa un sourire.

— Tu es toujours aussi indépendante.

— À l'époque, ça te plaisait, rétorqua-t-elle en relevant le menton.

Son regard glissa de ses yeux à ses lèvres.

— Beaucoup de choses me plaisaient chez toi.

Le cœur de Lily se mit à tambouriner. Trace se tenait si près d'elle qu'il lui aurait suffi de tendre le bras pour le toucher – et de se mettre sur la pointe des pieds pour plaquer ses lèvres contre les siennes. Elle se sentit basculer vers lui, se ressaisit avant de perdre la tête et s'élança vers l'escalier. Mais Trace la saisit par le poignet pour la retenir.

— Moi d'abord.

Elle le laissa descendre le premier, ce qui lui laissa un peu plus de temps pour se ressaisir. Avait-il ressenti ce pincement de désir, lui aussi, cette envie d'échanger plus que des mots ? Quand il l'avait embrassée, avait-il éprouvé quelque chose ?

Parce que, pour elle, ce baiser avait été une révélation. Il lui avait fait comprendre que tous ses efforts pour l'oublier avaient été vains. Trace avait été, et serait toujours, son seul amour. Jamais elle ne supporterait de le voir tomber amoureux d'une autre femme et l'épouser. Elle en serait anéantie, brisée en mille morceaux.

Non, elle refusait de vivre ce moment. Et si elle devait quitter Whiskey Gulch Ranch et sa ville natale pour ne pas y assister, elle s'en irait.

7

Quand l'adjoint au shérif qui était venu inspecter la grange et prendre la déposition de Lily fut reparti, Trace fit le tour de la maison pour vérifier que toutes les portes et les fenêtres étaient bien verrouillées.

Sa mère avait soigné la blessure de Lily tandis qu'Irish, qui avait reçu une formation de médecin, examinait ses pupilles pour s'assurer qu'elle n'avait pas de commotion cérébrale.

Il lui avait conseillé de voir un médecin mais elle avait refusé, arguant qu'elle n'avait pas perdu connaissance et qu'elle se sentait beaucoup mieux. Irish avait alors proposé de la surveiller pour s'assurer qu'aucune complication ne survenait pendant la nuit. Elle avait tout aussi poliment décliné cette proposition.

Une fois couché, Trace passa un long moment à se tourner et se retourner dans son lit sans pouvoir trouver le sommeil. N'y tenant plus, il finit par se lever, sortit dans le couloir sur la pointe des pieds et poussa la porte de la chambre de Lily, qui n'était pas fermée à clé. Avec une pointe de culpabilité, il entra et resta un moment debout à côté de son lit. Quand il vit sa poitrine soulever le drap au rythme de sa respiration, il fut tellement soulagé qu'il eut envie de l'embrasser et de la serrer contre lui, comme il le faisait quand ils étaient plus jeunes.

Malheureusement, ils n'étaient plus deux adolescents bourrés d'hormones. Ils étaient devenus adultes, et leurs chemins s'étaient séparés… avant de se rejoindre à nouveau.

Quand Trace avait quitté son unité, il n'avait pas réfléchi à ce que serait son avenir au-delà de son retour à la maison. Mais maintenant qu'il était sur le Whiskey Gulch Ranch, il ne se voyait plus rejoindre son unité en laissant sa mère le diriger seule, avec l'aide de Lily et du contremaître.

Il était logique que ce soit elle qui hérite du ranch. Si elle comptait y rester, il devrait y rester lui aussi. Si elle choisissait de vendre, il n'aurait pas son mot à dire.

Les moments qu'il passait à travailler dans la grange, aux champs et dans la maison lui rappelaient son enfance. À l'époque, il avait le monde à ses pieds. Son père avait toujours exigé qu'il travaille dur, mais en lui ménageant des moments pour s'amuser.

En été, il lui était souvent arrivé de chevaucher à travers les pâturages en compagnie de ses amis pour se rendre jusqu'à la rivière, où ils nageaient et lézardaient au soleil pendant tout l'après-midi.

Lily l'accompagnait souvent, et c'était là qu'il avait commencé à tomber amoureux d'elle. Elle avait été son amie avant d'être son amour – son premier amour. Ensemble, ils pique-niquaient près de la rivière, couraient après les écureuils et s'allongeaient à l'arrière de son pick-up pour contempler les étoiles filantes qui traversaient le ciel piqueté de diamants. Mais aucune étoile n'était aussi belle que celles qui se reflétaient dans les yeux de Lily.

Il était tellement amoureux d'elle que leur rupture l'avait sonné comme l'aurait fait un coup, d'autant plus qu'il n'avait rien vu venir.

Maintenant qu'il était de retour et devait travailler à ses côtés, il ne pouvait plus l'éviter comme il l'avait fait pendant onze ans. Et il ne pouvait pas plus ignorer les sentiments qui étaient remontés à la surface.

Il regagna sa chambre sans bruit, s'allongea sur son lit et attendit que le sommeil le gagne. En vain. Alors, et plutôt que d'attendre que le jour se lève, il se releva, s'habilla et partit pour la grange alors que le soleil pointait à l'horizon.

Il travaillait depuis déjà un moment quand une voix lança, derrière lui :

— Tu t'es levé de bonne heure. Tu n'arrivais pas à dormir ?

Il se retourna et vit Irish debout dans le soleil.

— Non.

Il avait passé le début de la matinée à nettoyer la sellerie et décider de ce qui devait être jeté. Roy avait tendance à tout garder, même les produits périmés ou les objets inutilisables. Il avait aussi dressé une liste de ce qui leur manquait : des rations pour les chevaux, du vermifuge, des clous pour réparer les clôtures, des étrilles et des brosses.

— Tu te tracasses pour le testament de ton père ?

Irish attrapa un balai et entreprit de balayer la poussière et le foin qui s'étaient accumulés dans le coin de la sellerie.

Trace n'avait pas vraiment pensé au testament. Toutes ses pensées étaient pour Lily et son envie de l'embrasser. Peut-être que la question d'Irish allait le délivrer de son obsession.

— Le ranch appartenait à mon père, répondit-il. Ce que ma mère et lui ont décidé d'en faire ne regarde qu'eux.

Irish sembla surpris.

— Tu n'en veux pas une partie ?

— Seulement si c'est ce qu'ils ont décidé, répondit-il.

— Ce serait dommage qu'il ne reste pas dans la famille.

— Diriger un ranch n'est pas une sinécure, dit-il. Mon père, et son père avant lui, ont construit cet endroit à force de sueur et de larmes.

— Et tu n'as pas participé ?

— Pas autant que mon père l'aurait voulu.

Il avait eu beau faire tous les efforts possibles, son père avait toujours trouvé une raison de critiquer son travail.

— Il voulait que tu restes et que tu prennes la relève, n'est-ce pas ? devina Irish.

Trace ne répondit pas.

— Cet endroit est magnifique, reprit son ami. Pourquoi as-tu choisi de t'engager dans l'armée et de gagner à peine de quoi vivre alors que tu avais tout ceci ?

Il se sentait gagné par la colère.

— Parce que ce ranch ne m'appartenait pas, et que je n'avais pas mon mot à dire. Si j'étais resté, mon père aurait continué à diriger Whiskey Gulch comme il l'entendait, sans me faire assez confiance pour me laisser décider de quoi que ce soit. Et pourquoi l'aurait-il dû ? Aussi longtemps qu'il a été là, je n'ai jamais eu la moindre responsabilité.

— Je vois ce que tu veux dire, dit Irish.

Trace accrocha une bride à une cheville plantée dans le mur et se tourna vers son ami.

— C'est comme ça, c'est tout. Prêt pour le petit déjeuner ?

Il sortit de la grange et se dirigea vers la maison sans attendre Irish. Une odeur de bacon fit gronder son estomac. Il avait faim, mais l'inquiétude que lui inspirait le contenu du testament lui nouait le ventre. Contrairement à ce qu'il venait de dire à Irish, le sort du Whiskey Gulch Ranch lui importait vraiment. Tout comme son père, et le père de son père, c'était ici qu'il avait ses racines. Il était parti pour se prouver qu'il pouvait être un homme à part entière, mais il avait toujours su qu'il finirait par revenir à la maison. Jamais il n'aurait imaginé que ce serait pour enterrer son père.

Pour ton information, dit Irish en le rattrapant, je

ne m'attends pas à ce que vous continuiez à m'héberger et me nourrir.

— Ne t'inquiète pas pour ça. Certains de nos ouvriers ont une famille et vivent en ville, mais les célibataires choisissent parfois de vivre sur le ranch. Mon père a fait aménager de petits appartements dans le baraquement. À toi de voir. Nous engagerons un cuisinier…

Il s'interrompit en pensant à Lily.

— Ou une cuisinière, qui préparera le petit déjeuner et le dîner pour les hommes et leur fournira un déjeuner à emporter.

— J'apprécie tout ce que tu as fait pour moi. J'aimerais rester au moins jusqu'à connaître un peu mieux la région. Je vous aiderai à préparer le baraquement pour libérer ma chambre.

— Rien ne presse.

Il leva les yeux vers le ciel d'un bleu pur et reprit :

— Le plus urgent est de rentrer le foin avant qu'il pleuve. La météo du Texas est capricieuse et la perturbation peut tout aussi bien nous éviter, mais il vaut mieux ne pas prendre de risque.

— Très bien, répondit Irish. Je ferai de mon mieux.

Trace frappa l'épaule de son ami.

— Je sais. C'est pour cela que je t'ai demandé de venir. J'espère seulement que tu resteras. Ce mode de vie ne convient pas à tout le monde, surtout à des gars comme nous. Sur un ranch, on peut s'ennuyer. Les montées d'adrénaline sont rares.

— Ça ne me dérange pas, répondit Irish. Je ne dirais pas non à un peu de calme.

— Il faut surtout que tu prennes le temps de guérir, répliqua-t-il avec un regard appuyé. Nous avons besoin de ton aide, mais il ne faut pas que tu forces au point de rouvrir tes blessures.

Il fronça les sourcils.

— Est-ce que cela ne te dérange pas de rester seul ici pendant que nous serons tous en ville, chez le notaire ?

Irish secoua la tête.

— Il faut que quelqu'un reste pour surveiller les terres. Ne t'inquiète pas pour moi. Je serai sur mes gardes.

Trace gravit les marches de la terrasse de la maison.

— Garde tes armes à portée de main.

— Je ne sortirai jamais sans mon pistolet, répondit Irish en lui tenant la porte arrière.

— L'assassin prend confiance et s'approche trop de nous. Je ne voudrais pas que tu sois rentré d'une zone de combat pour être blessé ou tué dans ton propre pays.

Irish eut un sourire en coin.

— Ce serait d'une ironie sans nom.

— En effet. Alors, évite de te faire tuer. Ne t'éloigne pas de la maison et reste prudent.

Il prit la main d'Irish, la pressa fermement, et attira son ami contre lui pour le prendre dans ses bras.

— Ne me fais pas regretter de t'avoir demandé de venir.

— N'y compte pas trop. Tu m'as sauvé la vie en Afghanistan, je te dois bien ça.

— Tu ne me dois rien du tout. Tu as sauvé la mienne tellement de fois que j'ai perdu le compte.

— Est-ce que tu vois qui pourrait s'en prendre aux habitants du ranch ? demanda Irish.

— Pas du tout, répondit-il en serrant les poings. L'homme qui a agressé Lily dans la grange avait bien préparé son coup. Il était sans doute venu à pied, et il a filé en vitesse.

Irish secoua la tête.

— Qu'est-ce qui te fait croire qu'il était dans la grange ? Comment aurait-il su que Lily allait y retourner ?

— Je n'en sais rien, répondit-il en entrant dans la cuisine. Mais nous allons devoir redoubler de vigilance.

— Qui va devoir redoubler de vigilance ? demanda sa mère, qui se tenait près de la cafetière.

— Nous tous, répondit Lily.

Debout devant la cuisinière, elle préparait des œufs brouillés.

— Tout le monde est prêt pour le petit déjeuner ?

Quand elle se retourna et que Trace vit l'ecchymose sur sa tempe, il sentit son sang se remettre à bouillir dans ses veines. S'il avait attrapé le type qui l'avait frappée, il l'aurait cogné presque jusqu'à le tuer.

— Je meurs de faim, dit Irish. En quoi puis-je aider ?

— Dites-moi ce que vous voulez boire et asseyez-vous, répondit la mère de Trace. Tout est prêt.

Lily versa les œufs dans un grand saladier qu'elle posa sur la table. Trace ne pouvait s'empêcher de la regarder déambuler dans la cuisine. Elle portait un jean, un chemisier bleu pastel et ses bottes de cow-boy. Quelques boucles blondes s'étaient échappées de sa queue-de-cheval et caressaient ses joues.

Une douleur profonde, physique, transperça sa poitrine.

Irish avança une chaise pour la mère de Trace.

— M'dame.

Elle lui sourit.

— S'il vous plaît, ne m'appelez pas « m'dame ». Ça me fait me sentir vieille.

— D'accord, madame Travis.

Ses yeux s'emplirent de larmes.

— Non, rectifia-t-elle avec un sourire forcé. Appelez-moi Rosalynn.

Trace avait été tellement obnubilé par Lily et par les sentiments persistants qu'il éprouvait pour elle qu'il avait à peine regardé sa mère. Il s'assit en bout de table, face à elle, et demanda à mi-voix :

— Ça va ?

Elle croisa son regard, et une larme roula sur sa joue.

— Tu ressembles tellement à ton père que, parfois, ça me fait mal de te voir.

— Je suis désolé, dit-il.

Elle éclata de rire, mais le son se brisa dans sa gorge.

— Tu n'as pas à être désolé. J'aime penser qu'il est encore ici, en toi. Vous vous ressembliez tellement, tous les deux.

Quand il était entré dans l'âge adulte, Trace avait voulu s'éloigner de son père aussi vite que possible. Ils n'étaient jamais d'accord sur rien et se disputaient sans cesse. À cette époque, jamais il n'aurait pensé avoir quoi que ce soit en commun avec lui. Mais il avait fini par comprendre ce que sa mère avait toujours su quand il avait effectué ses premières missions avec la Delta Force. Tout comme son père, il était obstiné, mû par une détermination sans faille, et il aimait avoir le contrôle. Or, parce qu'il manquait encore d'expérience, il avait dû laisser le contrôle à ceux qui en avaient plus et connaissaient les astuces qui leur permettraient de rester en vie.

Rétrospectivement, il comprenait que son père avait été semblable au membre le plus ancien de son unité de la Delta Force : il avait possédé de solides connaissances et cette forme d'instinct qui ne s'acquiert que par l'expérience.

— J'ai appelé le shérif, dit sa mère. La police n'a rien trouvé, et il n'y a eu aucun incident similaire dans la région.

— Je m'y attendais, dit Trace en secouant la tête. J'aimerais vraiment mettre la main sur ce fumier.

Il regarda Lily avant de reposer les yeux sur sa mère.

— Il faut que vous preniez cette menace au sérieux. Plus personne ne sortira seul à la nuit tombée. Chacun doit avoir un binôme.

— Nous sommes trop peu nombreux pour attendre de

trouver un binôme quand nous devons aller à la grange, remarqua sa mère.

— Je m'en fiche, répliqua Trace. Tout ce qui importe, c'est que vous ne couriez aucun danger.

Sa mère lui sourit.

— Ton père aurait dit la même chose.

Trop de rappels de l'absence de son père lui faisaient regretter de ne pas être rentré avant qu'il meure. Maintenant, il n'aurait jamais l'occasion de combler le gouffre qui les avait séparés. Son père ne saurait jamais que son fils le comprenait enfin.

Quand ils eurent mangé et rangé la cuisine, la mère de Trace accrocha son torchon à vaisselle et annonça :

— Matt doit nous rejoindre chez le notaire dans une demi-heure. Nous devons partir.

— Nous allons prendre mon pick-up, dit Trace. Il faut que je passe faire quelques courses en rentrant.

— Bonne idée. Lily a été blessée hier, il vaut mieux qu'elle ne conduise pas.

Sa mère prit son sac à main et se dirigea vers la porte. Lily ouvrit la bouche pour protester mais la referma sans mot dire, au grand soulagement de Trace. S'ils devaient essuyer une nouvelle attaque, il voulait être au volant.

Il ne savait pas ce que réservait la lecture du testament, mais il trouvait sa mère bien trop mystérieuse. Quelque chose lui disait qu'il n'allait pas apprécier les dispositions que son père et elle avaient prises pour le Whiskey Gulch Ranch. Même s'il avait dit à Irish qu'il se moquait de ce qu'avaient décidé ses parents, il ne voulait pas voir les terres découpées en parcelles et vendues au plus offrant.

— Sois prudent, dit-il à Irish. Nous commencerons à faucher dès que nous reviendrons.

Irish le salua.

— Promis, je vais ouvrir l'œil.

Une sensation de peur se logea dans son estomac, aussi lourde que du plomb. Il savait qu'il n'aurait pas dû s'inquiéter autant du contenu du testament, mais il ne pouvait s'en empêcher.

Il aida sa mère à monter à l'avant de son pick-up et s'installa au volant. Son petit déjeuner commençait à lui peser sur l'estomac.

Il fallait qu'il se dise que, quoi qu'il arrive, c'était le destin. Il ne pouvait plus rien y changer. Mais, franchement, il aurait préféré voir revenir son père plutôt qu'hériter de son ranch.

Lily était montée à l'arrière du pick-up, ce qui lui permit d'observer Trace tout à loisir.

Il lui semblait plus grand que le jour de son départ. En tout cas, ses épaules étaient plus larges et puissamment musclées. Ses cheveux étaient coupés de la façon réglementaire, très courts sur la nuque et les côtés, un peu plus longs sur le dessus. Sa posture était droite, fière et inflexible… et sexy en diable. Quand elle repensa à leur baiser de la veille, ses lèvres se remirent à la picoter et les zones de son corps qu'il avait touchées s'enflammèrent.

Soudain, elle croisa son regard dans le rétroviseur. Aussitôt, une onde de chaleur monta dans son cou et se propagea jusqu'à ses joues. Pour fuir ce regard, elle se pencha sur le côté et fit mine de s'intéresser au paysage.

Pourquoi n'arrivait-elle pas à se concentrer sur le rendez-vous avec le notaire, au lieu de rêver à cet homme ? Jamais elle ne pourrait l'avoir. Il venait d'un monde tellement éloigné du sien qu'il aurait tout aussi bien pu vivre sur une autre planète. Il méritait mieux que ce qu'elle avait à offrir. D'ailleurs, il ne lui avait jamais pardonné de l'avoir quitté. En lui faisant croire qu'elle fréquentait Matt Hennessey, elle avait tué tout ce qu'il pouvait ressentir pour elle. Il l'avait éjectée de sa vie et n'avait pas essayé une seule fois de la contacter au cours des onze dernières années.

Mais si elle lui avait menti, c'était pour son bien. S'ils étaient restés ensemble, peut-être qu'il aurait renoncé à son rêve de s'engager pour venir vivre avec elle dans le parc à mobil-homes miteux où elle habitait, uniquement pour contrarier son père. Il aurait été malheureux, et elle se serait sentie coupable de l'avoir retenu près du ranch et de son père.

Non, elle avait fait ce qui était le mieux pour lui, même si elle en avait eu le cœur brisé. Pendant un temps, elle avait follement espéré qu'il finirait par revenir et lui pardonner son mensonge, avant de se résigner à vivre une vie sans lui.

Trace se gara devant l'étude du notaire, à côté d'un vieux pick-up au pare-chocs avant cabossé.

— Roy est ici, dit Rosalynn, les sourcils froncés. Pourtant, je lui avais dit de se reposer et promis de l'appeler.

Alors qu'elle saluait le contremaître de la main, une moto se gara entre les deux pick-up. Trace crispa aussitôt les doigts sur le volant.

— Matt aussi est là, dit sa mère. Très bien.

Lily se pencha vers la droite pour voir le visage de Trace dans le rétroviseur. Son visage était d'une dureté de pierre. Pourquoi avait-il fallu qu'elle choisisse Matt pour jouer le rôle du garçon pour lequel elle le quittait ?

Trace descendit et alla aider sa mère. Roy se laissa prudemment glisser jusqu'au sol. Quand il posa le pied par terre, il grimaça.

— Bonjour, madame Travis. Vous avez bonne mine.

— Merci, Roy. Vous auriez mieux fait de rester chez vous et de vous reposer, mais je suis heureuse de voir que vous allez mieux.

L'homme lui sourit.

— Vous ne changerez jamais. Toujours à vous inquiéter de tout le monde.

— Si nous entrions ? dit-elle.

Matt se précipita pour lui ouvrir la porte et elle marcha droit vers l'accueil.

— Pouvez-vous prévenir Me Phillips que Mme Travis et son groupe sont arrivés ?

La réceptionniste décrocha son téléphone pour prévenir le notaire avant de les introduire dans une salle de conférences.

— Ce ne sera pas long, dit Rosalynn.

Un homme en costume gris entra dans la pièce, un dossier sous le bras. Il alla droit à Mme Travis pour lui donner l'accolade.

— Je suis navré que nous nous voyions en de telles circonstances. Nous ne nous attendions certainement pas à devoir ouvrir ce testament aussi tôt.

Elle lui sourit entre ses larmes.

— Heureusement que nous avons pu tout mettre en ordre avant le décès de mon mari. Si cela ne vous dérange pas, venons-en au fait. Nous devons faucher aujourd'hui.

— Très bien, dit Me Phillips.

Il s'assit, posa son dossier sur la grande table en bois sombre et en sortit un document.

— Je suis tenu de lire ce document devant vous tous. Asseyez-vous, je vous prie.

Matt aida Rosalynn à s'asseoir et prit place à côté d'elle. Trace s'assit face à eux. Il semblait contenir sa colère à grand-peine.

Quand Lily et Roy furent installés, le notaire prit la parole.

— James et Rosalynn ont demandé à me voir il y a deux mois pour consigner les souhaits de James dans ce document. James a tenu à ce que ses volontés soient formulées de telle sorte que tout le monde soit en mesure de les comprendre.

Lily se demanda pour la millième fois pourquoi M. Travis l'avait couchée dans son testament. Elle n'avait aucun lien de parenté avec lui, pas plus que Matt, d'ailleurs. Pourquoi étaient-ils ici, avec la famille du défunt ?

Son estomac se noua quand elle posa les yeux sur Trace, qui s'était tourné vers sa mère pour la dévisager. Rosalynn soutint son regard tandis que le notaire commençait la lecture du testament.

— Tout d'abord, c'est à Mme Travis que revient l'intégralité des biens de son défunt mari. Cependant, le couple a tenu à ce qu'une part de l'héritage revienne à certains de leurs proches si l'un d'entre eux venait à décéder avant l'autre.

Mme Travis acquiesça sans mot dire. Le notaire prit une grande inspiration et annonça :

— James et Rosalynn Travis ont créé un fonds fiduciaire au bénéfice de Mlle Lily Davidson, qui lui sera versé en rentes mensuelles jusqu'à la fin de ses jours.

— Comment ? hoqueta Lily. Je ne comprends pas. Je ne suis qu'une employée des Travis, pas une parente.

Elle posa vivement les yeux sur Trace qui la dévisagea pendant un instant avant de se tourner de nouveau vers sa mère. Il semblait perplexe.

Rosalynn esquissa un sourire et hocha la tête.

— M. Travis voulait que vous sachiez qu'il regrettait de ne pas toujours avoir été juste avec vous, reprit le notaire en lui souriant. Il a voulu se racheter en faisant en sorte que vous soyez à l'abri du besoin jusqu'à la fin de vos jours.

Les yeux de Lily s'emplirent de larmes.

— Mais je ne veux pas son argent ! protesta-t-elle. Il appartient à sa femme.

— Ce que vous en ferez ne regarde que vous, répondit le notaire. Poursuivons.

Rosalynn posa une main sur celle de Lily.

— Il y tenait. S'il te plaît, ne refuse pas.

Le notaire poursuivit :

— M. Travis lègue le pick-up du ranch à Roy Gibson. Si le ranch est vendu, M. Gibson recevra également l'équivalent de six mois de salaire.

— M. Travis ne me devait rien, protesta Roy. Il m'a donné un travail quand j'en avais besoin.

— Il savait que vous aviez besoin d'un pick-up neuf, et il voulait que vous ayez celui que vous utilisez sur le ranch, dit la mère de Trace avec un doux sourire. Il se souciait du bien-être de ses employés.

— Nous en avons fini avec les détails, reprit le notaire. Le testament laisse le reste des biens aux enfants de James Travis. Si l'un d'eux choisit de vendre sa part, la propriété entière devra être vendue et le produit de la vente divisé en parts égales.

Trace haussa vivement les sourcils.

— « Enfants » ? Pourquoi ce pluriel ?

Sa mère se pencha et planta son regard dans le sien.

— Trace… Ton père et moi voulions t'en parler, mais c'était une nouvelle que nous voulions t'annoncer face à face. Tu as un frère. Ou, plus précisément, un demi-frère.

— Quoi ?

Il secoua la tête et regarda Lily, puis Matt Hennessey, qui semblait aussi sonné que s'il venait de recevoir un coup de poing en plein ventre.

— Toi ?

Matt hocha lentement la tête.

— Quand je l'ai appris, ça m'a fait un choc à moi aussi.

Trace se tourna vers sa mère.

— Tu plaisantes

— Non, mon chéri, je ne plaisante pas. Ton père ne savait même pas qu'il avait un autre enfant jusqu'à ce que la mère de Matt soit assassinée. Que Dieu ait son âme.

— Comment pouvait-il ignorer qu'il avait un autre enfant ? demanda-t-il en fronçant les sourcils de plus belle. Est-ce qu'il te trompait ?

Mme Travis leva les mains.

— Non ! Pas du tout. Matt a deux ans de plus que toi. James sortait avec sa mère, mais ils ont rompu et elle a quitté Whiskey Gulch. Elle est revenue deux ans plus tard, avec un petit garçon, mais James n'a jamais fait le rapprochement. Il n'a appris l'existence de ce fils que quand elle est décédée, il y a un an, par un courrier envoyé par son notaire. James s'en est terriblement voulu d'avoir ignoré l'existence de ce fils pendant autant d'années. Il voulait se racheter auprès de lui.

Trace se renfonça dans son siège et secoua la tête.

— En lui donnant le ranch ?

— En le donnant à ses deux fils, rectifia sa mère. Mais sans le partager.

— Bon sang ! explosa-t-il. Comment peux-tu être sûre qu'il est bien le fils de papa ?

— Matt s'est posé la même question, répondit Rosalynn. Il a proposé de se soumettre à un test ADN, et les résultats sont formels : James était bien son père.

Encore sous le choc de la révélation, Lily essayait de comprendre quelles en étaient les implications.

Non seulement le père de Trace, en lui léguant de l'argent, l'avait spolié d'une partie de son héritage pour le donner à la femme dont il pensait qu'elle l'avait trompé, mais Trace se retrouvait maintenant forcé de partager le Whiskey

Gulch Ranch avec un homme qu'il connaissait à peine et voyait comme son rival. Un homme qui était son frère.

S'il y avait jamais eu une infime chance qu'il se réconcilie avec elle, elle venait d'être réduite à néant.

8

Trace était tassé dans sa chaise, en proie à une rage intense. Il aurait préféré être en Afghanistan qu'ici. Combattre l'ennemi aurait été plus facile qu'accepter les dernières volontés de son père qui, même depuis sa tombe, continuait à régenter sa vie.

— Le document contient quelques précisions d'ordre juridique, mais je vous ai lu l'essentiel, reprit le notaire. Je vous conseille de réfléchir. Si l'un de vous deux décide de se séparer de sa part, le ranch devra être vendu. Il faudra que votre mère trouve un autre logement. James espérait que ses deux fils parviendraient à gérer le ranch ensemble, et à le garder dans la famille pour encore un siècle. Mais il savait aussi que la jeune génération était moins attachée à la terre que la sienne et ne voulait pas que le ranch devienne un fardeau. Quoi qu'il arrive, la part de l'actif qui revient à Mme Travis lui permettra de vivre confortablement jusqu'à la fin de ses jours. James lui a laissé un petit cottage, en ville, qu'elle peut vendre si elle ne souhaite pas y emménager.

Trace regarda sa mère droit dans les yeux.

— Maman… Tu l'as laissé faire ça ?

— Oui, répondit-elle. C'était à lui de choisir à qui il léguerait le ranch, et il savait que je ne voudrais pas le diriger s'il n'était plus là. J'étais prête à m'en occuper jusqu'à ce que vous preniez le relais, mais ce que je veux, c'est faire de la cuisine et du crochet et aider à élever mes petits-enfants.

Elle le gratifia d'un sourire tendre.

— Et si tu décides de vendre, je n'aurai pas besoin de l'argent. J'en ai assez pour vivre, où que j'aille.

— Mais c'est ta maison ! protesta Trace. Tu ne devrais pas avoir à la quitter.

— J'ai toujours su que ce ne serait plus la même chose sans ton père, répondit-elle en haussant les épaules. Je lui ai dit que s'il disparaissait avant moi, je ne voulais pas qu'il me laisse le ranch. Il appartient à ses enfants, et aux enfants de ses enfants… si vous choisissez tous les deux de le garder.

Cette dernière phrase ramena ses pensées sur l'homme assis face à lui.

— Il n'a jamais travaillé sur le ranch, argua-t-il en désignant Matt du pouce. Pourquoi le lui léguer ?

— Ton père regrettait de ne pas avoir vu Matt grandir. Puisqu'il ne pouvait rien changer au passé, il a voulu assurer son avenir. Il espérait aussi qu'un lien fraternel se créerait entre vous deux.

— Jamais cet homme ne pourra être mon frère, dit Trace. Mes frères sont les membres de mon unité, des hommes comme Irish, Levi et Beck, qui ont toujours veillé sur moi.

— Pareil pour moi, intervint Matt. Les seuls frères que j'aie jamais eus étaient des marines. Et comme l'a dit Trace, je ne connais rien au travail de rancher… Je suis désolé, Rosalynn. Je vous ai offert mon aide, et je vous aiderai. Mais sur le long terme, ça ne marchera jamais.

— D'ailleurs, je compte repartir dès que tout sera réglé ici, ajouta Trace.

Une grimace traversa le visage de sa mère, aussitôt remplacée par un masque impénétrable.

— Je sais que cette nouvelle a été un choc pour vous deux, mais je vous demande de réfléchir. Même si vous décidez de vendre le ranch, vous devez vous occuper des animaux et stocker du foin pour l'hiver. Et je ne parle même pas de la menace qui plane sur nous, et qui pourrait impacter la vente des terres et du bétail.

Trace serra les dents. Il ne voulait pas travailler avec Hennessey, mais ils devaient éloigner cette menace.

— Tu as raison. Aussi longtemps que l'assassin est en liberté, aucun d'entre nous ne sera en sécurité. Nous attendrons de l'avoir démasqué pour prendre une décision.

— Je suis d'accord, renchérit Hennessey. Et je vais vous aider à rentrer le foin. Le travail ne me fait pas peur.

La mère de Trace leur sourit.

— Merci à tous les deux. Tout ce que je vous demande, c'est un peu de temps… et un peu d'aide.

Le notaire leur donna des copies du testament, leur présenta ses condoléances, et les escorta hors du bâtiment.

— On se retrouve au ranch, dit Matt en enfourchant sa moto.

Il démarra et s'éloigna dans un rugissement de moteur. Roy boitilla jusqu'à la mère de Trace et prit ses mains dans les siennes.

— Je suis vraiment désolé pour votre perte. M. Travis était un homme bien et un bon patron.

— Merci, Roy, répondit-elle. Oui, c'était un homme bien.

— Je reviendrai bientôt travailler, ajouta-t-il.

— Prenez votre temps, répondit Rosalynn. Maintenant que Trace est rentré, Lily et moi avons de l'aide.

— Bien sûr, dit Roy. Mais je dois quand même reprendre le travail. Je n'aime pas vous savoir tout seuls là-bas.

Il la serra maladroitement dans ses bras et se recula. Elle lui sourit et se tourna vers Trace.

— Ne vous inquiétez pas. Mon fils est là, il me protégera.

Roy se hissa dans son pick-up, baissa la vitre et inclina la tête, d'abord vers Trace, puis vers Rosalynn.

— Prenez bien soin d'elle, dit-il. Votre mère est quelqu'un de spécial.

— Je sais.

Trace aida sa mère à remonter dans le pick-up pendant que Lily s'installait sans mot dire sur la banquette arrière. Il démarra et s'apprêtait à tourner à gauche pour reprendre la route du ranch quand sa mère lui rappela :

— Est-ce que nous n'avions pas des courses à faire ?

Il changea de direction et roula jusqu'à la coopérative agricole, sans cesser de repenser aux paroles du notaire – et au silence de sa mère, qui savait que Matt était son demi-frère mais ne lui en avait rien dit.

Ils entrèrent tous les trois dans la coopérative, et il se força à se concentrer sur ce qu'il était venu acheter.

— Madame Travis ? dit une voix, dans le rayon voisin de celui dans lequel il se trouvait. J'ai été désolé d'apprendre ce qu'il était arrivé à votre mari.

— Bonjour, Chad, répondit sa mère. Merci de votre gentillesse.

Trace attrapa une brosse et une étrille avant de gagner le bout de l'allée pour voir qui parlait avec sa mère.

C'était un homme grand et mince, vêtu d'un jean, d'une chemise en denim et de bottes de cow-boy éraflées. Bien qu'il ne l'ait pas vu depuis des années, Trace le reconnut aussitôt. Il s'agissait de Chad Meyer, le propriétaire du Rafter M Ranch, qui jouxtait le Whiskey Gulch Ranch.

— Comment va Alice ? demanda sa mère.

— Beaucoup mieux depuis son opération du dos, même si elle se rétablit moins vite qu'elle l'aurait espéré.

— Faites-lui mes amitiés, répondit sa mère. J'essaierai de passer la voir dans la semaine.

— Nous avons été choqués d'apprendre ce qui était

arrivé à James, reprit l'homme en secouant la tête. Nous n'étions pas toujours d'accord, mais je ne lui souhaitais aucun mal.

Sa mère tapota le bras de M. Meyer.

— Je suis certaine que vous étiez de bonne foi, tous les deux. Saluez Alice de ma part.

M. Meyer la remercia et s'éloigna.

— Ça va ? demanda Trace.

Sa mère le gratifia d'un sourire crispé, les yeux brillants de larmes contenues.

— Ça va aller, mais il me faudra du temps.

Elle s'éloigna pour aller saluer un autre voisin et une voix s'éleva derrière lui.

— En parlant de désaccords, Meyer et votre père ont eu une sacrée dispute ici même, la semaine dernière.

Trace fit volte-face. L'homme qui venait de parler avait les yeux gris et les cheveux d'un blond tellement pâle qu'ils étaient presque blancs.

— Est-ce que je vous connais ?

L'homme tendit la main.

— Oswald Young. Je possède la propriété au nord du Whiskey Gulch Ranch.

Trace fronça les sourcils en serrant la main de l'homme. Le seul ranch au nord du Whiskey Gulch était le Rocking J, qui appartenait aux Johnson.

— Quelle propriété ?

— Le Rocking J, répondit Oswald. J'en ai acheté la plus grande partie aux Johnson il y a six mois. Ils ne pouvaient plus s'en occuper et n'avaient personne à qui le léguer.

— Je n'étais pas au courant, dit-il. J'allais à l'école avec leur fils.

— Apparemment, il n'a pas voulu reprendre le ranch. Bref, je me suis trouvé au bon endroit au bon moment, et je possède maintenant trente-deux acres du Rocking J Ranch.

— Félicitations, dit Trace, qui s'en moquait éperdument.

— Nous montons une société qui accueille les chasseurs de gros gibier. Les terres regorgent de sangliers, de dindes et de cerfs. Nous comptons y introduire des buffles et des wapitis.

L'homme bomba le torse et se fendit d'un grand sourire.

— Nous avons de grands projets.

— Intéressant, répondit Trace.

Il chercha sa mère des yeux… ou toute autre personne susceptible de le soustraire à la conversation de leur nouveau voisin. Lily apparut à point nommé.

— Ta mère est prête à partir, dit-elle.

— Ravi d'avoir fait votre connaissance, voisin, dit Oswald. À un de ces jours.

Trace porta ses emplettes jusqu'au comptoir, commanda plusieurs sacs de nourriture pour les animaux et paya. Sa mère, debout à côté de lui, saluait ceux qui s'arrêtaient pour lui présenter leurs hommages et leurs condoléances.

Oswald approcha. Son sourire avait disparu.

— Madame Travis ? Veuillez accepter mes sincères condoléances. Si nous pouvons faire quoi que ce soit, n'hésitez pas à nous le faire savoir.

Il saisit sa main et la pressa dans les siennes.

— Merci, monsieur Young.

— S'il vous plaît, appelez-moi Oswald. Et, madame Travis… Si vous décidez de vendre le Whiskey Gulch Ranch, pour quelque raison que ce soit, je vous serais reconnaissant de me prévenir. Nous cherchons à agrandir le Rocking J.

Si Trace n'avait pas observé sa mère, il n'aurait pas vu la petite grimace de douleur qui lui échappa. Il eut envie de frapper Oswald Young en plein visage, mais elle n'en aurait été que plus bouleversée. Alors, il se contenta de s'interposer entre elle et M. Young et dit :

— Allons-y, maman.

Il lui prit le bras et l'entraîna vers la porte. Quand ils sortirent du magasin, il vit combien elle était pâle et semblait fragile, plus fragile qu'il ne l'avait jamais vue.

Il l'aida à remonter dans le pick-up et ferma la portière avant de se tourner vers Lily, qui les avait rejoints.

— L'épreuve a été trop dure pour elle. Elle refoule ses émotions depuis trop longtemps. Je ne sais pas comment elle a fait pour ne pas craquer.

— Nous devons la ramener à la maison, dit-elle.

La maison. Celle de sa mère et de son père, qui venaient de la lui léguer, à parts égales avec un étranger. Il ne s'était pas encore remis du choc. Pourquoi sa mère avait-elle accepté cet arrangement ? Le ranch lui appartenait tout autant qu'à son père. Par son amour et son labeur, elle en avait fait une affaire rentable, ainsi qu'un foyer pour sa famille. Il refusait qu'elle soit forcée d'en partir pour aller s'installer dans un cottage en ville ou – que Dieu lui vienne en aide ! – en Floride.

Une colère sourde grondait dans son ventre. Son père avait beau être mort, il continuait à tout régenter.

Il n'arrivait toujours pas à comprendre ce qui se passait, il ne savait pas ce que l'avenir leur réservait, mais il devait veiller sur sa mère et l'aider à retrouver le bonheur qui lui avait été arraché quand le seul homme qu'elle avait jamais aimé était mort.

Il monta dans le pick-up et se tourna vers elle.

— Est-ce que tu tiens à rentrer tout de suite ? J'aimerais passer au bureau du shérif.

— Je vais bien. C'est surtout pour toi que je m'inquiète.

— Ne t'en fais pas pour moi, répliqua-t-il. Pense à toi.

Ce fut avec un sourire un peu narquois, mais plein de tendresse, qu'elle répondit :

— Je suis ta mère. Quel que soit ton âge, je m'inquiéterai toujours pour toi.

Ils furent bientôt devant le bureau du shérif.

— Est-ce que tu veux venir avec moi ? demanda-t-il.

— Non. Je vais attendre ici.

L'idée de la laisser dans le pick-up lui déplaisait, mais une rencontre avec le shérif aurait sans doute ravivé sa douleur.

— Je n'en ai pas pour longtemps, promit-il.

— Je t'accompagne, dit Lily.

Elle descendit du pick-up, ouvrit la portière de Rosalynn et leva les yeux vers la femme qui l'avait accueillie et traitée comme si elle faisait partie de sa famille.

— Cela ne vous gêne vraiment pas de rester toute seule ?

— Pas du tout, répondit Rosalynn. Je suis seulement un peu fatiguée.

Lily prit sa main dans la sienne et la pressa contre sa joue.

— Tenez bon. Les personnes qui vous aiment sont à vos côtés.

— Je sais, répondit Rosalynn en caressant sa joue. Maintenant, allez voir si le shérif a du nouveau. Vous me raconterez tout sur le chemin du retour.

Elle referma la portière et rejoignit Trace, qui ouvrit la porte du bureau du shérif et s'effaça pour la laisser entrer. Quand elle passa à côté de lui et huma cette odeur de grand air qui n'appartenait qu'à lui, son cœur s'emballa et ses genoux fléchirent.

Le shérif, qui discutait avec l'un de ses adjoints, à l'accueil, se tourna vers eux et lui tendit la main.

— Lily, je suis heureux que vous soyez venue.

— Shérif Owens, vous vous souvenez de Trace Travis ?

Le shérif acquiesça et tendit la main à Trace.

— Oui. J'étais encore adjoint quand il a sauté dans le bus pour aller s'engager. Je me souviens que sa mère était venue lui dire au revoir. Je suis heureux de vous revoir parmi nous, mais je suis désolé que ce soit dans ces circonstances.

— Heureux de vous revoir moi aussi, shérif Owens. Et toutes mes félicitations pour cette montée en grade.

— Je ne sais pas pourquoi je me suis présenté pour le poste de shérif, mais la ville a voté pour moi. Je ne dois pas les décevoir, plaisanta-t-il. Que puis-je faire pour vous ?

— Où en est l'enquête sur le meurtre de mon père ?

D'un geste, le shérif les invita à le suivre dans un couloir.

— Venez dans la salle de conférences. C'est là que sont rassemblés tous les éléments de l'enquête.

Lily suivit le shérif, parfaitement consciente de la présence de Trace derrière elle. Tout son corps sentait combien il était proche, tous ses nerfs sursautaient à chaque fois que sa peau effleurait la sienne par accident.

La pièce renfermait une longue table, plusieurs chaises, et un tableau blanc qui couvrait un mur tout entier. Des noms y étaient écrits en noir. Lily en reconnut beaucoup. Il y avait les noms de certains des employés du Whiskey Gulch Ranch – Roy Gibson, leur contremaître, ainsi que Marty Bains et Alan Holden, les ouvriers qui avaient démissionné dès que le danger avait semblé se rapprocher du ranch. Il y avait aussi les noms des voisins dont les terres jouxtaient celles du ranch des Travis – Oswald Young du Rocking J, Chad et Alice Meyer du Rafter M Ranch – ainsi que ceux de Matt Hennessey, de Lily elle-même et de plusieurs autres habitants de la ville.

Mais de tous les noms, celui qu'elle fut le plus surprise de lire fut celui de Rosalynn Travis.

— Est-ce que toutes ces personnes figurent sur la liste des suspects ? demanda-t-elle, perplexe.

— Non, répondit le shérif. Cette liste regroupe les personnes qui se trouvaient à proximité de la victime au moment du meurtre, celles qui devaient de l'argent à James, et ceux des membres de sa famille qui étaient présents. Voilà pourquoi Trace n'y figure pas.

Trace étrécit les yeux.

— Vous ne pensez quand même pas que ma mère ou Lily aient pu tuer mon père ?

— Non, répondit le shérif. Mais nous devions interroger tous ceux qui pourraient avoir vu quelque chose, ou connaître quelqu'un qui aurait eu un motif de tuer votre père.

— Et ?

— Pour le moment, nous n'avons aucune piste.

Il désigna les noms de Marty et d'Alan.

— Les ouvriers n'étaient pas à proximité de M. Travis. Quand son cheval l'a ramené à la maison, ils venaient tout juste de partir en ville avec Mlle Lily. Ils avaient besoin de matériaux pour finir de réparer la barrière.

— Roy aussi était en ville ce matin-là, chuchota Lily.

Les images de cette journée terrible se succédaient dans son esprit, lui soulevant l'estomac.

— Oui, certifia le shérif. C'est ce jour-là que son pick-up s'est encastré dans un arbre. Il a gagné la ville à pied, en boitant.

— Et les voisins ? demanda Trace. J'ai toujours connu les Meyer. Je ne les vois certainement pas tuer mon père.

— Ils ont de grosses difficultés financières, répondit le shérif. Mais M. Meyer affirme qu'il est resté chez lui toute la journée, avec sa femme. Elle vient de subir une opération du dos et ne peut pas rester seule.

— Et les nouveaux propriétaires du Rocking J ? s'enquit Lily. M. Young a demandé à Rosalynn si elle comptait vendre.

Le shérif hocha la tête.

— Au moment du meurtre, il se trouvait dans le lodge qu'il vient de faire construire, en compagnie de tout un groupe de chasseurs qui confirment ses dires.

— En somme, nous n'avons aucune piste, dit Trace.

— Si seulement nous pouvions trouver l'endroit exact où on lui a tiré dessus… Mais il pouvait être n'importe où sur la propriété, ce qui fait plus de mille deux cents acres à fouiller. Une vingtaine d'agents et de bénévoles ont cherché des cartouches ou des traces, mais en vain. Le sol est tellement sec et dur qu'aucune trace ne s'y imprime.

Le shérif soupira avant de poursuivre.

— Je suis navré, mais je ne peux rien vous dire de plus. Comme Oswald Young est nouveau en ville, nous sommes en train de vérifier ses antécédents. Mais nous envisageons aussi la possibilité que votre père ait été victime d'un simple accident. Ce ne serait pas la première fois qu'un braconnier se trompe de cible.

— Merci de vos efforts, dit Trace en serrant la main du shérif. S'il y a du nouveau, pourrez-vous nous en informer ?

— Comptez sur moi, répondit le shérif Owens.

Trace ressortit du bureau du shérif, Lily sur les talons.

— J'aimerais parler aux ouvriers agricoles, dit-il.

— Ils réparaient la barrière, dans la cour. J'ai passé toute la journée avec eux. Ils n'ont rien fait.

— Je sais bien, mais ils pourraient savoir quelque chose.

Elle pinça les lèvres.

— Ces types ne sont que des froussards. Tout ce qui les intéresse, c'est de savoir où ils prendront leur prochaine bière.

— Je suis d'accord avec toi, répondit-il à mi-voix. Tout homme qui abandonne deux femmes après un tel drame est indigne de travailler sur ce ranch.

Lily attendit que Trace lui ait ouvert la portière pour remonter dans le pick-up. Quand elle fut installée, il leva les yeux vers elle.

— Merci d'être là pour maman, chuchota-t-il.

— J'ai entendu ! lança sa mère. Lily est un vrai don du ciel. Sans elle, jamais je n'aurais tenu le coup.

Elle sentit la chaleur lui monter aux joues.

— Tout être humain digne de ce nom aurait fait la même chose, répondit-elle avant de poser les yeux sur Trace. J'aime énormément ta mère. Si c'était à refaire, je n'hésiterais pas.

Le regard de Trace retint le sien pendant encore un moment et une nouvelle onde de chaleur, d'une tout autre nature, se répandit dans son corps. Il claqua la portière et s'installa au volant, mettant fin à ce moment, mais la sensation l'accompagna tout au long du trajet.

Irish et Matt les attendaient dans la cour du ranch. Lily s'attendait à une explosion de colère, mais Trace ne dit pas un mot. Même si les clauses du testament lui déplaisaient, il ne pouvait refuser aucune aide et le savait. Ils avaient bien trop de travail.

Lily entraîna Rosalynn dans la cuisine, où elle lui servit un verre de thé glacé avant de la conduire dans le séjour.

— Les hommes peuvent faucher sans moi. Je vais leur préparer quelque chose à manger avant de m'occuper des animaux et du dîner. Pendant ce temps, reposez-vous.

Elle fit six sandwichs, qu'elle emballa et mit dans un grand panier avec une thermos remplie d'eau fraîche et de glaçons. Ensuite, elle se dirigea vers la grange. Seul Irish était devant le bâtiment.

— Tiens, dit-elle en lui tendant le panier. Emporte ça.

Heureusement, elle regagna la maison avant que Trace et Matt soient ressortis de la grange. Elle aurait été affreusement gênée de se retrouver en leur présence. Un jour, très bientôt, elle avouerait à Trace qu'elle lui avait menti, que jamais elle n'avait été amoureuse de Matt. Peut-être que la tension qui opposait les deux frères s'atténuerait.

Elle retourna dans le séjour. Rosalynn n'avait pas bougé.

— Merci, Lily, dit-elle en lui souriant. Je ne sais pas ce que j'aurais fait sans toi, ces derniers jours.

Lily se pencha pour la prendre dans ses bras.

— Je suis heureuse d'avoir pu vous aider. Vous avez tant fait pour moi.

— Ma chérie, objecta Rosalynn, tu as fait bien plus pour James et moi.

— Vous m'avez offert un travail et un logement. C'est énorme.

Elle baissa les yeux vers la femme à laquelle elle s'était tellement attachée.

— Je ne sais pas pourquoi James et vous avez été aussi généreux avec moi.

— James voulait te mettre à l'abri, répondit Rosalynn. Il s'en voulait terriblement de t'avoir traitée comme il l'a fait quand tu fréquentais Trace. Il ne te connaissait pas et t'avait mal jugée.

— Mais il n'avait pas à se racheter comme il l'a fait, remarqua Lily. Nous avions fini par plutôt bien nous comprendre. Je l'aimais comme un père.

Rosalynn lui prit la main.

— Et de son côté, il te voyait comme la fille qu'il

n'avait jamais eue. Il regrettait de ne pas l'avoir compris plus tôt.

Elle pressa les doigts de Lily et conclut :

— Laisse-nous faire ce geste pour toi.

— C'est trop, protesta-t-elle. Je n'ai pas besoin de tout cet argent.

— James ne savait pas ce que deviendrait le ranch s'il venait à disparaître et que les garçons en héritaient.

Par la fenêtre, elle regarda les hommes qui étaient rassemblés autour d'un tracteur, devant la grange. Lily suivit son regard et chercha Trace des yeux.

— Est-ce que vous croyez qu'ils vont s'entendre ?

— Je ne sais pas, répondit Rosalynn. Il faudrait que Trace quitte l'armée, et il se plaît tellement dans la Delta Force que je ne suis pas certaine qu'il puisse être heureux sur un ranch.

— Il a toujours aimé les animaux et les grands espaces, remarqua Lily.

Mais Rosalynn avait raison. Cet homme avait pris part à des guerres. Pourrait-il s'adapter au rythme plus lent de la vie campagnarde ? Pourtant, elle aurait été ravie qu'il reste pour de bon, même s'il ne restait pas pour elle.

— Laisse-moi me reposer encore quelques minutes, reprit Rosalynn. Ensuite, je t'aiderai à nourrir les animaux et à préparer le dîner. Je ne veux pas que tu sois seule dehors.

— Il ne m'arrivera rien. Je vous promets de faire très attention.

— Non, je refuse de prendre ce risque. Tu sais que Trace veut qu'aucun de nous ne sorte seul.

— En ce cas, répondit-elle en s'asseyant, je vais rester avec vous pendant un moment. La matinée a été mouvementée ; nous avons bien besoin de repos.

Elle était à peine assise qu'elle se releva d'un bond.

— Je vais nous chercher un verre de thé glacé.

Elle revint dans le séjour quelques minutes plus tard, avec deux verres et une petite assiette de biscuits. Rosalynn prit son verre et un biscuit et attendit que Lily se soit réinstallée à côté d'elle.

— Tu travailles ici depuis plus d'un an, mais tu n'as jamais parlé de ce qui s'est passé entre Trace et toi, dit-elle en lui décochant un regard inquisiteur.

Lily avala sa gorgée de thé à grand-peine avant de la regarder dans les yeux.

— Ça n'a pas marché entre nous.

— À cause de la grosse dispute qui l'a opposé à son père ?

Rosalynn lâcha un soupir.

— James a toujours voulu que son fils ait tout ce qu'il y avait de mieux.

— Et je n'étais pas ce qu'il y avait de mieux, compléta-t-elle.

— Ce n'est que quand tu es venue travailler pour nous qu'il a appris à te connaître. Il regrettait vraiment ce qu'il avait dit à son fils. Il m'a souvent confié qu'il aurait aimé que Trace t'épouse. Il pensait que tu aurais été parfaite pour lui.

— Votre mari avait raison. Trace allait s'engager dans l'armée. Si j'étais restée avec lui et que l'enquête de sécurité s'était intéressée à mes parents, jamais il n'aurait été accepté.

— Tu l'as donc laissé partir sans toi, dit Rosalynn.

Lily baissa la tête pendant un moment avant de la relever, la poitrine serrée.

— Je lui ai dit que j'étais amoureuse d'un autre homme. Quand il m'a demandé son nom, le seul auquel j'ai pu penser a été celui du garçon qui avait la pire réputation de la ville.

— Doux Jésus…, lança Rosalynn en ouvrant de grands yeux. Est-ce qu'il s'agissait de Matt Hennessey ?

Elle acquiesça sans mot dire.

— Matt Hennessey… Après lui avoir volé ton amour, il lui vole la moitié de son héritage, dit Rosalynn en se frappant le front de la main. Je comprends qu'il se soit mis en colère.

— Il ne m'a jamais pardonné, et je ne peux pas lui en vouloir, reprit-elle. Mais je devais faire en sorte qu'il parte et que les enquêteurs ne remontent pas jusqu'à moi et ma famille. Je ne savais pas jusqu'où ils iraient fouiller, mais je ne voulais pas risquer d'être un obstacle pour lui.

— Tu n'es pas responsable des actes de ta famille.

— Je sais bien, mais tout le monde ne semble pas être du même avis, répondit-elle en haussant les épaules. Aux yeux de certains, je suis coupable par association. Tout le monde dans le comté sait que mon père est en prison et que ma mère se livre à des activités peu honorables.

— Tu es une bonne personne, Lily. Tous ceux qui prennent la peine de te connaître le savent, dit Rosalynn. Trace le sait, au plus profond de lui. Il s'en apercevra.

Lily secoua la tête.

— Ce n'est pas grave. J'ai tourné la page. Nous étions jeunes et naïfs… Maintenant, il a sa vie et j'ai la mienne.

— Mais vous êtes faits l'un pour l'autre, tous les deux, insista Rosalynn.

— Non. C'est de l'histoire ancienne. Et pour le moment, nous avons des préoccupations bien plus importantes. En attendant, je vous serais reconnaissante de ne pas aborder ce sujet avec Trace. Nous suivons chacun notre chemin, maintenant.

— Vous vivez sous le même toit, remarqua Rosalynn.

Lily se fendit d'un sourire crispé.

— Ce n'est que de la logistique, pas de l'amour.

— Oh ! mais la vie est tellement courte ! répliqua Rosalynn, les yeux s'emplissant de larmes. Tu dois saisir le bonheur et t'y accrocher aussi longtemps que tu le peux.

— Je vous promets d'y réfléchir. Mais pour le moment, je vais voir ce que je pourrais faire décongeler pour le dîner.

Elle se hâta de quitter la pièce avant que Rosalynn voie ses yeux s'emplir de larmes. À une époque, elle n'était que rires et joie, cette joie née de l'amour. Quand Trace et elle étaient jeunes et fous amoureux l'un de l'autre…

Onze ans avaient passé depuis, mais elle n'avait toujours pas oublié combien cette époque avait été merveilleuse.

9

Quand Trace eut sorti le premier tracteur du hangar, il remarqua qu'il avait laissé une tache sombre sur le sol.

— Il y a une fuite, dit-il en descendant de la cabine.

— Laisse-moi regarder, proposa Matt. Je m'y connais en moteurs.

Trace se crispa. Il avait réparé des moteurs de tracteurs dès qu'il avait pu atteindre le capot. D'accord, ce tracteur-ci était d'un modèle récent, et cela faisait onze ans qu'il n'avait pas touché un moteur. Mais il n'était pas encore prêt à laisser Matt entrer dans son monde. Il ne savait pas s'il le serait un jour.

— Je m'en occupe.

Il ne lui fallut que quelques minutes, au cours desquelles il se cogna les phalanges deux ou trois fois, pour admettre qu'il lui faudrait du temps pour comprendre comment fonctionnait ce moteur. Il aurait pu appeler un mécanicien, mais il ne viendrait pas avant un ou deux jours et ils devaient vraiment faucher ce pré. Bien que cela l'énerve au plus haut point, il fallait qu'il laisse Matt prendre le relais.

Il se redressa et se tourna vers l'homme qui attendait, appuyé contre le mur de la grange, les bras croisés, les sourcils haussés.

— Je n'ai pas le temps, dit-il. Si tu penses pouvoir réparer ce moteur, vas-y.

Mais Matt ne bougea pas.

— Tu as oublié de dire « s'il te plaît ».

Trace dut faire appel au peu de retenue qui lui restait pour ne pas effacer le sourire moqueur de ce fumier d'un coup de poing.

— S'il te plaît, répéta-t-il, les dents serrées.

Matt approcha du tracteur avec un petit sourire narquois et entreprit de le démonter. Trace le regarda faire en espérant qu'il savait ce qu'il faisait.

— Je peux démonter et remonter une radio, un ordinateur ou une arme en un clin d'œil, commenta Irish. Mais j'ai toujours laissé les moteurs aux mécaniciens du parc automobile.

Matt alla chercher une petite trousse à outils dans le coffre de sa moto, resserra une vis, donna quelques coups de marteau et remonta les pièces. Il travaillait sans mot dire. Il remit ses outils en place et se tourna vers Trace et Irish.

— Il devrait marcher, maintenant.

Trace monta sur le tracteur et démarra le moteur, qui pétarada avant de se mettre à ronronner. Il avança de quelques mètres, s'arrêta et descendit. Aucune trace de fuite.

Il refusait d'apprécier ce demi-frère qui avait volé sa petite amie et la moitié de son héritage, mais son sens de la justice l'emporta sur son envie de le frapper.

— Merci.

— Je vais sortir le second tracteur pendant que tu fixes le matériel qu'il nous faut, dit Matt.

Trace manqua répliquer qu'il n'avait pas besoin de son aide mais se ravisa, parce qu'il en avait besoin. La refuser aurait été mesquin et puéril. Il hocha la tête et répondit :

— Plus tôt nous aurons fauché, plus vite l'herbe sera sèche et prête à mettre en bottes.

Il fixa la faucheuse à l'attelage à trois points du premier tracteur pendant que Matt sortait le second tracteur du hangar. Il était plus petit, et la cabine n'était pas climatisée. Quand il eut vérifié l'huile et les pneus, Trace l'aida à y atteler une seconde faucheuse. Ensuite, ils remplirent les réservoirs et garèrent les tracteurs à côté du portail.

Trace rejoignit Irish, qui attendait devant la grange.

— Tu as un autre tracteur ? demanda Irish.

— Non. J'ai un travail plus important à te confier.

Il retourna dans le hangar, où son père garait ses deux quads, mais n'en trouva qu'un. Son père s'était-il débarrassé du second ? Aussitôt, il secoua la tête. Cet homme ne jetait jamais rien. Il faudrait qu'il demande à Roy où il était passé.

Il fit démarrer le quad restant et roula jusqu'à Irish.

— Va chercher ton fusil, lui dit-il. Tu vas nous couvrir pendant que nous faucherons.

— Enfin une chose que je peux faire sans craindre d'arracher mes points, s'exclama Irish avec un sourire ravi.

Il courut jusqu'à son pick-up et y prit une valise, dont il sortit un AR-15 qui ressemblait à la carabine M4 qu'ils utilisaient en Afghanistan. Il y inséra un chargeur de trente balles et mit deux chargeurs supplémentaires dans les poches d'un blouson. Il passa un holster à son épaule, y glissa un Glock et enfila le blouson avant de se retourner.

— Prêt.

— Je n'ai jamais pris autant de munitions pour partir sur les terres, remarqua Trace, le ventre noué.

— Tu trouves que j'en prends trop ?

Trace leva la main en souriant.

— Sûrement pas. Je ne me plains pas.

— Je ne sais pas ce qu'il s'est passé ici, mais j'ai appris dans les déserts de l'Irak et les montagnes de l'Afghanistan qu'on n'emporte jamais trop de munitions.

Irish monta sur le quad, démarra et passa la barrière à la suite des deux hommes avant de la refermer derrière lui.

Le pré qu'ils devaient faucher faisait une trentaine d'acres. Trace commença le premier. Matt attendit quelques instants avant de commencer à faucher le rang voisin. Ils avaient décidé de ne pas s'éloigner l'un de l'autre afin qu'Irish puisse plus facilement les couvrir.

Irish fit le tour du pré pour choisir la meilleure position, d'où il pourrait garder un œil à la fois sur les deux tracteurs et sur le bois qui bordait l'extrémité sud du pré.

Même à l'intérieur de la cabine climatisée du grand tracteur, il faisait chaud et l'air était chargé de poussière. Trace s'arrêta le temps de se nouer un bandana sur la bouche et le nez et se remit au travail en ruminant les paroles de sa mère et du notaire, ainsi que les modalités du legs qu'il partageait avec ce demi-frère dont il venait de découvrir l'existence. Il était tellement en colère qu'il aurait pu décider de vendre le ranch, uniquement pour que Matt ne possède pas une partie des terres des Travis. Cet homme ne lui avait-il pas déjà assez pris ?

D'abord Lily, et maintenant l'héritage familial…

Mais était-ce la faute de Matt si leur père s'était senti tellement coupable de ne pas l'avoir connu qu'il avait voulu se racheter ? Il aurait même pu choisir de tout lui laisser. Même s'il ne l'avait pas élevé, c'était son fils aîné.

La poussière qu'ils soulevaient sous le soleil du Texas formait une sorte de brume, que le regard perçait à grand-peine. Quand ils eurent fauché la moitié du champ, Trace se gara au bout du pré. Matt le rejoignit, coupa le moteur et demanda :

— Est-ce qu'il y a un problème ?

— J'ai pensé que nous pouvions laisser refroidir les moteurs le temps de déjeuner et de boire un peu.

— Si tu préfères continuer pour en finir au plus vite, je n'ai pas besoin de faire une pause, répondit Matt.

— Non, nous avons bien avancé. Nous pouvons prendre un peu de repos.

Matt descendit de son tracteur et s'étira. Irish les rejoignit et demanda :

— C'est l'heure du déjeuner ?

— Non. Il faut trop longtemps pour rentrer à la maison.

— Nous n'avons pas besoin de rentrer, répliqua Irish en souriant. Notre déjeuner est dans le coffre du quad.

— Quand as-tu pris ça ? demanda Trace.

— Lily m'a donné un panier avant que nous partions. Je ne sais pas trop ce qu'elle a mis dedans.

Il ouvrit le coffre en plastique et y prit le panier, dont il sortit des sandwichs emballés avec soin. Le cœur de Trace se gonfla. Lily ne les avait pas accompagnés, mais elle pensait à eux.

Matt prit une bouchée de son sandwich et commenta :

— Il faut que j'épouse cette fille. C'est la bonne.

Les mains de Trace se figèrent, immobilisant son sandwich à mi-chemin de sa bouche. Son sang se mit à bouillir. Il essaya de réprimer sa colère, mais en vain.

— Est-ce que tu plaisantes ? Tu as eu ta chance et tu l'as gâchée.

Matt eut un mouvement de recul.

— Bon sang, de quoi est-ce que tu parles ?

— Tu le sais fichtrement bien, riposta-t-il en avançant vers lui. Tu devais épouser Lily et tu l'as plaquée.

— Recule, Travis. Tu dis n'importe quoi, répliqua Matt en étrecissant les yeux. Tu es hors de toi parce que notre père ne t'a pas légué la totalité de ses biens, c'est tout.

— Il aurait pu tout te laisser que je m'en serais moqué. Mais tu t'es mal conduit avec Lily, et je ne te laisserai pas lui briser le cœur une fois de plus.

— Qu'est-ce qui te fait croire que je lui ai brisé le cœur ? J'aime Lily, oui, mais pas de cette façon.

— En tout cas, elle était amoureuse de toi.

— Tu es fou, dit Matt.

— Euh… Trace, intervint Irish, nous avons du travail.

Trace l'ignora et continua à défier Matt du regard.

— Tu es le fils illégitime de mon père, et tu ne veux qu'une chose : nous voler, ma famille et moi.

Il lui décocha un coup de poing dans le ventre et Matt riposta en le frappant à la mâchoire. Trace recula en titubant, reprit son équilibre et se jeta sur Matt.

Soudain, un coup de feu claqua et un tourbillon de poussière s'éleva aux pieds de Trace. Aussitôt, les trois hommes se laissèrent tomber par terre.

Irish épaula son fusil et le pointa vers les bois. Trace roula jusque derrière le tracteur, dégaina son Glock et scruta les arbres et les broussailles.

Il entendit un vrombissement de moteur et aperçut un quad qui s'éloignait à toute vitesse dans la forêt. Il se leva d'un bond, s'élança vers le quad qu'avait utilisé Irish et l'enfourcha pour se lancer aux trousses du fuyard, zigzaguant entre les arbres et les buissons.

Il crut qu'il avait perdu sa trace, mais un éclair attira son regard, sur sa gauche. Il tourna brusquement et accéléra. Dans l'espoir de couper la route au tireur, il vira à droite, traversa un fossé et braqua pour lui barrer le chemin.

Aussitôt, l'inconnu changea de direction pour foncer droit sur lui. Pris de court, Trace vira de nouveau à droite, évita un arbre de peu, plongea dans un nouveau fossé et emboutit un tronc tombé au sol. Sous la force de l'impact, il s'envola par-dessus le guidon, fit un demi-tour en l'air et atterrit rudement sur le dos. Le choc lui coupa le souffle et l'empêcha de bouger pendant plusieurs secondes.

Le rugissement du moteur du quad faiblit avant de regagner en intensité. Le conducteur avait fait demi-tour et lui fonçait droit dessus. Trace, qui était parvenu à se mettre à genoux, le vit s'arrêter à quelques centimètres de lui. L'homme épaula un fusil à canon scié et le pointa vers lui.

Un coup de feu claqua.

Il retint son souffle et attendit de ressentir le choc de l'impact, puis la douleur fulgurante.

Comme rien ne venait, il baissa les yeux vers son torse.

Aucune trace de sang.

Il se laissa retomber au sol et reposa les yeux sur le tireur.

L'homme eut un brusque mouvement de recul et laissa tomber le fusil sur ses genoux. Une main plaquée sur son épaule, il fit demi-tour et fila dans les bois.

— Qu'est-ce que…

Trace fit volte-face et aperçut une silhouette, un fusil à l'épaule. Quand l'homme abaissa son arme, Trace vit qu'il s'agissait de Matt.

L'homme qui lui avait volé sa petite amie et la moitié de son héritage venait de lui sauver la vie.

Debout sur la terrasse, Lily scrutait les environs, dans la lumière rasante du soleil couchant. Les hommes n'étaient pas encore rentrés. Qu'est-ce qui les retardait ?

— Tu penses que l'un des tracteurs est tombé en panne ? demanda Rosalynn, qui se tenait derrière elle.

— Je ne sais pas, répondit-elle.

Son cœur se serra. Elle ne voulait pas le dire, mais elle avait peur qu'ils aient été pris pour cible par la personne qui semblait avoir un compte à régler avec les habitants du Whiskey Gulch Ranch.

— S'ils ne sont pas rentrés dans cinq minutes, nous prendrons le pick-up pour aller voir ce qu'il se passe.

— J'irai avec toi, dit Rosalynn. J'ai déjà perdu un membre de ma famille, je ne veux pas en perdre un autre.

— Cela n'arrivera pas, promit-elle en lui tapotant le bras.

Trace est entraîné au combat. Il sait comment se protéger et protéger les autres. Il ne lui arrivera rien.

— J'espère.

— Il ne lui arrivera rien, répéta-t-elle.

Une masse sombre apparut à l'horizon, soulevant un nuage de poussière. Un tracteur. Lily retint son souffle jusqu'à ce que le second apparaisse lui aussi.

— Les voilà.

— Bien, dit Rosalynn. Je vais mettre les petits pains au four.

Elle rentra dans la maison, mais Lily resta sur la terrasse pendant quelques instants avant de courir jusqu'à la barrière. Ce fut alors qu'elle remarqua que le second tracteur était suivi d'un peu trop près par le quad – qui n'avait pas de conducteur.

Elle fronça les sourcils et observa le cortège. Un homme était debout derrière le conducteur du second tracteur et se tenait au dossier de son siège. La faucheuse avait disparu. Maintenant, le tracteur remorquait le quad, dont l'avant semblait déformé.

Le premier tracteur passa la barrière, avec Matt au volant. Trace conduisait le second, et c'était Irish qui se tenait derrière lui. Lily ouvrit de grands yeux et son cœur se mit à battre la chamade.

Ils étaient assez près maintenant pour qu'elle voie la pommette tuméfiée de Trace et sa chemise déchirée et salie. Elle ne s'était pas attendue à pareil spectacle alors qu'il avait passé la journée assis sur un tracteur.

Dès que les tracteurs furent garés, elle alla droit vers lui.

— Qu'est-ce qui t'est arrivé ?

Trace jeta un coup d'œil vers Matt avant de répondre.

— Je suis tombé.

— Tu parles qu'il est tombé, contredit Matt en se frottant le ventre. Il a récolté ce bleu sur la joue après m'avoir frappé en plein ventre. Il ne devait pas savoir que je rends toujours un coup.

Trace haussa les épaules.

— Il dit vrai. Je l'ai frappé en premier, et je méritais qu'il riposte.

Lily fronça les sourcils.

— Est-ce qu'il t'a aussi fait tomber et traîné par terre ?

Matt laissa échapper un petit rire amusé.

— Non, répondit Trace. Ça, c'est quand je suis tombé du quad.

— Tu es tombé du quad ?

Elle regarda le véhicule, en remorque derrière le tracteur. Le porte-bagages avant était cabossé et le guidon était tordu.

— Qu'est-ce qu'il s'est passé ?

Trace descendit du tracteur et s'étira en grimaçant.

— J'ai percuté un tronc tombé au sol.

Irish détacha la sangle qui leur avait servi à remorquer le véhicule et précisa :

— Mais avant, il a bien failli se faire écraser.

— Écraser ? demanda-t-elle, perplexe. Par l'un des tracteurs ?

— Non, répondit Matt. Par le tireur.

Le cœur de Lily s'arrêta.

— Attends. Quel tireur ?

Elle se tourna vers Trace.

— Quelqu'un t'a tiré dessus ?

— Oui, et je l'ai pris en chasse, répondit-il. Pas la peine d'en faire toute une histoire. Je préférerais que nous n'en parlions pas devant ma mère. D'ailleurs, ce gars semble ne pas être très bon tireur.

— Pas la peine d'en faire toute une histoire ? répéta-t-elle, incrédule. Est-ce que tu plaisantes ?

Il esquissa un sourire.

— Qu'est-ce qui t'embête le plus ? Que quelqu'un m'ait tiré dessus, ou que tu ne puisses pas le dire à ma mère ?

— Ne plaisante pas avec ça. Ton père a été assassiné. J'ai été agressée dans la grange. On t'a tiré dessus. Quelqu'un s'en prend à nous, et toi, tu as peur de parler à ta mère ?

Le cœur battant toujours la chamade, elle marcha vers la maison d'un pas décidé.

— J'appelle le shérif. Repars jouer à la roulette russe avec ton tireur si tu veux, mais moi, je vais m'assurer que ta mère ne sera pas seule quand on ramènera ton corps à la maison.

Sa poitrine lui faisait mal, ses yeux la brûlaient et elle avait la nausée. Comment Trace pouvait-il être aussi désinvolte ? Il avait failli se faire tuer !

Il la saisit par le bras et la força à se retourner.

— Pardonne-moi. Je ne savais pas que cela te touchait autant.

Elle regarda fixement la main posée sur son bras, avec une seule envie : se jeter dans ses bras. Elle serra les poings pour la réprimer, pour ne pas se jeter contre lui, marteler son torse de coups de poing et l'embrasser jusqu'à ce qu'il l'aime, lui aussi.

Elle se redressa de toute sa taille et releva le menton.

— Je vais appeler le shérif. Ça ne peut pas continuer. Si elle te perdait toi aussi, ta mère ne s'en remettrait pas.

— Et toi ? Est-ce que tu t'en remettrais ?

Elle le regarda droit dans les yeux, en se retenant à grand-peine de lui dire à quel point elle serait dévastée.

— Je ne veux pas que ta mère traverse une nouvelle fois ce genre d'épreuve.

Elle se dégagea et courut jusqu'à la maison, où elle s'engouffra sans un regard en arrière. En entendant claquer la porte moustiquaire, Rosalynn sortit de la cuisine, une cuillère en bois à la main.

— Qu'est-ce qu'il se passe ?

— Posez la question à votre fils, répondit-elle. Moi, j'ai un coup de fil à donner.

Elle alla droit au téléphone et composa le 911. Quand le régulateur répondit, elle dit :

— Je voudrais signaler des coups de feu.

Rosalynn laissa échapper un cri étouffé et sortit en trombe par la porte arrière.

Quand elle raccrocha, Lily sentit un pincement de culpabilité. Elle n'aurait pas dû apprendre aussi brutalement à Rosalynn que son fils avait lui aussi été pris pour cible par un tireur. Mais, bon sang, si Trace était tué, sa mère en mourrait.

Elle joignit les mains, les pressa contre sa poitrine et chuchota :

— Et j'en mourrais aussi.

10

— Wade Richard Travis, tu ne retourneras pas là-bas, lança Rosalynn Travis, les mains sur les hanches, un pli creusant son front.

Trace était furieux que Lily ait mis sa mère au courant de l'incident, mais il devait reconnaître qu'elle avait eu raison de le signaler au shérif. La police pourrait poser quelques questions et s'enquérir des blessés par balle qui se présentaient dans les hôpitaux et les cliniques de la région.

Il était encore vexé que Matt ait fait mouche et lui ait sauvé la vie. Maintenant, il était le débiteur de cet homme. Mais il ne pouvait pas lui en vouloir de l'avoir suivi et d'avoir fait feu au bon moment. Sans son intervention, il serait peut-être mort. Il ne savait pas que son demi-frère était aussi bon tireur. D'ailleurs, il ne savait pas grand-chose à son sujet, et doutait d'avoir un jour envie de mieux le connaître. Si seulement Lily était tombée amoureuse d'un autre que lui…

Et il était furieux que Matt ait nié aimer Lily. Comment avait-il pu la charmer et lui faire croire qu'il allait l'épouser avant de la plaquer ? Pendant onze ans, Trace avait cru que Lily avait épousé l'amour de sa vie. Il avait essayé de se contenter de savoir qu'elle était heureuse et que quelqu'un veillait sur elle, parce qu'il voulait qu'elle soit en sécurité, même sans lui. Mais pendant tout ce temps, elle avait été seule… et elle ne lui en avait jamais rien dit.

Mais quand même… Elle lui avait rendu son baiser. Il y avait quelque chose. Cependant, ce quelque chose était-il suffisant ? Tenait-elle suffisamment à lui pour leur donner une seconde chance ?

Il prit sa mère dans ses bras et la serra contre lui jusqu'à ce qu'elle arrête de trembler.

— Je vais bien, maman.

Il la repoussa, sans la relâcher, et lui sourit.

— Tu vois ? Je n'ai rien.

Elle leva les yeux vers lui et fronça les sourcils.

— Non, tu ne vas pas bien. Est-ce que la balle a éraflé ta joue ? Est-ce qu'il faut que je te conduise à l'hôpital ?

Matt, qui était en train de vérifier le niveau d'essence des tracteurs, laissa échapper un petit rire. Trace lui jeta un regard par-dessus son épaule. Il se moquait pas mal que Matt le prenne pour un fils à maman. Sa mère tenait une grande place dans son cœur, et elle avait subi un choc énorme à la mort de son mari.

— Ça va, maman. Ce n'est qu'une égratignure que je me suis faite dans le champ.

— C'est moi qui l'ai frappé, madame Travis, dit Matt. Ça n'a rien à voir avec le tireur. Si vous me demandez de partir, je comprendrai.

La mère de Trace fronça les sourcils de plus belle en les regardant à tour de rôle.

— Non. Je suis sûre que vous aviez une bonne raison de vous disputer, et qu'il y a un lien avec la femme qui est en train d'appeler le shérif en ce moment même.

Trace plissa les yeux et toisa sa mère.

— Qu'est-ce que tu sais à ce sujet ?

Elle lui tapota le torse.

— Que tu ferais mieux de ne pas te faire tuer.

Elle le serra rapidement dans ses bras avant de reprendre.

— Le dîner vous attend. Lily et moi avons nourri les animaux. Vous n'avez plus qu'à vous nettoyer. Et maintenant, si vous voulez bien m'excuser, j'ai des petits pains au four.

Elle se détourna et s'éloigna.

— Ta mère a du cran, dit Irish. Et je sens une odeur très alléchante. J'ai tellement faim que je pourrais manger un cheval.

Un hennissement provint de la grange, à point nommé. Irish ouvrit de grands yeux.

— Fais attention à ce que tu dis quand tu es à proximité des animaux, prévint Trace, pince-sans-rire. Nous n'élevons que des chevaux intelligents.

Irish partit d'un petit rire avant de demander, perplexe :

— Tu plaisantes, n'est-ce pas ?

Trace se borna à hausser les sourcils.

— Maman est bonne cuisinière, reprit-il. Si tu veux manger, dépêche-toi.

Il se dirigea vers la maison et les deux femmes qui lui étaient les plus chères au monde en lançant, par-dessus son épaule :

— Cela vaut aussi pour toi, Hennessey.

Ils se lavèrent les mains avant de passer dans la cuisine. Un plat de poulet frit et un autre de pommes de terre rôties étaient posés au centre de la table dressée pour cinq.

Lily les rejoignit et s'assit à côté de Matt.

— Le shérif sera là dans dix minutes.

— Je vais rajouter une assiette pour lui, dit la mère de Trace en se levant.

Quand tout le monde fut installé et servi, elle reprit :

— Bien. Racontez-moi ce qui s'est passé.

Trace lui donna une version abrégée de l'incident, sans mentionner la bagarre avec Matt.

— Nous avons fini de faucher, conclut-il. Le foin devrait être assez sec d'ici demain pour être mis en bottes.

— Pas question, répondit sa mère. C'est trop dangereux.

— Tout ira bien, maman. Nous n'étions pas assez attentifs, mais dorénavant, nous serons sur nos gardes.

— En ce cas, nous irons tous, dit sa mère.

Il se tendit.

— Tu dois rester à la maison, là où tu es en sécurité.

— Je ne vais pas rester cloîtrée ici parce que quelqu'un s'en prend à ma famille, répliqua sa mère. Je sais me servir d'un fusil. Et d'ailleurs, nous devons tous nous y mettre si nous voulons que le foin soit rentré avant qu'il pleuve. Roy a promis de venir demain. Il pourra conduire le camion.

Cet arrangement déplaisait à Trace mais à ses yeux, et même si son père avait légué le ranch à ses fils, c'était toujours sa mère qui commandait.

— Très bien, mais tu resteras à l'intérieur d'un véhicule.

— Marché conclu, répondit-elle avec un sourire narquois. Je prendrai la botteleuse.

— Non, dit Trace. C'est moi qui la prendrai.

Sa mère partit d'un petit rire.

— Tu préfères que je charge des bottes de quarante kilos sur la remorque ? demanda-t-elle en haussant les sourcils.

— Non. C'est moi qui les chargerai. D'accord, tu prendras la botteleuse, puisque tu sais la faire fonctionner.

Si elle n'était pas à la maison, mieux valait qu'elle soit dans la cabine du tracteur qu'à découvert. Il faudrait qu'Irish soit aux aguets pendant qu'ils chargeraient les bottes de foin.

Ils étaient à la moitié de leur repas quand le shérif arriva pour recueillir leurs dépositions. Il accepta l'invitation de Mme Travis à se joindre à eux, mais ne mangea que quelques bouchées avant de se mettre au travail.

Trace, Irish et Matt le conduisirent jusqu'au pré, mais

sans grand résultat. Le sol était sec et la poussière soulevée par le vent s'était redéposée dans les traces laissées par les pneus du quad. De plus, le crépuscule commençait à tomber sur la campagne.

Le shérif promit de contacter les hôpitaux et cliniques de la région pour s'enquérir d'éventuels blessés par balle, ainsi que de rendre visite aux voisins pour vérifier si l'un d'entre eux était blessé. Il ne voyait pas d'autre piste à suivre.

Quand il fut reparti, Trace rentra et se mit à la recherche de Lily… sans vouloir s'avouer qu'il la cherchait.

Comme elle n'était ni dans le séjour ni dans la cuisine, il monta à l'étage et s'arrêta devant sa porte. Il n'avait rien d'urgent à lui dire, mais il pouvait l'informer des résultats de la visite du shérif. Il frappa à sa porte, mais personne ne répondit. La voix de sa mère s'éleva derrière lui.

— Elle est allée s'assurer que les animaux avaient tout ce qu'il leur fallait.

Il se força à hausser les épaules avec désinvolture.

— J'ai pensé que je pouvais lui répéter ce qu'avait dit le shérif.

Sa mère esquissa un demi-sourire.

— Tu peux me le répéter à moi.

Il s'exécuta, en quelques phrases concises. Sa mère fronça les sourcils.

— Est-ce qu'il ne peut rien faire d'autre ?

— Nous ne savons pas qui s'en est pris à nous, seulement qu'il conduisait un quad et portait un casque, conclut Trace.

— Bien. Maintenant, va retrouver Lily. Je n'aime pas la savoir seule dans la grange. Je lui ai pourtant dit de ne pas sortir sans être accompagnée.

— Et est-ce qu'elle t'a écoutée ? demanda-t-il. Bien sûr que non. Elle ne m'écoutait jamais, moi non plus.

— Qu'est-ce qu'il s'est passé entre vous ?

— Je ne sais pas. C'est à elle qu'il faut poser la question.

S'il l'avait su, il aurait pu essayer d'arranger les choses. Maintenant… il pensait qu'il était trop tard, mais s'il se trompait ?

Lily rentrait de la grange quand on l'appela. Elle se retourna et vit Matt qui la regardait, appuyé contre sa moto. Elle alla droit vers lui, gagnée par la colère.

— Qu'est-ce que tu as bien pu dire à Trace pour qu'il soit assez furieux pour te frapper ?

— Je ne lui ai dit que la vérité, répondit Matt. Je lui ai dit que je ne t'avais jamais aimée de cette façon. Et ça m'a valu un coup de poing dans le ventre. Il avait l'impression que nous allions nous marier. Où est-il allé pêcher une telle idée ?

Toute la colère de Lily se dissipa et ses épaules s'affaissèrent.

— C'est une longue histoire.

— J'aimerais l'entendre, dit-il en croisant les bras sur son torse. Justement, j'ai un peu de temps devant moi.

Lily posa les yeux sur les chevaux qui paissaient dans le pré. Comme elle enviait leur sérénité…

— Je ne pouvais pas gâcher sa carrière militaire avant même qu'elle commence, dit-elle en reposant les yeux sur Matt. J'avais peur que les résultats de l'enquête de sécurité lui soient défavorables s'il me fréquentait.

Matt fronça les sourcils.

— Et qu'est-ce que j'ai à voir là-dedans ?

Elle reposa les yeux sur les chevaux.

— Il fallait que je trouve un moyen de le faire partir, de briser notre relation d'une façon tellement définitive que personne ne pourrait jamais penser que nous avions été ensemble, ou que nous le serions de nouveau un jour.

— Donc tu t'es servie de moi, conclut Matt.

Lily baissa la tête.

— Oui. Et je suis désolée. Je lui ai dit que je le quittais parce que j'étais tombée amoureuse de toi.

— Est-ce que c'est si grave ? demanda-t-il d'un ton amusé.

Elle le regarda droit dans les yeux.

— Bien sûr que non. Mais les gens de la ville n'ont peut-être pas été du même avis. Tu sais aussi bien que moi que tu étais considéré comme le pire voyou de Whiskey Gulch. Tout le monde s'attendait à ce qu'une fille comme moi sorte avec un garçon comme toi. Pas avec Trace.

— Alors, conclut Matt, tu lui as dit que tu rompais avec lui pour m'épouser. Pas étonnant qu'il m'en veuille. Pour s'être mis en rogne après tout ce temps, il devait vraiment tenir à toi. Mais je comprends enfin pourquoi tu as débarqué chez moi un beau jour pour regarder la télé et pourquoi tu as pris une photo de nous deux, assis sur mon canapé.

Lily grimaça.

— Oui, à ce sujet…

Matt leva la main.

— Ne t'en fais pas pour ça.

— Je suis désolée de m'être servie de toi, dit-elle.

— Ce que je ne comprends pas, c'est pourquoi tu n'as pas tiré les choses au clair.

Elle contempla ses pieds pendant quelques instants.

— J'espérais qu'il reviendrait et se battrait pour moi, répondit-elle enfin. Mais il n'est pas revenu. J'ai suivi sa carrière grâce aux nouvelles que donnait sa mère. Quand il est passé de simple soldat à membre de la Delta Force, j'ai été confortée dans mon idée qu'il était bien mieux sans moi. Je ne pouvais pas regretter ma décision de le laisser partir.

— Tu te sous-estimes, dit Matt. Tu n'es pas tes parents.

Elle le gratifia d'un pâle sourire.

— Non. Mais…

Matt hocha la tête.

— Je comprends. Qu'on l'ait gagnée ou qu'on en ait hérité, il est difficile de se défaire d'une réputation.

Elle le regarda et fronça les sourcils.

— Tu ne lui répéteras rien de tout ceci, n'est-ce pas ?

— Bien sûr que non, répondit Matt. Mais tu devrais lui parler. Sérieusement. Dis-le-lui.

— Non. C'est trop tard. Onze ans, c'est long. Assez long pour oublier quelqu'un.

Matt glissa un doigt sous son menton pour la forcer à relever la tête.

— Est-ce que tu l'as oublié ?

Sa lèvre se mit à trembler, et une larme roula sur sa joue. Elle s'en voulait de laisser paraître ses émotions, et surtout devant cet homme.

Matt rit doucement et épongea la larme du pouce.

— Je pense que cela répond à ma question.

— S'il te plaît, implora-t-elle, ne le lui dis rien.

— Promis, dit Matt en la regardant dans les yeux. Je serai muet comme une tombe.

Elle jeta ses bras autour de son cou et l'étreignit avec fougue.

— Merci. Merci, Matt.

— De rien, dit-il. Mais promets-moi de me prévenir la prochaine fois que tu me mêleras à l'un de tes mensonges. Je me moque de recevoir un coup de poing dans le ventre du moment que je sais pourquoi.

— Je suis vraiment désolée. Je te promets de ne pas recommencer.

Il regarda par-dessus son épaule et grimaça.

— Et pourtant, nous pourrions fort bien avoir recommencé, par inadvertance.

Quand elle se retourna et vit Trace qui les regardait, son cœur cessa de battre pendant quelques instants. Avec un sourire narquois, Matt se pencha et lui déposa un baiser sur le front.

— Celui-là est pour moi.

Ensuite, il la relâcha et s'éloigna. Quand il passa à côté de Trace, il le heurta délibérément de l'épaule.

La mâchoire de Trace était tellement crispée que son visage semblait fait de pierre. Un tic qu'elle connaissait bien agitait sa joue, trahissant sa fureur. Dans le temps, elle ne le voyait que quand il était furieux contre son père. Et maintenant, il était furieux contre elle.

Ses joues s'enflammèrent mais elle réfréna l'envie de lui fournir une explication. Elle ne lui appartenait pas, et il n'avait aucun droit de lui dire qui elle pouvait ou ne pouvait pas serrer dans ses bras. Elle fit volte-face et se dirigea vers la grange sans mot dire, en espérant qu'il était assez furieux pour la laisser tranquille.

Mais elle n'eut pas cette chance. Un bruit de pas résonna derrière elle – en même temps que le vrombissement de la moto s'élevait dans l'air calme, lui rappelant le spectacle auquel Trace venait juste d'assister.

Parfait. Qu'il rumine cette image.

— Quel genre d'homme laisse sa petite amie entrer seule dans la grange où elle a été agressée il y a quelques jours ?

Sans prendre la peine de se retourner, elle répondit :

— Je ne suis pas sa petite amie.

— Pourtant tu pensais l'être, à une époque. Tu croyais même qu'il allait t'épouser.

— Apparemment, je me trompais.

— Tu te trompais tellement qu'il n'a jamais envisagé de t'épouser. Il ne t'a même jamais vue comme sa petite amie.

— Oui, répondit-elle. Eh bien, au temps pour moi.

Trace la saisit par le bras et la força à se tourner vers lui.

— Écoute… Je n'aime ni qu'on me mente, ni qu'on me fasse passer pour un imbécile.

— Si c'est tout ce qui compte pour toi, pardonne-moi d'avoir terni ton image, répliqua-t-elle.

Elle se dégagea et traversa la grange aussi vite qu'elle le put pour s'éloigner de lui.

— Lily Davidson, tonna-t-il, cette discussion n'est pas terminée.

— Si, riposta-t-elle. Cela fait onze ans qu'elle l'est.

Elle déglutit avec effort. Elle ne voulait pas le regarder, de peur qu'il lise tout son amour et toute sa déception dans ses yeux. Elle marcha d'un pas décidé vers l'escalier qui menait au grenier à foin.

— Et si quelqu'un t'attend là-haut pour t'agresser une nouvelle fois ?

— Eh bien, il m'agressera, rétorqua-t-elle.

Elle ne ralentit pas l'allure. Elle était bien trop triste et trop en colère, et elle se moquait qu'il y ait quelqu'un là-haut. Peut-être qu'un coup à la tête la ferait moins souffrir que le chagrin qui lui transperçait le cœur. Et si son agresseur l'en délivrait pour toujours, elle lui en serait même reconnaissante.

Il n'y avait personne dans le grenier à foin, mais il faisait un noir d'encre. Malheureusement, elle avait oublié de prendre son téléphone portable. Comme elle était trop têtue pour redescendre et reconnaître devant Trace qu'elle avait oublié de prendre de la lumière, elle avança lentement vers le recoin où Patches avait caché ses chatons.

Elle s'arrêta net en entendant un bruit. On aurait dit que quelqu'un se déplaçait dans les ténèbres. Son estomac se noua et elle regretta de ne pas avoir apporté une grosse lampe torche bien lourde, qui aurait pu lui servir d'arme.

Quelque chose cliqueta, derrière elle.

Elle sursauta et réprima un cri.

11

— Mieux vaut avoir de la lumière quand on monte dans un grenier, dit la voix de Trace, derrière elle.

Le faisceau d'une lampe torche transperça l'obscurité, et Lily se plaqua une main sur la poitrine pour calmer les battements effrénés de son cœur.

— Je n'ai pas besoin de ton aide, marmonna-t-elle.

— Peut-être, mais tu as besoin de la lumière.

Comme elle ne voulait pas l'admettre, elle ne répondit pas. Mais il avait raison : sans lumière, jamais elle ne pourrait attraper la mère chatte et ses chatons.

Elle avança vers la cachette de Patches en sortant une vieille taie d'oreiller de sa poche.

— Est-ce que c'est pour les chatons ? demanda Trace.

— Non. Ils se laisseront faire. C'est pour Patches. Elle est à moitié sauvage, nous ne pourrions jamais la retenir.

— Je m'en occupe, dit Trace.

— Non. Elle est plus habituée à moi qu'à toi.

Mais il lui prit la taie d'oreiller des mains et demanda, avec une esquisse de sourire :

— Pourquoi faut-il toujours que tu protestes ? Je m'en occupe. Toi, aveugle-la avec la lampe torche. Prête ?

Non, elle n'était pas prête. Elle ne savait même pas comment ils allaient s'y prendre. Avant qu'elle ait pu dire un mot, il se pencha et ordonna :

— Éclaire ce coin.

Lily dirigea le faisceau lumineux droit sur Patches, qui la regarda en clignant des yeux. Trace l'attrapa aussitôt par la peau du cou et la sortit de sa cachette. La chatte eut beau miauler et cracher, se tordre en tous sens et planter ses griffes dans le bras de Trace, il parvint à la mettre dans la taie.

— Maintenant, attrape les chatons, dit-il. Nous devons la relâcher avant qu'elle se blesse ou que le stress sèche son lait.

Lily récupéra les cinq chatons, qu'elle mit dans les poches de sa veste. Ensuite, elle prit une poignée de paille et rejoignit Trace en bas de l'escalier.

— Dans la sellerie ? demanda-t-il.

— Oui.

Elle ouvrit la porte de la sellerie et s'effaça pour le laisser entrer avec son chargement de félin en rage. Quand elle eut refermé la porte du pied, il dit :

— Installe d'abord les chatons.

Lily choisit un recoin où personne ne risquerait de leur marcher accidentellement dessus. Elle étala le foin sur le sol, y posa une couverture de selle et sortit les chatons de ses poches pour les déposer sur la couverture. Ils se mirent à ramper en cherchant désespérément leur mère.

— Tu peux lâcher Patches, dit-elle en se relevant.

Il tendit la taie d'oreiller à bout de bras et éclata de rire.

— Hum… Oui. Nous verrons bien comment ça se passe.

Il posa doucement la taie d'oreiller par terre et entrebâilla l'ouverture. Pendant quelques instants, le tissu demeura rigoureusement immobile. Soudain, Patches en jaillit et se mit à courir frénétiquement tout autour de la pièce, cherchant un moyen de s'évader, avant d'aller se cacher sous le bureau.

— Je vais chercher un bol d'eau et des croquettes, dit-elle. Tu crois que tu peux l'empêcher de sortir ?

Trace haussa les sourcils et partit d'un petit rire.

— Je ferai de mon mieux, mais je ne te promets rien. Elle est furieuse et terrifiée.

Il ramassa la taie d'oreiller, se plaça devant la porte et la brandit devant lui comme une muleta devant un taureau.

— Vas-y, dit-il.

Lily sortit et referma rapidement la porte derrière elle. Elle alla chercher les deux bols, les remplit d'eau et de croquettes et frappa doucement à la porte de la sellerie.

— Fais vite, répondit Trace.

Elle se glissa vivement dans la sellerie, referma la porte du pied, posa les bols par terre et demanda :

— Est-ce qu'elle est sortie de sa cachette ?

— Non, répondit-il en roulant la taie d'oreiller en boule. Il faut qu'elle se calme. Espérons que cela ne prendra pas trop longtemps. Les chatons ont faim, et ils le lui font savoir.

— Mieux vaut la laisser tranquille, dit Lily.

Trace hocha la tête et posa une main sur la poignée de la porte. Quand Lily l'eut rejoint, il dit :

— Une… deux…

Il ouvrit brusquement la porte et la poussa hors de la sellerie. Elle eut juste le temps de voir un éclair de fourrure foncer vers eux avant que Trace claque la porte.

— Tout ça pour un chat ! commenta-t-elle en s'effondrant contre la porte, prise de fou rire.

Elle rit jusqu'à en avoir mal aux côtes, et son hilarité gagna Trace. Quand ils retrouvèrent leur sérieux, Lily posa les yeux sur le bras de Trace, que la chatte avait lacéré de ses griffes.

— Nous devons soigner ça. Il ne faudrait pas que tu attrapes la maladie des griffes du chat.

— Ça va aller. Ce n'est rien. Seulement des…

— Des égratignures, compléta-t-elle à sa place. Combien de fois as-tu dit ces mots quand tu étais en mission ?

Son sourire pâlit et elle le regarda, le cœur lourd. Il lui était arrivé tellement souvent de se demander où il était et s'il allait bien, de craindre qu'on lui tire dessus, d'espérer qu'il reviendrait sain et sauf et resterait à Whiskey Gulch. Elle refoula ses larmes à grand-peine.

— Rentrons, dit-elle. Il y a une pommade antiseptique dans l'armoire à pharmacie.

Il la suivit jusqu'à la maison et dans le cabinet de toilette, où sa mère rangeait une trousse de premiers soins. Avec des gestes lents et soigneux, Lily nettoya et pansa ses blessures.

Quand elle eut fini, elle ne put se résoudre à le regarder dans les yeux. Si elle l'avait fait, il aurait deviné à quel point le simple fait de le toucher l'avait troublée.

Les paroles de Matt lui revinrent à l'esprit : « Dis-le-lui. »

Qu'elle l'aimait ? Qu'elle lui avait menti pour le forcer à quitter le Whiskey Gulch Ranch et à s'engager dans l'armée ? Non. Elle ne pouvait pas. S'il l'avait aimée autant qu'il le disait, il se serait battu pour elle.

Elle sortit du cabinet de toilette et gravit l'escalier, tellement perdue dans ses pensées qu'elle n'entendit pas qu'il la suivait. Elle avait presque atteint la porte de sa chambre quand il l'arrêta.

— Pourquoi ? demanda-t-il.

Ce simple mot résonna dans son âme.

— Ça ne marchera pas, chuchota-t-elle.

— Qu'est-ce qui ne marchera pas ?

— Dès que nous aurons rentré le foin, je partirai, dit-elle.

Il glissa un doigt sous son menton pour la forcer à relever la tête.

— Est-ce que c'est vraiment ce que tu veux faire ?

Elle baissa les paupières.

— Oui.

— Regarde-moi, Lily, dit-il.

Ils étaient tellement proches qu'elle sentait son haleine sur sa joue. Elle obéit.

— Qu'est-ce que tu veux de moi ?

Il esquissa un sourire.

— Un baiser.

Elle secoua la tête et releva légèrement le menton.

— Non. Je ne vais pas te demander de m'embrasser.

— Tu es sûre ?

Il inclina la tête jusqu'à ce que ses lèvres ne soient plus qu'à un souffle des siennes, jusqu'à ce que leurs haleines se mêlent.

— Je suis sûre…

Elle s'interrompit, incapable de poursuivre. Embrasser Trace serait une erreur monumentale. Mais elle en avait tellement envie, encore plus que de respirer.

— Est-ce que tu veux que je t'embrasse ? demanda-t-il.

Elle secoua la tête, mais sa bouche dit :

— Oui.

— Dis-le, Lily, pressa-t-il. Dis-moi que tu veux que je t'embrasse.

— Je ne…

Enfin, elle leva les yeux vers lui et lut dans son regard un désir équivalant au feu qui la dévorait tout entière.

— Oh ! zut, marmonna-t-elle. Pourquoi me mentir ?

Elle se mit sur la pointe des pieds et voulut effleurer ses lèvres des siennes, mais il recula en secouant la tête.

— Non, dit-il. Pas avant que tu aies dit les mots.

D'une voix vibrante de colère et de désir mêlés, elle répliqua :

— Très bien, bon sang ! Je veux que tu m'embrasses.

Trace l'attira contre lui et inclina lentement la tête, s'emparant de ses lèvres dans le baiser le plus doux, le plus tendre qu'elle ait jamais reçu.

Mais elle ne voulait pas que ce baiser soit tendre. Elle voulait qu'il soit fougueux, rapide, qu'il lui rappelle qu'elle était en vie et qu'il était avec elle. Malgré les années, leurs corps se souvenaient encore l'un de l'autre. Elle fondit contre lui et il la plaqua contre le mur.

Elle l'enveloppa de ses bras et l'attira encore plus près. Un baiser ne suffisait pas. Elle le voulait en elle. Elle enroula sa jambe autour des siennes, frotta son bassin contre sa cuisse et chuchota contre ses lèvres :

— Fais-moi l'amour.

— Tu en es certaine ?

— Oui, souffla-t-elle.

Il l'enleva dans ses bras et chercha à tâtons la poignée de la porte. Elle repoussa sa main pour l'ouvrir elle-même.

Il lui fit passer le seuil dans ses bras et referma la porte d'un coup de pied. Ensuite, il la reposa doucement par terre, la plaqua contre lui et l'embrassa, fermement, passionnément.

Cela faisait tellement longtemps qu'elle avait souhaité vivre ce moment… Le sang tambourinant dans ses oreilles, elle défit un bouton de sa chemise, puis deux, puis trois, avec une telle maladresse qu'il finit de la déboutonner lui-même. Elle éclata de rire, ôta rapidement son chemisier et le jeta dans un coin de la pièce.

Pris d'une véritable frénésie, ils s'aidèrent mutuellement à se défaire du reste de leurs vêtements. Enfin, ils furent tous deux nus.

— Lily chérie, tu es encore plus belle que dans mes souvenirs, dit-il d'une voix grave et vibrante, qui enveloppa sa peau nue de chaleur.

Elle caressa ses larges épaules de la main.

— Et toi, tu as grandi… et tu t'es étoffé.

Elle baissa les yeux vers son torse puissant, puis vers

sa taille mince et plus bas encore, à l'endroit où la preuve de son désir saillait bien en vue.

Il posa une main sur sa joue et plongea son regard dans le sien.

— Est-ce que tu es sûre que c'est ce que tu veux ? Il suffit que tu me dises « non » pour que je m'en aille.

Le ventre de Lily se crispa.

— Pas question. Je le veux.

Elle avait attendu ce moment pendant tellement longtemps… Trace avait été son premier homme, et le seul, même s'il n'en savait rien. Mais elle n'était pas naïve pour autant.

— Est-ce que tu as des préservatifs ?

Il ramassa son jean sur le sol, sortit son portefeuille de sa poche arrière et y repêcha un sachet en aluminium, qu'il brandit avec un grand sourire.

— Seulement un ?

— J'en ai d'autres dans ma chambre, répondit-il.

— C'est bon à savoir.

Elle passa la main sur sa joue, puis derrière sa nuque, et l'attira vers elle.

Tout en l'embrassant, il la fit reculer jusqu'à ce que ses jambes butent dans le matelas. Alors, il la poussa doucement jusqu'à ce qu'elle soit allongée en travers du lit, les jambes ballantes, et s'allongea sur elle. Elle l'enveloppa de ses bras et l'attira de nouveau contre elle.

La langue de Trace vint à la rencontre de la sienne et la caressa longuement, sensuellement. Ensuite, il abandonna sa bouche et fit glisser ses lèvres sur sa joue, puis dans son cou, s'attardant sur l'endroit où son pouls battait frénétiquement.

Elle caressa ses épaules du bout des doigts, savourant la douceur de sa peau et la fermeté de ses muscles.

Il sema un chemin de baisers sur sa clavicule, qui se

termina sur son sein droit. Il taquina son téton du bout de la langue avant de le faire rouler entre ses dents. Elle s'arqua sur le matelas, le pressant muettement de prendre plus d'elle. De tout prendre.

Il aspira son sein dans sa bouche, aussi profondément qu'il le put. Elle se mit à haleter et son ventre se crispa. Il continua jusqu'à ce qu'elle se sente prête à voler en un million d'éclats avant de passer à l'autre sein, sur lequel il se livra aux mêmes mordillements rapides, excitants.

Elle se tortillait sur le matelas, terrassée par un désir qui grandissait à une vitesse exponentielle. Elle le voulait tout entier.

— S'il te plaît ! cria-t-elle.

Il gloussa de rire.

— Quoi, s'il te plaît ?

— On… On attache trop d'importance aux… préliminaires.

Il rit de nouveau et abandonna son sein gauche pour effleurer sa peau de la bouche jusqu'à son ventre plat, où il plongea la langue dans son nombril. Quand il approcha de la jonction de ses cuisses, il ralentit, puis s'arrêta.

Lily retint son souffle. Elle voulait qu'il l'emmène tout là-haut – avec ses doigts, avec sa langue, avec son sexe.

Il lova la main sur sa chair et plongea un doigt dans son intimité, humide de désir.

Oh ! pour l'amour du ciel… prends-moi, pensa-t-elle.

Comme s'il l'avait entendue, il écarta les replis de sa chair brûlante et souffla doucement. Elle crispa les poings sur le dessus-de-lit et laissa échapper un gémissement.

— Oh ! mon amour, j'ai à peine commencé, dit-il.

Son souffle caressait l'intérieur de ses cuisses. Il baissa la tête et toucha de la langue le point le plus sensible de son corps. Balayée par une explosion de sensations, elle lâcha le dessus-de-lit et enfouit les mains dans ses cheveux pour plaquer sa tête tout contre elle.

— Trace ! cria-t-elle.

— Est-ce que ça veut dire que ça te plaît ? demanda-t-il. Ou qu'il faut que j'arrête ?

— Non, haleta-t-elle. N'arrête pas.

Il la toucha de nouveau de la langue et son corps s'arqua.

— C'est bon, gémit-elle. Oh ! c'est tellement bon…

Il la lécha jusqu'à ce qu'elle se tortille sous lui et que le plaisir lui fasse perdre la tête, qu'elle soit incapable de réfléchir, de voir, de respirer. Une étincelle naquit dans son ventre et se propagea tel un feu de broussailles jusqu'au bout de ses doigts. Les vagues de plaisir se succédaient, et elle se laissa balayer par chacune d'entre elles. Quand la dernière fut passée, elle s'effondra sur le lit en prenant de grandes goulées d'air. Mais le désir qui la taraudait n'était pas apaisé. Quand elle eut repris le contrôle de sa respiration, elle empoigna ses cheveux pour le forcer à relever la tête.

— Je te veux. Maintenant.

Trace remonta le long de son corps pour s'emparer de ses lèvres. Il avait goût d'elle.

Elle gémit en sentant le bout de son sexe toucher l'entrée de son corps. Elle crispa les mains sur ses fesses et essaya de l'attirer en elle.

— Attends.

Il s'appuya sur un coude, attrapa le sachet en aluminium et le déchira d'un coup de dents. Lily le lui prit des mains, sortit le préservatif et le déroula sur son membre turgescent.

Ensuite, Trace l'embrassa et plongea dans ses chairs humides. D'un geste impatient, Lily le saisit par les hanches et le fit entrer en elle. Il inspira profondément et souffla lentement pour lui laisser le temps de s'habituer à lui.

— Lily, c'est tellement bon.

— Hum, chuchota-t-elle.

Il se mit à plonger en elle et à en ressortir sur un rythme régulier. Les mains crispées sur ses hanches, elle l'encourageait à aller plus vite, plus fort.

Ses va-et-vient souples étiraient ses chairs d'une façon délicieuse. Il accéléra le rythme, s'enfonça une dernière fois en elle et s'immobilisa. Quand il éjacula, elle sentit sa chair palpiter et enfonça les doigts dans ses fesses pour le retenir.

Ensuite, il se laissa tomber sur elle, les fit rouler tous deux sur le côté et la serra contre lui.

Lily posa la joue contre son torse et des larmes lui échappèrent. Elle déglutit avec force pour ne pas éclater en sanglots. Voilà ce qu'elle avait attendu. C'était lui, qu'elle avait attendu. Mais faire l'amour ne résolvait rien. Cela ne faisait que compliquer les choses.

12

Trace sentit les larmes de Lily sur sa peau et son cœur se serra.

— Lily.

Elle secoua la tête et posa un doigt sur ses lèvres.

— Non, dit-elle d'une voix étranglée par l'émotion.

— Mais, Lily, nous devons parler, insista-t-il.

— Pas ce soir.

— Demain, alors.

Elle ne répondit pas. Elle était allongée dans ses bras, blottie contre lui, et il aurait tout donné pour que cette nuit ne se termine jamais. Il craignait qu'au matin elle s'échappe pour ne plus jamais revenir, et il ne voulait pas que cela arrive. Pas une seconde fois.

Elle passa une jambe sur les siennes et un bras en travers de son torse. Bientôt, son corps se détendit et sa respiration se fit plus profonde. Elle s'était endormie.

Il contempla le plafond pendant un long moment. Il avait envie de la réveiller et de la forcer à lui dire pourquoi elle avait prétendu qu'elle allait épouser Matt alors qu'elle n'en avait jamais eu la moindre intention. Avait-elle eu peur de partir de chez elle, ou de devenir la femme d'un soldat, d'un homme qui risquait sa vie ? Mais elle dormait si paisiblement qu'il ne put se résoudre à la réveiller.

Il finit par tomber dans un sommeil agité. Quand il se

réveilla, dans la lumière grisâtre du petit matin, il balaya la pièce du regard, désorienté. Quand les souvenirs de la nuit lui revinrent, il se retourna, mais il savait déjà qu'elle était partie.

Il repoussa les draps et s'assit sur le bord du lit. Comment avait-elle pu se lever et quitter la pièce sans le réveiller ?

Il s'habilla rapidement, enfila ses bottes et sortit de la chambre. Il s'arrêta devant la porte et tendit l'oreille. Des bruits provenaient du rez-de-chaussée. Sans doute sa mère, qui préparait le petit déjeuner. Lily était-elle allée l'aider ?

Il retourna dans sa chambre et revêtit une chemise à manches longues. Il allait passer la journée à manier du foin, et mieux valait se couvrir au maximum pour éviter les irritations. Il se rendit ensuite dans la salle de bains pour se débarbouiller, se peigner et se brosser les dents, et descendit à la cuisine.

Sa mère préparait des œufs brouillés. Debout près du plan de travail, Irish beurrait une tartine de pain grillé tandis que Matt se servait une tasse de café. Roy entra en boitillant par la porte arrière et lança à la cantonade :

— Bonjour tout le monde !

Mais Lily n'était pas là.

— Bonjour, paresseux, chantonna sa mère. Sers-toi une tasse de café. Le petit déjeuner est presque prêt. Si tu cherches Lily, elle est allée voir comment allait la chatte.

— J'ai proposé de l'accompagner, compléta Irish, mais elle m'a assuré qu'elle n'en avait que pour une minute.

— Elle entrait dans la grange quand je suis arrivé, ajouta Roy.

Son ventre se noua. Est-ce qu'elle ne comprenait pas ce qu'elle risquait en sortant seule ?

— Je vais voir si elle va bien.

Il s'apprêtait à descendre les marches de la terrasse

quand il la vit qui revenait de la grange. Il laissa échapper un soupir de soulagement.

Elle le regarda un bref instant avant de détourner les yeux.

— Patches va rester enfermée pendant toute la journée. J'ai fabriqué une litière de fortune pour qu'elle y fasse ses besoins. Sinon, Dieu sait dans quel état elle aurait mis la sellerie.

— Bien vu, dit-il.

Quand elle passa auprès de lui, il la saisit par le bras.

— Lily.

Elle s'arrêta, mais continua à fuir son regard.

— Il faut que nous parlions, insista-t-il.

Elle acquiesça et il relâcha son bras. Elle gravit les marches quatre à quatre et disparut dans la maison. Il fixa la porte pendant un long moment. Qu'est-ce qui avait changé depuis cette nuit ? Mais peut-être que rien n'avait changé, et qu'il refusait seulement de voir le problème qui subsistait entre eux. Pourquoi se mentir ? Le sexe n'avait rien résolu entre eux. Au contraire, il avait compliqué la situation.

Quand il rentra dans la cuisine, les autres étaient attablés et attribuaient déjà les tâches qui incomberaient à chacun.

Lily prendrait le tracteur équipé de la râteleuse pour rassembler le foin en rangées. Sa mère la suivrait avec la botteleuse. Roy conduirait le camion qui tracterait la remorque sur laquelle Trace et Matt chargeraient les bottes de foin. Quant à Irish, il patrouillerait autour du pré pour parer à une attaque éventuelle.

— Nous allons devoir faire vite, dit Roy.

— L'orage sera là plus tôt que prévu, ajouta Lily. Il devrait nous frapper en fin d'après-midi.

Elle porta son assiette, encore à moitié pleine, dans l'évier.

— Je vais vous attendre dans la grange.

— J'ai fini, dit Irish. Je t'accompagne.

Il débarrassa son couvert et la suivit. Trace finit de manger, porta son assiette dans l'évier et les rejoignit. Ils avaient approché les tracteurs de la grande citerne de gasoil et faisaient le plein.

Ensuite, Lily se mit au volant du plus gros des deux tracteurs, passa la marche arrière et s'approcha de la botteleuse, que Trace fixa à l'attelage. Quand ce fut fait, elle alla se garer près de la barrière. Roy fit reculer l'autre tracteur jusqu'à la râteleuse.

La mère de Trace apparut, un grand panier au bras. Avec ses tresses, son jean et son grand chapeau, elle semblait avoir rajeuni de plusieurs années, être redevenue la jolie fille que son père avait rencontrée et dont il était tombé amoureux des décennies plus tôt. Son cœur se serra une fois de plus. Elle posa le panier sur la banquette arrière du pick-up et grimpa sur le tracteur qui tirait la botteleuse.

Irish et Matt se tenaient devant le quad.

— Même si nous arrivons à le faire démarrer, il est inutilisable, dit Matt. Il faudra beaucoup de travail pour le remettre en état.

— Pourtant, je ne peux pas prendre le pick-up, objecta Irish. Il me faut un véhicule ouvert.

Trace esquissa un sourire.

— Est-ce que tu sais monter à cheval ?

Irish grimaça.

— J'ai déjà monté, mais ça fait longtemps.

— C'est comme le vélo, répliqua Trace avec un grand sourire. Ça ne s'oublie pas.

— Va dire ça aux chevaux, objecta Irish. Ils ont l'air d'avoir un sixième sens qui leur permet de détecter le degré d'expérience de leur cavalier.

Lily s'approcha d'eux. Elle conduisait une jument sellée, bridée, prête à partir.

— Voici Lady, dit-elle en flattant le cou de l'animal. Elle est très calme. Elle ne te posera aucun problème.

Irish posa un regard suspicieux sur l'animal avant de les dévisager l'un après l'autre. Quand son regard se posa sur Roy, il dit :

— Je ne pense pas que…

— Avec mon pied, impossible, répliqua Roy.

Résigné, Irish prit les rênes et tendit son fusil à Trace.

— À nous deux, Lady.

Il glissa un pied dans l'étrier, passa son autre jambe par-dessus l'animal et atterrit sans douceur sur la selle. Trace lui donna le fusil, qu'il posa en travers de ses cuisses. Lady attendait patiemment, sans piaffer comme le font certains chevaux.

Trace ouvrit la barrière. Sa mère et Lily la franchirent les premières, au volant des tracteurs. Roy les suivit dans le pick-up, avec Matt à l'arrière, sur le plateau. Quand tous furent passés, il referma la barrière et monta dans le pick-up.

Une fois sur le pré, ils se mirent au travail. Lily, avec la râteleuse, rassemblait l'herbe en rangées bien nettes. Juste derrière elle, la botteleuse conduite par la mère de Trace en faisait des bottes rectangulaires qui retombaient au sol.

Roy, au volant du pick-up halant la remorque, suivait la botteleuse. Matt et Trace lançaient les bottes dans la remorque, ruisselant de sueur dans la chaleur étouffante.

Irish patrouillait autour du champ, son fusil à la main, en scrutant les bois. Trace le connaissait assez bien pour savoir que, cette fois, personne ne les prendrait par surprise.

À midi, Rosalynn arrêta son tracteur et fit signe à Lily de faire de même. Le petit groupe se rassembla à l'ombre des arbres autour du panier qu'elle avait apporté. Il était plein à ras bord de poulet frit, de sandwichs et de chips.

Irish continua à monter la garde. Quand Trace eut fini, il alla le remplacer afin qu'il puisse manger lui aussi. Sa mère le rejoignit et tendit le doigt vers les nuages menaçants qui s'amoncelaient à l'horizon. Elle paraissait soucieuse.

— Si nous voulons finir avant qu'il pleuve, dit-elle, nous allons devoir nous dépêcher.

Trace acquiesça et se tourna vers les autres.

— En selle ! La journée n'est pas encore terminée.

— J'ai presque fini de râteler, annonça Lily. Je vais pouvoir vous aider à charger les bottes.

— Bien, répondit-il. Toute aide est la bienvenue.

Dès qu'elle eut fini de râteler le foin, elle dirigea le tracteur vers lui.

— Je ramène le tracteur à la grange.

— Je vais avec toi, dit-il.

Il se tourna vers Matt.

— Je rentre à la grange avec Lily. Est-ce que tu peux t'en sortir seul pendant un moment ?

— Pas de souci, répondit Matt en lançant une botte sur la remorque.

— Je peux très bien aller jusqu'à la grange et en revenir seule, protesta Lily.

— Je préfère ne pas prendre de risque.

Il grimpa sur le tracteur, derrière elle.

— Franchement, je n'ai pas besoin que tu m'accompagnes, marmonna-t-elle.

— Plus tu discutes, et plus nous perdons de temps, répliqua-t-il. Avance.

Elle lui jeta un coup d'œil par-dessus son épaule, et ses lèvres se tordirent en une ébauche de sourire.

— Tu joues au petit chef ?

— Seulement quand c'est nécessaire, répondit-il avec un clin d'œil.

— D'accord. Tiens-toi bien.

Elle relâcha l'embrayage et le tracteur bondit vers

l'avant. S'il ne s'était pas agrippé au dossier de son siège, il aurait été éjecté.

— Hé, n'oublie pas que je suis derrière toi !

Elle partit d'un petit rire moqueur.

— Crois-moi, je ne l'avais pas oublié.

Il aimait quand elle était insolente. Cela lui rappelait l'époque où ils étaient adolescents et faisaient la course à cheval, à travers champs. Il aurait aimé qu'ils puissent retrouver cette insouciance. Cependant, il pressentait qu'il leur restait quelques moments difficiles à traverser, et espérait qu'ils parviendraient à les surmonter sans que leur relation en pâtisse. Si cela n'avait dépendu que de lui, ils auraient éludé tous les obstacles pour ne plus penser qu'à faire l'amour et se taquiner.

Autant souhaiter que les poules aient des dents.

Ce matin-là, Lily s'était réveillée très tôt et s'était glissée sans bruit hors du lit qu'elle avait partagé avec Trace. Même si elle souhaitait ardemment être avec lui, elle savait que le désir physique ne suffisait pas. Elle l'aimait de toute son âme, mais le fait était là : il n'était pas revenu se battre pour elle.

Elle avait passé onze ans à se languir de lui et, maintenant, elle voulait plus. Elle voulait un homme prêt à remuer ciel et terre pour la garder, un homme qui n'ait pas peur de lui dire ce qu'il ressentait et voulait la même chose qu'elle : une relation durable, capable d'affronter toutes les tempêtes.

Elle s'arrêta devant la barrière et Trace descendit du tracteur pour l'ouvrir. Ensuite, elle manœuvra pour que la râteleuse soit alignée avec les autres accessoires et attendit que Trace l'ait dételée avant d'aller garer le tracteur sous le hangar.

Trace leva les bras vers elle, la prit par la taille et la souleva du siège. Il la laissa glisser contre lui jusqu'à ce que ses pieds touchent le sol, mais ne la relâcha pas.

Elle ne voulait pas qu'il la relâche. Elle inhala l'odeur combinée de transpiration et d'air frais qui l'enveloppait. Il lui avait tellement manqué… Elle se sentit basculer vers lui, et envisagea réellement de reprendre les choses là où ils les avaient laissées la nuit précédente.

Le tonnerre gronda au loin, la ramenant à la réalité. Elle se dégagea et recula de quelques pas.

— On ferait mieux de rejoindre les autres.

Pourvu que sa voix ne trahisse pas sa déception…

— À pied ?

— Non, répondit-elle. Marche si tu veux, j'irai à cheval.

Elle entra dans la grange et s'approcha de la stalle de Dusty. Le hongre isabelle hennit et donna un coup de sabot contre la porte de la stalle.

— Salut, mon grand. Tu veux te dégourdir les jambes ?

Elle fixa une longe à son licol et ouvrit la porte. Le cheval sortit en poussant son épaule du nez avec impatience.

— Chaque chose en son temps, lui dit-elle.

Trace jeta une couverture et sa selle sur le dos du cheval.

— Comment as-tu su laquelle j'utilise ? demanda-t-elle.

— Je m'en suis souvenu, répondit-il en resserrant la sangle autour du ventre de Dusty. Les choses n'ont pas beaucoup changé, par ici.

Il avait raison. Les selles qu'ils utilisaient adolescents étaient encore en bon état. Seules les personnes avaient changé. Elle avait grandi, et il avait suivi le cours de sa vie.

Pendant qu'il finissait d'ajuster la sangle, elle se glissa dans la sellerie pour aller chercher une bride. La tête de Patches apparut derrière le classeur à dossiers. En la voyant, la chatte sortit de sa cachette sans se soucier des protestations de ses chatons et vint se frotter contre ses jambes. Lily se baissa pour lui gratter le menton et demanda :

— Comment vont tes bébés ?

Elle s'assura qu'il restait de l'eau et des croquettes. Quant à la litière de fortune, elle n'avait pas encore été utilisée.

— Désolée, ma fille, dit-elle en attrapant une bride. Nous te laisserons sortir dès que nous aurons rentré le foin.

— Comment vont les chats ? demanda Trace quand elle ressortit.

— Patches s'impatiente, mais tout le monde va bien.

Trace glissa le mors entre les dents de Dusty et passa les sangles de cuir au-dessus de ses oreilles. Ensuite, il conduisit le cheval à l'extérieur et tendit les rênes à Lily avant de se pencher et de nouer ses mains pour l'aider à monter en selle.

Elle aurait pu glisser directement son pied dans l'étrier, mais elle accepta son aide, comme elle le faisait onze ans plus tôt.

Dès qu'elle fut installée, Trace s'agrippa à la corne de la selle, mit son pied dans l'étrier et se hissa sur la croupe de l'animal.

— Tu aurais pu seller un cheval pour toi, dit-elle.

Il noua les bras autour de sa taille.

— Pourquoi ? C'est bien plus agréable comme ça.

Elle fronça les sourcils et regarda par-dessus son épaule.

— C'était toujours moi qui montais derrière.

— J'aimais que tu me serres dans tes bras. Mais je suis en train de découvrir que l'inverse est encore plus agréable.

Le tonnerre gronda de nouveau. Trace contempla les nuages qui s'amoncelaient à l'horizon.

— Même si j'aime être seul avec toi, nous ferions mieux de rejoindre les autres. L'orage sera sur nous dans moins d'une heure.

Lily pressa les flancs du cheval. Quand ils eurent passé

la barrière, Trace se pencha pour la refermer. Dusty se mit aussitôt à galoper et Trace noua plus étroitement ses bras autour de la taille de Lily.

Elle aimait tellement le contact de ces bras et de son torse puissant, plaqué contre son dos, qu'elle aurait volontiers continué à chevaucher sans accorder la moindre pensée à ce que l'avenir pouvait leur réserver.

Quand ils rejoignirent les autres, bien trop tôt à son goût, Rosalynn finissait juste de botteler le foin. Elle gara le tracteur au bout du champ et se dirigea vers le pick-up.

Lily mena Dusty vers les arbres, où il serait à l'ombre et pourrait paître pendant qu'ils chargeaient les bottes. Trace la serra rapidement contre lui avant de se laisser glisser jusqu'au sol, et tendit les bras pour l'aider à descendre à son tour. Ensuite, il attacha les rênes de Dusty à une branche. Il se tournait vers elle quand quelque chose bruissa dans les bois. Lily se retourna vivement. Rien ne bougeait, mais le bruit n'avait pas cessé. Soudain, un grognement sonore s'éleva.

Son cœur cessa de battre. Si ce son était bien ce qu'elle pensait, elle n'avait que quelques secondes pour fuir.

— Cours ! hurla Trace.

Il dégaina son arme et la pointa vers elle. Elle resta comme paralysée pendant une nanoseconde avant de s'élancer à découvert. Comme elle était trop loin du pick-up et du tracteur, elle courut vers une botte de foin en espérant que ses quarante kilos suffiraient à la protéger.

Elle pressa l'allure en entendant un martèlement de sabots, derrière elle. Du coin de l'œil, elle vit Trace viser sa cible.

Un coup de feu claqua.

Elle plongea derrière la botte de foin et s'accroupit en se faisant aussi petite que possible. Il y eut un second coup de feu, suivi d'un bruit sourd. Elle releva la tête pour couler un regard par-dessus la botte de foin.

Un énorme cochon sauvage aux défenses menaçantes gisait au sol, parmi la poussière et les fétus de paille. Il prit une dernière inspiration avant de s'immobiliser et Lily s'effondra contre la botte de foin, les genoux tremblants, le cœur battant encore la chamade.

Trace accourut, la prit dans ses bras et la tint contre lui pendant un long moment.

— Tu n'as rien ?

— Non. Grâce à toi.

Irish approcha. Il tenait son fusil dans une main et les rênes de Lady dans l'autre.

— Joli tir, commenta-t-il. Une seule balle n'aurait pas suffi à arrêter ce cochon. Mais nous allons nous régaler. Est-ce que quelqu'un a envie de jambon pour le dîner ?

Il descendit de cheval et regarda Lily, toujours blottie dans les bras réconfortants de Trace.

— Ça va ?

— Oui, ça va.

— Tu étais juste dans ma ligne de tir, dit-il. Si Trace ne l'avait pas eu…

— C'est lui qui m'aurait eue, compléta Lily à mi-voix.

— Mais il ne t'a pas eue, dit Trace en caressant ses cheveux. Et Irish a raison : nous allons nous régaler.

Rosalynn les rejoignit, puis Matt.

— Tout le monde va bien ? demanda-t-il.

— Oui, répondit Trace.

Irish sourit à Lily.

— Je n'avais jamais vu quelqu'un courir aussi vite.

— Heureusement qu'elle l'a fait, remarqua Matt. Ce cochon était juste derrière elle. S'il l'avait rattrapée…

Irish cligna de l'œil.

— C'est vrai. Nous avons besoin de toute l'aide disponible pour finir de charger le foin.

Lily appréciait de les voir tous rassemblés autour d'elle, mais les nuages se rapprochaient et il leur restait encore la moitié des bottes à charger sur la remorque.

Le tonnerre gronda de nouveau, plus fort, plus près.

— Nous ferions mieux de nous remettre au travail, dit Rosalynn. Je rangerai les bottes avec Lily.

— Tu as raison, dit Trace. Nous n'avons pas beaucoup de temps. Je sens déjà l'odeur de la pluie.

Lily huma l'air. Elle aussi sentait l'odeur de terre mouillée apportée par le vent. Elle monta sur la remorque avec Rosalynn et tout le monde recommença à s'activer.

Matt et Trace leur lançaient les bottes de foin qu'elles alignaient pour former des piles régulières. Quand Trace eut chargé la dernière botte, il les rejoignit sur la remorque.

— Nous n'avons pas le temps d'attacher le chargement. Rentrez, toutes les deux. Je vais suivre la remorque à cheval pour m'assurer que les bottes ne glissent pas.

— Nous avons imbriqué les piles, dit Rosalynn. Ça tiendra. Pars devant avec Roy et Matt. Je prendrai le tracteur.

— Et je monterai Dusty, ajouta Lily.

Elle ne proposa pas à Trace de monter derrière elle, lui laissant le choix d'en décider lui-même.

Il regarda une dernière fois le chargement, les sourcils froncés, et dit :

— Si tu es sûre que ça va tenir, je vais partir avec Lily au cas où un autre cochon rôderait dans le sous-bois.

Elle inclina la tête pour masquer son sourire. Elle était heureuse qu'il monte avec elle, surtout après avoir abattu le cochon qui la chargeait.

Roy approcha le pick-up de l'animal mort, que Matt attacha par les pattes à l'arrière de la remorque. Ils allaient le tirer jusqu'à la grange, où ils le dépèceraient pour le mettre au congélateur.

Lily frissonna quand ils passèrent à côté du cochon.

— Tu as été maligne, dit Trace. Tu as réagi vite.

— Mais je n'étais pas assez rapide pour lui échapper. S'il ne m'a pas tuée ou blessée, c'est grâce à toi.

Elle se tourna vers lui.

— Merci.

Il se passa une main dans les cheveux en scrutant les broussailles, comme s'il s'attendait à en voir jaillir un autre cochon sauvage.

— Heureusement que j'étais armé, dit-il enfin.

Elle détacha les rênes de Dusty et les enroula autour de la corne de selle. Trace entrelaça ses mains et se pencha.

— Tu sais que je peux atteindre l'étrier, n'est-ce pas ? demanda-t-elle avec un sourire narquois.

Il leva les yeux vers elle.

— Fais-moi plaisir, tu veux bien ? J'ai bien failli te perdre, aujourd'hui.

Son visage était grave, sans la moindre trace d'humour dans le regard. Il semblait avoir vieilli de plusieurs années depuis le début de la journée.

— En ce cas, d'accord.

Elle prit appui sur ses mains entrelacées pour monter en selle. Ensuite, elle écarta la jambe pour qu'il puisse glisser le bout de sa botte dans l'étrier et il grimpa derrière elle d'un mouvement souple.

— Tu aurais pu prendre la selle, dit-elle. Ça ne me dérange pas de monter derrière.

— Les étriers sont réglés pour toi. Et de toute façon, je préfère te protéger jusqu'à la grange.

Elle fronça les sourcils et analysa ce qu'il venait de dire.

Il la protégeait. Autrement dit, si quelqu'un leur tirait dessus, ce serait lui qui prendrait la balle, et pas elle.

Ses doigts se crispèrent sur les rênes et son pouls accéléra.

— Trace, je n'aime pas…

Il se pressa contre elle et ses lèvres effleurèrent le lobe de son oreille.

— Ne t'en fais pas. Lâche la bride à Dusty. Il nous ramènera à la grange en un clin d'œil.

— Mais…

Il pressa ses jambes contre les siennes et enfonça ses talons dans les flancs du cheval. Dusty s'élança aussitôt au grand galop vers la grange et son dîner.

Lily était heureuse de le voir filer ainsi. S'il galopait assez vite, peut-être qu'ils échapperaient à une éventuelle balle – d'autant qu'Irish fermait la marche. Elle refusait qu'il arrive malheur à Trace. Il aurait fallu que le sort soit bien cruel pour qu'il meure ici, sur ses terres, après avoir survécu à plusieurs déploiements au Moyen-Orient. Et elle… Elle n'aurait pas pu lui survivre.

13

Le cheval avait dépassé le pick-up et son chargement de foin et atteint la grange avec suffisamment d'avance pour que Trace et Lily aient le temps de brosser sa robe luisante de sueur. Quand Trace ressortit de la grange, le pick-up arrivait tout juste, suivi d'Irish sur Lady.

Son ami se laissa glisser de sa selle et, une fois sur la terre ferme, s'accroupit plusieurs fois et se frotta le bas du dos en grimaçant.

— Voilà des muscles qui me servent rarement.

Trace se fendit d'un sourire narquois.

— Je connais ça. Si tu ne montes pas régulièrement, une journée en selle te fait souffrir pendant une semaine.

Il commença à décharger la remorque, et Matt vint lui prêter main-forte. Quand elle eut fait rentrer Dusty dans sa stalle, Lily se joignit à eux. Elle portait les bottes de quarante kilos un peu plus lentement, mais sans se plaindre. Elle travaillait aussi dur que les hommes.

Quand la mère de Trace attrapa une botte de foin à son tour, il la lui prit des mains.

— Maman, tu te rendrais beaucoup plus utile en nous préparant quelque chose à manger.

Elle se plaqua une main sur les reins et objecta :

— Mais la pluie ne va plus tarder.

— S'il le faut, nous rentrerons la remorque dans la grange, dit Trace. Tu en as déjà bien trop fait.

— Pour la vieille femme que je suis, tu veux dire.

Trace secoua la tête.

— Tu n'es pas vieille, mais tu as besoin de te reposer un peu. Nous nous occupons de tout.

— Il a raison, Rosalynn, renchérit Lily en posant une botte au pied de l'escalier du grenier à foin. Quand nous en aurons fini ici, nous serons morts de faim.

— Tu devrais aller l'aider, dit Trace.

— Et vous laisser vous amuser sans moi ? Pas question. Par contre, je vous laisserai monter les bottes dans le grenier.

— Marché conclu, dit Trace. Maman, Irish va te raccompagner jusqu'à la maison. Personne n'épluche les pommes de terre mieux que lui.

— On dirait que je suis volontaire pour la corvée de cuisine, dit Irish depuis la porte. Je suis plutôt bon, c'est vrai.

Il sourit avant d'incliner la tête vers le sud-ouest.

— Au moins, je serai à l'abri, reprit-il. Je pense que l'orage sera sur nous dans un quart d'heure.

Lily continua à porter des bottes jusqu'au pied de l'escalier pour que Matt et Trace les montent dans le grenier. Elle rentrait la dernière quand le ciel se déchira, libérant des trombes d'eau.

Elle soupira. Si elle sortait de la grange, elle serait trempée en quelques instants.

Matt et Trace la rejoignirent à la porte.

— Nous pourrions attendre que ça se calme, suggéra Matt.

Mais Trace secoua la tête.

— D'après les prévisions, il y en a pour toute la nuit. Et j'ai faim.

— Moi aussi, remarqua Lily en faisant jouer ses épaules endolories. Nous avons travaillé dur.

— Mais nous avons fini, commenta Matt en souriant.

Trace posa les yeux sur le cochon sauvage qui gisait au milieu de la grange.

— Nous ferions aussi bien de dépecer cette bête avant de penser à prendre une douche.

— Il va te falloir des boîtes et des sacs de congélation, dit Lily. Je vais les chercher. Je reviens tout de suite.

— Tant que tu y es, rapporte un couteau supplémentaire, dit Trace. Vas-y. Je ne te quitte pas des yeux.

Un coup de tonnerre fit vibrer les poutres de la grange.

— Tout bien réfléchi... reste ici. Je vais y aller moi-même.

— Ce ne sont pas quelques éclairs qui vont me faire peur.

Elle attrapa un grand sac en papier vide, le tint au-dessus de sa tête dans l'espoir de se protéger de la pluie et partit en courant avant que Trace ait pu la retenir.

— Bon sang, Lily ! s'écria-t-il.

— Je reviens tout de suite, lança-t-elle par-dessus son épaule.

Mais elle savait que le fracas de la pluie sur le toit métallique de la grange couvrait sa voix.

Elle avait tellement transpiré qu'elle aurait été heureuse de se retrouver sous cette pluie battante si elle n'avait pas eu autant de mal à voir où elle allait. Quand elle atteignit enfin la terrasse, elle essora ses cheveux trempés et passa la tête par la porte de la cuisine. La mère de Trace était debout devant la cuisinière.

— Rosalynn ?

Elle se retourna, une spatule à la main, et s'exclama :

— Oh ! mon Dieu !

Elle baissa le feu sous la casserole et courut vers Lily, qui dégoulinait sur le carrelage.

— Entre, ma chérie. Tu ne vas pas abîmer le sol.

— Je ne préfère pas, répondit-elle. Nous allons dépecer le cochon. Il me faut du matériel.

— Je sais exactement ce qu'il vous faut.

Rosalynn ouvrit quelques tiroirs, passa dans le cellier et revint auprès de Lily, un grand sac en toile à la main.

— Je vais leur apporter. Toi, va prendre une douche.

Avec un sourire, Lily lui enleva le sac des mains.

— Ce n'est pas la peine que vous soyez trempée vous aussi. Nous nous en occupons. À nous trois, nous n'en aurons pas pour longtemps.

Elle passa le sac à son épaule et s'apprêta à retourner à la grange. Un éclair zébra le ciel, suivi d'un coup de tonnerre qui fit vibrer l'avant-toit.

Elle prit une grande inspiration et dévala les marches de la terrasse avant de s'élancer vers la grange. Elle se moquait que la foudre tombe tout près d'elle. Elle voulait seulement être avec Trace.

Trace et Matt suspendirent le cochon sauvage par les pattes arrière à l'une des poutres et se mirent au travail sans mot dire.

Trace ne voulait pas apprécier son demi-frère, mais il devait reconnaître que l'homme travaillait dur, efficacement, sans se plaindre. Et c'était un ancien militaire. Un marine. Soudain curieux d'en savoir plus sur l'homme avec lequel il allait devoir partager le Whiskey Gulch Ranch, il demanda :

— Pourquoi as-tu quitté le service actif ?

— À cause d'une blessure, répondit Matt. Je me suis bousillé le genou. On m'a mis une prothèse, mais le service médical m'a recalé. Ton… Notre père m'a beaucoup aidé quand je suis rentré. Je ne savais pas ce que j'allais devenir. Je ne savais pas faire grand-chose, sauf réparer des moteurs. Il m'a prêté l'argent dont j'avais besoin pour monter mon garage en me disant de le rembourser quand je le pourrais.

— C'était généreux de sa part, remarqua Trace. Il a toujours voulu que je reprenne le ranch. Quand je lui ai annoncé que je m'engageais dans l'armée, il a pété un plomb.

— Tu aurais dû entrer dans les marines, répliqua Matt avec un grand sourire. Il l'aurait peut-être mieux pris.

— Tu parles, marmonna Trace. Il fallait toujours qu'il contrôle tout ce qui l'entourait.

— Et tu n'aimais pas être contrôlé, conclut Matt.

— C'est à peu près ça.

Trace entailla la peau du cochon, sur la croupe, et Matt la tira vers le bas.

— Est-ce que c'est à cause de cette soif de contrôle que Lily et toi vous êtes séparés ?

Trace se hérissa. Il ne voulait pas parler de Lily avec cet homme.

— Disons juste qu'il n'approuvait pas notre relation, répondit-il d'une voix sombre, teintée de colère.

Matt leva les mains.

— Désolé, vieux. Je ne voulais pas donner un coup de pied dans la fourmilière. Mais il faut que tu saches qu'il n'y a jamais rien eu entre Lily et moi… Nous étions amis, rien de plus. Un jour, elle est venue chez moi pour regarder un match, mais je ne l'ai pas revue après ton départ.

Trace fronça les sourcils.

— Pourquoi m'aurait-elle dit qu'elle allait t'épouser ?

— Est-ce que tu lui as posé la question ?

— Non.

Matt partit d'un petit rire.

— On dirait que tu devrais commencer par là.

— Peut-être, mais ce n'est pas toujours simple de lui arracher une réponse sincère.

— À ta place, je tenterais ma chance, répliqua Matt. C'est une femme intelligente, travailleuse et très belle.

Plus il parlait, plus Trace avait envie de le frapper. Il se redressa et étrécit les yeux.

— Écoute, elle est…

— Intouchable ? coupa Matt en secouant la tête. Est-ce que tu le lui as dit ? Si tu ne fais rien, tu vas la perdre. Je pense que ton pote, Irish, a un faible pour elle.

— Irish est inoffensif, marmonna-t-il en se remettant au travail.

— Peut-être que tu as raison, mais je l'ai entendu dire que Lily était le genre de femme qu'il voudrait épouser.

Il haussa les épaules et conclut :

— Peut-être que ce n'était qu'une plaisanterie, ou une simple remarque… et peut-être que tu devrais ouvrir les yeux et voir ce qui se tient juste devant toi.

Trace releva la tête. Lily passait la porte de la grange, un grand sac à l'épaule. Elle était tellement trempée que son chemisier était collé à son corps, telle une seconde peau, et que de l'eau gouttait de son menton, de son nez et de ses cils.

Pourtant, elle était magnifique. Et elle était là, juste devant lui, un sourire jouant sur ses lèvres.

— Au cas où vous n'auriez pas remarqué, il pleut toujours.

Matt gloussa de rire et tendit le doigt vers le toit.

— Nous nous en étions rendu compte.

— Il y a une serviette dans la sellerie, dit Trace. Tu peux en profiter pour relâcher Patches.

Après la conversation qu'il avait eue avec Matt, ces paroles lui semblaient… incongrues.

Elle laissa tomber le sac à ses pieds.

— Vous avez bien avancé.

— Le plus difficile reste à faire, répondit Matt. Mais cela ne nous prendra pas longtemps.

Lily disparut dans la sellerie et en ressortit presque aussitôt, une serviette déchirée à la main. Tout en s'épongeant et en essorant sa queue-de-cheval, elle jaugea leur progression. Elle avait déjà aidé Trace à conditionner la viande d'un cerf qu'il avait tué. Le cochon sauvage leur demanda beaucoup plus d'efforts mais, à eux trois, ils finirent par venir à bout de la tâche.

Quand ils eurent terminé, le plus gros de l'orage était passé mais il pleuvait toujours. Ils sortirent de la grange et laissèrent la pluie les laver de la poussière, de la paille et du sang.

— Jamais je n'ai été aussi épuisée ou couverte de sang, dit-elle.

— Moi si, dit Matt d'une voix neutre en fixant l'horizon.

Trace savait exactement ce que ressentait Matt. Il avait pris part à quelques combats sanglants avec la Delta Force, lui aussi. Mais il n'était ni en Afghanistan ni en Irak. Il était au Texas… Pour le moment.

— Nous avons bien travaillé, dit-il. Maintenant, il y a assez de foin pour nourrir les chevaux pendant tout l'hiver.

— Et assez de viande pour nourrir les habitants du ranch, renchérit Matt.

— Nous nous occuperons du foin pour les vaches quand les autres prés seront assez secs pour être fauchés. Mais au moins, nous n'aurons pas à charger les grosses bottes rondes sur la remorque.

Lily s'étira en grimaçant et commenta :

— Heureusement que les tracteurs pourront faire tout le travail

— Il faudrait aussi que nous inspections les clôtures, reprit Trace. Il y a longtemps que cela n'a pas été fait.

— Je peux vous aider à le faire demain, dit Matt.

— Tu n'as pas de moteurs à réparer ? demanda Lily.

— J'y travaillerai ce soir, répondit-il avec un sourire

en coin. Dans un garage, on peut travailler à la lumière artificielle. Mais pour inspecter des clôtures, il faut la lumière du jour.

Trace voulait toujours haïr cet homme, mais il s'en découvrait incapable. Matt avait travaillé aussi dur que lui pendant toute la journée. Il avait servi son pays, lui aussi, et témoignait une affection sincère à sa mère et à Lily. Trace n'avait pas apprécié qu'il se permette de lui donner des conseils sur la façon de s'y prendre avec Lily, mais ses mots tournoyaient toujours dans son esprit.

— Je parie que maman nous a préparé un dîner succulent, dit-il. Nous ferions mieux d'aller nous nettoyer.

Il prit la main de Lily dans la sienne et l'entraîna vers la maison sous la pluie battante. Il voulait que tous ceux qui les verraient comprennent à quel point il tenait à elle. Tous les Irish et tous les Matt du monde allaient devoir s'effacer, sous peine de subir sa colère. Lily était sienne et, s'il parvenait à l'en convaincre, plus jamais il ne la laisserait partir. Pas sans se battre.

14

Lily passa la première sous la douche. Elle se rinça rapidement pour laisser de l'eau chaude à ses compagnons, noua une serviette autour de sa tête, se drapa dans une autre, et sortit dans le couloir.

Où elle se heurta à une muraille de muscles.

— Oh ! dit-elle en posant la main sur le torse nu de Trace. Tu t'es déjà douché ?

Il inclina la tête vers le bout du couloir.

— Oui, dans la salle de bains de maman.

Il posa les yeux sur ses épaules nues et ses pupilles se dilatèrent.

— Tu te sens mieux ?

Elle hocha la tête, les joues en feu, parfaitement consciente de n'être séparée de lui que par une serviette. Elle se garda de lever les yeux vers lui, de peur qu'il voie à quel point elle était excitée d'être aussi proche de lui.

— Bien mieux, oui. Et Matt ? Où est-il passé ?

— Il est parti en emportant quelque chose à manger.

Elle fronça les sourcils.

— J'espère que nous n'avons rien dit qui lui a déplu.

— Non, répondit Trace en souriant. Il avait du travail.

Il la força à relever le menton et à le regarder.

— Merci.

— Pour quoi ?

— Parce tu as été merveilleuse, répondit-il en l'embrassant sur le front. Quand nous aurons dîné, je te masserai le dos.

— Tu n'as pas à faire ça.

Mais la simple pensée qu'il puisse lui masser le dos - et pas seulement le dos - l'emplissait d'une douce excitation. Elle en oublia presque la douleur qui lui vrillait les reins.

— Je sais bien, répondit-il en posant ses lèvres sur sa tempe. Mais ça me ferait plaisir.

Elle ferma les yeux et soupira.

— Hum. Ça sera agréable.

Soudain, elle se rappela qu'elle avait décidé de partir dès que le foin serait rentré. Malheureusement, ou peut-être heureusement, cette pluie repoussait son départ. Maintenant, elle allait devoir attendre que l'herbe soit assez sèche pour être fauchée, râtelée et mise en grosses bottes rondes.

Ensuite, elle s'en irait. Elle ne savait pas où la vie la mènerait, mais puisque Trace était de retour, il fallait qu'elle quitte Whiskey Gulch. S'il décidait de rester et de fonder un foyer, il devait trouver quelqu'un de mieux qu'elle.

Son ventre se noua. Si elle restait, jamais elle ne supporterait de voir une autre femme lui donner la famille qu'il méritait d'avoir. Elle adorait qu'il l'embrasse, mais elle ne pourrait pas supporter une nouvelle déception. Ils n'avaient passé une nuit ensemble que parce qu'elle était là, qu'elle était consentante, et elle refusait de n'être qu'un passe-temps pour un homme. Elle voulait plus que Trace ne pouvait lui donner. Elle méritait un homme qui l'aimerait au point de déplacer des montagnes pour elle. La vie était trop courte pour se contenter de miettes. Elle voulait le repas tout entier.

Elle fit un pas en arrière et il la relâcha.

— Qu'est-ce qu'il y a ?

— Je meurs de faim. Il faut que j'aille m'habiller.

Elle le gratifia d'un pauvre sourire et s'engouffra dans la chambre qu'elle avait partagée avec lui la nuit précédente.

— Lily !

Elle fit la sourde oreille et referma la porte derrière elle avant de s'y adosser. Son cœur voulait qu'elle ouvre cette porte, mais sa raison l'empêcha de le faire.

— Je ne peux pas m'infliger ça, chuchota-t-elle. Je ne peux pas continuer à l'aimer.

Après avoir passé un jean et un chemisier blanc, elle se démêla longuement les cheveux, en espérant qu'il aurait dîné et serait monté se coucher avant qu'elle descende à la cuisine. Mais elle finit par céder aux grondements de son estomac. Il fallait qu'elle mange. Après cette journée épuisante, son corps avait besoin de carburant.

Elle entrouvrit la porte et jeta un œil dans le couloir. Si elle se heurtait une nouvelle fois à Trace, les efforts qu'elle avait faits pour se remettre les idées en place seraient anéantis. Cet homme lui faisait perdre la tête. Elle allait devoir prendre sur elle pendant encore quelques jours, jusqu'au moment où elle pourrait faire ses bagages et partir.

Elle poussa un soupir de soulagement en constatant que le couloir était désert et sortit de sa chambre. Sur la pointe des pieds, elle descendit l'escalier, passa devant le bureau et entra dans la cuisine.

Rosalynn se retourna, une tasse à la main.

— Lily, ma chérie, j'allais justement te monter un plateau.

— Ce n'est pas nécessaire, dit-elle à mi-voix.

Elle jeta un regard par-dessus son épaule. Elle ne voulait pas voir Trace, pas alors que ses émotions étaient à ce point exacerbées. Comment aurait-elle pu se retenir de tomber dans ses bras alors qu'elle en avait tellement envie ?

— Si tu cherches Trace, il est parti à la grange avec Irish pour voir comment vont les chevaux et ce satané chat, dit Rosalynn. Assieds-toi. Je vais te servir un bol de ragoût.

— Merci, dit-elle. Mais je peux me servir moi-même.

— Ne dis pas de bêtises. Tu dois être exténuée.

— Pas plus que vous, protesta-t-elle.

— Je n'ai pas travaillé aussi dur que toi.

Elle tendit le doigt vers la table et ordonna :

— Assois-toi. Et ne discute pas.

— Bien, m'dame.

Elle obtempéra en souriant et laissa échapper un soupir.

— Ça fait vraiment du bien de s'asseoir.

— Oui.

Rosalynn posa un bol de ragoût fumant devant elle.

— Est-ce que tu veux du thé ?

— Je veux bien, merci.

Elle huma le riche fumet du ragoût et manqua piquer du nez dans son bol. Elle était véritablement exténuée.

— Ça sent tellement bon... J'ai faim, mais je ne sais pas si je resterai réveillée assez longtemps pour manger.

Elle porta une cuillerée de bœuf, de carottes et de pommes de terre à sa bouche. Rosalynn vint s'asseoir face à elle, faisant glisser une tasse de thé vers elle.

— Il faut que tu manges avant d'aller dormir. Tu as travaillé dur, aujourd'hui.

Elle hocha la tête et continua à manger. Quand elle eut vidé la moitié de son bol, Rosalynn sourit et demanda :

— Tu te sens mieux ?

— Oui.

Elle mit une cuillerée de sucre dans son thé, en prit une gorgée et commenta :

— Ce dîner était vraiment parfait.

— En parlant de parfait..., dit Rosalynn en reposant sa tasse. Quand est-ce que Trace et toi allez arrêter de vous tourner autour et comprendre que vous êtes parfaits l'un pour l'autre ?

Soudain, Lily se sentit parfaitement réveillée.

— Pardon ?

— Tu as très bien entendu. Je sais que tu l'aimes. Pourquoi est-ce que tu ne le lui dis pas ?

Devant le regard inquisiteur de Rosalynn, elle bafouilla :

— Je ne peux pas.

— Tu ne peux pas, ou tu ne veux pas ? Écoute… Ce que vous faites de vos vies ne me regarde pas, mais bon sang ! Je ne veux pas mourir avant d'avoir eu des petits enfants.

Ces mots frappèrent Lily en plein cœur. Elle voulait des enfants. Les enfants de Trace. Rien ne l'aurait rendue plus heureuse.

— Je ne pense pas qu'il m'aime autant que je l'aime.

Rosalynn lui lança un regard abasourdi.

— Est-ce que tu plaisantes ? Il te regarde sans arrêt. Où que tu ailles, il te suit. Si ce n'est pas de l'amour, je ne sais pas ce que c'est.

— Du désir, suggéra Lily. S'il m'aimait vraiment, il n'aurait pas passé onze ans sans chercher à me voir.

— Il croyait que tu avais épousé un autre homme.

— Mais il n'a pas cherché à me faire changer d'avis, ni à savoir si c'était vrai.

Elle gratifia la mère de Trace d'un sourire sans joie.

— Je mérite un homme qui m'aime assez pour se battre pour moi, même si je lui demande de s'en aller.

— J'appelle ça un harceleur, riposta Rosalynn, le front plissé. Tu as menti à Trace pour qu'il te quitte et tu lui as brisé le cœur. Pourquoi ne pas lui avouer la vérité et voir où cela vous mène ? Quel mal est-ce que cela pourra faire ?

Le repas que Lily venait d'avaler lui pesait sur l'estomac.

— Et si…

— Si tu n'avoues pas ton mensonge, coupa Rosalynn, comment sauras-tu ce qu'il veut ?

Elle lui prit la main par-dessus la table.

— Lily, je ne veux pas vous voir souffrir. Et je veux…

— Des petits-enfants, acheva Lily en pressant sa main. Je sais.

Rosalynn secoua la tête.

— Ce que je veux par-dessus tout, c'est que mon enfant soit heureux. Cela fait onze ans qu'il ne l'a pas été. Tu peux me croire : une mère sent ce genre de choses. Quant à toi, tu es devenue comme ma fille et je veux que tu sois heureuse toi aussi. Je t'aime, Lily. Si Trace et toi êtes destinés à être ensemble, je ne veux pas que vous gâchiez un jour de plus.

Lily sentait les larmes lui monter aux yeux.

— Et si nous ne sommes pas destinés à être ensemble ?

Un bruit de pas résonna sur la terrasse. Elle se hâta d'éponger les larmes qui lui avaient échappé et se leva.

— Il faut que je parte.

Rosalynn n'avait pas relâché sa main.

— Réfléchis à ce que je t'ai dit, tu veux bien ?

Elle hocha la tête, dégagea sa main et sortit en trombe de la cuisine pour monter l'escalier quatre à quatre. Une fois dans sa chambre, elle referma la porte, s'y adossa et se laissa glisser jusqu'au sol, les joues ruisselantes de larmes.

Elle avait l'impression d'avoir toujours aimé Trace. Si elle lui avouait son amour et qu'il la repoussait, jamais elle ne le supporterait.

Trace suivit Irish dans la cuisine. Tout était en ordre dans la grange et personne ne les avait agressés. Le système de binôme semblait efficace. Comme sa mère regardait fixement la porte qui menait au reste de la maison, il demanda :

— Tout va bien ?

— D'après toi ? répondit-elle en se levant. Ton père

est mort, quelqu'un s'en prend aux habitants de ce ranch et toi, tu es un imbécile.

Elle sortit de la cuisine et Trace la suivit dans le séjour. Elle prit la photo de son mariage, qui était posée sur la cheminée, et s'écria, les joues ruisselantes de larmes :

— Pourquoi a-t-il fallu que tu me quittes ?

Elle se laissa tomber sur le canapé en pressant le cadre contre sa poitrine. Trace s'assit à côté d'elle et passa un bras autour de ses épaules. Aussitôt, elle se tourna vers lui, enfouit son visage contre sa chemise et laissa libre cours à ses larmes pendant un long moment.

Il la serra contre lui, gagné par la tristesse. Elle avait toujours compté sur son mari pour la protéger et diriger le ranch et elle se retrouvait seule, face à une situation difficile. Il attrapa un Kleenex sur la table basse et le lui tendit.

Elle s'essuya les yeux et se moucha avant de dire :

— Excuse-moi de t'avoir traité d'imbécile.

— Je suis sûr que tu as toutes les raisons de le faire, répondit-il. Cela fait plus de dix ans que j'en suis un.

— Oui, c'est vrai.

Son cœur se serra.

— J'aurais dû me réconcilier avec papa. Je déteste me dire qu'il est mort en pensant que je ne l'aimais pas.

Sa mère fronça les sourcils.

— Il savait que tu l'aimais, et il ressentait la même chose. Mais ce n'est pas pour ça que je t'ai traité d'imbécile.

— Non ? demanda-t-il en la regardant, les yeux plissés. Alors, en quoi suis-je un imbécile ?

Sa mère secoua la tête.

— Tu regrettes de ne pas t'être réconcilié avec ton père avant sa mort, mais tu peux faire la paix avec ceux qui sont encore en vie.

— Est-ce que je dois faire la paix avec toi ?

Elle leva les yeux au ciel et soupira.

— Bien sûr que non. Par moments, tu es aussi borné que ton père. Et tu ne comprends vraiment rien aux femmes.

Elle posa la photo, se leva et se tourna vers lui.

— Tu l'aimes. Ça se voit comme le nez au milieu de la figure. Pourquoi est-ce que tu ne le lui dis pas avant de la perdre ?

— Eh bien..., dit-il, pris de court. C'est compliqué.

Elle posa la main sur son épaule.

— Mon chéri, c'est bien moins compliqué que tu ne le penses. Je t'aime, Trace. Je ne veux pas que tu laisses passer cette chance de trouver le bonheur. Alors, ne gâche pas tout. Et maintenant, je vais me coucher.

Sur ces mots, elle le laissa et s'engagea dans l'escalier.

Trace posa les yeux sur la photo de ses parents et se prit à rêver de vivre une relation semblable à la leur. Ils étaient restés ensemble pendant presque quarante ans, sans jamais cesser de se chamailler – et de s'aimer. Ils avaient eu des différends, mais ils avaient toujours su les régler.

Son cœur se serra. En perdant son mari, sa mère avait aussi perdu son meilleur ami.

Quand Lily lui avait annoncé qu'elle allait épouser Matt, il avait lui aussi perdu sa meilleure amie, en même temps que la femme qu'il aimait. Il avait fréquenté quelques femmes par la suite, mais sans jamais s'engager. Il craignait trop que l'une d'elles se joue de ses sentiments comme l'avait fait Lily. Leur rupture l'avait anéanti, à tel point qu'il lui avait fallu des années et plusieurs missions périlleuses pour endurcir son cœur et l'oublier.

Et pourtant, dès qu'il l'avait revue, tous les sentiments qu'il croyait avoir surmontés étaient revenus à la surface. Il ne pouvait pas se mentir. À chaque fois qu'il pensait à elle avec un autre homme, son ventre se nouait et une pointe de douleur lui traversait la poitrine.

Zut, il l'aimait encore…

Sa mère avait raison. Il devait le lui dire et lui demander si elle ressentait la même chose que lui, et ce, le plus tôt possible. Si ses sentiments n'étaient pas réciproques, il pourrait tourner la page.

Il se leva et monta les marches quatre à quatre. Maintenant qu'il était prêt à aller de l'avant, il voulait en finir.

Il s'arrêta devant la porte de la chambre de Lily et s'apprêta à frapper, mais sa main s'immobilisa. Il avait beau avoir vu la mort en face plus d'une fois, jamais il n'avait eu aussi peur qu'en cet instant.

Il ferma les yeux, prit une grande inspiration et souffla lentement. S'il voulait une réponse, il devait poser la question. Il frappa doucement à la porte et attendit. Comme elle ne répondait pas, il appela, à mi-voix :

— Lily ?

Toujours pas de réponse. Il entrebâilla la porte, glissa la tête à l'intérieur de la chambre plongée dans la pénombre et chuchota :

— Lily ?

Il distinguait une masse sombre et immobile, sous les couvertures. Il entra dans la pièce, s'approcha du lit et baissa les yeux vers elle. Le clair de lune qui baignait sa tête faisait étinceler ses cheveux qu'il teintait d'un gris bleuté.

Elle était pelotonnée sur le flanc, la joue posée sur une main, et dormait à poings fermés. Il envisagea de la réveiller pour lui dire ce qu'il avait sur le cœur, mais ne put s'y résoudre. Elle avait travaillé dur. Elle avait besoin de dormir.

Alors, il se pencha et l'embrassa sur le front.

— Je t'aime, Lily Davidson, chuchota-t-il. Je t'ai toujours aimée.

Elle plissa légèrement le front, mais n'ouvrit pas les yeux.

Déçu de devoir attendre pour lui répéter ces paroles, il

s'éloigna à reculons et s'arrêta sur le seuil pour la regarder pendant quelques instants avant de refermer la porte.

Il se sentait trop nerveux pour dormir. Il regagna le rez-de-chaussée et entra dans le bureau de son père.

Ils avaient été tellement occupés à faucher et rentrer le foin qu'il avait négligé de consulter les livres de comptes. Pourtant, maintenant que son père n'était plus là, quelqu'un devait s'en charger.

Le bureau était couvert de lettres qui n'avaient pas été ouvertes. Trace les classa rapidement : une pile pour les factures, une autre pour le reste. Il les regarderait le lendemain.

Ensuite, il ouvrit les tiroirs du bureau, un à un. L'un d'eux contenait plusieurs enveloppes portant l'adresse du bureau de poste militaire duquel il dépendait quand il était déployé en Afghanistan, pour sa toute dernière mission avant son retour.

Il prit la première enveloppe, qui n'avait été ni cachetée ni timbrée, et en sortit une feuille de papier pliée en trois, qui portait l'écriture volontaire de son père.

Les premiers mots qu'il lut l'incitèrent à poursuivre.

Cher Trace,

J'aurais dû t'écrire dès que tu es parti pour t'engager, et pendant que tu faisais tes classes. J'aurais dû assister à ta remise de diplôme. Mais mon arrogance m'a empêché de le faire. J'aimerais pouvoir effacer toutes ces années perdues et reconstruire ma relation avec toi, sur de nouvelles bases.

Pour commencer, j'ai quelques vérités à te dire.

Je me suis trompé.

Jamais je n'aurais dû tenir pour acquis que tu allais rester ici, diriger le ranch et l'aimer autant que je l'aime, uniquement parce que tu es mon fils. Le Whiskey Gulch Ranch était le rêve de mon grand-père avant de devenir toute la vie de mon père - et, maintenant, la mienne. Il n'avait pas à être aussi la tienne. Je le sais maintenant. Tu avais le droit de suivre ta propre voie.

Malheureusement, je ne peux rien changer au passé. Mais j'espère que tu peux pardonner certaines de ses paroles au vieil homme que je suis.

Je me suis trompé.

Tu es un homme intelligent, déterminé, travailleur. Quelle que soit la voie que tu choisiras, tu réussiras.

Je me suis aussi trompé au sujet de ton amie, Lily. Elle n'est pas seulement le produit de sa lignée... à moins qu'elle le soit, au contraire. La nature de ses parents a fait d'elle une jeune femme volontaire, indépendante et attentionnée. Je sais maintenant que j'aurais été fier d'accueillir une telle bru dans ma famille. Je regrette d'avoir été aussi borné quand tu as commencé à t'intéresser à elle. J'espère pouvoir un jour me racheter auprès d'elle, et auprès de toi, pour avoir tout gâché entre vous deux.

Mais je veux surtout que tu saches à quel point je suis fier de ce que tu as accompli, du travail acharné que tu as fourni et du dévouement total dont tu as su faire preuve pour devenir membre de la Delta Force.

Fils, je t'aime et je veux que tu vives comme tu l'entends. Si tu choisis de rester dans la Delta Force, je le comprendrai. Je ne dois pas t'imposer de reprendre le ranch. Si tu décides un jour de revenir et de le diriger, j'en serai heureux. Mais seulement si tu l'es toi aussi.

J'ai assez divagué. Je te souhaite la santé et le bonheur, du fond du cœur.

Tout mon amour.

Papa

Le cœur de Trace se serra avec tant de force qu'il crut qu'il allait exploser. Il avait suffi de cette lettre, qu'il tenait d'une main tremblante, pour effacer les années de colère et de déception.

Il regrettait amèrement de ne pas pouvoir discuter une dernière fois avec son père, avoir une dernière chance de se réconcilier avec lui. Par cette lettre, son père s'était racheté de ses erreurs. Mais il était mort sans savoir que son fils lui avait pardonné, et l'aimait.

Les regrets qui le rongeaient lui rappelèrent qu'il ne devait pas perdre un seul instant à ruminer le passé. Il devait vivre dans le présent et assurer son avenir. S'il voulait reprendre le cours de sa vie, il devait commencer par faire la paix avec Lily. Il espérait seulement qu'il en aurait le temps. Rien ne garantissait qu'il serait encore en vie le lendemain.

Le sort de son père l'avait prouvé.

15

Le lendemain matin, Lily se réveilla bien avant l'aube, avec un mal de tête carabiné. Elle s'habilla et descendit l'escalier sur la pointe des pieds.

En entendant du bruit, elle se dirigea vers la cuisine et y trouva Rosalynn, qui faisait frire du bacon.

— Vous vous êtes levée bien tôt, dit-elle.

Elle s'assit sur une chaise pour enfiler ses bottes. Rosalynn la regarda par-dessus son épaule et dit, avec un petit sourire triste :

— Je n'arrivais pas à dormir. Le lit est tellement grand et tellement vide.

Le cœur de Lily se serra.

— Je suis si triste pour vous. Est-ce que je peux vous aider ?

Rosalynn partit d'un petit rire sans joie.

— Puisque tu ne peux pas ramener James, je suppose que tu parles du petit déjeuner. Est-ce que tu peux sortir les œufs et le beurre du réfrigérateur ?

— Oui, mais ne me demandez pas de faire une omelette. Je les fais toujours cramer, répondit-elle en attrapant les ingrédients demandés. Ma mère n'était pas très bonne cuisinière. Je dois tenir d'elle.

— Tu es beaucoup plus à l'aise dehors, avec les animaux,

dit Rosalynn d'un ton dénué de tout jugement. Alors, qu'as-tu prévu pour aujourd'hui ?

— Je comptais aller en ville ce matin. J'espère que l'herbe sera assez sèche pour que nous fauchions cet après-midi.

Elle voulait passer à la banque pour retirer toutes ses économies et clôturer son compte. Ensuite, une fois que tout le foin serait rentré, elle quitterait Whiskey Gulch. Rester n'aurait fait qu'ajouter à son chagrin. Si Trace ne l'aimait pas autant qu'elle l'aimait, elle devait tourner la page.

Le cœur lourd, elle mit du pain dans le grille-pain tandis que Rosalynn battait une douzaine d'œufs dans un saladier. Quand elle les eut versés dans la poêle, elle se tourna vers Lily.

— Qu'est-ce qui ne va pas ?

Elle releva vivement la tête.

— Ce qui ne va pas ? Qu'est-ce que vous voulez dire ?

— Tu as l'air soucieuse depuis que tu as passé cette porte.

— Désolée, dit-elle en rougissant. Je ne m'en étais pas rendu compte.

Elle se concentra pour chasser toute tension de son visage.

— Est-ce que c'est mieux ? demanda-t-elle.

Rosalynn secoua la tête.

— Ce n'est pas l'expression en elle-même qui me dérangeait, mais le fait de la voir sur ton visage. Tu es comme une fille, pour moi. Quand tu es nerveuse, je suis nerveuse. Quand tu es malheureuse, je suis malheureuse.

Lily alla la prendre dans ses bras.

— Je ne veux pas que vous soyez encore plus malheureuse que vous l'êtes déjà à cause de moi.

— En ce cas, dis-moi ce qui ne va pas, dit Rosalynn en scrutant son visage. Je peux peut-être t'aider à arranger les choses.

Lily partit d'un petit rire forcé. Cette femme, qui l'avait

accueillie dans sa famille en plus de lui donner un travail, allait vraiment beaucoup lui manquer.

— Vous ne pouvez pas tout arranger.

— Peut-être que si, à condition de savoir quel est le problème, répliqua Rosalynn en haussant un sourcil. Est-ce qu'il y a un lien avec la tête de mule que j'ai pour fils ? Décidément, il tient plus de son père qu'il ne le pense.

Cette fois, Lily rit de bon cœur.

— Je m'en étais aperçue. Est-ce que vous savez à quel point vous êtes merveilleuse ?

Lily prit sa main dans la sienne et regarda ses longs doigts calleux, parsemés de coupures et d'écorchures.

— Vous venez de perdre votre mari, poursuivit-elle, mais vous vous souciez du bonheur des autres.

Rosalynn haussa les épaules.

— Il faut que je m'occupe et que je me sente utile. Sinon, j'ai trop de temps pour ruminer mes problèmes. Voilà pourquoi j'aimerais vraiment t'aider, si je le peux.

Lily la serra de nouveau dans ses bras. Elle regrettait amèrement de devoir quitter cette femme qui était devenue une vraie mère pour elle.

— Je vous aime, Rosalynn Travis. Quoi qu'il arrive, n'oubliez jamais ça.

La mère de Trace se dégagea et la dévisagea.

— Tu dis ça comme si tu t'en allais.

— Je m'en vais, répondit-elle. Quand je me serai occupée des animaux, il faut que j'aille faire quelques courses.

— Si mon fils fait partie de tes problèmes, reprit Rosalynn, n'oublie pas qu'il est un homme et que certains hommes ne savent pas exprimer leurs sentiments. Prends James, par exemple… Il me disait rarement qu'il m'aimait.

— Vraiment ? Pourtant, tout le monde pouvait voir qu'il vous adorait.

— C'est vrai, mais il ne l'exprimait jamais par des

mots, seulement par des gestes. En me tenant la porte, en me rapportant des fleurs des champs, en me tenant la main quand nous nous promenions ensemble, en attendant que je sois assise pour commencer à manger… Il n'avait pas besoin de me dire qu'il m'aimait. Ses actes suffisaient à me le faire comprendre.

Elle s'interrompit un instant avant de poursuivre.

— Trace ressemble tellement à son père qu'il arrive que cela m'effraie ou me rende triste. Je retrouve James dans son visage, dans ses attitudes… Mon mari n'est pas complètement parti. Il vit toujours dans mon fils, et dans mon cœur.

Les yeux de Lily s'emplirent de larmes.

— Il tient de son père, oui.

Rosalynn et James Travis avaient vécu la vie dont elle avait toujours rêvé. Pas parce qu'ils étaient aisés, mais parce qu'ils n'avaient jamais cessé de s'aimer, contre vents et marées.

— Tu sais, dit Rosalynn, je n'aime pas te voir partir seule en ville. L'un des hommes pourrait t'accompagner.

Lily leva les mains.

— Merci, mais ça ira. Je peux me débrouiller seule.

— Avec tout ce qui s'est passé, je préfère qu'aucun d'entre nous ne soit seul. Irish est dans la grange. Est-ce que tu peux aller l'aider ? Ensuite, j'irai en ville avec toi. J'en profiterai pour faire quelques courses de mon côté.

Lily hésita pendant un bref instant. Elle voulait que personne ne sache qu'elle envisageait de partir pour toujours jusqu'au moment où elle quitterait le Whiskey Gulch Ranch. Mais Rosalynn pouvait aller au supermarché pendant qu'elle serait à la banque, de l'autre côté de la rue.

— C'est une bonne idée. Je reviens dès que les animaux ont à boire et à manger.

Elle sortit de la maison et se dirigea vers la grange. Elle

aurait vraiment aimé partir avant que Trace se réveille, mais elle ne pouvait pas attendre 9 heures et l'ouverture de la banque dans sa voiture. Elle allait devoir prendre son mal en patience. Si elle nettoyait les stalles et brossait les chevaux, peut-être qu'elle cesserait de penser à l'imminence de son départ.

Quand elle entra dans la grange, Irish caressait Patches.

— Tu t'es levée de bonne heure, dit-il en se redressant.

— Je n'arrivais pas à dormir. Alors, je me suis dit que j'allais nettoyer les stalles.

— Et quelles corvées m'as-tu réservées ? Je suis encore un néophyte, mais je ne demande qu'à apprendre. J'aurai bientôt recouvré toutes mes forces et je pourrai lancer des bottes de foin de quarante kilos, moi aussi.

— En attendant, tu peux nourrir les chevaux et les poules. Méfie-toi du coq. S'il devient agressif, maîtrise-le avec le filet à pêche accroché au mur du poulailler.

Devant son air perplexe, elle éclata de rire.

— Prends-le au filet et suspends-le au crochet, sur le mur de la grange, le temps de remplir la mangeoire.

— Je ne savais pas que c'était à ça que servaient les filets à pêche, commenta-t-il en riant. On en apprend tous les jours.

Lily fit sortir Lady de sa stalle pour la curer. Quand Irish eut fini de nourrir les poules et les autres chevaux, elle lui demanda de la brosser.

Elle avait sorti dix brouettes de paille souillée des deux premières stalles quand Irish s'approcha.

— Mme Travis nous appelle. Le petit déjeuner est prêt.

Elle accrocha son râteau au mur et le suivit jusqu'à la maison. Il ouvrit la porte et s'effaça pour la laisser entrer.

Heureusement, Trace n'était pas dans la cuisine. Elle pensait tellement à son départ prochain qu'elle ne voulait surtout pas le croiser, de peur qu'il lise ses pensées sur son visage et cherche à la retenir – ou, pire encore, qu'il s'en moque éperdument.

Elle prit des vêtements propres dans sa chambre et courut s'enfermer dans la salle de bains.

Elle se doucha rapidement, se sécha, s'habilla et passa un coup de brosse dans ses cheveux humides. Elle ne voulait pas perdre de temps en se servant d'un sèche-cheveux. Ils sécheraient bien assez vite sous le soleil du Texas.

Elle carra les épaules, ouvrit la porte de la salle de bains et sortit dans le couloir, prête à affronter Trace s'il le fallait.

— Je peux y arriver, chuchota-t-elle.

Mais elle savait qu'elle pouvait tout aussi bien fondre s'il la regardait comme il le fallait.

Des voix montaient du rez-de-chaussée. Son cœur cessa de battre pendant un instant, avant de se mettre à galoper. Elle agrippa la rampe et descendit l'escalier.

Rosalynn se tenait dans l'entrée avec Trace, Irish et Roy. Elle grimaça en voyant Lily.

— Lily, ma chérie, je ne vais pas pouvoir aller en ville avec toi, dit-elle. Mais si cela ne te dérange pas, Trace s'est proposé pour t'accompagner.

Si cela ne la dérangeait pas ? Le désespoir la gagna. Elle n'avait aucune envie de se retrouver dans la même voiture que Trace alors qu'elle s'apprêtait à vider son compte en banque. S'il s'apercevait de quelque chose, elle devrait soit lui mentir, soit lui avouer la vérité. Quoi qu'elle décide de faire, elle préférait ne pas savoir ce qu'il ressentirait.

Elle se redressa. Ce qu'il pensait d'elle n'avait aucune importance. Elle méritait un homme qui se battrait pour elle, qui l'aimerait assez pour le lui dire, et Trace n'était pas cet homme. Il était parti sans même essayer de la faire changer d'avis et ne lui avait pas adressé la parole pendant plus de dix ans. Pourquoi son sort l'aurait-il intéressé ?

— D'accord, dit-elle. Mais j'espère que tu as des choses à faire, parce que je ne veux pas t'avoir dans les jambes.

Trace la gratifia d'un salut militaire.

— Oui, m'dame.

Elle leva les yeux au ciel.

— Ne m'appelle pas « m'dame ». Ça me met mal à l'aise.

— Très bien, Votre Altesse, répliqua-t-il avec un clin d'œil.

Avant qu'elle ait pu protester, il se tourna vers sa mère.

— Nous n'en aurons pas pour longtemps. Ensuite, nous pourrons inspecter les clôtures.

— C'est une bonne idée, répondit sa mère. Et demain, nous pourrons sans doute faucher les autres champs.

— C'est ce que j'espère.

Il embrassa sa mère sur la joue avant de se tourner vers Irish.

— Je veillerai sur elle, promit-il.

— Merci.

— Lily, tu ne vas pas partir sans prendre de petit déjeuner, dit Rosalynn.

— Merci, mais je n'ai pas faim, répondit-elle.

— En ce cas…

Trace ouvrit la porte d'entrée, inspecta l'extérieur et s'effaça avec un geste ample du bras.

— Votre char vous attend.

Elle leva les yeux au ciel et marcha d'un pas vif vers le pick-up afin d'ouvrir elle-même sa portière. Mais, à son grand désarroi, Trace ne se laissa pas distancer. Quand il tendit la main vers la portière, leurs bras se frôlèrent.

Le frisson de désir qui la traversa la déstabilisa complètement. Zut. Cette petite expédition en ville allait être plus difficile qu'elle l'aurait cru.

Trace démarra avant de se tourner vers elle.

— Qu'est-ce que tu as ?

— Pourquoi est-ce que tout le monde pense que j'ai quelque chose ? riposta-t-elle sèchement.

— Ce n'était qu'une question, se défendit-il. Si tout allait bien, tu ne me sauterais pas à la gorge comme tu l'as fait.

— Je ne t'ai pas sauté à la gorge, répondit-elle plus posément.

Elle avait réagi trop vivement à ce qui n'était qu'une simple question. Elle posa les mains sur ses genoux, inspira profondément et souffla avant de reprendre :

— Tout va bien.

— Alors, pourquoi est-ce que tu m'évites ?

Ses joues s'enflammèrent et ses doigts se crispèrent sur son jean.

— Je ne t'évite pas, mentit-elle.

— Lily, tu n'as jamais su mentir. Tu as rougi, et tes doigts sont crispés.

— Je vais bien, affirma-t-elle en forçant ses mains à se détendre. Et je n'ai pas envie de parler.

— D'accord.

Il conduisit sans mot dire pendant deux très longues minutes avant de briser le silence.

— Pendant que tu t'occupes de tes affaires, je vais passer au bureau du shérif pour voir s'il a de nouvelles pistes.

Lily plissa le front.

— J'aimerais t'accompagner.

— D'accord. Je peux t'attendre… Alors, où veux-tu aller ?

— À la banque. Il faut que je retire du liquide, mais je préfère aller au guichet.

Quelques minutes plus tard, Trace se garait sur le parking de la banque.

— Je n'en ai pas pour longtemps, dit-elle.

Il commença à détacher sa ceinture, mais se ravisa.

— Je vais t'attendre ici.

Elle descendit du véhicule et entra dans la banque, où elle alla droit vers Cecilia Menn, l'une des conseillères qui était également une ancienne camarade de classe.

— Je voudrais retirer tout mon argent et clôturer mon compte, annonça-t-elle.

Cecilia fronça les sourcils.

— Est-ce que tout va bien, Lily ?

Elle parvint à acquiescer malgré les larmes qui lui montaient aux yeux.

— Tout va bien, oui. Je déménage, c'est tout.

— Je suis désolée de l'apprendre, dit Cecilia en pianotant sur le clavier de son ordinateur. Tu ne préfères pas faire transférer ton argent quand tu seras installée ?

— Non, je préfère clôturer mon compte. Il me faudra peut-être un moment pour trouver une autre banque.

Ainsi qu'un travail et un logement. Bon sang, elle ne savait même pas où aller. À San Antonio, peut-être ? Elle avait toujours voulu visiter Fort Alamo. Son cœur se serra. Whiskey Gulch était toute sa vie, même si cette vie n'avait pas toujours été belle. Le départ allait être plus difficile qu'elle l'avait pensé, surtout parce qu'elle laisserait derrière elle le seul homme qu'elle ait jamais aimé. Ses yeux s'emplirent de larmes.

— Est-ce que ça va ? demanda Cecilia en posant une main sur la sienne.

Elle prit un Kleenex dans la boîte posée sur son bureau et le lui tendit.

— Ça va, oui. Je suis juste un peu nostalgique.

Elle se tamponna le coin des yeux, refusant de laisser les larmes rouler sur ses joues. Il ne fallait pas que Trace la voie pleurer. Elle n'avait jamais pleuré devant lui, elle n'allait pas commencer maintenant.

— Est-ce que tu veux du liquide, un chèque, ou les deux ?

— Du liquide.

— Garder une telle somme sur soi n'est pas très prudent, remarqua Cecilia.

La somme n'était pas tellement importante, de quoi tenir deux mois, peut-être. Elle espérait seulement avoir trouvé un travail et un logement avant d'avoir tout dépensé.

Cecilia établit un chèque de banque, qu'elle porta au guichetier. Quand elle fourra la liasse de billets de cent dollars dans son sac, elle se fit l'effet d'être une braqueuse de banque.

Cecilia la rejoignit et la prit dans ses bras.

— Je te souhaite bonne chance. Tu nous manqueras.

— J'en doute, chuchota-t-elle.

Cecilia la regarda droit dans les yeux.

— En tout cas, tu me manqueras. Tu as toujours été gentille avec moi, contrairement aux autres.

— Merci, Cecilia. Tu me manqueras aussi.

Elle embrassa la conseillère et se hâta de ressortir de la banque. Pourvu qu'elle n'éclate pas en sanglots devant Trace…

Elle monta dans le pick-up en fuyant son regard. Comme il ne démarrait pas, elle se força à regarder droit devant elle, dans la direction du bureau du shérif.

— Est-ce que tu penses qu'ils auront une piste ?

Du coin de l'œil, elle voyait qu'il la dévisageait.

— Espérons que oui, dit-il.

Il démarra enfin et s'engagea dans Main Street. Quand il fut garé devant le bureau du shérif, il se tourna vers elle.

— Écoute, Lily, si j'ai dit ou fait quelque chose qui t'a déplu, j'aimerais que tu me le dises. Je ne lis pas dans les pensées.

— Ne t'inquiète pas, tu n'as rien fait, répondit-elle en ouvrant sa portière. Je te l'ai dit : tout va bien.

Elle se laissa glisser de son siège. Trace la rejoignit, la prit par le coude et ils entrèrent dans le bureau du shérif.

— Je suis heureux que vous soyez là, dit le shérif Owens en leur tendant la main. Marty Bains est passé me voir, ce matin.

— Pourquoi ? demanda Lily.

— Je lui avais dit de me prévenir si un détail lui revenait.

— Et ? s'enquit Trace.

— Il m'a dit qu'il se rappelait avoir remarqué que l'un des quads avait disparu, poursuivit le shérif en fronçant les sourcils. Il comptait en parler à M. Travis.

— Et pourquoi a-t-il pensé que c'était important ? demanda Trace.

Le visage du shérif se durcit.

— Parce que le quad était à sa place le matin même.

— Si quelqu'un l'avait pris, il l'aurait entendu, objecta Lily. Il a travaillé près du hangar pendant toute la journée.

— Sauf à l'heure du déjeuner, répondit le shérif. Mme Travis les a invités à entrer pour manger un sandwich, Alan et lui.

— Et Roy ? demanda Trace. Où était-il ?

— J'ai posé la même question à Marty, qui m'a répondu que Roy avait quitté le ranch un peu plus tôt dans la journée, en annonçant qu'il avait des courses à faire en ville.

— Autrement dit, personne n'a vu qui avait pris le quad, dit Trace. Et il n'a toujours pas été retrouvé. Le voleur et la personne qui nous a tiré dessus avant-hier ne font peut-être qu'un.

Lily serra les poings. Ce jour-là, en plus de se battre avec Matt, Trace avait failli être touché par une balle.

— Si nous pouvions localiser ce quad, nous y trouverions peut-être des empreintes, dit le shérif.

— Avec des si…, dit Lily dans un soupir. Nous essaierons de le retrouver. Merci de nous tenir au courant.

— Autre chose, reprit le shérif Owens. Le médecin légiste dit que la balle qui a tué votre père a suivi une trajectoire ascendante. Puisqu'il était à cheval, le tireur devait se trouver debout, tout près de lui. Si nous savions où le crime a été commis, nous trouverions peut-être des cartouches.

— Il peut l'avoir été n'importe où sur les mille deux cents acres de Whiskey Gulch Ranch…, dit Trace.

— Et depuis, il a plu…, compléta Lily.

— Les chances que nous trouvions l'endroit exact sont minces, conclut le shérif. Mais si nous le trouvons…

Ils ressortaient du bureau du shérif quand un gros SUV noir s'arrêta à côté du pick-up de Trace. La tête d'Oswald Young apparut à la vitre.

— Trace, vous avez une minute ?

Trace s'approcha de l'homme.

— Qu'est-ce qu'il y a ?

— L'un de mes guides était en train d'installer des miradors quand il a remarqué que du bétail divaguait sur le Rocking J Ranch.

— Et ? demanda Trace.

— Nous ne faisons pas de bétail. Les quelques têtes qui restent sur le Rocking J Ranch sont parquées dans un pré, près du lodge. Mon contremaître m'a informé que toutes les bêtes portaient la marque « WG ».

— Celle du Whiskey Gulch, conclut Trace. L'une de nos clôtures doit être tombée. Si nous venons récupérer le bétail, est-ce que nous risquons qu'un chasseur nous tire dessus ?

— Non, répondit Oswald. La chasse est suspendue jusqu'à ce que les bêtes aient quitté nos terres.

— Nous allons nous en occuper immédiatement, dit Trace en lui tendant la main. Et vos chasseurs pourront reprendre leurs activités.

— Merci. Si vous avez besoin d'aide, n'hésitez pas.

Mes hommes ne sont pas des cow-boys, mais ils peuvent donner un coup de main.

— Je pense que nous y arriverons seuls.

Oswald inclina la tête vers le bureau du shérif.

— Est-ce qu'ils ont trouvé l'asssassin de votre père ?

— Pas encore, non.

— J'espère qu'ils le trouveront bientôt, dit Oswald, l'air soucieux. Je n'aime pas savoir qu'un tueur rôde dans le coin. Je suis responsable de la sécurité de mes clients.

Il inclina la tête et conclut :

— Prévenez-moi si vous avez besoin d'aide. Je sais que vous manquez de main-d'œuvre. Mais maintenant que vous êtes de retour, espérons que les choses vont s'arranger.

Lily s'abstint de lui faire remarquer qu'il n'était pas sûr que Trace soit revenu définitivement. D'ailleurs, qu'il choisisse de rester ou de retourner sous les drapeaux, elle n'en saurait rien puisqu'elle serait ailleurs, en train de commencer une nouvelle vie. Elle monta dans le siège passager du pick-up en regardant droit devant elle.

Trace hésita un instant avant de la rejoindre. Quand il reprit le volant, ce fut pour aller se garer devant le garage de Matt, à deux rues de là.

Matt sortit en s'essuyant les mains sur un chiffon graisseux. Il inclina la tête vers Lily avant de regarder Trace.

— Tout va bien ?

Trace se pencha par sa vitre.

— Si tu veux faire partie de ce ranch, commença-t-il, nous allons avoir besoin de ton aide pour ramener plusieurs de nos vaches qui sont passées sur les terres du Rocking J.

Matt fronça les sourcils.

— Je n'ai jamais rassemblé de bétail, mais je ne demande qu'à apprendre. Je ferme le garage et j'arrive.

Trace redémarra, un sourire aux lèvres.

— Je me demande s'il est jamais monté à cheval, marmonna-t-il.

Comptait-il mettre son demi-frère à l'épreuve ?

— Si c'est le cas, ne sois pas trop dur avec lui.

Trace étrécit les yeux et la regarda.

— S'il vient, ce sera à cheval. Nous n'avons plus de quad, et nous ne savons pas si le terrain est praticable en pick-up. Les terres du Rocking J sont vallonnées et rocheuses.

— Je sais. Je te demande seulement de ne rien lui faire faire de trop dangereux. Après tout, vous êtes frères.

Elle haussa un sourcil et le regarda droit dans les yeux.

— Demi-frères, rectifia Trace.

— Quoi que tu penses de Matt, tu ne peux pas demander à ta mère d'enterrer encore une personne, dit-elle d'une voix dure. Matt ne t'a rien fait. Si tu es en colère à cause de ce qui s'est passé il y a onze ans, c'est moi que tu dois blâmer.

Trace crispa les mains sur le volant jusqu'à ce que ses phalanges blanchissent. Il roula pendant huit bons kilomètres avant de se détendre.

— Tu as raison, dit-il. Ma mère a assez souffert.

Ses yeux s'emplirent de larmes, lui brouillant la vision.

— Pourquoi est-ce que tu m'as menti ? demanda-t-il soudain.

Depuis onze ans, elle redoutait qu'il lui pose cette question. En même temps, elle était heureuse qu'il le fasse enfin. Elle allait pouvoir se libérer de son mensonge avant de reprendre le cours de sa vie, loin de Whiskey Gulch.

— Il fallait que tu partes.

— Je partais.

— Tu voulais t'engager dans l'armée. Notre relation t'aurait entravé. Peut-être même que ta candidature aurait été refusée après l'enquête de sécurité. Pour être certaine que cela n'arriverait pas, j'ai rompu avec toi de façon à ce que tu ne reviennes pas sur ta décision de t'engager.

Le pick-up ralentit jusqu'à rouler au pas.

— C'est tout ? Tu m'as dit que tu allais épouser Hennessey uniquement pour que je ne sois pas recalé à l'enquête de sécurité ?

Il secoua la tête, incrédule.

— C'est le prétexte le plus minable que j'aie jamais entendu.

— Je sais, mais nous n'étions que des gamins. À quoi est-ce que tu t'attendais ? Il fallait que tu sois libre et, de mon côté, il fallait que je grandisse et que je comprenne que ce qu'il y avait entre nous ne pouvait pas durer.

Elle refoula le sanglot qui montait dans sa gorge.

— Nous venions de deux mondes complètement différents.

— Et tu ne m'as laissé aucune chance de décider de ce qui était bon ou mauvais pour moi. Tu as décidé à ma place.

Il reposa le pied sur l'accélérateur.

— Je dois sans doute te remercier de m'avoir épargné un sort pire que la mort, lâcha-t-il d'une voix vibrante de colère.

Elle refoula ses larmes et riposta :

— Tu pensais que tout serait simple. Mais toi, tu n'as jamais été jugé en fonction des personnes qui t'entouraient. Que se serait-il passé si l'armée n'avait pas voulu de toi en apprenant que tu sortais avec la fille d'un repris de justice ? Tu serais resté coincé ici, à Whiskey Gulch, et tu m'aurais détestée autant que tu détestais ton père. Voilà pourquoi je t'ai menti.

Des larmes lui échappèrent et roulèrent sur ses joues.

— Ça m'a brisé le cœur, mais je l'ai fait pour toi, bon sang de bonsoir !

Il ralentit de nouveau et se gara sur le bas-côté.

— Que… Qu'est-ce que tu fais ? demanda-t-elle en clignant des yeux pour repousser ses larmes.

— Je m'arrête pour pouvoir faire ceci.

Il détacha sa ceinture et la saisit par les bras pour la faire passer par-dessus la console. Quand elle fut sur ses genoux, il plaqua ses lèvres sur les siennes et l'embrassa avec fougue.

Pendant un bref instant, elle envisagea de résister, mais son corps la trahit. Comme mus par leur propre volonté, ses bras se nouèrent autour de son cou pour l'attirer vers elle. Et quand il suivit le contour de ses lèvres du bout de la langue, elle s'ouvrit à lui pour lui rendre chacune de ses caresses. Quand ils furent tous deux hors d'haleine, Trace mit fin au baiser et posa son front contre le sien.

— Est-ce que tu crois que j'attachais de l'importance à ce que l'armée pensait de mes fréquentations ? S'ils n'avaient pas voulu de moi parce que j'étais avec toi, tant pis.

— Et après ? Tu te disputais sans arrêt avec ton père. Il ne m'aimait pas. Je n'étais pas assez bien pour son fils.

Il lui déposa un baiser sur le bout du nez.

— Tu étais la meilleure chose qui me soit jamais arrivée, et tu l'es toujours.

— Et ta carrière militaire ? Que diront-ils en sachant que tu fréquentes la fille d'un repris de justice ?

— Si ça les dérange, tant pis. Soit ils me prennent comme je suis, soit je m'en vais.

— Mais tu aimes l'armée.

— Je t'aime encore plus, répondit-il en la serrant fougueusement contre lui. Je ne veux plus jamais être séparé de toi. Toutes ces années m'ont fait comprendre à quel point je t'aimais.

— Pourtant, en onze ans, tu aurais pu m'oublier, chuchota-t-elle.

— Et toi, est-ce que tu m'as oublié ? demanda-t-il en la regardant droit dans les yeux.

Elle secoua la tête.

— J'ai essayé, et j'ai échoué. Tu n'as pas été que mon premier amour… tu as été le seul.

16

Trace était abasourdi. Elle venait de lui avouer qu'elle l'aimait, alors qu'il était convaincu d'avoir laissé passer sa chance onze ans plus tôt. Et comme elle lui avait manqué…

— J'aurais dû revenir et me battre pour toi.

— Tu étais occupé à faire la guerre, répondit-elle. Mais oui, tu aurais dû revenir et te battre aussi pour moi.

— Peux-tu me pardonner de ne pas avoir été ton chevalier en armure étincelante ?

— Peut-être, répondit-elle, si tu peux me pardonner de t'avoir menti au sujet de Matt.

Elle se mordit la lèvre en priant pour qu'il le puisse.

— Maintenant, je comprends pourquoi tu l'as fait, dit-il.

Il pencha la tête vers elle, et le monde entier s'effaça quand leurs lèvres s'unirent. Ils se séparèrent en entendant une moto s'arrêter à côté du pick-up. Trace releva la tête et vit Matt poser sur eux un regard inquisiteur.

— Vous allez bien, tous les deux ?

Trace sourit.

— Mieux que bien.

— Parfait. J'ai cru que vous étiez tombés en panne. Ça va, Lily ?

Elle sourit.

— Ça va, oui.

— En ce cas, je vous laisse faire ce que vous êtes en

train de faire, répondit-il en remettant son casque. Je vous attends au ranch.

Il leva les yeux vers le soleil, qui entamait sa lente descente vers l'horizon, et ajouta :

— Ne soyez pas trop longs. Dieu sait combien de temps il va nous falloir pour rassembler ces vaches.

Il démarra en trombe et Trace soupira.

— J'adorerais te serrer contre moi jusqu'à la fin des temps, mais le travail nous attend.

Lily posa la main sur sa joue, effleura ses lèvres des siennes et regagna sa place.

— Allons-y, dit-elle en bouclant sa ceinture. Ensuite, nous pourrons reprendre là où nous en sommes restés.

Il acquiesça et démarra.

— Nous devons discuter de l'endroit où nous irons.

— Parce que nous irons quelque part ?

Elle haussa les sourcils, un sourire jouant sur ses lèvres.

— Peut-être.

— Je suis prête, dit-elle en tapotant son sac.

Il rit.

— Et si je décide de rester ici ?

Elle tourna la tête vers lui.

— Est-ce que la vie de rancher te suffira ? Tu as passé onze ans dans l'armée. Vermifuger des bouvillons est loin d'être aussi excitant.

— J'ai réfléchi, et je pense avoir trouvé comment faire du Whiskey Gulch Ranch un endroit où j'aurai envie de rester.

— Je suis tout ouïe. Surtout si ton idée doit me permettre de te voir plus d'une fois tous les onze ans.

Ils s'engagèrent dans l'allée qui menait jusqu'à la maison.

— Nous en parlerons ce soir, dit-il. Pour le moment, il faut que je retrouve quelques fugitifs bovins.

Matt les attendait dans la cour, en compagnie d'Irish, de la mère de Trace et de Roy.

Le cœur empli de joie, pour la première fois depuis bien longtemps, Trace descendit du pick-up et se hâta d'aller ouvrir la portière de Lily. Elle l'avait déjà ouverte, mais attendit qu'il la prenne par la taille pour la déposer sur le sol.

Il aimait tellement la tenir ainsi qu'il n'avait aucune envie de la relâcher. Hélas, les autres avaient besoin de son aide.

Il avança vers eux en tenant la main de Lily dans la sienne. Sa mère sourit.

— Vous vous êtes réconciliés, tous les deux ?

Il passa son bras autour des épaules de Lily.

— J'espère.

Lily éclata de rire et enserra sa taille des deux bras.

— Moi aussi.

— Nous perdons du temps, dit Roy. Il faudrait nous mettre au travail.

— Je suppose que nous allons prendre les chevaux, dit Matt avec un sourire en coin. Je t'avoue que cela fait des années que je ne suis pas monté à cheval. Si tu m'en donnes un qui sait quoi faire, il pourrait être mon professeur.

— Je sais lequel il te faut, dit Lily en s'élançant vers la grange. Et ce n'est pas un cheval, mais une jument.

— Elle pense sans doute à Lady, expliqua Trace. Nous n'aurons aucun mal à ramener les bêtes sur nos terres. En général, il suffit d'agiter un sac de céréales pour qu'elles accourent.

— Nous devrons aussi réparer la clôture, dit Roy. Je peux conduire le tracteur jusqu'à la brèche.

— Et moi, je vous couvrirai, compléta Irish, si vous me trouvez un cheval aussi docile que Lady.

Trace se tourna vers sa mère, qui leva les mains en l'air.

— Sans moi. Roy m'a dit que Chad Meyer avait appelé.

Alice et lui semblent avoir besoin d'aide. Je vais aller voir ce que je peux faire pour eux.

Trace jeta un regard vers Irish.

— Je préférerais que tu veilles sur ma mère. Nous pouvons nous débrouiller seuls.

Il se tourna vers Matt et demanda :

— Est-ce que tu es armé ?

Matt écarta son blouson en cuir, dévoilant un holster d'épaule dans lequel était glissé un pistolet.

— Je suis fin prêt.

— Irish ? reprit-il. Je veux que tu accompagnes les femmes chez les Meyer.

Lily s'arrêta net à la porte de la grange et se retourna.

— Les femmes ? Pas question. Je vais avec vous.

— Je préfère que tu ailles avec maman chez les Meyer, dit Trace. Irish appartenait à la Delta Force. Il sait repérer le danger, il vous protégera en cas de besoin.

— Tu peux compter sur moi, renchérit Irish.

Lily pinça les lèvres d'un air contrarié.

Trace aurait préféré qu'elle vienne avec lui, mais il ne voulait pas la savoir à découvert, à la merci d'un tireur. Si elle venait à mourir parce qu'il avait été assez égoïste pour vouloir qu'elle l'accompagne, jamais il ne se le pardonnerait.

— S'il te plaît, Lily. Maman pourrait avoir besoin d'aide.

Elle soutint son regard pendant un long moment avant de hocher la tête.

— D'accord. Mais je monte mieux que Matt, et je sais réparer une clôture.

— Matt est un ancien marine, lui rappela Trace.

Matt acquiesça.

— J'ai été déployé quatre fois en cinq ans, j'ai combattu des ennemis invisibles… Ne t'inquiète pas. Je veillerai sur mon demi-frère.

Le visage de Lily s'empourpra.

— D'accord. Je vais seller Lady. Je n'en ai que pour quelques minutes.

Quand elle fut entrée dans la grange, Trace se tourna vers sa mère.

— Nous devrions être rentrés avant la nuit.

— Nous aussi, répondit-elle en posant une main sur son bras. Je suis heureuse que Lily et toi vous soyez réconciliés.

— Moi aussi, dit-il en l'embrassant sur la joue. Merci d'avoir cru en nous.

— Il fallait seulement que vous croyiez l'un en l'autre, répondit-elle avec un clin d'œil. Maintenant, va ramener ces bêtes sur nos terres. J'espère que je serai rentrée à temps pour préparer le dîner.

— Nous pouvons nous en occuper nous-mêmes, dit Trace.

— Je sais, mais j'aime être entourée de ma famille.

Son sourire pâlit.

— Ton père me manque.

— À moi aussi, il me manque.

Roy posa une main sur son bras.

— Soyez prudente, Ros. On ne sait pas qui rôde dans le coin. Je ne supporterais pas qu'il vous arrive quelque chose.

— Merci, Roy, répondit-elle en souriant. Je ferai attention.

Trace entra dans la grange et sella Rambo, le hongre noir dont son père avait été si fier. Il avait été dressé pour le cutting et pourrait leur être d'un grand secours si le truc du sac de céréales ne marchait pas. Pendant ce temps, Matt et Lily finissaient de harnacher Lily.

Quand ils ressortirent de la grange, Roy les attendait déjà sur le tracteur, de l'autre côté de la barrière.

Trace prit Lily dans ses bras et l'embrassa rapidement.

— Garde ça en mémoire jusqu'à mon retour.

— J'attendrai, chuchota-t-elle. Fais attention à toi.

Il l'embrassa sur le front.

— Toi aussi.

Il enfourcha son cheval et passa la barrière. Son demi-frère le suivit. Trace remarqua qu'il avait une bonne assiette. Avec le temps, cet homme pourrait peut-être se rendre utile sur le ranch.

Il se retourna pour jeter un dernier regard vers Lily, qui se tenait à côté de sa mère. Il avait hâte de rentrer pour reprendre leurs retrouvailles, hâte d'être auprès de la femme qu'il lui semblait avoir aimée toute sa vie.

Lily se mit au volant du SUV de Rosalynn, qui monta à l'arrière tandis qu'Irish s'installait sur le siège avant.

Il leur fallut une vingtaine de minutes pour arriver en vue de la vieille maison des Meyer. Elle remarqua que la peinture s'écaillait et que le plancher de la terrasse s'affaissait.

Les Meyer n'avaient pas eu d'enfants et ne possédaient plus que quelques têtes de bétail. La sécheresse qui avait accablé le pays pendant sept ans, puis les frais médicaux, les avaient contraints à vendre les deux tiers de leur troupeau. Depuis, ils vivaient des profits de la vente.

Chad Meyer sortit sur la terrasse en s'abritant les yeux de la lumière du soleil. Rosalynn, Lily et Irish descendirent du véhicule et s'approchèrent de lui.

— Quelle bonne surprise ! dit M. Meyer.

Il passa une main dans son épaisse crinière blanche, qui semblait ne pas avoir été peignée depuis plusieurs jours.

— Qu'est-ce qui me vaut ce plaisir ?

Rosalynn fronça les sourcils.

— Roy m'a dit que vous aviez appelé parce que Alice et vous aviez besoin d'aide. Nous sommes venus dès que nous avons pu.

L'homme fronça ses sourcils blancs broussailleux.

— Je n'ai pas appelé chez vous, dit-il en se tournant vers la porte. Alice ?

Sa femme le rejoignit sur la terrasse en s'aidant d'un déambulateur.

— Tu ne m'avais pas dit que nous avions des invités, dit-elle. Rosalynn, Lily, c'est tellement bon de vous voir.

Elle se tourna ensuite vers Irish.

— Je ne pense pas que nous nous soyons rencontrés.

Irish monta les marches, la main tendue.

— Je suis Joseph Monahan, mais on m'appelle Irish.

— Je suis ravie de faire votre connaissance, Irish. Entrez, je vous prie. Je viens juste de faire un pichet de thé glacé.

Rosalynn monta les marches elle aussi et embrassa Alice.

— Je suis heureuse de vous voir debout et en pleine forme, dit-elle. Mais je ne comprends pas. Roy m'a dit que vous aviez appelé pour savoir si je pouvais vous aider.

Alice Meyer sourit.

— C'est gentil à vous d'être venus, mais je n'ai pas appelé.

Elle se tourna vers son mari et l'interrogea du regard.

— Moi non plus, dit-il. Pour tout dire, ma femme va tellement bien que je pensais l'emmener dîner en ville ce soir.

Rosalynn tapota son menton d'un doigt.

— C'est bizarre. Pourquoi Roy m'aurait-il dit que vous aviez besoin d'aide ?

Chad secoua la tête.

— Je ne vois vraiment pas. Depuis qu'il travaille au Whiskey Gulch Ranch, nous ne l'avons rencontré qu'une fois ou deux, à la coopérative agricole.

— C'était la même chose quand il travaillait pour les Talbot sur le T-Bar M Ranch, compléta Alice. On le voyait à peine. Quand le mari de Mona est mort après une chute de cheval, j'ai entendu dire qu'il avait le béguin pour elle.

— C'est lui qui a fait tourner le ranch pendant plusieurs mois, ajouta Chad.

— Ensuite, les enfants de Mona l'ont convaincue de vendre, et les nouveaux propriétaires ont engagé leur propre contremaître. Roy a eu le cœur brisé quand Mona est partie. Je pense qu'il voulait l'épouser et reprendre le ranch.

La poitrine de Lily se serra.

— Je ne savais rien de tout ça.

— Ce ne sont que des rumeurs que j'ai entendues à un atelier de couture, observa Alice.

— Je savais seulement que James avait engagé Roy parce qu'il avait de l'expérience, dit Rosalynn en levant les yeux vers Alice. Vous dites que M. Talbot a fait une chute de cheval ?

Chad acquiesça.

— Son cheval l'aurait désarçonné après avoir marché sur un serpent. On ne l'a retrouvé que plusieurs heures après l'accident.

— Où était Roy à ce moment-là ? demanda Irish.

Un atroce pressentiment noua le ventre de Lily.

— Il a dit qu'il était parti faire une course en ville, répondit Alice. Pourquoi ?

Le regard de Lily rencontra celui d'Irish avant de se reposer sur Rosalynn.

— Nous devons partir, dit Rosalynn. Tout de suite.

Elle sourit à Alice et Chad.

— Si vous avez besoin d'aide, n'hésitez pas.

Elle dévala les marches et courut jusqu'au SUV, Lily sur les talons.

— Heureux d'avoir fait votre connaissance, lança Irish par-dessus son épaule. C'est moi qui conduis.

— Non. Je préfère que tu aies les mains libres.

Quand tout le monde fut installé, Lily démarra. Dès

que la maison des Meyer fut hors de vue, elle mit le pied au plancher et fonça vers la nationale.

— Comment est-ce possible ? demanda Rosalynn. Il a toujours été tellement gentil avec moi.

— Il l'était aussi avec Mona Talbot, remarqua Lily.

Rosalynn secoua la tête.

— Est-ce que tu penses vraiment qu'il comptait l'épouser et reprendre le ranch ?

— Peut-être que nous faisons fausse route, déclara Irish.

— Que pensons-nous au juste ? demanda Lily.

Elle connaissait la réponse, mais voulait que quelqu'un l'exprime à voix haute.

— Que c'est peut-être Roy qui a volé le quad, dit Irish.

— Et tué James, compléta Rosalynn dans un chuchotement.

Son visage était blanc comme un linge, ses doigts crispés sur le dossier du siège avant.

— S'il a assassiné votre mari, dit Irish en jetant un regard vers elle, il pourrait vouloir se débarrasser de ses deux enfants pour que plus aucun obstacle ne se dresse entre lui et vous.

Rosalynn pâlit de plus belle. Lily ôta une main du volant pour la poser sur la sienne.

— Si c'est ce qu'il compte faire, il va s'en prendre à deux soldats entraînés. Ils sauront se défendre.

— Sauf s'il les prend par surprise, argua Rosalynn.

— Ils sont deux, et Roy est seul, remarqua Irish.

— Nous ne savons même pas si cette hypothèse est la bonne, dit Lily.

Cependant, son instinct lui disait qu'elle l'était.

Le regard toujours rivé à la route, Rosalynn demanda :

— Est-ce que tu pourrais aller un peu plus vite ?

— J'ai déjà le pied au plancher, m'dame, répondit Lily, qui ne ralentissait que pour négocier les virages.

Les vingt minutes qu'il leur fallut pour arriver au Whiskey Gulch Ranch semblèrent durer des heures.

17

Trace et Matt longeaient la clôture qui séparait leurs terres de celles du Rocking J Ranch, en quête de la brèche. Il avait été convenu que Roy les suivrait sur le tracteur aussi vite qu'il le pourrait, en fonction du terrain.

Ils chevauchaient depuis vingt minutes quand Trace remarqua que le barbelé était détendu.

— On dirait que nous approchons, dit-il en se tournant vers Matt. Comment est-ce que tu t'en sors ?

Matt ajusta sa position sur sa selle.

— Pour le moment, ça va. Mais la selle de ma moto est beaucoup plus moelleuse que celle-ci.

— Cela fait un moment que je n'ai pas monté, moi non plus, répondit Trace. Demain, j'aurai aussi mal aux fesses que toi. Voilà ce qu'est la vie de rancher.

Il dévisagea l'homme avec lequel il devait partager son héritage.

— Tu te sens à la hauteur ?

Matt haussa les épaules.

— J'ai connu des endroits plus inconfortables… Est-ce que tu te sens prêt à diriger ce ranch ?

— Je sais comment faire, répondit-il. Seulement, je ne m'étais pas attendu à devoir retrouver cette vie-là aussi vite.

— Le rythme de la vie civile est beaucoup plus lent, dit Matt. Tu es habitué à l'action et à jouer un rôle déterminant dans la vie de gens qui ont besoin de toi. Tu vas devoir t'adapter. Les aptitudes au combat que tu as acquises si chèrement ne te serviront pas à grand-chose, ici.

— Tu peux le dire, répondit-il avec une moue. Heureusement que j'ai le ranching dans le sang. J'ai presque appris à monter avant de savoir marcher.

— Je n'ai pas grandi sur un ranch, mais j'apprends vite, répondit Matt. Mais je veux que tu saches que je n'ai pas demandé à avoir ton héritage. Je n'en veux pas.

— Peut-être, mais nous sommes coincés. Si tu décides de vendre, je dois vendre aussi.

— Est-ce que tu serais prêt à laisser le ranch sortir de la famille ?

— Ça ne dépend pas uniquement de moi, répondit-il. Que cela nous plaise ou non, nous devrons nous mettre d'accord.

Matt soupira.

— Si nous décidons de garder le Whiskey Gulch Ranch, est-ce que nous arriverons à le diriger ensemble sans devenir fous ou nous entre-tuer ?

— C'est la question à un million de dollars.

Pouvait-il travailler avec cet intrus ? Pour être juste, Matt n'avait pas demandé à être couché sur le testament de son père – un père qu'il n'avait pas choisi. S'ils étaient apparentés, ce n'était que par accident.

D'ailleurs, la situation aurait pu être pire. Il n'y avait pas que du mauvais, chez Matt. Il avait servi chez les marines et travaillé dur pour gagner sa vie. Il ne se droguait pas et semblait loyal.

— Nous y sommes, dit-il. Voilà par où le bétail est passé.

À quelques mètres de là, plusieurs piquets en métal étaient tombés et le fil de fer dessinait de grandes boucles sur le sol.

— Nous allons devoir agrandir la brèche, dit-il. Ce sera plus facile d'y faire passer les vaches.

— Pourtant, elles sont bien passées par là, à l'aller, remarqua Matt.

— Oui, mais elles ont eu toute une journée pour le faire, et je n'ai pas l'intention d'en passer une autre à les ramener.

Il descendit de cheval. Matt l'imita et s'étira. Ensuite, ils écartèrent le barbelé de part et d'autre de la brèche.

— Tu sais, dit Trace, nous devrions partir à la recherche des bêtes et les diriger vers ici. Le temps qu'elles reviennent, nous aurons fini de leur dégager le chemin.

— Je suis prêt, répondit Matt.

Ils remontèrent en selle et passèrent sur les terres du Rocking J Ranch. Quand ils arrivèrent au sommet d'une petite crête, qui surplombait une vallée, Trace tendit le bras vers le nord.

— Là-bas.

Plusieurs douzaines de vaches paissaient tranquillement.

— Comment allons-nous les faire monter jusqu'ici ? demanda Matt. Et les convaincre de repasser la clôture ?

Trace sourit.

— Elles ont l'habitude d'être nourries aux céréales en hiver. D'accord, nous ne sommes pas en hiver et elles ont de l'herbe bien verte à leur disposition, mais les vieilles habitudes ont la vie dure. Si j'agite le sac de céréales, elles devraient venir en courant. Par contre, nous allons devoir nous rapprocher pour qu'elles nous voient et nous entendent.

Quand il jugea être assez près du troupeau, Trace lança un sifflement strident et hurla :

— Au pied, les vaches !

Matt gloussa de rire.

— Vraiment ? Et elles vont venir ?

Plusieurs bêtes relevèrent la tête et regardèrent dans sa direction. Il brandit le sac de céréales et l'agita en répétant :

— Au pied !

Deux des vaches meuglèrent, mais sans bouger. Trace secoua de nouveau le sac.

— Au pied, les vaches !

Des bouvillons levèrent la tête et firent quelques pas dans sa direction. Il secoua de nouveau le sac et marmonna :

— Allons, ne me forcez pas à venir vous chercher.

Deux ou trois bêtes se mirent en marche, se dirigeant vers lui, et le reste du troupeau suivit leur exemple.

— Eh bien, que je sois damné, dit Matt.

Trace versa quelques céréales sur le sol. Dans un concert de meuglements, les vaches pressèrent le pas.

— Allons-y, dit Trace.

— Est-ce qu'elles ne vont pas s'arrêter en trouvant les céréales par terre ? demanda Matt.

— Je vais leur faire une piste de miettes de pain, répondit-il. Ou, en ce cas, de miettes de céréales. Elles la suivront.

Il remonta vers le sommet de la crête en semant des céréales derrière lui.

— Nous devons prendre de l'avance sur elles pour élargir la brèche.

— J'y vais, dit Matt.

Puisque le bétail avançait, Trace le suivit. Ils descendirent de cheval et se mirent au travail, pressés par les meuglements qui se rapprochaient.

Trace venait d'arracher l'un des piquets quand un reflet attira son regard. Il se pencha et ramassa l'objet. C'était une pièce en argent. Quand il la retourna sur le côté face et vit le portrait de Susan B. Anthony, son cœur s'arrêta.

— Tu as trouvé quelque chose d'intéressant ? demanda Matt.

Il lui prit le piquet, le jeta sur le côté et regarda la pièce qu'il tenait à la main

— J'ai la même, dit-il. Ton… Notre père me l'a donnée.

Il sortit de sa poche une pièce identique à celle que Trace venait de trouver. Trace mit lui aussi la main dans la poche de son jean et en sortit une troisième.

— Papa m'a donné celle-ci quand je suis parti pour l'armée. Il m'a dit qu'elle lui avait toujours porté chance. Regarde cette encoche, sur la tranche… Un jour, elle est tombée de sa poche alors qu'il travaillait sur un moteur. En bloquant les pignons, elle a coupé le moteur. Sinon, il aurait perdu plusieurs doigts.

Il leva les yeux vers Matt.

— C'était la sienne, n'est-ce pas ? dit doucement Matt.

Trace sentit des larmes monter et son ventre se nouer.

— Oui. Il l'emportait toujours avec lui, où qu'il aille.

Il balaya les alentours du regard.

— C'est sans doute ici qu'il a été abattu. Peut-être même qu'il réparait cette clôture. Passe sur le Rocking J, je reste sur le Whiskey Gulch. Voyons si nous trouvons une cartouche.

— Le tireur se tenait peut-être à plusieurs mètres de lui, objecta Matt.

— D'après le médecin légiste, les balles ont suivi une trajectoire ascendante. Comme mon père était en selle quand c'est arrivé, le tireur devait être debout, tout près de lui.

Ils commencèrent à fouiller la zone en écartant du pied les feuilles et les touffes d'herbe. Ils avaient couvert une zone de douze mètres de diamètre quand Matt se redressa.

— Nous ne trouverons jamais de…

Soudain, Trace aperçut une cartouche en cuivre étincelant.

— J'en ai une ! Et il y en a deux de plus.

Il s'apprêtait à ramasser la première mais Matt cria :

— Ne la touche pas !

Il courut vers lui, sortit un bandana de sa poche et s'en servit pour ramasser les cartouches en expliquant :

— La police pourra peut-être y relever des empreintes. Maintenant, rentrons et appelons le shérif.

Ils remontaient en selle quand les vaches apparurent en meuglant. Bientôt, ils se retrouvèrent encerclés.

Soudain, un coup de feu claqua et Trace sentit quelque chose lui piquer le bras.

— À terre ! cria Matt.

Il glissa de sa selle et se laissa tomber au sol, parmi les vaches. Matt fit de même et tous deux avancèrent vers la brèche, au milieu des bêtes.

Au second coup de feu, un bouvillon poussa un meuglement apeuré et se mit à courir. Sentant sa peur, le reste du troupeau se rua par la brèche. Matt et Trace plongèrent sur le côté pour ne pas être piétinés.

Trace dégaina son arme et attendit que le troupeau soit passé pour pouvoir riposter. Le tireur avait un avantage sur eux. Parce qu'il les avait vus, il avait une idée approximative de l'endroit où ils se trouvaient.

— Nous devons gagner les arbres avant que toutes les bêtes soient passées, cria-t-il à l'adresse de Matt.

Il se mit à ramper en priant pour que Matt et lui atteignent les arbres avant que le troupeau ait fini de passer par la brèche. S'ils se retrouvaient à découvert, ils formeraient une cible facile pour l'homme qui voulait leur mort.

— Plus vite ! lança Rosalynn.

— Je vais aussi vite que je peux, répondit Lily.

Irish grimaçait à chaque ornière. Jamais le SUV n'aurait dû rouler aussi vite sur ce terrain constellé de nids-de-poule et de gros cailloux.

— Va à droite, dit Rosalynn. Le Rocking J est au nord.

Lily braqua à droite et accéléra de nouveau. Quand elle atteignit la clôture, elle tourna à gauche et s'engagea dans l'étroit passage qui séparait la clôture des arbres. Bientôt, elle vit au loin un troupeau qui chargeait à travers une brèche, dans la clôture.

— Les bêtes sont là-bas ! cria-t-elle. Trace et Matt ne doivent pas être loin.

Mais elle eut beau scruter le troupeau, elle ne voyait pas les deux hommes. Elle ne vit qu'un cheval qui courait avec le bétail, mais sans cavalier.

— C'est Lady, dit Rosalynn. Matt la montait. Où est-il ?

Le hongre noir de Trace passa au galop à côté du SUV.

— Et où est Trace ?

Elle s'arrêta, attrapa le pistolet dans la boîte à gants et ouvrit sa portière. Mais Rosalynn se pencha et lui saisit le bras.

— Lily, tu ne peux pas sortir. Tu vas te faire piétiner.

Elle se dégagea.

— Si Trace et Matt sont tombés de cheval, ce sont eux qui le seront. Je ne peux pas rester sans rien faire.

Elle descendit de voiture et courut vers la clôture. Si Trace et Matt avaient été désarçonnés, c'était sans doute parce qu'on leur avait tiré dessus. Peut-être qu'ils étaient piégés au milieu du troupeau.

Elle réprima un sanglot et continua à courir vers les bêtes affolées. Derrière elle, Irish cria :

— Lily ! Attends ! C'est du suicide !

Elle aurait préféré se suicider que trouver le corps sans vie de Trace. Maintenant qu'il était revenu dans sa vie, elle ne voulait pas, elle ne pouvait pas vivre sans lui. Mourir piétinée par un troupeau de vaches semblait un sort plus doux.

Elle tourna la tête en entendant vrombir un moteur. Un quad fonçait vers elle en slalomant entre les arbres. Elle n'eut pas le temps de s'écarter. Le conducteur ralentit, la saisit par le bras, la tira vers lui et accéléra de nouveau.

Elle atterrit en travers des genoux de l'homme, sur le ventre, si rudement qu'elle en eut le souffle coupé. Dès qu'elle eut retrouvé ses esprits, elle se mit à se débattre.

Le quad tangua jusqu'à ce que l'homme comprenne qu'il ne pouvait pas à la fois conduire et la maîtriser. Alors, il s'arrêta, la projeta au sol et se jeta sur elle. Son casque roula sur le côté, dévoilant une crinière d'épais cheveux gris.

— Je le savais ! cria-t-elle.

— Tu as quand même fini par comprendre, gronda-t-il.

Il l'empoigna par les cheveux, pointa un revolver sur sa tempe et recula jusqu'à la clôture.

— Tu arrives juste à temps pour me servir de ticket de sortie.

Le troupeau avait fini de passer la clôture et se dirigeait vers la grange. Le silence régnait dans la clairière.

Lily chercha Trace du regard et poussa un soupir de soulagement en ne voyant son corps sans vie nulle part.

— Pourquoi avez-vous fait ça ?

Roy lui tirait tellement les cheveux que la peau de son crâne lui faisait mal. Elle rejeta la tête en arrière dans l'espoir d'atténuer la douleur.

— Pourquoi avez-vous tué James ?

— Parce qu'il avait tout. Des terres, de l'argent et une femme aimante. Il ne méritait rien de tout ça. Il ne la méritait pas.

— Et vous, si ?

— J'ai travaillé dur, et qu'est-ce que j'y ai gagné ? Il m'a fichu à la porte, répondit Roy. Uniquement parce que j'étais gentil avec sa femme.

— Comme vous l'aviez été avec Mme Talbot ?

— Qu'est-ce que tu sais de cette histoire ? riposta Roy. Elle allait m'épouser, et nous aurions dirigé le ranch ensemble. Mais son fils l'en a dissuadée. Il l'a emmenée en Floride et a vendu le ranch qui aurait dû m'appartenir.

— Il ne vous appartenait pas, répondit Lily.

En parlant avec lui, elle espérait le distraire suffisamment pour qu'il ne presse pas la détente.

— Whiskey Gulch aurait dû être à moi, et il l'aurait été si le gamin Travis n'était pas rentré. Oui, il aurait été à moi.

— Et quand vous avez appris que ce n'était pas Rosalynn qui héritait du ranch, votre plan est tombé à l'eau, dit-elle.

— Qui aurait pu deviner que le vieux Travis avait deux enfants ? C'était déjà assez gênant qu'il en ait un, mais au moins le ranch ne l'intéressait pas.

Roy raffermit sa prise sur ses cheveux.

— Mais cela ne fait rien. Quand ils seront tous deux hors de mon chemin, le ranch reviendra à sa propriétaire légitime.

— À Rosalynn, dit Lily. Et vous pensez qu'elle vous épousera ?

— Oui.

— Après que vous aurez tué son fils chéri ? demanda-t-elle avec un petit rire forcé. Ouvrez les yeux, Roy. C'est fini.

— Ce sera fini quand je le dirai.

Il écarta le revolver de sa tempe, tira un coup de feu en l'air et cria :

— Faites ce que je vous dis, sinon la fille mourra.

Elle fouilla les bois du regard. Où étaient Trace et Matt ?

— Gibson ! cria une voix.

Elle tourna la tête et vit Irish.

— Laissez-la partir. Elle ne vous a fait aucun mal.

— Pas question, répondit-il. C'est elle qui va me faire partir d'ici, si son petit ami n'est pas trop trouillard.

— Laisse-la partir, Roy.

Trace sortit de derrière un arbre, à quelques mètres d'eux. Il tenait Roy en joue.

— Tu ne tireras pas aussi longtemps que je la tiendrai, dit Roy.

— Est-ce que tu en es sûr ?

— Mon doigt est sur la détente. Si j'appuie, elle est morte.

— Qu'est-ce que tu veux, Roy ? demanda Trace.

Roy força Lily à se mettre entre Trace et lui, tel un bouclier humain.

— Je veux tout. Le ranch, l'argent, Rosalynn. Tout ce qu'avait James.

— Vous n'aurez jamais rien de tout ceci, répondit Rosalynn, quelque part sur la droite de Lily. Ni le ranch ni l'argent, et certainement pas moi.

— Pourtant, vous m'aimiez bien.

— J'aime bien tout le monde, répondit Rosalynn. Mais j'aimais mon mari, et j'aime mon fils.

Elle secoua la tête et reprit, d'une voix dure, vibrante de colère :

— Je ne pourrai jamais vous aimer, Roy. Jamais. Vous avez tué mon âme sœur, le seul homme que j'ai jamais aimé. J'espère que vous pourrirez en enfer.

— C'est fini, Gibson, dit Matt. Posez ce revolver.

— Nous avons prévenu le shérif, mentit Lily. Il sera bientôt là.

— En ce cas, je vais devoir t'emmener.

Roy agrippa les cheveux de Lily de plus belle. Gagnée par la colère, elle regarda Trace, qui fronça les sourcils.

— Lily ?

Lasse d'être la victime, elle fit ce que lui avait enseigné son professeur d'autodéfense : elle détendit tous ses muscles et s'affaissa. Comme Roy agrippait toujours ses cheveux, il dut relever son arme pour ne pas être entraîné vers le bas.

Elle baissa la tête, ferma les yeux et pria.

Des coups de feu claquèrent – deux, peut-être trois. Elle attendit que la douleur la transperce, mais rien ne se passa.

Elle sentit la main de Roy relâcher ses cheveux. Il vacilla avant de s'effondrer sur elle, chassant tout air de ses poumons. En sentant une chaleur humide se répandre sur son dos, elle chercha à se dégager, mais le poids du corps de Roy la clouait au sol.

Soudain, ce poids disparut et Trace tomba à genoux à côté d'elle.

— Lily, ma chérie, est-ce que tu vas bien ?

Il se mit à palper son corps. Soudain, il se figea.

— Dieu du ciel ! tu es blessée.

Soulagée de pouvoir respirer, elle se redressa pour s'asseoir.

— Ne bouge pas. Nous devons comprimer la blessure.

Il essaya de la forcer à s'allonger, mais elle secoua la tête.

— Ça va, assura-t-elle. Je ne suis pas blessée.

— Mais tu es couverte de sang, dit-il.

— Ce n'est pas le mien. Je n'ai pas été touchée. Lequel d'entre vous l'a eu ?

— Moi, répondirent Trace, Irish et Matt d'une même voix.

Rosalynn s'agenouilla auprès d'elle à son tour.

— Est-ce que ça va ? demanda-t-elle.

— Oui, mais on ne peut pas en dire autant de lui.

La femme toisa le corps sans vie du contremaître.

— Comment a-t-il pu croire qu'il pourrait m'épouser après avoir tué mon mari ? demanda-t-elle d'une voix triste.

Matt s'approcha et passa un bras autour de ses épaules.

— Cet homme était un malade.

Lily s'appuya contre Trace et chuchota :

— C'est fini.

Il hocha la tête et lui déposa un baiser dans les cheveux.

— Oui, c'est fini.

— Est-ce que tu veux dire que tu reprends le service ?

Lily retint son souffle en espérant qu'il allait répondre non.

— Seulement le temps de remettre ma démission. Je devais me réengager le mois prochain.

Il se leva, tendit la main à Lily pour l'aider à faire de même et l'attira contre lui.

— Mais il ne te reste que neuf ans de service pour toucher ta retraite, objecta-t-elle. Tu ne vas pas les faire ?

— Je ne crois pas, non. On a besoin de moi ici.

Elle cligna des yeux, abasourdie, redoutant que ce ne soit qu'une plaisanterie – à moins qu'elle soit en train de rêver et sur le point de se réveiller dans une réalité alternative.

— Je veux rester, dit-il en la repoussant pour pouvoir la regarder. Mais seulement si tu restes avec moi.

Elle ouvrit de grands yeux et esquissa un sourire, qui s'élargit peu à peu.

— Rester avec toi ? demanda-t-elle. Une horde de chevaux sauvages ne suffirait pas à m'entraîner loin de toi.

Il la plaqua contre lui et écrasa ses lèvres sous les siennes.

— J'ai eu tellement peur de rater la cible, dit-il. Je ne pourrais pas vivre sans toi. Pas une nouvelle fois.

— Tu avais peur de rater la cible ? répéta Matt.

Il partit d'un rire rude, dépourvu de gaieté.

— Je suis heureux qu'aucun d'entre nous ne l'ait ratée, ajouta Irish avant de se plaquer une main sur le ventre. Par contre, j'apprécierais que tu roules moins vite au retour qu'à l'aller. Mes tripes ne le supporteront jamais.

Rosalynn lui tapota le dos.

— Merci. Je ne sais pas ce que nous aurions fait sans vous.

— J'ai entendu tout ce qu'a dit Roy, reprit Trace. Dire qu'il pensait que tu allais l'épouser…

— Cet homme était fou, répondit Rosalynn en contemplant le corps sans vie de Roy. Si j'avais été armée, j'aurais tiré, moi aussi. Pour venger mon mari, et…

Elle attrapa la main de Lily.

— Pour sauver la femme qui est devenue une fille pour moi. Je t'aime, Lily.

Lily sourit à Rosalynn, le regard brouillé par les larmes.

— Je vous aime, moi aussi.

— Allez attendre le shérif à la maison, dit Matt. Je reste avec le corps.

Mais Trace eut un geste de dénégation.

— Nous devons réparer cette clôture. Je vais prendre le quad pour aller chercher ce qu'il nous faut.

— Je viens avec toi, intervint Lily en le prenant par la taille. Je sais me servir d'un tire-câble.

Irish offrit son bras à Rosalynn.

— Je vais donc rentrer avec vous.

— Nous appellerons le shérif, ajouta Rosalynn. Quand il arrivera, Irish viendra vous chercher.

— Bonne idée, répondit Trace en l'embrassant sur la joue. Est-ce que ça va ?

— Ça va aller, oui, répondit-elle. Je regrette seulement de ne rien avoir vu venir.

— Il savait comment dissimuler ses pensées les plus sombres, dit Lily. Je n'ai rien vu, moi non plus.

— Allons-y, dit Trace. Plus tôt le shérif aura emporté le corps et plus tôt cette clôture sera réparée, plus tôt nous pourrons rentrer à la maison.

Il enfourcha le quad que Roy avait utilisé. Lily monta derrière lui, noua les bras autour de sa taille et pressa sa joue contre son dos. Elle n'avait pas été aussi heureuse depuis… eh bien, depuis onze ans. Maintenant que Trace et elle étaient réunis, elle se moquait de l'endroit où ils iraient, du moment qu'ils étaient ensemble.

Épilogue

— J'ai réfléchi, annonça Trace.

Il était assis dans la balancelle, sur la terrasse, et contemplait les champs qui s'étendaient à perte de vue.

— C'est un passe-temps dangereux pour un ancien de la Delta Force, rétorqua Matt qui, appuyé à l'un des piliers de la terrasse, mâchonnait un brin d'herbe.

— Sans blague, renchérit Irish. À chaque fois qu'il réfléchissait, nous finissions en territoire ennemi.

— Sérieusement, je crois que Matt avait raison. Nous pourrions avoir du mal à nous adapter au rythme de la vie civile.

Lily, qui était assise à côté de Trace, fronça les sourcils.

— Est-ce que tu comptes vendre et reprendre le service ?

— Non, répondit-il en pressant sa main. Mais je pense que nous pouvons faire tourner le ranch, entretenir nos aptitudes au combat et aider ceux qui en ont besoin.

— Et comment penses-tu y parvenir ? demanda Irish.

— J'aimerais former une sorte de service de sécurité pour venir en aide aux personnes qui n'ont aucun autre recours.

Matt croisa les bras et secoua la tête.

— Si tu veux former une milice privée, ne compte pas sur moi.

— Non. J'aimerais aider des gens pour lesquels la justice

ou le gouvernement ne peuvent rien faire, faute de temps ou de moyens. Leur fournir les services d'un détective privé ou d'un garde du corps, par exemple.

— Et tu penses qu'à nous trois nous pouvons nous lancer dans ce projet en plus de faire tourner le ranch ? demanda Irish, dubitatif. Ça fait beaucoup de travail.

Trace sourit.

— Non. Ce projet peut englober d'autres personnes comme nous, des hommes et des femmes qui ont été formés pour le combat. Ainsi, nous aiderons nos concitoyens, mais aussi les soldats qui ont dû quitter l'armée.

— Tu parles de gens comme moi, qui ne savent pas faire grand-chose sinon tenir un revolver ? demanda Irish.

Trace rit.

— Maman dit que tu pourrais devenir chef.

— Je sais faire le chili, convint Irish, mais je suis loin d'être un chef. Par contre, j'aimerais vraiment devenir détective privé ou garde du corps.

— Moi aussi, intervint Matt. Je n'ai pas assez de travail au garage pour conserver ma santé mentale.

Trace frappa dans ses mains.

— Donc nous sommes tous partants ?

Irish et Matt acquiescèrent.

— Maintenant, il nous faut un nom pour notre société.

— Que dirais-tu des « Éclaireurs » ? suggéra Irish.

Trace secoua la tête.

— Nous ne serons pas tous des cavaliers émérites.

Rosalynn apparut sur la terrasse. Elle leur apportait des verres et un pichet de thé glacé sur un plateau.

— Ce nom me plaît, dit-elle.

Elle posa le plateau sur la table, remplit un verre de thé et le tendit à Trace. Il la dévisagea.

— Qu'est-ce qu'il y a ? demanda-t-elle.

— Il me plaît aussi, répondit-il. Et tant pis si vous n'êtes pas des cow-boys. Vous êtes d'anciens soldats, et vous voulez aider et protéger ceux qui en ont besoin.

Lily sourit à côté de lui.

— Je trouve ce nom parfait. Les anciens soldats sont tous des héros, qui ont servi ce pays.

Trace haussa les sourcils et interrogea Matt et Irish du regard.

— D'accord pour le nom ?

Ils hochèrent la tête.

— Très bien, conclut Trace. Maintenant, nous n'avons plus qu'à engager d'autres membres et à nous attaquer à notre première affaire.

Matt prit le verre que lui tendait Rosalynn et dit :

— J'en ai une à te proposer. Elle nous permettra de tester notre équipement et notre aptitude à travailler en équipe.

— De quoi s'agit-il ? demanda Trace.

Matt plongea son regard dans le sien.

— Je veux enquêter sur le meurtre de Heather Hennessey.

— L'une de tes parentes ? s'enquit Trace.

— Ma mère.

Ils restèrent silencieux pendant un long moment.

— Qu'il en soit ainsi, dit enfin Trace. Nous commencerons par retrouver l'assassin de Heather Hennessey.

Il se leva et tendit la main à Matt.

— Bienvenue au sein des Éclaireurs.

— Je ne chevauche que ma moto, répondit Matt en lui serrant la main, mais je suis des vôtres.

— C'est noté.

Trace l'attira vers lui pour une rapide accolade.

— J'essaie encore de me faire à l'idée que j'ai un frère.

— Un demi-frère, rectifia Matt en lui rendant son accolade.

Trace le relâcha et se tourna vers Irish.

— Et mon autre frère d'armes…

Il tendit la main vers Irish, qui la saisit pour l'attirer contre lui et le gratifier d'une accolade à lui briser les os.

— Je surveille tes arrières.

Avec un sourire radieux, Trace se tourna vers Lily et lui tendit la main. Elle gloussa de rire.

— Est-ce que vous me faites une place dans votre petite romance ?

— On dirait bien. Bon sang, avec toi à mes côtés, rien ne pourra nous arrêter.

Il passa un bras autour de sa taille. Elle rejeta la tête en arrière et haussa les sourcils.

— Est-ce que vous accepterez les cow-girls ?

— Bien sûr, répondit Trace. En tout cas, moi, je veux bien de toi.

— Il était temps que tu t'en aperçoives, murmura-t-elle.

Il écarta une mèche de cheveux de son front.

— Je l'ai toujours su.

— Prenez une chambre, tous les deux ! lança Irish.

— Tu peux faire confiance à Irish pour toujours dire ce que je pense.

Il se pencha et déposa un baiser sur les lèvres de Lily.

— Et maintenant, si vous voulez bien nous excuser… Nous avons onze ans à rattraper.

Sa mère sourit quand ils passèrent devant elle pour rentrer dans la maison.

— C'est bien. Je veux avoir des petits-enfants avant d'être trop vieille pour les apprécier.

En passant le seuil, Trace leva le pouce par-dessus son épaule et répliqua :

— On y travaille.

BLACK ROSE

HARLEQUIN

Ne manquez pas dès le mois prochain
dans votre collection

BLACK ROSE

le premier tome de la nouvelle série

Les justiciers

Unis dans un combat secret
pour faire triompher la vérité…

Un roman inédit
chaque mois d'octobre 2021
à janvier 2022

Retrouvez prochainement,
dans votre collection

BLACK ROSE

Un père dans la tourmente, de Nichole Severn - N°664

La fillette gît, inconsciente, sur le trottoir... Le souffle coupé, Benning la prend dans ses bras et pousse un soupir de soulagement : sa fille de six ans est indemne. Mais Owen, son frère jumeau, a été enlevé par les hommes qui les ont agressés. Poussé par l'urgence, il prend alors une grave décision : il va faire appel à Ana pour retrouver son fils. Ana, la seule enquêtrice en qui il ait confiance. Ana qui a brisé son cœur sept ans plus tôt...

Un mensonge si périlleux, de Tyler Anne Snell

Jamais Riley n'aurait dû accepter de remplacer sa sœur jumelle à la soirée organisée pour le retour en ville de Desmond Nash... D'abord parce que, contre toute attente, elle est tombée sous le charme du beau rancher et ne sait plus comment lui révéler sa supercherie. Ensuite – et surtout – parce que, au sortir de la fête, elle a été poursuivie en voiture par un inconnu qui a tenté de la tuer. Une attaque qui visait sa sœur et qui la terrifie...

Soupçons sur un inconnu, de Cassie Miles - N°665

Engagée pour enquêter sur Ben Crawford, un millionnaire que son ex-femme cherche à destituer de la garde de leur fille, Liz Norton, détective privée, décide de se faire embaucher chez lui. Mais, bien qu'elle se soit promis de ne pas mêler travail et sentiments, elle ne peut s'empêcher de tomber sous le charme de cet homme aussi fascinant que mystérieux...

Un protecteur inattendu, d'Elle James

Trop séduisant pour être inoffensif... Méfiante, Melissa examine l'homme aux allures de *bad boy* qui prétend être là pour assurer sa protection. Pourtant, sa mission semblait simple : récupérer un pli à la poste et retrouver Cord, son meilleur ami, dans un bar pour le lui remettre. Mais Cord n'est pas venu au rendez-vous. Et Melissa n'a plus d'autre choix que de confier sa vie à un inconnu.

Retrouvez prochainement,
dans votre collection

BLACK ROSE

Une femme à l'épreuve, de Beth Cornelison - N°666

Lorsqu'un meurtre est commis dans le domaine qu'elle a quitté cinq ans plus tôt, Tamara, qui travaille désormais pour la police scientifique, hésite à s'y rendre, tant ce lieu lui rappelle de douloureux souvenirs. Et puis, elle est certaine d'y revoir Clay Colton, son ex-mari. L'homme qu'elle n'a jamais cessé d'aimer et à qui elle pense tous les jours...

Sous fausse identité, de HelenKay Dimon

En emménageant dans le Maryland sous un faux nom, Jocelyn n'a qu'un but : se reconstruire. Peut-être ici pourra-t-elle enfin oublier le psychopathe qui l'a enlevée et séquestrée. Peut-être sera-t-elle capable de laisser à nouveau un homme l'approcher... Et pourquoi pas Ben Tanner, dont elle a fait la connaissance quelque temps plus tôt, et qui semble avoir le don de fissurer sa carapace ?